PROGETTI PECCAMINOSI

IL CIRCOLO DELLE CANAGLIE
LIBRO I

LAUREN SMITH

Traduzione di
CECILIA METTA

Traduzione di Cecilia Metta

L'editore non è responsabile per i siti web (o i loro contenuti) non di sua proprietà.

ISBN Ebook: 978-1-958196-41-0

ISBN: Print: 978-1-958196-42-7

❀ Creato con Vellum

CAPITOLO 1

Regola 4 del Circolo:

Quando si seduce una signora, qualsiasi membro del Circolo può inseguirla fino a quando essa dichiara il proprio interesse per un membro in particolare e, a quel punto, devono cessare tutti gli inseguimenti da parte degli altri.

Estratto da *The Quizzing Glass Gazette*, 3 aprile 1820, rubrica di Lady Society:

Lady Society si è divertita molto all'inizio di questa settimana, quando è stata testimone dell'ennesimo piano malvagio perpetrato da un membro del famigerato Circolo delle canaglie di Londra. Sua Grazia, il Duca di Essex, è stato visto sedurre una vedova molto attraente nel bel mezzo di un concerto ospitato dal Visconte Sheridan.

Sembra che il duca abbia veramente rotto con la sua amante di lunga data, Miss Evangeline Mirabeau. Tutte le mamme che pensano al matrimonio sospirano di tristezza perché Sua Grazia è uno scapolo determinato a non volersi sposare. Vergogna per Sua Grazia per non essere un gentiluomo cui le madri potrebbero tranquillamente far sposare le loro figlie e per indulgere nel suo stile di vita malvagio.

Lady Society continuerà a seguire il Circolo con il più vivo interesse...

LONDRA, SETTEMBRE 1820

C'era qualcosa che non andava. Emily Parr permise all'anziano cocchiere di aiutarla a salire sulla carrozza e lo sguardo strano, che l'uomo le rivolse, le fece accapponare la pelle. Scrutando l'interno buio del veicolo, fu sorpresa di trovarlo vuoto. Suo zio Albert avrebbe dovuto accompagnarla agli impegni sociali e, se non lui, certamente un accompagnatore. Perché allora la carrozza era vuota?

Si sedette sul sedile posteriore, stringendo così forte la reticella tra le mani che le perline le scavavano i palmi attraverso i guanti. Forse suo zio stava incontrando il suo socio in affari, il signor Blankenship che Emily aveva visto arrivare poco prima di andare a prepararsi per il ballo. Fu percorsa da un brivido. Quell'uomo era una creatura perversa con occhi neri come scarafaggi e mani che tendevano a vagare troppo liberamente ogni volta che le stava vicino. Emily non era mondana, avendo compiuto diciotto anni solo da pochi mesi, ma in quell'ultimo anno trascorso con suo zio, aveva conosciuto un nuovo lato della vita.

La sua prima London Little Season[1] avrebbe dovuto essere un'esperienza meravigliosa. Invece era iniziata con la morte dei suoi genitori in mare ed era finita con la sua nuova vita nella tomba polverosa della casa di suo zio. Con una biblioteca inconsistente, nessun pianoforte e nessun amico, Emily aveva iniziato a scivolare in uno stato malinconico. Era fondamentale che facesse un buon incontro e in fretta. Doveva fuggire dal mondo dello zio Albert e l'unico modo per farlo era ottenere legalmente la fortuna di suo padre.

Un lontano cugino di sua madre aveva i soldi in custodia. Era frustrante che uno sconosciuto tenesse i cordoni della borsa della sua vita. Anche lo zio Albert disprezzava quella situazione. Come tutore della giovane era costretto a rendere conto al cugino di sua madre, cosa che fortunatamente gli impediva di scavare troppo a fondo nei conti per i propri bisogni. La piccola fortuna era la migliore merce di scambio che Emily aveva per attirare dei potenziali pretendenti e, anche se il denaro fosse andato a suo marito, sperava di trovare un uomo che la rispettasse abbastanza da non sperperare ciò che era suo di diritto. Ma arrivare al ballo senza un accompagnatore avrebbe danneggiato le sue possibilità di trovare un marito, semplicemente non era il caso di presentarsi da sola. Era un'offesa per suo zio e per la loro situazione finanziaria.

Per quanto fosse sollevata di non essere scortata da suo

zio o dal signor Blankenship, Emily avvertì di nuovo una fitta allo stomaco. Ricordò il modo freddo in cui l'anziano cocchiere le aveva sorriso appena prima di salire in carrozza. L'asprezza di quel sorriso l'aveva messa un po' a disagio, come se l'uomo sapesse qualcosa di cui lei era all'oscuro e la cosa lo divertisse. Era una sciocchezza: quel vecchio non era una minaccia ma non riusciva a liberarsi dal senso di diffidenza che la attraversava. Sarebbe stata grata della presenza dello zio Albert, anche se avesse significato un'altra ramanzina su quanto fosse costoso provvedere a lei e su quanto fosse stato gentile ad accoglierla dopo la morte dei suoi genitori.

Il cocchiere era stato assunto per accompagnarla a Chessley House per il ballo e niente sarebbe andato storto. Se avesse continuato a ripeterlo a se stessa, avrebbe potuto crederci. Emily concentrò i suoi pensieri su ciò che avrebbe portato quella serata, sperando di alleviare le sue preoccupazioni. Si sarebbe unita alla sua nuova amica, Anne Chessley, e alla signora Judith Pratchet, una vecchia amica della madre di Anne, che aveva accettato gentilmente di presentare Emily alla Little Season. C'erano tutte le possibilità di incontrare un uomo e di catturarne l'interesse tanto da spingerlo a rivolgersi a suo zio per ottenere il permesso di corteggiarla.

Emily quasi sorrise. Forse quella sera avrebbe ballato con il conte di Pembroke che la sera precedente, le aveva sorriso durante le presentazioni e le aveva chiesto di ballare. Emily aveva quasi pianto dalla delusione quando lo aveva informato che la signora Pratchet aveva già riempito il suo carnet di ballo.

Il conte le aveva risposto: «Un'altra volta, allora?» Ed Emily aveva annuito trepidante, sperando che l'uomo si ricordasse di lei.

Forse stasera avrò un po' di fortuna. Lo sperava disperatamente. Emily non era così sciocca da credere di avere una reale possibilità di sposare un uomo come il conte di Pembroke, ma era bello essere notata da un uomo di quella levatura. A volte quell'attenzione era notata da altri.

Un istante dopo la carrozza si fermò bruscamente ed Emily quasi cadde dal sedile, i suoi pensieri interrotti, i suoi sogni ad occhi aperti che fuggivano.

«Ehilà, buon uomo!» gridò qualcuno nelle vicinanze.

Emily si mosse verso lo sportello ma la carrozza oscillò quando qualcuno salì sul sedile del cocchiere, facendola cadere di nuovo.

«Venti sterline sono tue se segui quei due cavalieri e fai quello che ti chiediamo,» disse l'uomo appena arrivato.

Dopo aver ritrovato l'equilibrio, la giovane scostò le tende della carrozza. Due cavalieri occupavano la strada buia, dandole le spalle. Che cosa stava succedendo? Un senso di malessere le si insinuò nello stomaco. La carrozza sobbalzò e si mosse di nuovo. Come Emily aveva temuto, il cocchiere non si fermò a Chessley House ma seguì i cavalieri che lo precedevano.

Che cosa stava accadendo? Un rapimento? Una rapina? Doveva sporgere la testa fuori dal finestrino e chiedere loro di fermarsi? Se il loro intento era di derubarla, chiedere loro cosa stessero facendo, poteva essere una cattiva idea... Perché avrebbero dovuto prendere lei quando c'erano tante altre ereditiere, più belle di lei, che quell'anno facevano la loro prima uscita? Di sicuro, non si trattava di un rapimento. La sua mente si arrovellava mentre lottava per affrontare la situazione. Che cosa avrebbe fatto suo padre in quella situazione? Avrebbe caricato una pistola e li avrebbe respinti. Non avendo una pistola, Emily avrebbe dovuto pensare a qualcosa d'intelligente. Avrebbe potuto ragionare con quegli uomini? *Improbabile.*

Si morse il labbro inferiore mentre rifletteva sulle opzioni possibili. Avrebbe potuto gridare aiuto, ma una simile reazione avrebbe potuto peggiorare la situazione. Poteva aprire lo sportello e buttarsi in strada, ma il rumore degli zoccoli dietro la carrozza cancellò quell'idea. Sarebbe stata fortunata a sopravvivere alla caduta, se ci avesse provato, e i cavalli dietro erano troppo vicini. Probabilmente sarebbe stata uccisa. Si accasciò sul sedile con un sospiro tremolante e il cuore che le batteva all'impazzata. Avrebbe dovuto aspettare che il conducente si fermasse.

Per quella che le sembrò un'ora, continuò a guardare nervosamente fuori dai finestrini per capire in che direzione stesse andando la carrozza. Ormai Londra era lontana. Solo l'aperta campagna si estendeva su entrambi i lati della strada. Un rumore di zoccoli annunciò l'avvicinarsi di un cavaliere e, davanti al finestrino, passò un uomo in sella a un elegante destriero nero. Era troppo vicino e il cavallo troppo alto perché lei potesse vederlo bene. La luce della luna increspava il manto lucido del cavallo.

Dalla vicinanza del cavaliere e dal modo deciso in cui questo si muoveva sulla sella, Emily capì che era coinvolto in quella faccenda. Chi, sano di mente, eccetto forse quel vecchio schifoso di Blankenship, poteva rapirla? Solo quell'uomo era il tipo da impegnarsi in un'attività così nefasta.

Poche sere prima, era andato a cena a casa di suo zio e quando quest'ultimo si era voltato solo per un secondo, Blankenship le aveva intrecciato una ciocca di capelli con le sue dita spesse e tozze, tirandola con forza fino a farla quasi gridare. Le aveva sussurrato all'orecchio delle cose orribili che l'avevano fatta star male mentre le diceva che aveva intenzione di sposarla non appena suo zio avesse dato la sua approvazione. Emily lo aveva fissato, affermando che non lo avrebbe mai sposato. L'uomo si era limitato a ridere e a replicare: «Vedremo, tesoro mio. Vedremo.»

Beh, non si sarebbe tirata indietro. Non era una pedina da catturare e tenere alla mercé di qualcuno. Avrebbero dovuto lottare per prenderla.

Guardò fuori dal finestrino sull'altro lato per contare i cavalieri. Due guidavano il gruppo davanti, a pochi metri di distanza. Altri due fiancheggiavano la carrozza su entrambi i lati. Uno di loro cavalcava con un secondo cavallo legato alla sella, probabilmente per l'uomo che ora era accanto al conducente. Forse poteva superarli in astuzia.

La carrozza rallentò, poi cigolò dolcemente fino a fermarsi. Emily fece il punto della situazione. Lottava per restare calma, ogni respiro era più lento del precedente. Se si fosse fatta prendere dal panico, non sarebbe potuta sopravvivere. Doveva nascondersi. Ma non poteva sfuggire fisicamente a *cinque* uomini.

Il suo sguardo cadde sul sedile di fronte a lei.

Forse...

GODRIC ST. LAURENT, IL DODICESIMO DUCA DI ESSEX, SI appoggiò alla sella osservando il rapimento che aveva orchestrato. Coprendosi la bocca con una mano guantata, soffocò uno sbadiglio. Le cose stavano procedendo bene. In effetti, tutto il rapimento rasentava la noia. Avevano intercettato la carrozza dieci minuti prima che raggiungesse Chessley House. Nessuno aveva assistito alla scorta dei cavalieri o al cambio di percorso del cocchiere. Stranamente, la giovane non aveva mostrato alcun segno di resistenza o di preoccupazione dall'interno della carrozza. Non avrebbe dovuto protestare quando si fosse resa conto di ciò che stava accadendo? Un pensiero lo fermò. Era in qualche modo scivolata fuori dalla carrozza quando avevano rallentato a una curva prima di lasciare la città? Sicuramente no, l'avrebbero vista. Molto probabilmente era troppo terrorizzata per fare qualcosa, per questo dall'interno proveniva solo silenzio. Non che avesse nulla da temere, non le sarebbe stato fatto del male.

Godric fece un cenno al suo amico Charles che era appollaiato accanto al cocchiere. Un sacchetto di monete tintinnò quando Charles lo lasciò cadere nelle mani dell'uomo.

Erano arrivati a metà strada tra Londra e la tenuta degli antenati di Godric. Avrebbero percorso il resto del tragitto a cavallo e la ragazza avrebbe condiviso il cavallo con lui o con uno dei suoi amici. Il cocchiere sarebbe tornato a Londra con un messaggio per Albert Parr e una storia assurda che lo scagionava da ogni colpa.

«Ashton, resta qui con me.» Godric fece cenno al suo amico di avvicinarsi mentre gli altri portavano i cavalli a una buona distanza in attesa del suo segnale. I rapimenti erano cose complicate e sarebbe stato meglio che solo lui e un altro uomo prendessero la ragazza che avrebbe potuto avere una crisi isterica, se avesse visto gli altri tre uomini troppo vicini.

Godric si avvicinò alla carrozza, curioso di vedere se la donna all'interno fosse come la ricordava. L'aveva già vista una volta da una finestra che dava sui giardini, quando era andato a trovare lo zio. Era inginocchiata nelle aiuole, con il vestito sporco di erbacce. Un lavoro più adatto a una serva che a una dama di alto rango. Era pronto a cancellarla dalla mente quando lei si era voltata e aveva rivolto un'occhiata al giardino, con una macchia di sporco sulla punta del naso all'insù. Una farfalla di un fiore vicino le aveva svolazzato sopra la testa. La giovane non l'aveva notata, anche se si era posata sui suoi lunghi capelli ramati. Qualcosa nel petto del duca di Essex si era agitato per il desiderio. Qualsiasi altra donna così innocente non avrebbe catturato il suo interesse ma lui aveva intravisto un'acutezza negli occhi della giovane, un'intelligenza nascosta mentre scavava nel terreno. Miss Emily Parr era diversa. E *diversa* era sinonimo d'intrigante.

Ashton consegnò al conducente la lettera di riscatto per Parr e si posizionò vicino alla parte anteriore della carrozza. Afferrando lo sportello, Godric lo aprì, aspettando che iniziassero le urla.

Non arrivarono.

«Le mie scuse più sentite, signorina Parr...» Ancora

niente urla. «Signorina Parr?» Godric infilò la testa nella carrozza.

Era vuota. Nemmeno un drago sputafuoco come accompagnatore, non che se ne aspettasse uno. Le sue fonti gli avevano assicurato che quella sera sarebbe stata sola.

Godric si guardò alle spalle. «Ash? Sei sicuro che questa sia la carrozza di Parr?».

«Certo. Perché?» Ashton saltò giù da cavallo, si avvicinò e infilò la testa nella carrozza vuota. Rimase in silenzio per un po' prima di ritirarsi, poi accostò un dito alle labbra e fece un cenno verso l'interno. Un ciuffo di mussola rosa faceva capolino dal sedile di legno. L'uomo fece segno a Godric di allontanarsi.

Ashton abbassò la voce. «Sembra che la nostra piccola caccia al coniglio si sia trasformata in una caccia alla volpe. Si è nascosta nell'intercapedine del sedile, ragazza intelligente.»

«Si è nascosta sotto il sedile?» Godric scosse la testa, sconcertato. Non conosceva una sola donna che potesse fare qualcosa di così astuto. Forse Evangeline, ma se c'era qualcosa che si poteva dire di quella donna, era che era tutt'altro che ordinaria. Un fremito di eccitazione gli attraversò le vene, fino al petto. Amava le sfide.

«Aspettiamo qualche minuto e vediamo se esce fuori.»

Godric guardò di nuovo la carrozza, con un senso d'impazienza che lo pungolava dentro. «Non voglio aspettare qui tutta la notte.»

«Uscirà presto. Scusami.» Ashton tornò verso la

carrozza e chiamò Godric ad alta voce. «Dannazione! Dev'essere sgattaiolata fuori prima che prendessimo in carico la carrozza. Lasciatela lì. Domani riporteremo il cocchiere a Londra.» Ashton chiuse lo sportello con un colpo deciso e fece cenno a Godric di raggiungerlo.

«Ora aspettiamo,» sussurrò Ashton, indicando che avrebbe sorvegliato lo sportello sinistro della carrozza, mentre Godric si sarebbe sistemato a destra.

Emily ascoltò il tamburellare degli zoccoli in ritirata e contò in silenzio fino a cento. Il cuore le sussultò nel petto, riflettendo su ciò che quegli uomini avrebbero potuto farle se l'avessero catturata. I masnadieri potevano essere crudeli e assassini, specialmente se la loro preda aveva poco da offrire. Lei non aveva accesso alla fortuna di suo padre, le rimaneva solo il suo corpo.

Un terrore gelido le attanagliò la spina dorsale, paralizzandole le membra. Trattenne il fiato mentre l'ansia la attraversava.

Devo essere coraggiosa. Combatterli finché non potrò più farlo. Con le mani tremanti, spinse la parte superiore del sedile, trasalendo quando si aprì. Una volta scesa, spazzolò via lo sporco dal vestito, notando alcuni strappi causati dal legno grezzo all'interno del sedile. Ma gli strappi non avevano alcuna importanza. L'unica cosa che contava era sopravvivere.

Guardò fuori dal finestrino della carrozza. Niente spiccava nell'oscurità. Solo il debole barlume della luna sfiorava la strada con viticci lattiginosi. Le stelle ammiccavano e tremolavano in alto, luci pallide, lontane e fredde. Un brivido la scosse ed Emily si abbracciò, desiderando tanto essere a casa. Le mancavano il suo letto caldo e il mormorio dei suoi genitori in fondo al corridoio. Era una comodità che aveva dato per scontata. Ma non poteva permettersi di pensare a loro, non quando era in pericolo.

Quegli uomini erano veramente andati via? Poteva davvero essere così facile?

Aprì lo sportello della carrozza e scese sulla strada sterrata. Delle braccia forti le cinsero la vita e la tirarono all'indietro. L'urto con un corpo duro le tolse il fiato dai polmoni. Il terrore le fece ribollire il sangue mentre lottava contro le braccia che la trattenevano.

«Buona sera, mia cara,» mormorò una voce bassa.

Emily urlò una volta, prima di mordere la mano che le copriva la bocca. Sentì il sapore del cuoio liscio dei guanti da equitazione.

L'uomo ruggì e quasi la fece cadere. «Dannazione!»

Emily diede al suo aggressore una gomitata allo stomaco e cominciò a dimenarsi finché lui le afferrò il braccio. Lei si girò e lo colpì in pieno viso con un pugno. L'uomo indietreggiò, barcollando, lasciandola libera di nascondersi all'interno della carrozza.

Se fosse riuscita a raggiungere l'altro lato e a correre, avrebbe avuto una possibilità. Si arrampicò verso lo sportello, ma non ci riuscì. Il demonio si precipitò nella carrozza dietro di lei. Girandosi per affrontarlo, fu sbattuta sulla schiena.

Emily urlò di nuovo quando il corpo dell'uomo si posò sul suo.

La luce fioca della luna rivelò gli occhi luminosi e i lineamenti decisi di lui.

L'uomo le afferrò i polsi che si agitavano, bloccandoglieli sopra la testa. «Silenzio!»

Emily voleva cavargli gli occhi, ma quell'uomo era implacabile. I fianchi di lui si scontrarono con i suoi e il panico la portò a un nuovo livello di terrore. Le sue paure di essere presa con la forza riaffiorarono quando il respiro caldo dell'uomo le soffiò sul viso e sul collo. Lei gridò e lui si ritrasse, come se quel suono lo avesse confuso.

«Non vi farò del male.» La voce dell'uomo vibrava di un basso ringhio, rovinando qualsiasi promessa che le sue parole potessero portare.

«Adesso mi fate male!» Emily strattonò inutilmente le braccia contro la presa dell'assalitore.

L'uomo si allontanò un po' ed Emily colse l'occasione. Sollevò le ginocchia e con tutta la forza, gli diede un calcio. Il suo aggressore inciampò nello sportello aperto e cadde sulla schiena. La giovane si accorse a malapena che era svenuto prima di girarsi e uscire dall'altro lato della carrozza.

Nel momento in cui emerse, un altro uomo si fiondò su di lei. Per sfuggirgli, Emily cadde all'indietro contro il lato della carrozza. Invece di afferrarla, lui le tenne larghe le braccia per impedirle di sfuggirgli.

«Piano, piano,» le sussurrò.

Emily girò la testa a sinistra e supplicò la sua mente di pensare, ma l'uomo che aveva colpito girò l'angolo e si avventò su di lei, bloccandola contro la carrozza e ingabbiandola con le braccia. Il corpo sodo e muscoloso dell'uomo la sovrastava. La mascella si serrò come se una mossa di lei potesse scatenare qualcosa di oscuro e selvaggio. A Emily si bloccò il respiro e il cuore le martellò violentemente contro le costole.

L'uomo era ansimante e arrabbiato. L'intensità dei suoi occhi la ipnotizzò ma, nel momento in cui lui sbatté le palpebre, l'incantesimo si spezzò e la giovane lottò con tutte le sue forze.

«Cedric, ho bisogno di te!» gridò l'uomo.

Uno dei cavalieri si avvicinò al trotto, tenendo in mano una fiaschetta d'argento. Emily raddoppiò gli sforzi per scappare e colpì con un calcio il collo del piede dello stivale del suo rapitore. Ma era troppo tardi. L'uomo le portò la fiaschetta alle labbra e, non volendo la giovane aprire la bocca, le pizzicò il naso e lei fu costretta ad aprire le labbra per respirare. Un liquido disgustoso e amaro le scivolò in gola. Emily ebbe un conato di vomito ma deglutì.

Il sapore amaro in bocca la fece rabbrividire violentemente e fu travolta da un'ondata di vertigini, che le offuscarono la vista. Il terreno sotto i suoi piedi sembrava girare. Una sensazione spaventosa di morte le attraversò le braccia e le gambe e si accasciò contro l'uomo che ancora la tratteneva. Forse se avesse finto di perdere i sensi per un momento, se avesse ripreso fiato e si fosse schiarita le idee, avrebbe potuto combattere.

L'uomo con la fiaschetta indietreggiò ed Emily lasciò afflosciare il suo corpo mentre il suo rapitore le teneva le braccia intorno alla vita e alle spalle, bloccandola a sé.

Emily trasse un respiro, lento e debole per non attirare l'attenzione. L'uomo che la teneva attese che qualcuno lasciasse cadere un mantello sull'erba prima di adagiarla delicatamente, poi si allontanò per parlare con i suoi compagni. Emily ne aveva contati cinque prima di chiudere gli occhi.

La giovane fece del suo meglio per restare immobile e respirare lentamente mentre ascoltava, ma era difficile combattere il panico che si agitava dentro di lei e la nebbia che le scendeva lentamente sugli occhi. Ogni istinto le urlava di fuggire ma rimase immobile, pregando che distogliessero la loro attenzione, dandole il tempo di alzarsi e di correre.

Sentì la voce di un uomo sopra di lei. «Beh, non è stato troppo difficile.»

«Mi chiedo: è la figlia di uno zingaro? Credevo che dovessimo rapire una bella signorina dell'alta società!» Un altro rise.

Emily combatté l'impulso di reagire, nonostante la letargia del suo corpo. *Maledetti bellimbusti arroganti!* La rabbia era migliore della paura e le concedeva un po' di energia.

Cosa c'era nella fiaschetta da cui aveva bevuto? *Un veleno?* No... non aveva senso. Aveva già letto di quel sapore amaro... *il laudano!* Una nuova rabbia si accese dentro di lei. La lasciò fluire dalla testa alle dita dei piedi e l'illusione di forza le percorse le ossa.

Un'altra voce parlò. «Charles, paga un extra al cocchiere per il suo silenzio ed io e Lucien ci occuperemo della ragazza.» Emily riconobbe la voce. Era dell'uomo che aveva morso. Lui e gli altri sembravano dei gentiluomini, se così si potevano definire.

Dopo essersi trasferita da suo zio, Emily aveva imparato a non fidarsi più dell'aspetto di un uomo. Un bel vestito non fa di una persona un buon uomo.

Ciò che la confondeva di più era cosa volessero quei furfanti da lei. Di certo non era stato Blankenship ad assumerli per rapirla. Avrebbe scelto uomini di rango inferiore. Il guanto da equitazione che aveva morso era di una qualità pregiata, troppo per dei comuni scagnozzi.

«Per quanto tempo dormirà?» chiese uno degli uomini.

«Difficile da dire... probabilmente un'ora buona.» Riconobbe la voce come quella di Cedric. «Uno di noi la riporterà al castello.»

Una mano gentile le scostò i capelli dal viso. Quella stessa mano scese fino al collo, accarezzandole la pelle prima di sfiorarle il braccio e poi scivolare lungo la sua vita. Brividi di paura le percorsero la pelle. Lottò per non accelerare il respiro ma il cuore le batteva all'impazzata. Quando la mano le sfiorò la vita, il respiro di Emily accelerò. Era molto sensibile in quella zona e la danza leggera dei polpastrelli lungo il corpo, attraverso la mussola, le fece soffocare una risatina. Maledisse il suo solletico.

La mano si ritirò. Poi, altrettanto improvvisamente, tornò a sfiorarle la vita, sempre con la stessa delicatezza, finché lei scoppiò in una crisi isterica e ansimante.

«Si è svegliata!» esclamò il sequestratore che l'aveva appena toccata, con voce affannata come se stesse combattendo le proprie risate.

Emily si mise in ginocchio. Si era appena mossa quando

un corpo la placcò da dietro, facendola cadere di nuovo a terra. Le poche forze che le erano rimaste la abbandonarono. Le ginocchia dell'uomo le bloccarono i fianchi, immobilizzandola a terra. Emily gridò quando il peso dell'assalitore si spostò su di lei. L'uomo allentò la presa abbastanza da permetterle di respirare ma non da lasciarla libera.

«L'hai presa, Godric?»

Emily si dimenò, agitando le gambe e inarcando la schiena. «Per favore! Non fatelo, vi prego!» Odiava implorare ma era la sua ultima possibilità.

«Non vi faremo del male!» L'uomo sopra di lei, Godric, le passò un grosso palmo lungo il fianco, accarezzandola dolcemente.

«Bugiardo!»

Strinse la presa mentre Emily scalciava e lottava. «L'ho presa, ma fai in fretta, Cedric! Si sta dimenando all'impazzata.»

Cedric s'inginocchiò accanto alla testa della giovane e le appoggiò la fiaschetta alle labbra, facendole scendere il laudano in gola. Emily cercò di scuotere la testa di lato ma l'altra mano di Cedric le coprì la bocca, impedendole di sputare il liquido disgustoso. Era inutile lottare contro il suo destino. Lasciò che i suoi occhi implorassero come la sua bocca non poteva.

«Mi dispiace, mia cara. Veramente!» La sincerità nella voce di Cedric la sorprese.

Come poteva la sincerità seguire una tale brutalità?

Le tenne la fiaschetta sulle labbra. Lei deglutì a fatica e poi tossì mentre il liquido le bruciava le viscere.

L'ultimo sguardo di Emily si rivolse sul viso di Cedric, con le sopracciglia aggrottate. Le sue dita lasciarono dei solchi nella terra granulosa della strada buia e vuota mentre lottava per restare cosciente. L'odore di muffa della terra le offuscò il naso, mischiandosi al calore del corpo maschile che la immobilizzava. Le sue membra erano pesanti. Le sue palpebre sbattevano e sapeva di non poter resistere ancora per molto. Godric le accarezzò delicatamente il corpo, come per confortarla, ma solo confusione e paura la seguirono nell'oscurità che la circondava.

CEDRIC, IL VISCONTE SHERIDAN, LE STRINSE IL MENTO E le inclinò il viso per esaminarla. «Ha perso veramente i sensi?»

La luce della luna illuminava il corpo di Emily, consentendo agli uomini di osservare bene la loro vittima. Le ciglia lunghe e scure si posavano sulle guance di porcellana, colorate da un rossore rosato.

«C'è solo un modo per scoprirlo.» Le mani di Godric percorsero il corpo della giovane, tornando più volte alla vita dove aveva scoperto che soffriva il solletico.

Emily rimase inerme, senza reagire all'esplorazione. «È sicuramente priva di sensi.» Si allontanò da lei.

Charles e Lucien si avvicinarono sui loro cavalli.

Charles ridacchiò. «Quanti signori hai detto che ci sarebbero voluti per sottomettere questo piccolo diavolo?»

Lucien Russell, il marchese di Rochester, trattenne un sorriso.

«Più di quanti pensassimo,» rispose Ashton, divertito, abbassando lo sguardo su Emily.

Godric osservò la piccola prigioniera, sporca ma stupenda. «Non assomiglia affatto a suo zio.»

Il calore si accumulò dentro di lui. Il suo breve ricordo di lei non aveva reso giustizia all'enigma della signorina Emily Parr. Non poteva dimenticare il modo in cui lei aveva lottato con lui, anche se terrorizzata. Ma sapere di averla spaventata gli lasciò una sensazione di vuoto nel petto. Si aspettava di ignorare le proteste della giovane e di portarla via. Quello che non si aspettava era che Emily combattesse valorosamente contro di lui e che lo facesse sentire in tutto e per tutto un cattivo.

Cedric rimise la fiaschetta di laudano nella tasca del panciotto. «Hai dei ripensamenti?»

Godric rise e si scrollò di dosso il senso di colpa. «Signore, no. Mi conosci meglio di così, Cedric. Ora è mia.» Lanciò di nuovo un'occhiata a Emily.

Si sentiva stranamente possessivo nei confronti di quella giovane, non che ne avesse il diritto. Eppure, l'impulso improvviso di adagiarla in un giardino recintato lo attraeva molto. Intrappolarla in una torre come la principessa di una fiaba.

«La ragazza lo ha incuriosito,» disse Lucien ai suoi amici.

Godric prese Emily tra le braccia.

Sapeva che doveva apparire strano ai suoi amici, prendendosi tanta cura di Emily. Ma qualcosa di lei lo attirava. Desiderava delle carezze sensuali, lo scivolare delle lenzuola di raso contro la sua pelle, il corpo setoso di lei sotto il suo. Non aveva pianificato di sedurla ma il coraggio della piccola diavolessa lo aveva eccitato. Sarebbe stata una compagna di letto selvaggia. Le labbra dell'uomo s'incurvarono in un sorriso al pensiero.

«Può venire con me,» si offrì Charles, speranzoso.

«Preferirei affidarla a un marinaio ubriaco.» Riluttante e con le mani che indugiavano, Godric consegnò Emily ad Ashton e, dopo essere montato a cavallo, si chinò per recuperarla. La sistemò sulle sue ginocchia, tenendole un braccio stretto intorno alla vita e infilandole la testa sotto il mento per tenerla ferma.

Il solo ricordo che Emily lo avesse quasi battuto due volte, lo fece sorridere. Erano anni che non si divertiva così tanto. Se non avesse ceduto all'impulso di toccarla, non avrebbe mai scoperto il punto in cui la giovane soffriva il solletico alla vita e lei avrebbe potuto sgattaiolare via mentre lui e gli altri parlavano. Ashton aveva ragione: era furba, una caratteristica che doveva aver ereditato da suo zio. Ma la sua bellezza? Lo aveva stupito. Non assomigliava minimamente allo squallido Albert Parr.

Il viaggio di ritorno alla tenuta di campagna di Godric durò un'ora. Si fermarono una volta per somministrare a Emily un'altra dose di laudano, quando la giovane si era agitata come un gattino assonnato. Lo sfregamento dei pugni di lei, chiusi contro il suo petto e del viso contro la sua gola, provocò a Godric un brivido di piacere.

Cercò di non pensare a Emily o al fatto che le sue labbra potessero avere un sapore così dolce come sembravano. Si concentrò sulla strada davanti a loro e sulla sua casa, che si trovava poco oltre.

La tenuta dei Saint Laurent era un grande castello georgiano che rivaleggiava con la bellezza di Chiswick House. Suo padre e il duca di Devonshire un tempo avevano avuto un'amichevole rivalità al riguardo.

Studiò la tenuta con occhi nuovi, cercando di immaginare come Emily l'avrebbe percepita.

L'architetto aveva progettato la casa con sei colonne d'avorio nella parte anteriore, come molte delle più grandi case palladiane in Inghilterra. Gli antenati di Godric avevano costruito la parte superiore del maniero con un bel bugnato di pietra, mentre la parte inferiore era bugnata, conferendo un'allacciatura di trama al maniero, come un vestito da donna ricamato sull'orlo. Godric fu sorpreso di scoprire di desiderare l'approvazione di Emily. Se la giovane fosse rimasta lì per un po', il duca voleva che trovasse piacere in ciò che la circondava.

Non appena Godric si avvicinò ai gradini del suo castello, comparve un cameriere stanco e chiamò uno stalliere. L'anziano maggiordomo, Simkins, si affacciò al portone un momento dopo, scortando tutti gli uomini nella sala, dopo essersi assicurato dei loro cavalli.

«Vostra Grazia, non aspettavamo visite.» Simkins guardò con curiosità la prigioniera addormentata.

«Simkins, questa è la signorina Emily Parr. Sarà mia ospite qui per un po'. Fai in modo che la signora Downing le assegni una cameriera al piano superiore per aiutarla a vestirsi. Occupati di ogni suo bisogno, ma non permetterle di uscire.»

«Certamente, Vostra Grazia. Sarà trattata come una principessa.»

«Non viziarla, Simkins,» continuò Godric, ripensandoci. Doveva essere tenuta in gabbia, per così dire, e sarebbe stato saggio non indorare quella gabbia, almeno finché lei non avesse capito che lui aveva il controllo.

Un pensiero improvviso gli venne in mente. Il suo valletto, Jonathan Helprin, doveva essere tenuto lontano da Emily perché lei era una tentazione per qualsiasi uomo e il giovane Helprin non era il tipico valletto. Essendo nato e cresciuto sotto lo stesso tetto di Godric, il giovane aveva un occhio di riguardo per le signore, piuttosto che ai vestiti, che avrebbero dovuto essere gli interessi di un buon valletto. «Oh, Simkins,» Godric attirò l'attenzione del maggiordomo. «Assegna al signor Helprin dei compiti che lo tengano lontano dalle mie stanze. Da casa, se possibile. Nel frattempo fai in modo che uno dei camerieri si occupi dei miei bisogni.»

L'uomo più anziano esitò, chiaramente confuso. «Uh... sì, Vostra Grazia. Farò in modo che il signor Helprin sia occupato altrove durante la permanenza della vostra ospite.»

«Grazie.»

Simkins salutò gli altri quattro uomini che avevano seguito Godric nella sala principale. «Miei signori.»

«Simkins, dannazione, come stai?» Charles rise. «Ti sono mancato?»

Simkins quasi sorrise ma mantenne il suo contegno controllato. «Sto bene, Lord Lonsdale. La casa è molto più tranquilla dalla vostra ultima visita e ho dormito bene sapendo che non ho avuto bisogno di una flotta di camerieri per togliere le macchie di porto dal tappeto del salotto.»

«Hmm, il porto sembra delizioso. Me ne porti un bicchiere quando ne hai la possibilità?» Charles sorrise al maggiordomo, che scosse la testa, borbottando mentre si congedava dai signori.

Cedric indicò la strada in fondo al corridoio con la testa di leone argentata del suo bastone. «Vieni, Lucien. Andiamo a scaldarci vicino al fuoco.» Se ne andarono, seguiti da Charles.

Ashton seguì Godric su per le scale, con Emily ancora in braccio. Godric scelse la stanza accanto alla sua, quella occupata spesso da un'amante. A differenza di altri gentiluomini, il duca teneva sfacciatamente le sue amanti nella sua tenuta, incurante dei pettegolezzi che ne sarebbero potuti derivare.

Godric fece un cenno con la testa verso la porta, indicando ad Ashton di aprirla.

«Ehm... intendi tenerla così vicina a te?» gli chiese Ashton, educatamente.

«Sì. Probabilmente continuerà a cercare di scappare. Potrò sentirla meglio se è così vicina.»

Ashton aprì la porta, scoprendo un letto a baldacchino ornato da un copriletto blu e da tende color lilla. Fece sdraiare Emily, le sollevò la testa e le sistemò un cuscino sotto i boccoli lucenti. Le forcine dell'acconciatura si erano staccate durante la lotta e Godric scoprì che gli piaceva quel disordine selvaggio.

Ashton guardò la piccola porta nascosta da parte della parete e Godric sorrise.

«So cosa stai pensando, Ash...» La porta conduceva direttamente alla camera del duca.

«Quello che fai con lei non è affar mio.» Nonostante i suoi continui tentativi di tenere sotto controllo il suo affiatato gruppo di amici, Ashton non era un santo.

Con un cenno, Ashton si congedò. Gli occhi di Godric scivolarono sulla giovane donna indifesa sul letto. Fango e polvere le avevano macchiato l'abito. Macchie di polvere le coloravano il naso e le guance. A prima vista, sembrava una piccola orfana selvaggia ma le curve del suo corpo facevano capire che era una donna. Incapace di resistere, le prese il viso tra le mani, facendo scorrere i polpastrelli dei pollici sulle guance per strofinare via lo sporco. La pelle della giovane era morbida ed Emily si agitò leggermente al tocco, spostando il corpo verso il fianco destro di Godric.

Si risvegliarono in lui delle emozioni che aveva sepolto da molto tempo, stringendogli la gola e bruciandogli nel petto. Era di nuovo un ragazzo, ipnotizzato dal fascino di una giovane. Un tempo che non avrebbe mai potuto recuperare, un'innocenza strappata anni prima dalla sua anima sanguinante.

Alzandosi, il duca indietreggiò verso la porta. Si soffermò mentre i suoi occhi tracciavano la sagoma del corpo della giovane. Un senso acuto di desiderio lo colpì. Voleva legarla a sé ma lei gli sarebbe scivolata tra le dita come dei granelli di sabbia.

Come avrebbe reagito a lui il mattino seguente? Senza dubbio, con risentimento e disgusto. L'aveva trascinata fuori dalla carrozza, l'aveva maltrattata e drogata. Non era un eroe e una donna come lei meritava un cavaliere in sella a un cavallo bianco.

Lui rovinava tutto quello che toccava.

Godric abbassò la testa mentre chiudeva la porta per raggiungere i suoi amici al piano di sotto.

CAPITOLO 2

Le prime luci del mattino attraversarono le tende color lilla, proiettando ombre purpuree sul copriletto. Emily si svegliò, dolorante e indolenzita. Quelle sensazioni la lasciarono perplessa. Quando si mise a sedere nell'enorme letto, il suo sguardo sfiorò una stanza abbastanza elegante per una regina. Per un breve istante, mentre la bellezza degli arredi s'impadroniva di lei, si rallegrò dello strano ambiente fiabesco.

Scivolò fuori dal letto e si avvicinò al comò di legno e filigrana d'oro, tirando delicatamente la maniglia di un cassetto che si aprì, rivelando una collezione di camicie leggere come seta filata da un ragno. Emily sfiorò la biancheria, sospirò e si voltò, solo per scorgersi riflessa nello specchio della toeletta. Un sussulto le sfuggì dalle labbra e si portò una mano alla bocca. Il suo sguardo cadde sugli occhi riflessi, spalancati nel vedere il vestito sporco e sgualcito.

I ricordi riaffiorarono mentre il terrore la attanagliò di nuovo, logorando il suo autocontrollo. Dove si trovava? Dove l'avevano portata? Le sue mani tremavano mentre cercava di domare i capelli. Fece una smorfia.

Che cosa farò?

Riusciva a malapena a pensare mentre il sordo pulsare del mal di testa le martellava dietro gli occhi, un effetto collaterale del laudano, supponeva. Aveva la vaga sensazione che l'avessero stordita una seconda volta, quando aveva cominciato a svegliarsi a causa degli scossoni.

Il suo vestito era irrecuperabile ma non aveva importanza. Doveva fuggire.

Attraversò la stanza a tentoni ma si fermò quando notò un abito azzurro di mussola posato su una sedia, insieme a tre sottovesti, delle pantofole blu scuro e dei nastri per capelli. Sull'abito era stato appuntato un piccolo biglietto.

CARA MISS PARR,

Spero che abbiate dormito bene.

Mi sono preso la libertà di far modificare quest'abito questa mattina dopo che la signora Downing ha preso le vostre misure. Vi prego di scendere a fare colazione quando volete.

Sinceramente,

IL SIGNOR SIMKINS, MAGGIORDOMO, E LA SIGNORA Downing, governante

Per Sua Grazia, Godric St. Laurent, Duca di Essex

• • •

EMILY FISSÒ IL BIGLIETTO.

Il duca di Essex? Il suo diabolico rapitore non era altri che Godric St. Laurent? Almeno non era in pericolo come aveva temuto all'inizio. Quegli uomini erano pari del regno e non l'avrebbero uccisa o fatto del male in altro modo come i briganti che aveva creduto la notte precedente.

La sua amica Anne Chessley le aveva parlato molto di Godric e dei suoi amici. Li aveva chiamati il Circolo delle Canaglie, un nome che aveva sussurrato per metà spaventata e per metà affascinata. Per quanto ne sapeva, erano uomini senza regole e senza morale, se ci si poteva fidare dei pettegolezzi e delle storie stampate su *The Quizzing Glass Gazette*.

La sera precedente, Emily aveva sentito anche il nome Ash, molto probabilmente Ashton Lennox, un ricco barone. Gli altri due uomini erano senza dubbio Lucien Russell, marchese di Rochester, e Charles Humphrey, conte di Lonsdale. Emily ingoiò una risata amara. Quale giovane debuttante non avrebbe sognato un'esperienza romantica come quella di essere rapita dai cinque uomini più belli, ricchi, influenti e desiderabili di tutta l'Inghilterra?

Emily, tuttavia, desiderava solo fuggire, senza considerare l'idea di sposarsi con qualcuno di loro. Non erano il tipo di uomini da sposare. Tuttavia, si chiese che tipo di marito potesse essere il duca di Essex. Un buon amante, se le voci erano vere, ma più propenso a sposarsi per uno scopo che per amore.

Dopo essersi lavata adeguatamente con l'acqua fresca del catino, indossò l'abito lasciatole dal signor Simkins, un modello semplice e grazioso, abbottonato sul davanti. Le sottane erano state tagliate abbastanza alte da mostrare le punte delle sue pantofole e le maniche si gonfiavano leggermente sulle spalle.

Emily strattonò la maniglia della porta. Non si mosse. Come diavolo avrebbe fatto a uscire? Era chiusa dentro. *Intrappolata.* Il suo corpo s'irrigidì mentre fu travolta da un'ondata di panico. Corse alle finestre e tirò ma non si mossero. Con orrore, notò un paio di chiodi conficcati in profondità nel legno. Scrutò freneticamente la stanza, notando una porta stretta, identificabile a malapena, a sinistra del letto.

Dove diavolo porta? Un ingresso discreto della servitù, forse? «Tanto vale provare.»

La maniglia cedette e si aprì su una seconda stanza.

A una parete era addossato un enorme letto a baldacchino. Gli occhi di Emily si fissarono sul corpo aggrovigliato tra le lenzuola. Intravide una schiena muscolosa baciata dal sole e una testa di capelli scuri... *il duca.* L'aveva sistemata in una camera adiacente. Si avvicinò dolcemente alla porta della stanza dell'uomo. Anch'essa era chiusa a chiave. Si precipitò alla finestra e, come nella sua stanza, questa non si aprì.

Tornò alla porta della stanza del duca, premendosi contro il legno, e decise di gridare aiuto. Le sue labbra si aprirono, un grido sulla punta della lingua, poi si fermò. Era in casa del duca, con i suoi servi. Non avrebbe ottenuto alcun aiuto, non per una prigioniera del duca. La rabbia sostituì parte della paura, almeno temporaneamente.

«Oh, per l'amor del cielo,» brontolò sottovoce, voltandosi di nuovo verso Godric.

Un lontano luccichio dorato sul lato opposto del letto, vicino alla parete, attirò la sua attenzione. Attraversò in punta di piedi il pavimento di legno, dirigendosi verso l'uomo, il cui respiro era debole e lento; segno che stava dormendo profondamente.

«Ah, sì!» Un piccolo mazzo di chiavi d'ottone, assicurato al polso di Godric da un laccio di cuoio, brillava alla luce del sole. Emily si chiese se dovesse aspettare che si svegliasse da solo, o cercare di scappare in quel momento, rischiando di svegliarlo nel tentativo di prendere le chiavi.

La mano con le chiavi giaceva sul lato opposto del letto, un po' troppo vicino alla parete perché lei potesse raggiungerla. Sarebbe dovuta strisciare sopra l'uomo. Il polso le batteva all'impazzata e il sangue le rimbombava nelle orecchie, cercando di accettare quello che avrebbe dovuto fare. Avrebbe dovuto toccare l'uomo che l'aveva rapita e drogata. Non solo toccarlo... ma strisciare lungo il suo corpo... nel suo letto. Poteva farlo? Suo padre l'aveva sempre definita coraggiosa. Ma essere così vicina a un uomo, sola e chiusa in una camera con lui, sarebbe stata abbastanza coraggiosa da prendere le chiavi?

Chiuse gli occhi e richiamò il coraggio cui aveva fatto ricorso con tanta facilità la sera precedente.

Posso farlo. Devo farlo.

Sollevò le sottane sopra le ginocchia e, mentre si arrampicava, appoggiò un piede sulla struttura in quercia del letto. Con le mani e le ginocchia ben distanziate, distribuì il suo peso. L'ultima cosa di cui aveva bisogno era cadere sul letto e svegliare quel demonio.

Godric era così grande che Emily dovette allungare la

mano con molta attenzione per afferrare le chiavi senza cadere. Trattenne il respiro e si chinò, con i seni a pochi centimetri dalla schiena di lui, cercando gli strumenti per la libertà. Fece passare un dito sotto il cinturino di cuoio intorno al polso e lo tirò a sé, ma il cuoio si attaccò alla pelle di Godric.

Avrebbe dovuto toccarlo. Per un momento non riuscì a respirare. L'aria nei suoi polmoni bruciava e cercò invano di trovare un'alternativa. Non ce n'era una. Aveva bisogno delle chiavi che erano attaccate all'uomo nel letto.

Usò il pollice e l'indice per sollevare il polso di Godric di un centimetro, mentre l'altra mano trascinava le chiavi da sotto il braccio.

Il tessuto intorno alle ginocchia iniziò a scivolare. La gravità lavorava contro la sua posizione precaria. Un altro secondo e...

Thump!

Cadde perpendicolarmente sulla schiena di Godric che gemette dolcemente, rotolandosi sulla schiena. Emily si spostò su di lui per stare sopra. La mano destra dell'uomo – con le chiavi ancora allacciate – le si posò sulla parte inferiore della schiena, accarezzandola.

Emily inspirò bruscamente. Era distesa sullo stomaco e sull'inguine di Godric che stava ancora dormendo. Si spostò, cercando di raggiungere la mano senza metterlo in allarme.

«Hmm... che birichina.» Sul viso di Godric comparve un sorriso sognante. «Evangeline, ora non ti agitare.»

Evangeline? Probabilmente la sua amante. Emily si acciglò e raggiunse di nuovo la mano ma il movimento fu inutile. Godric spostò la mano sul sedere e la sculacciò in modo giocoso.

Emily si liberò con una scrollata. «Come osate!» I piedi della giovane s'impigliarono nelle coperte e inciampò sul pavimento, cercando di fuggire dal letto.

Godric la guardò, sbattendo le palpebre. «Ma che... signorina Parr? In nome di Dio, cosa state facendo nella mia camera?» Si alzò di scatto ma ricadde contro i cuscini, portandosi l'avambraccio sugli occhi con un gemito.

Emily fuggì nell'angolo più lontano della stanza, con il cuore che le batteva contro le costole come un uccello in gabbia. I muscoli dell'uomo si flettevano, muovendosi come una grande pantera slanciata. Per un attimo la giovane immaginò la protezione che lui avrebbe potuto offrirle: con il suo corpo gettato davanti a lei come uno scudo, i muscoli e gli avambracci tesi. Poi si ricordò di come lui l'aveva portata via dalla carrozza e della violenza della loro lotta.

«Lasciatemi andare subito!»

«Non vi sto trattenendo,» rispose lui, irritato.

«Volevo dire, lasciatemi andare. La mia camera è chiusa a chiave.» Emily batté il piede e lo fulminò con lo sguardo, ma la forza si perse in lui che rimase sdraiato sulla schiena, con gli occhi chiusi. «Esigo di essere liberata!»

«La mattina pretendo pace e tranquillità,» borbottò Godric, sottovoce.

«Allora?» Emily batté di nuovo i piedi per terra, piuttosto seccata di non avere altri mezzi per attirare l'attenzione dell'uomo. Non osava avvicinarglisi. Il ricordo del corpo di lui che la sovrastava la notte precedente la faceva tremare di nuovo dalla paura ma era determinata a mantenere un'espressione coraggiosa.

Godric si tolse il lenzuolo e si mise a sedere. Emily quasi svenne alla vista del petto nudo. L'uomo sorrise e prese tempo per cercare il lenzuolo per coprirsi. Emily respirava a fatica, con il viso in fiamme. Era quello l'aspetto di un uomo mezzo vestito? Aveva un aspetto... feroce. Ogni striscia di muscolo e di acciaio cordato sotto la sua carne sussurrava violenza e pericolo. Le si asciugò la gola e si leccò le labbra, cercando di calmare il cuore che batteva all'impazzata.

«Volete unirvi a me, signorina Parr?» Godric accarezzò il letto.

Emily fece involontariamente un passo indietro e, le sue scapole colpirono la porta dietro di lei.

«Stavo solo scherzando.» Un leggero cipiglio gli aggrottò le labbra, come se la reazione di lei lo avesse turbato.

«Scherzando? Per favore, Vostra Grazia, illuminatemi su come questa situazione possa essere lontanamente divertente. Devo tornare subito a Londra e cercare di riparare al danno che avete arrecato alla mia reputazione.» *Alla mia vita.* Emily si strinse le mani, cercando di fare qualcosa per alleviare l'ansia.

«Temo che non sia possibile.» La risposta di Godric all'inizio non ebbe senso, perché lei non si aspettava che lui le negasse il diritto di andarsene.

«Cosa? Perché no?»

«Perché vi ho portato qui per rovinarvi.»

La giovane studiò la mascella pronunciata e gli occhi

verdi dell'uomo, cercando qualsiasi segno delle sue intenzioni.

«Beh, almeno siete diretto. O è un altro scherzo?» Emily non riusciva a immaginare come avrebbe potuto salvare la sua reputazione, anche se si trattava di uno scherzo.

Poi notò il leggero livido viola che segnava la guancia del duca. Il colpo che gli aveva inferto la notte precedente era stato forte come sperava. Non aveva mai fatto del male a nessuno ma lui si meritava quello e molto di più se avesse osato toccarla di nuovo.

La sua situazione era diventata improvvisamente chiara e non le piaceva affatto. Una volta tornata a Londra, solo i cacciatori di dote più disperati l'avrebbero presa in considerazione. Dopo un tale scandalo, sarebbe stata fortunata se fosse stata accolta in società, per non parlare di trovare un uomo decente da sposare. Ma d'altra parte... i suoi occhi sfiorarono il volto di Godric. Quell'uomo avrebbe fatto la cosa più onorevole dopo aver realizzato qualsiasi parte del suo piano che richiedeva la rovina? *Posso convincerlo a confessare le sue azioni e a sposarmi?* O lui o i cacciatori di dote. Emily si rifiutò di considerare Blankenship come un'opzione.

Sospirando, Godric si alzò dal letto per vestirsi. Emily indietreggiò, ben al di fuori dalla portata dell'uomo, con il viso rosso ciliegia, fingendo di distogliere lo sguardo dal corpo nudo del duca. Era affascinante l'innocente convinzione di Emily che se gli fosse rimasta lontana sarebbe stata al sicuro. Se lui avesse voluto davvero, avrebbe potuto trascinarla sul letto e prenderla. Ma c'era poco divertimento in ciò. Il viaggio della seduzione era la metà del piacere di portarsi a letto una donna.

Emily smise di agitarsi e incontrò lo sguardo di Godric.

«Perché rovinarmi? Ci sono molte altre giovani ereditiere con più soldi. Avete intenzione di sposarmi?» La giovane sollevò un sopracciglio castano dorato verso di lui, una sfida silenziosa che il duca trovò divertente. Emily era una piccola creatura sfacciata e audace, lui gliene dava atto.

«La vendetta è il mio unico interesse per voi. È una risposta abbastanza semplice? La colpa è di vostro zio.» Godric attraversò la stanza per lavarsi il viso.

«Mio zio?» Le sopracciglia di Emily si aggrottarono e le sue labbra si aprirono come se stesse riflettendo sulla rivelazione di essere una merce di scambio.

Godric si chinò, si lavò il viso nel catino sul comodino, si asciugò e indossò una vestaglia.

«Vostro zio ha acquisito da me una grande somma di denaro con cui, a quanto mi risulta, ha pagato gli altri suoi creditori piuttosto che investirla. Il mio denaro è sparito.»

«Questo comunque non spiega perché *sono* qui.» Emily si morse il labbro inferiore, con un'espressione di acuta intelligenza nei suoi occhi. Erano anni che Godric non guardava davvero il viso di una donna e trovava l'intelligenza attraente. Emily era certamente entrambe le cose.

«Quali sono le vostre intenzioni nei miei confronti?» La disperazione colorì il tono della giovane in modo tale da attirare l'attenzione di Godric.

Emily si sedette sul bordo del letto, con gli occhi

spalancati dall'incredulità. Tralasciando la ricerca di abiti adeguati, Godric attraversò la stanza, le prese il mento con la mano e le inclinò la testa all'indietro, costringendola a guardarlo.

«Devo tenervi qui per un po' finché non vedrò vostro zio completamente distrutto, poi forse vi riporterò a Londra. Mentre siete qui, siete la benvenuta a condividere il mio letto.» Le toccò il naso con un polpastrello, cercando di stuzzicarla ma le sue parole non fecero altro che farla accigliare. S'inginocchiò davanti alla giovane. «Non vi accadrà nulla di male, signorina Parr. Avete la mia parola di gentiluomo.»

«Gentiluomo?» si schernì Emily. «Che gentiluomo siete. Trascinare le donne fuori dalle carrozze, drogarle. Non avete un briciolo di onore. Non capisco nemmeno cosa c'entri tutto questo con mio zio. Gli uomini come voi rovinano le donne come me e non si guardano mai indietro. Vi sfido a negarlo.»

Godric si mise a ridere. «Non mi sognerei mai di negarlo. Tuttavia insisto che voi capiate che io rovino le donne solo per uno scopo, non per sport.» Appoggiò un fianco alla cassettiera, osservandola attentamente. «Sono certo che sapete quanto sarebbe facile per vostro zio vendervi a un uomo in matrimonio per saldare i suoi debiti. Beh, nessuno vi prenderà se ci sono stato prima io.»

Gli occhi di Emily si oscurarono. «Quindi mi avete fatto del male per colpire mio zio?» La sua voce si alzò di tono ma non era stridula. «Non mi avete considerato? Sono una parte innocente in questa storia. Mio zio pretenderà che voi mi sposiate e allora saremo costretti a stare insieme.»

Godric scoppiò a ridere. «Ash ha detto che siete intelligente. Non avevo capito che avevate anche il senso dell'umorismo.»

«Umorismo? Non ci vedo nulla di divertente in tutto questo. Avevo aspirazioni di matrimonio, sì, ma non includevano sposare qualcuno come voi.» Emily incrociò le braccia sul petto.

«Signorina Parr, non sono sicuro che voi sappiate esattamente chi sono.»

Godric scorse un lampo di dolore negli occhi di Emily. «So chi siete. Il duca di Essex. Un vero e proprio demonio, o almeno così dicono le signore. Con un solo sguardo, portate una donna alla rovina.»

«Solo uno sguardo? Pensavo di dover dire almeno il nome di una signora...» ridacchiò lui ma lei non rise.

Una spruzzata di rosa le sbocciò sulle guance. Le sue labbra si aprirono ulteriormente e il suo seno cominciò a salire e scendere con i respiri accelerati. Gli ricordò un passero spaventato che una volta era volato nel suo studio. Aveva dovuto aiutarlo a fuggire dalla finestra prima che si ferisse colpendo qualcosa.

«Voglio essere chiaro, signorina Parr. Non ho mai lasciato che la società e le sue regole dettassero la mia vita. Vostro zio potrebbe tentare di scatenare una guerra sociale contro di me per legarmi a voi ma non metteremo mai piede insieme in una chiesa. Avete capito? Ora non siate così sconvolta, mia cara. Sono un amante generoso. Se trovo che voi ed io stiamo bene insieme, vi prenderò come mia amante. Non sono incline alle relazioni permanenti ma vi terrei ben curata per il resto della vostra vita. Non sarebbe così orribile essere l'amante di un duca.»

Gli occhi viola di Emily riflettevano un luogo lontano ma erano comunque rassegnati, una qualità che riecheggiava nella sua voce. «Tutti gli uomini sono senza cuore come voi? Non capite che cosa mi avete tolto? Ho *bisogno di* sposarmi. I miei genitori sono morti. Avevo solo una possibilità di felicità e di pace e voi l'avete distrutta nel momento in cui avete preso il controllo della mia carrozza.» Gli occhi di Emily si appannarono di lacrime e un secondo dopo la giovane emise un gemito, un piccolo suono sommesso, prima che il suo corpo iniziasse a tremare in singhiozzi silenziosi e repressi.

Godric sbatté le palpebre, inorridito. Tutto il suo corpo si strinse. Non era la prima volta che faceva piangere una donna ma quelle lacrime non erano di un'amante arrabbiata, bensì di una giovane donna, una vera e propria innocente.

Senza pensarci due volte, la tirò tra le braccia. Un bisogno feroce di proteggerla sorse in lui e non riuscì a liberarsene. Il corpo di Emily tremò contro quello di Godric mentre le sue mani esplorarono il petto nudo, le braccia e le mani di lui. Seguì un lieve strattone al polso dell'uomo che sobbalzò, stupito di vederla stringere il nastro di cuoio delle chiavi. Godric prese le chiavi dalle dita di Emily, facendole aprire una per una.

L'uomo scoppiò a ridere, vedendo lo sguardo furioso della giovane. «Signorina Parr, avete delle mani straordinariamente agili. Oh, quante cose potrei insegnarvi...» Iniziò ad abbracciarla di nuovo ma lei si tirò indietro.

Emily indietreggiò di qualche passo, con un'espressione diffidente. Era scomparsa la donna che aveva pianto fra le braccia del duca, uno stratagemma piuttosto credibile. *Una ragazza intelligente.*

«Dubito seriamente che abbiate qualcosa di utile da insegnarmi, Vostra Grazia.» Emily fece un inchino beffardo e superficiale prima di rientrare nella sua stanza, sbattendo la porta. Pochi secondi dopo, si avvertì il rumore di una toeletta che veniva trascinata davanti alla porta. Godric sorrise e poi iniziò a fischiare sommessamente.

Doveva aspettare. La giovane aveva certamente bisogno di qualche minuto per riprendere il controllo, soprattutto sotto il punto vita.

«CHE COSA VOLETE DIRE CON *RAPITA?*»

La casa di Albert Parr risuonò della furia di Thomas Blankenship. Albert era seduto alla sua scrivania, strofinandosi gli occhi con l'indice e il pollice mentre faceva del suo meglio per rimanere calmo davanti al suo socio in affari, un uomo con il quale era ancora indebitato.

«È tutto scritto nella lettera.» Spinse il foglio verso Blankenship, che lo prese al volo. L'uomo stava davanti ad Albert con il petto gonfio, il doppio mento traballante contro la giugulare, una vista che avrebbe dovuto diminuire la paura di Albert ma non accadde. Al contrario. Blankenship aveva rivelato il demone che era in lui, con gli artigli, i denti salivosi e il fuoco freddo che gli ardeva negli occhi neri.

Albert sospirò. La sera precedente si era recato a Chessley House per prendere Emily. La figlia del barone, Anne, lo aveva informato che Emily non era mai arrivata. Albert si era subito preoccupato. Non aveva pensato che sua nipote potesse perdere l'occasione di vedere la sua amica ma forse si era sbagliato ed Emily aveva deciso di fare la difficile.

Forse aveva deciso di evitare Blankenship e si era rifugiata da un'amica. Non che ne avesse molte, almeno nessuna di quelle che lui conosceva.

Solo quando Albert era tornato a casa, esausto e irritato per la bravata della nipote, aveva saputo la verità. Il suo maggiordomo gli aveva consegnato la lettera lasciata dal fiaccheraio[1] che aveva assunto per accompagnare Emily al ballo. Il cocchiere, stanco, aveva confermato che la giovane era stata rapita da cinque uomini ma si era rifiutato di fornire altri dettagli se non avesse ricevuto una ricompensa. Albert aveva fatto una smorfia e aveva schiaffato alcune monete nel palmo rugoso dell'uomo.

La storia raccontata dal cocchiere era fantastica. La sua innocente nipote era riuscita a ingannare i furfanti e a fuggire per ben due volte. Mentre ascoltava il racconto, Albert aveva immaginato Emily come una specie di eroina in una grande avventura. Sembrava che avesse più forza di carattere di quanto le avesse attribuito ma quando l'idea smise di essere divertente, subentrò l'apprensione.

Albert aveva riconosciuto subito lo stile corsivo inclinato della lettera, anche se i dettagli erano vaghi e la lettera non era firmata. Dopo diversi rapporti con il duca di Essex, Albert aveva familiarizzato con l'insolita calligrafia dell'uomo. Ma era il contenuto della lettera a essere più sconvolgente. Essex aveva dichiarato di essere a conoscenza del denaro che Albert aveva rubato e di aver accettato una sorta di 'rimborso'. Naturalmente, si riferiva a Emily.

La fronte di Albert si aggrottò mentre studiava di nuovo il biglietto, ignorando Blankenship, che camminava avanti e indietro come un leone in gabbia. Se Essex avesse infangato la reputazione di Emily, lei avrebbe avuto tutto il diritto di chiedere il matrimonio e questo avrebbe significato... Il terrore lo attanagliò. Se Essex fosse diventato un parente acquisito, Albert sarebbe stato per sempre alla mercé di quell'uomo. Ammesso che fosse riuscito a portare il duca a un chilometro dalla chiesa più vicina.

No, il duca non avrebbe sposato Emily. Albert non aveva modo di costringerlo ed Essex lo sapeva. Emily era rovinata e senza di lei non aveva modo di ripagare Blankenship. Albert respirava a fatica, cercando di lottare contro il panico. «Santo cielo!»

«Cosa?» ringhiò Blankenship.

«Niente. Sono stanco e questo rapimento mi ha sconvolto.» L'ultima cosa che Albert avrebbe fatto, sarebbe stato confessare a Blankenship le sue paure. Tutto dipendeva dal matrimonio con lui. L'accordo che avevano concluso, avrebbe fatto in modo che l'eredità di Emily, denaro vincolato alla compagnia di navigazione del fratello di Albert, andasse a Blankenship per cancellare tutti i debiti.

Blankenship smise di camminare. «Quanto siete sicuro che sia il duca di Essex a trattenerla?»

Albert abbassò lo sguardo sulla scrivania, evitando il luccichio negli occhi dell'altro uomo.

«Riconoscerei questa calligrafia ovunque.»

Blankenship rifletté un attimo prima di rispondere. «Cosa lo avrebbe spinto a rapire la ragazza?»

«Devo a Essex ventimila sterline. Le ha investite con me ma l'investimento non è andato a buon fine. Ho usato i suoi fondi per ripagarvi una parte del debito. Ha scoperto che il suo denaro è sparito.» Albert combatté l'impulso di appoggiare la testa sulla scrivania e di rimanere immobile fino alla morte. «Quell'uomo ha un carattere violento e ora si è preso Emily per vendicarsi.»

Blankenship studiò la lettera, con il naso e le guance arrossate dall'irritazione. «Perché un duca dovrebbe rischiare le voci dell'alta società per una somma così misera? Ne ha dieci volte tanto accantonata in investimenti e il suo reddito annuo rende questa somma ridicola.»

«È proprio il tipo di cosa che farebbe. È uno di quelle canaglie, quel gruppo che si riunisce ogni mese al club di Berkley.»

«Sì, sì, il Circolo delle Canaglie, o chiunque essi siano. Cortigiani viziati e niente di più. Non hanno importanza. Voglio che la ragazza mi venga restituita. È mia!» urlò Blankenship con tale veemenza che Albert indietreggiò sulla sedia.

«Cosa mi proponete per riprenderla? L'ha rapita il duca. La sua reputazione è rovinata, anche se non l'ha ancora toccata.»

«Esigete che ve la restituisca subito.» Blankenship gettò la lettera sulla scrivania.

«Anche se lo sfidassi a duello, probabilmente se la riderebbe. Ora ha quello che vuole e non me la restituirà, non finché non si convincerà che la reputazione di Emily è irrecuperabile agli occhi della gente.»

«Non volete riaverla?» Il freddo mortale negli occhi di Blankenship inquietò Albert. «E il nostro accordo? I vostri debiti nei miei confronti saranno soddisfatti quando la ragazza sarà mia.»

Fino a quel momento, Albert non si era mai pentito di aver stretto una scomoda collaborazione con Blankenship. Qualcosa di malvagio, qualcosa di nero e crudele, fluttuava nello sguardo dell'altro uomo, allarmandolo.

Mentre si diceva che Essex fosse un grande seduttore, la reputazione di Blankenship sporcava i muri dei bordelli di Londra come l'uomo più cattivo del mondo. Le donne uscivano dal suo letto con i lividi e l'anima distrutta. Albert non era un uomo che giudicava gli altri per le loro abitudini sessuali ma, sapere che Emily sarebbe stata una delle vittime di Blankenship, gli aveva sconvolto lo stomaco fino alla nausea. Ma cosa avrebbe dovuto fare? I suoi debiti avrebbero potuto portare sia lui sia Emily per strada in pochi minuti, se i proprietari avessero preteso il pagamento. Almeno il matrimonio della giovane con Blankenship avrebbe mantenuto un tetto sopra le loro teste.

Se Essex aveva Emily, forse era meglio per tutti, compresa la sua stessa anima.

«Non ho alcun interesse alla sua restituzione. Ero disposto a venderla a voi, vero? Per come la vedo io, ora ha la possibilità di attirare l'attenzione di un duca, come moglie o amante, e presto mi libererò di lei.» Era la verità. Mantenere quella ragazza nutrita e vestita era stata un'impresa costosa per un uomo indebitato. Non che non gli piacesse, ma aveva poca scelta se voleva tenere a bada i creditori.

«Quindi non contatterete le autorità? Sicuramente qualcuno si accorgerà della sua scomparsa. I servi parlano, Parr.»

«Non i miei. E no, non mi rivolgerò alle autorità. L'ultima cosa che desidero è attirare l'attenzione su di me.»

«Permettetemi di agire in vostra vece. Lasciatemi usare le autorità, su vostra *richiesta,* per affrontare Essex ed esigere la restituzione della ragazza. Quando l'avrò riportata indietro, sarà mia.»

«E se arrivasse nel vostro letto non più vergine?»

«Allora non porterà il mio nome, ma scalderà comunque il mio letto.»

Albert rabbrividì di repulsione alla vista del sorriso lascivo di Blankenship. Senza dubbio l'avrebbe trattata come una qualsiasi prostituta di strada. Si preoccupava del destino di sua nipote ma i suoi problemi erano superiori di quelli di Emily. Blankenship aveva la reputazione di far sparire gli uomini, che a volte riapparivano a faccia in giù nel Tamigi. L'ultima cosa che Albert voleva, era finire morto a causa dei suoi debiti. Usare Emily come strumento di contrattazione era lo scopo migliore che potesse avere. Che Dio lo potesse perdonare.

«Bene, Emily è un vostro problema.» Albert si alzò dalla sedia con una smorfia e guardò Blankenship dritto negli occhi, desiderando che quell'uomo se ne andasse in paradiso, all'inferno, non importava. «Ora, volete scusarmi? Ho delle faccende da sbrigare.»

Blankenship rimase immobile, poi incurvò un'estremità delle labbra. «Se non la prendo, il vostro debito rimane insoluto, Parr. Sapete cosa succede agli uomini che non pagano.» Con un'espressione decisa, l'uomo più anziano girò i tacchi e sparì fuori dalla porta. L'inquietante minaccia offuscò l'aria come fumo.

CAPITOLO 3

Emily si accasciò sul letto e tutto il suo corpo tremò. Il viso le bruciava.

«Rapita da un duca.»

Si strofinò le tempie, le era tornato il mal di testa. Era un incubo. Che cosa avrebbe fatto sua madre in una situazione simile? Riconoscere i fatti. Primo, agli occhi della società era rovinata. Secondo, era alla mercé di un uomo che voleva davvero rovinarla. Terzo, doveva capire cosa fare riguardo al primo e al secondo punto.

Inspirò profondamente. Doveva fare una scelta: fuggire e tornare da suo zio e da Blankenship, restare lì con Godric o sperare di incontrare qualche uomo disperato desideroso di accedere alla sua fortuna a prescindere dal suo stato ormai macchiato. Solo una di quelle opzioni era veramente attraente.

Godric. L'idea la terrorizzava e la eccitava. Ma voleva

stare con qualcuno che la faceva infuriare con la sua arroganza, nonostante il suo aspetto gradevole?

Le spalle di Emily si abbassarono. Voleva solo la libertà di viaggiare e di vivere la propria vita, avendo possibilmente al suo fianco un uomo che la amava. Voleva avere il controllo del proprio destino e della propria fortuna. Anche se la sua eredità sarebbe stata sotto il controllo di suo marito, se fosse stata fortunata, avrebbe potuto avere voce in capitolo sul suo utilizzo.

Se fosse rimasta con Godric, sarebbe stata alla sua mercé. Lui sosteneva che l'avrebbe presa come amante... *se* si fossero adattati. Emily sbuffò. Dubitava che lui fosse il tipo di uomo che si sarebbe comportato bene con una donna. Dopotutto, lui e i suoi amici l'avevano rapita e l'incontro di quella mattina non l'aveva rassicurata sul buon carattere dell'uomo. L'aveva invece rafforzata sulle sue cattive intenzioni. Forse, se fosse riuscita a tornare a Londra, si sarebbe potuta rifugiare da Anne e capire cosa fare e come poter ancora trovare un marito. Era una remota possibilità. Anche se rovinata, avrebbe potuto avere una piccola possibilità di convincere uno di loro a sposarla. Ma che dire di suo zio? Avrebbe preferito venderla per pagare i suoi debiti, come aveva detto Godric. Qualunque uomo fosse riuscita a trovare, avrebbe dovuto essere disposto ad andare a Gretna Green con lei per affrontare il cugino di sua madre e pregare che non le creasse problemi nel consegnarle l'eredità. Quell'idea le fece venire il mal di testa.

Emily sobbalzò quando la porta della sua stanza si aprì. Godric la aspettava, con le chiavi in mano, indossando molti più vestiti di quando lo aveva visto l'ultima volta. Il ricordo improvviso di lui a letto le fece sussultare il cuore. Tutte le donne rovinate si distraevano così facilmente dalla vista di un bell'uomo? La irritava il fatto di essere così interessata a lui, quando le aveva causato solo problemi.

«Avete fame?» Godric le offrì il braccio.

Emily fece una smorfia. Come poteva stare lì e far finta che non avessero discusso del fatto che lei fosse la sua amante e che lui fosse solo mezzo vestito pochi minuti prima? Con un gesto di sfida e sollevando il mento, la giovane si diresse verso le scale, ignorandolo. Si fermò bruscamente quando raggiunse il fondo. Non aveva idea di dove andare. Voleva precipitarsi verso la porta più vicina ma sospettava che non avrebbe fatto nemmeno tre metri prima che Godric le piombasse addosso.

Le labbra di Godric s'incurvarono leggermente, troppo pigre per completare il sorriso. «Non cercherei di scappare, signorina Parr. I miei servitori hanno ricevuto istruzioni precise di trattenerla in questa casa con ogni mezzo necessario.»

A dimostrazione di ciò, un cameriere uscì da una porta vicina e si fermò alla vista del suo padrone. Quando Godric annuì leggermente, il cameriere si soffermò un attimo a studiare Emily, come per valutarne i punti di forza e le debolezze, prima di proseguire per la sua strada e varcare la porta in fondo al corridoio.

Emily sospirò e agitò una mano. «Per favore, fatemi strada, Vostra Grazia.»

Godric sorrise e si allontanò senza voltarsi, aspettandosi che lei lo seguisse.

Ora o mai più. Cogliendo quella che poteva essere la sua unica possibilità, Emily girò a sinistra, verso una grande porta a meno di sei metri di distanza che poteva condurre all'esterno. Aggrappandosi alle gonne, vi si diresse di scatto, con il sangue che le pulsava nelle orecchie. Improvvisamente si sporse in avanti, cadendo a pancia in giù.

La pietra fredda le colpì le mani mentre cercava di frenare la caduta. Qualcosa le si aggrappò alla caviglia destra. Ansimando, si guardò alle spalle. Godric era accovacciato dietro di lei, con un luccichio ferino negli occhi. «Pensavo di avervi consigliato di non correre, signorina Parr.» Godric sorrise come se stessero giocando. Questo la fece infuriare. Quella era la sua vita, la sua libertà.

«Lasciatemi andare! Non avete il diritto di tenermi qui.» Emily tirò un calcio alla mano del duca con il piede libero, ma lui lo afferrò e la fece scivolare sul pavimento a pancia in giù finché non rimase sdraiata sotto il suo corpo accovacciato. Godric le liberò la caviglia e appoggiò un avambraccio sul pavimento accanto alla testa di lei e l'altra mano le afferrò il fianco.

Emily rimase immobile come una cerva nella radura, percependo l'odore dell'uomo, poi si concentrò sul suo contrattacco. Si tese e si girò sulla schiena, dandogli un colpo secco in faccia.

Le dita sul suo fianco si strinsero. «Il tempo che trascorrerete qui può essere civile o meno. Lascio a voi la scelta ma sappiate che per ogni atto di sfida, pretenderò qualcosa in cambio.» Ringhiò. «Il prezzo potrebbe non piacervi.»

Il volto di Godric incombeva su quello di Emily con la

terribile bellezza di un dio vendicativo. Con dolorosa lentezza la ingabbiò usando il suo corpo per intrappolarla. Lei rabbrividì al contatto pesante, quando le membra di lui si unirono alle sue. Il ghiaccio si scontrava con il fuoco lungo la sua pelle mentre lei combatteva i tremori della paura. Era come se si trovasse di fronte a un leone - bellezza selvaggia, potenza estrema e una minaccia concreta - eppure non poteva distogliere lo sguardo. Lui l'avrebbe divorata.

La realtà la colpì, ricordandole di combatterlo. Il petto del duca però era un muro d'acciaio. Immobile come una montagna. Rimasta ansimante dopo i suoi sforzi, gli occhi di Emily bruciarono di lacrime. Non poteva liberarsi, né da lui, né da quel posto.

Godric le prese la guancia con una mano, strofinando leggermente il polpastrello del pollice sulla curva del labbro inferiore. Il calore del respiro dell'uomo e l'accenno del suo profumo le confusero i sensi e la razionalità fino a renderla un disastro. La paura scintillava dentro di lei, come lampi di luce nascosti dietro nuvole nere.

Godric avrebbe potuto prenderla facilmente, brutalmente e completamente, e lei non avrebbe avuto modo di difendersi. Emily doveva dire qualcosa, qualcosa per calmarlo e proteggersi.

«Mi dispiace, non volevo...»

Senza preavviso, le mani di Godric erano alla vita di lei e le sue dita si muovevano stuzzicando il punto giusto per farla scoppiare a ridere. Emily scalciò per puro istinto, cercando di fermare l'attacco diabolico al suo punto debole.

«Fermatevi! Per favore!» ansimò lei. «Per favore, vi prego!»

Solo quando le lacrime le bruciavano gli occhi ed era quasi isterica dal ridere, Godric si fermò. Per tutto il tempo si era librato su di lei con un ghigno da lupo, torturandola con quei tocchi leggeri come una piuma.

«Vi avevo avvertito che avreste pagato un prezzo. Non esiterò a usare di nuovo queste armi.» Il duca mosse la punta delle dita. Se Godric aveva intenzione di ricorrere a tali armi quando aveva a che fare con lei, Emily avrebbe dovuto mantenere le distanze. Era impossibile mantenere la propria dignità e insistere che lui la trattasse come la signora che era, quando era troppo impegnata a ridere e ad ansimare come una gallina indifesa.

Il duca si allontanò da lei e la aiutò ad alzarsi.

«Vogliamo riprovare?» La voce di Godric era bassa e roca.

Doveva proprio essere così alto e... e intenso? Il suo istinto le urlava ancora di scappare.

Stordita, Emily riuscì a fare un cenno tremolante. Il suo corpo tremava ancora per le conseguenze del solletico.

«Volete accompagnarmi a fare colazione, signorina Parr?»

Quando lei annuì di nuovo, lui la prese a braccetto e la condusse nella sala da pranzo.

Se non riusciva a sfuggirgli, forse poteva provare una tattica diversa. Emily credeva nel potere di una buona e solida conversazione. Forse poteva convincerlo a ragionare, anche se questo le sembrava probabile quanto convincere un toro infuriato a non caricare. Emily si accigliò e si morse il labbro inferiore.

«Perché mai vi siete accigliata?»

Emily abbassò la testa, sperando di nascondere il proprio viso. «Niente, Vostra Grazia. Sono stanca per le fatiche di ieri sera, tutto qui.»

Avrebbe giurato che lui avesse mormorato qualcosa a proposito di un altro tipo di sforzo, ma non aveva la minima idea di cosa volesse dire. Prima che lei potesse parlare di nuovo, raggiunsero la sala da pranzo.

La luce del sole mattutino illuminava una grande stanza con un tavolo che poteva ospitare tranquillamente dodici persone. La metà inferiore delle pareti era costituita da pannelli di legno di ciliegio e la metà superiore era dipinta di un caldo giallo burro. Da essi pendevano dei ritratti enormi, in cui uomini dai capelli scuri di varie epoche la fissavano, ognuno dei quali nascondeva un accenno di sorriso negli occhi.

Quella stanza era diversa dal resto della casa. Sembrava più intima e stranamente rustica, grazie alle finestre alte e ampie che coprivano la parete di fronte al buffet. La metà di ciascuna di esse era ricoperta da un'infinità di arbusti di forsizia, il cui giallo vivido creava un contrasto luminoso con l'intricata edera color smeraldo che ne costeggiava i bordi. Emily si sentiva come se fosse entrata in un mondo incantato, circondata da fiori.

Piuttosto che sembrare fuori luogo, Godric governava le sue terre come un dio della natura. Non si pavoneggiava. Piuttosto, il suo passo era aggraziato, quasi felino, mentre la conduceva nella sala da pranzo.

Emily provò uno strano momento di orgoglio al pensiero che un uomo come Godric le avesse offerto di unirsi a lui nel letto. Era andato a letto con decine di donne, era quello che facevano i libertini, ma comunque... aveva dichiarato che era interessato a lei. Per quanto fosse sciocco, le piaceva essere desiderata, finché non ricordò a se stessa che doveva resistere a lui e alla sua allegra banda di canaglie.

Sul buffet dietro il tavolo qualcuno aveva disposto una serie di frutti, del prosciutto, del manzo e delle uova. Tre uomini sedevano a un'estremità del tavolo. Un bell'uomo con i capelli rossi e gli occhi castani stava leggendo un giornale e fece un sorriso calcolato quando Emily e Godric entrarono.

La giovane abbassò lo sguardo su di sé e si rese conto di quanto fosse stropicciato il suo vestito. Quell'uomo sapeva che appena fuori dalla porta, Godric l'aveva solleticata fino a sottometterla? La turbava ancora il fatto che i mezzi del duca per sottometterla fossero così efficaci.

L'uomo che teneva il giornale si alzò insieme agli altri due uomini. Tutti s'inchinarono educatamente quando Godric la spinse a sedersi di fronte all'uomo che riprese a leggere il *Morning Post*. Le mani di Godric indugiarono pesantemente sulle spalle di Emily, la pressione era un chiaro messaggio di tenere il sedere piantato sulla sedia o ne avrebbe subito le conseguenze.

L'uomo dai capelli rossi posò il giornale e le porse un vassoio con del pane tostato. «Buongiorno, signorina Parr. Avete dormito bene?» Emily tenne la testa abbassata mentre prendeva una fetta di pane con mano tremante. I tre uomini si scambiarono un'occhiata. Una conversazione silenziosa ronzava nell'aria tra loro.

«Sì, grazie. Ho dormito abbastanza bene.»

La giovane era sempre più consapevole del fatto di essere seduta in una stanza da sola con quattro potenti signori. Il biondo pallido alla sua destra era Lord Ashton Lennox, un ricco barone. Lo aveva intravisto due sere prima, glielo aveva indicato Anne Chessley. Era vicino al rinfresco, beveva un bicchiere di vino e parlava con una bella ragazza il cui padre era uno dei proprietari della Drummond's Bank.

Godric scelse il posto alla sinistra di Emily, mentre il terzo uomo, Cedric, si sedette accanto all'uomo con il giornale. La disposizione dei posti la costringeva a stare completamente in gabbia.

Strinse le mani che teneva in grembo.

Respira, Emily. Respira. Inspirò l'aria profumata e costrinse il suo corpo a calmarsi. Se non poteva fuggire dalla stanza, avrebbe imparato il più possibile sui suoi rapitori. «Scusate, ma voi siete il marchese di Rochester o il conte di Lonsdale?» chiese a bassa voce al quarto uomo che sollevò un sopracciglio.

Emily arrossì quando tutti gli occhi si posarono su di lei.

«Ieri sera ho sentito dei nomi: il duca di Essex e il visconte Sheridan. Da quando conosco la signorina Chessley, ho sentito questi nomi collegati ad altri tre: il marchese di Rochester; il conte di Lonsdale e il barone Lennox. Mi scuso se mi sono sbagliata nella mia supposizione,» disse Emily frettolosamente, ma gli occhi castani dell'uomo scintillarono.

«Non scusatevi, signorina Parr, avete ragione. Sono il marchese di Rochester. Vi prego di chiamarmi Lucien. Nessuno di noi ama eccessivamente i titoli, soprattutto in compagnia di una così bella signora. Quel signore laggiù è il barone Lennox.» Lucien indicò l'uomo che la sera precedente l'aveva messa alle strette vicino alla carrozza. «Lonsdale deve ancora onorarci della sua presenza. A proposito, Ash, andresti a svegliarlo? Meglio farlo alzare e camminare, o il porto di ieri sera lo renderà sgradevole per il resto della giornata.»

Ashton sorrise piacevolmente a Emily prima di andarsene. C'era qualcosa di gentile nel volto di quell'uomo, uno sguardo comprensivo nei suoi luminosi occhi azzurri che le diede un lampo di speranza. Tuttavia, Emily non poteva fare a meno di chiedersi perché lui dovesse svegliare Charles quando avrebbe potuto farlo un servo.

«Siete un'amica di Anne Chessley?» le chiese Cedric.

«Sì. È stata così gentile con me da quando mi sono trasferita a Londra, Mio Signore.»

«Oh, insisto che mi chiamiate Cedric. Non sopporto questa sciocchezza del *signore*. Ora, ditemi, mi nomina spesso?» Aggrottò le sopracciglia ed Emily quasi sogghignò. *Questo è l'uomo che ti ha drogata, non dimenticarlo.*

Mettendo da parte l'arroganza e le minacce velate di Godric, gli altri non *sembravano* così cattivi. Ma lei conosceva la loro reputazione grazie a *The Quizzing Glass Gazette*. Avevano accettato di buon grado il piano di Godric per rapirla. Eppure si sentiva più sicura in loro presenza che con un uomo come Blankenship. Forse perché erano tutti naturalmente affascinanti. Una qualità che senza dubbio favoriva i loro piani per rovinare le donne di tutta Londra.

Era ovvio che Godric fosse al comando ma sembrava che gli altri uomini non accettassero ogni sua decisione. Con un po' di persuasione, forse con una lacrima o due e implorando, avrebbe potuto far capire agli altri che quello che Godric aveva fatto era sbagliato e che doveva essere liberata. Anche le canaglie dovevano avere un cuore... o no?

Lucien tornò al suo giornale. «A proposito, Godric, la *Gazette* ha menzionato il nostro tempo al Covent Garden la settimana scorsa.»

«Oh! Ho quasi paura di chiedere com'è stata descritta la nostra serata.» Godric prese il contenitore del caffè e della cioccolata calda dal buffet. Emily lo guardò mentre si versava il caffè nero. Lucien riportò lo sguardo al giornale, scrutando qualche articolo. «Hanno saputo dell'incidente dei cigni rubati... ma hanno sbagliato il numero delle signore coinvolte. Hanno di nuovo sottovalutato il nostro fascino sul gentil sesso.»

Gli uomini al tavolo risero tutti di qualsiasi bizzarria avessero fatto. Emily era certa di non voler conoscere i dettagli. Qualunque cosa avessero in comune i cigni, le signore e il Covent Garden, l'avrebbe scioccata.

Imperterrito da questo cambio di argomento, Cedric chiese ancora una volta di sapere dell'interesse di Anne per lui.

«Anne ha certamente parlato di voi molto spesso.» Era vero. Anne si lamentava costantemente di Cedric ma Emily sapeva che a lei piacevano le attenzioni.

Cedric prese il piatto della frutta. «Che cosa dice?»

«Non vi aspetterete che io infranga il voto dell'amicizia?» chiese lei, allargando gli occhi in segno di finta innocenza.

«Aspettarmi? Signorina Parr, io lo pretendo.»

Emily immaginava che nessuno avesse mai rifiutato qualcosa a Cedric.

Invece di rispondergli subito, la giovane si voltò a guardare Godric. Giustificò la sua attrazione verso l'uomo dicendosi che lui era come un lupo. Bisogna sempre tenere d'occhio la creatura che può fare più male.

Godric le versò una tazza di cioccolata. Lo stomaco della giovane brontolò vedendo il liquido scuro girare nella tazza. Il duca prese un vasetto di porcellana e lo aprì per prendere un pizzico di cannella macinata. Era forse il gesto più strano e dolce che un uomo avesse mai fatto per lei, come se occuparsi dei suoi bisogni e piaceri fosse un istinto naturale.

Emily si voltò di nuovo verso Cedric, che attendeva ancora una risposta.

«Le vostre attenzioni per Anne sono state debitamente notate.»

«Quindi ho avuto successo nel mio inseguimento?»

«Non arriverei a dirlo ma lei è grata che le vostre attenzioni abbiano scoraggiato gli altri.»

«In altre parole,» aggiunse Lucien, «preferisce combattere contro di te piuttosto che contro la metà degli uomini di Londra.»

A Emily sfuggì una risatina e Lucien le fece l'occhiolino. Lei aveva avuto l'impressione che lui stesse leggendo il giornale, e decise che le piaceva. Cattivo o no, ammirava il suo umorismo.

Il pensiero la bloccò. Non *voleva* che Lucien le piacesse, né che i suoi unici momenti di gioia in quella vita fossero con gli uomini che l'avevano rapita.

«Almeno non sono rassegnato a rimanere celibe, come qualcuno che conosco.» Cedric girò la testa verso Lucien. «Sono semplicemente molto selettivo.»

Godric prese il piatto di Emily e lo riempì con un po' di tutto prima di sedersi, mettendoglielo davanti.

«Grazie, Vostra Grazia,» disse lei, pudicamente.

«Oh, dai, se chiami Cedric per nome, mi devi chiamare Godric.» Il luccichio seducente degli occhi dell'uomo la fece arrossire. Come poteva essere lo stesso uomo che pochi minuti prima le aveva ringhiato contro e l'aveva tirata completamente sotto di sé? Il volto di Emily si infiammò per l'imbarazzo ma nessuno se ne accorse.

Il marchese s'intromise: «Ed io sono Lucien. Non mi piace 'essere il signore' dei miei nuovi amici.»

«Non ci pensare.» Ashton sogghignò mentre lui e Charles entravano. Il volto di Charles era segnato dalla stanchezza ma era bello come gli altri con i suoi capelli dorati e gli occhi grigi.

«Buongiorno a tutti,» borbottò Charles, sedendosi accanto a Godric.

Un guizzo di preoccupazione attraversò Emily, osservando l'aspetto dell'uomo. I vestiti di Charles erano immacolati, i pantaloni marrone aderenti alle cosce muscolose e il gilet di raso argentato scintillava debolmente al sole del mattino. Ma i capelli scompigliati dal sonno erano incolti, l'aureola selvaggia di un angelo cana-glia sulla fronte. Gli occhi erano socchiusi e la voce suonava roca, come quella di un uomo che avesse urlato fino a diventare rauco. C'era qualcosa che non quadrava... lei lo avvertiva.

La stanza sembrava intrisa di cameratismo e un'aria d'intimità tra loro che colpì Emily come bella, nel modo in cui solo la vera amicizia può essere. Per un breve istante la giovane dimenticò le circostanze pericolose che l'avevano condotta lì e si perse nei sorrisi condivisi e nelle battute scherzose delle canaglie.

Come sarebbe stato essere annoverata tra i loro amici? Come loro prigioniera, era molto sola, come un cane affa-mato che guarda la vetrina di un macellaio in una notte d'inverno. Il freddo di quella posizione le pungeva l'anima nel profondo. Emily abbassò la testa e diede un morso alla sua colazione.

Nel giro di pochi minuti, era riuscita a capirli meglio. Erano uomini ragionevoli, anche se avevano tendenze perfide di seduzione quando si trattava di donne. Se si fosse rivolta a loro con logica e avesse argomentato la sua richiesta di libertà...

Forse se dicessi a Godric che potrei produrre i libri contabili dello zio Albert, lui potrebbe rivolgersi al magistrato. Allora sarebbe stata fatta giustizia e lei poteva tornare a Londra.

«Caffè, Charles?» Prima che l'uomo rispondesse, Godric gliene versò una tazza.

«Qualcuno può passare il pane?» chiese Charles.

Cedric gli passò il vassoio del pane facendolo scivolare sulla tavola. Emily all'inizio si limitò a sgranocchiare il cibo ma presto la fame ebbe il sopravvento su di lei e scavò nel suo piatto bello pieno.

Emily scoprì cosa c'era di così stranamente confortante in quel pasto. I cinque uomini erano così a loro agio l'uno con l'altro. Erano quasi come una famiglia. Che cosa poteva averli uniti così tanto?

Charles spalmò sul pane tostato una grande quantità di marmellata di lamponi, allegro come un bambino che ruba le crostate di ciliegie dalla cucina.

«Charles, è meglio che tu mangi più di una fetta di pane tostato. Prendi un po' di frutta.» Ashton fece scivolare il vassoio di pere, mele e prugne davanti a Emily e a Godric.

«Bene, bene.»

Emily si divertì a guardarli mentre facevano da madre a Charles. Il sorriso accennato della giovane attirò l'attenzione di quest'ultimo.

«Mi aspettavo che si preoccupassero tutti per voi, signorina Parr, permettendomi di sfuggire alle loro coccole per qualche giorno, ma mi avete deluso,» la prese in giro. «Vergognatevi.» Gli occhi del conte erano di un grigio intenso, chiari e profondi nella loro intensità.

Le guance di Emily s'infiammarono quando lo sguardo di Charles scivolò lungo il suo corpo.

La voce di Lucien spezzò la tensione che si era creata a causa dello sguardo vagante. «Volete che ci preoccupiamo per voi, signorina Parr? Forse questo dovrebbe essere il tuo lavoro, Charles.» Lucien si nascose dietro il giornale, evitando per un pelo una fetta di pera che assomigliava in modo sospetto a quella che Charles aveva iniziato a mangiare.

«Per favore, non vorrei che qualcuno si preoccupasse per me,» rispose Emily

«Beh, ci preoccuperemo, signorina Parr, perché temo che voi tenterete una terza fuga,» disse Godric.

Emily riportò la sua attenzione sul duca. Aveva iniziato ad apprezzare gli altri uomini e a godere della loro compagnia, circostanze a parte. Godric però... Meritava un altro schiaffo ben piazzato. Era solo la sua fortuna che il matrimonio con lui avrebbe mitigato la sua rovina, ammesso che fosse riuscita a convincerlo a intraprendere quella strada. Strinse gli occhi e serrò le labbra. Con grande frustrazione della giovane, il duca si mise a ridere.

Ashton parlò, tenendo i suoi occhi azzurri fissi su di lei. «La terza? Nel senso che ci ha provato una seconda volta?»

Emily fissò il suo piatto. Adesso doveva essere presa in giro? L'allegria che si scatenò a sue spese, li spronò.

«Ha cercato di scappare dalla mia camera, praticamente mi ha rubato le chiavi dal polso.» Il duca fece tintinnare sul tavolo le chiavi per cui lei aveva lottato. Emily quasi si afflosciò per il sollievo quando Godric omise di dire che l'aveva placcata a terra nel corridoio.

Charles sorrise. «Scommetto che l'hai svegliato proprio facendo così.»

Godric fece finta di stiracchiarsi e colpì sonoramente la schiena di Charles che rovesciò il caffè e i suoi occhi lanciarono frecciate a Godric.

«Le buone maniere, Charles, le buone maniere,» intonò Ashton con un tono da maestro. «Ora, signorina Parr, possiamo pregarvi di astenervi da qualsiasi altro tentativo di fuga? Suppongo che sappiate perché siete stata portata qui e che andarvene ora creerebbe solo un altro scandalo. La cosa migliore da fare è superare la tempesta e lasciare che Godric si occupi dei vostri bisogni mentre restate qua.»

Emily digrignò i denti per la frustrazione. Quegli uomini avevano finto di usare la ragione e il buon senso nel prenderla e probabilmente non avrebbero ascoltato le sue suppliche. *Abbandonare il mio piano originale di persuasione e prepararsi alla guerra*, pensò, poi sollevò il mento. «Vi chiedo scusa, Lord Lennox, ma è mio dovere sfuggire alle vostre grinfie e tornare da mio zio.» Ecco, l'aveva fatto. Qualunque cosa potesse accadere, doveva liberarsi da Godric e dai suoi amici.

«Le nostre grinfie? Ci ritenete dei villani, vero?» Godric si chinò in avanti, appoggiando un gomito sul tavolo e fissandola. «Suppongo che lo siamo, vero?» L'idea sembrò divertirlo e rise sommessamente.

Emily abbassò lo sguardo sulla tovaglia candida e fece del suo meglio per non gridare. Voleva indietro la sua vita, la sua libertà.

«Vi prego... lasciatemi andare.» Emily si morse il labbro mentre Godric le prese il mento e le girò il viso verso di lui. Gli altri guardarono i due con interesse. Le guance di lei si infiammarono.

«Non è così semplice, tesoro.»

«Come non lo è?» Emily gli tolse la mano dal viso con uno schiaffo e saltò su dalla sedia. Con velocità fulminea ogni uomo nella stanza era in piedi, aspettando che lei scappasse. Godric le appoggiò le mani sulle spalle e la spinse delicatamente a sedersi.

«Su, tesoro. Vi piacerà stare qui. Vi prometto che vi piaceremo.»

Stavano cercando di tranquillizzarla ma lei non si sarebbe fatta controllare così facilmente. La diga che aveva tenuto a bada le sue emozioni crollò. «*Come* voi? Come può piacermi qualcuno di voi? Mi avete rapita! Dovrei esservene grata? Riderne come se fosse uno scherzo? Solo portandomi qui, mi avete compromesso! Davvero non avete niente di meglio da fare?» Emily ebbe un sussulto e nascose il viso nel tovagliolo.

Lacrime di rabbia le sfuggirono dagli occhi. Per tutta la vita era stata educata, eppure quegli uomini l'avevano ridotta a urlare.

Non sono una bambina. Sono una donna adulta. Smise di tremare e tamponò il tovagliolo sulle lacrime che le rigavano le guance. Doveva dominare la sua rabbia prima che la situazione peggiorasse. Piangere, anche per la rabbia, non le avrebbe fatto bene.

«Non incolpate loro. Incolpate me,» disse Godric. Il peso delle sue mani si alleggerì un po'.

«Mi dispiace, miei signori.» Emily si passò un palmo sulla guancia per asciugare le lacrime. «Ma dovete capire che non mi lascerò abbattere dall'autocompiacimento. Mi avete fatto un grave torto e non vi renderò le cose facili. Avete distrutto la mia reputazione e infangato il mio nome con uno scandalo. Non me ne starò seduta a lasciarvi dirigere il resto della mia vita.»

Il giuramento della giovane fu accolto da un silenzio scioccante, com'era giusto che fosse. Emily era più che consapevole di essere ingenua e innocente per molte cose ma non era una sciocca. Non avrebbe avuto modo di sopravvivere allo scandalo senza macchia e doveva fare in modo che quegli uomini la risarcissero per la perdita del suo futuro.

Nessuno l'avrebbe mai piegata, né spezzata, soprattutto un duca arrogante.

CAPITOLO 4

Il silenzio che seguì le parole di Emily durò per diversi minuti. Quando Cedric si alzò da tavola, la giovane si sentì sollevata per aver avuto l'opportunità di pensare a qualcosa di diverso dalla sua situazione attuale.

«C'è il sole. Tempo adatto per cavalcare.» Cedric aggirò un paio di camerieri che sparecchiavano il tavolo della colazione. «Ti dispiace prestarmi un cavallo? Il mio ieri sera ha avuto un problema alla zampa anteriore sinistra.»

Emily si alzò mentre Ashton e Lucien si congedavano. Charles sparì ma solo dopo averle rivolto un sorriso particolarmente malizioso.

«Le scuderie sono sempre aperte per te, Cedric.»

Emily si alzò eccitata al pensiero di poter cavalcare. «Posso andare con lui, Vostra Grazia? Sono secoli che non vado a cavallo.» Il ricordo della sua ultima cavalcata era ancora dolceamaro. Lo zio Albert aveva venduto il suo cavallo per pagare un debito durante la prima settimana a casa. Ricordava ancora la sella di cuoio ben oliata e il pelo ruvido della criniera del suo destriero. Le mancava cavalcare, le mancava la sua vecchia vita.

Gli occhi verdi di Godric si restrinsero. Emily fece del suo meglio per non mostrarsi diffidente. Il duca doveva sospettare che avrebbe cercato di scappare. Lo aveva detto solo un attimo prima.

«Il mio atteggiamento potrebbe migliorare se mi sentissi meno prigioniera e prendessi un po' d'aria fresca,» aggiunse lei.

«Sono delle scuse per il vostro sfogo?» le chiese Godric.

«È la cosa più vicina a ciò che riceverete se mi terrete confinata in questa casa.»

«Penso che possiate andare a cavallo ma vengo anch'io.» Godric le mise una mano ferma sulla spalla.

Emily nascose il suo disappunto. Sarebbe stato quasi impossibile fuggire anche con uno solo di loro in giro, ma con due? Eppure, le opportunità si presentavano solo cercandole.

«Posso avere un momento per cambiarmi d'abito?»

Godric acconsentì e la scortò nella sua camera, aspettandola fuori. Emily rovistò nell'armadio e scelse un delizioso abito azzurro da cavallerizza. Pizzo, passamaneria e alamari ricamati ornavano la giacca. Si drappeggiò lo strascico su un braccio e raggiunse Godric nel corridoio. Lo sguardo del duca la scrutò con approvazione. Anche se lei non *voleva* l'approvazione di quell'uomo, sollevò un po' il mento con orgoglio.

Mentre Godric le offriva il braccio, Emily prese nota della bellezza della casa. Statue di uomini e donne in abiti greci adornavano le nicchie lungo il corridoio, come degli osservatori silenziosi.

Emily sollevò lo sguardò sul volto di una bella donna di marmo. *Mi chiedo cosa abbia visto.* La statua stringeva il bordo di una veste pronta a scivolarle dal seno. La timidezza seducente degli occhi la incantò.

Gli stivali di Godric risuonarono sul pavimento di marmo e la sua risata si unì. Il tono aumentava mentre la trascinava con sé. «Che cosa state guardando?»

Emily indicò la statua. «Lei.»

Godric rivolse un'occhiata alla statua da sopra la spalla e sorrise. «Da ragazzo la guardavo e sognavo le donne. Questo prima di capire che le donne in carne e ossa erano infinitamente migliori.» Gli occhi del duca scesero sul viso di Emily, soffermandosi sui seni. Un fremito d'indignazione le percorse la pelle. Non era violenta di natura, ma ogni gesto di Godric, le faceva venire voglia di schiaffeggiarlo.

Nelle scuderie, viveva almeno una dozzina di cavalli, tutte belle bestie, dal manto lucido e impazienti. Era cresciuta a cavallo ma non ne fece parola. Se Godric avesse saputo della sua abilità, avrebbe potuto negarle di cavalcare. Doveva stare attenta.

Il castrone roano era una bella bestia, con caviglie sottili e muscoli forti che si contraevano sotto la pelle. Non era il cavallo che Godric aveva cavalcato la sera precedente. Quello era un monolite nero contro la luce della luna calante, come un feroce cavaliere medioevale. Il castrone davanti a lei aveva il passo scattante e giocoso della gioventù. Si piegava in avanti, allungava la schiena, muoveva la testa avanti e indietro, come avrebbe potuto fare nei campi sotto il calore del sole. Godric aveva buon gusto in fatto di cavalli, questo glielo poteva concedere.

Emily finse diffidenza quando allungò la mano per accarezzarlo. Era una creatura curiosa ma, come tutti i purosangue, il castrone mostrava la sua arroganza. I suoi occhi scuri e color cannella si fissarono su di lei con rimprovero, eppure non riuscì a trattenersi dallo sbattere il naso contro il palmo della giovane che saltò all'indietro in modo teatrale quando l'animale alzò di scatto la testa e sbuffò.

Godric era così vicino che lei si scontrò con il petto sodo dell'uomo, le cui mani le avvolsero la vita in un istante. Emily sussultò rendendosi conto di quanto fosse piccola in confronto all'uomo dietro di lei. La presa di lui si rafforzò quando lei si dimenò. Il suo sedere lo sfiorò. Spaventata, sussultò, ma la presa la tenne prigioniera.

I polpastrelli di Godric scivolarono lungo la cassa toracica verso i seni che si gonfiarono, i capezzoli si fecero strada e poi raschiarono contro il tessuto dell'abito. Erano sensibili e doloranti e lei non capiva la causa di quella sensazione. *Odio quest'uomo. Mi ha rovinata.* Perché allora il suo respiro stava accelerando? Le dita di Godric le strofinarono la parte inferiore dei seni, eccitandola ulteriormente. Quel tocco la attirava, il richiamo della passione era una fiamma ma quando si avvicinava troppo, la bruciava fino a riportarla alla consapevolezza. Li stavano osservando. Il duca stava tentando di sedurla lì nelle stalle, davanti al suo amico. Emily tremò per la rabbia ma anche per una sensazione strana, non familiare, non diversa dall'eccitazione.

I suoi modi da libertino mi stanno già corrompendo. La giovane si fece coraggio per sfidare lui e il suo tocco, liberandosi dalla presa.

Frustrato, Godric fissò Emily. Il suo tocco non aveva effetto su di lei? Con la coda dell'occhio si accorse che Cedric lo stava osservando; senza dubbio aveva visto tutto. I due si scambiarono uno sguardo silenzioso e Cedric alzò le spalle per commiserarlo. Era vero, erano passati sei mesi dalla sua ultima amante. Quando la fioritura di quella particolare relazione si era esaurita, lo aveva guarito per un po' dal gentil sesso. Evangeline era stata selvaggia a letto ma, al di fuori, il suo carattere era stato irritante. Aveva trattato la loro relazione come un gioco, il che era abbastanza giusto, ma aveva anche trattato il personale con disprezzo. Si era comportata crudelmente nei confronti di Simkins, ritenendo che avesse troppa confidenza con Godric per una persona del suo rango. Quello era imperdonabile. Simkins era come uno zio prediletto per Godric e, chiunque lo trattasse duramente, subiva la sua ira.

Emily non era come Evangeline. Non era viziata, il che non avrebbe dovuto sorprenderlo. Ricordava troppo bene l'irritazione espressa da Parr nell'essere bloccato con sua nipote e il modo in cui l'uomo accumulava debiti, sembrava improbabile che si occupasse prima della cura e del benessere di sua nipote. Godric s'irritò al pensiero che Parr avesse privato Emily di qualcosa.

Devo fare attenzione. M'intrappolerà nella sua rete incantata e non mi libererò più.

Era vero. Godric non aveva mai provato la minima inclinazione a prendersi cura di una donna a parte sua madre, e sicuramente non nel modo in cui voleva prendersi cura di Emily. *No.* Comprare dei bei gioielli e degli abiti alla sua amante garantiva favori fisici, non il conforto e la cura per la signora. Ma con Emily si comportava già in modo diverso, essere severo con lei non era un comportamento appropriato se desiderava il suo compiacimento.

Voleva assicurarsi che la cioccolata di lei fosse alla giusta temperatura. Voleva che indossasse i migliori abiti di seta, che dormisse nel letto più morbido. Voleva che fosse al sicuro, al caldo, felice.

Forse, se fosse stata felice, sarebbe andata da lui, avrebbe lasciato che lui le facesse conoscere la passione che aveva sepolto nel profondo di se stessa. Voleva conoscerla, possederla. Tutto quel fuoco che le lampeggiava negli occhi quando pensava che lui non lo vedesse, doveva essere liberato.

Sono un idiota. Non merito tanta dolcezza.

Il pensiero nero gli trasudò nel petto, accumulandosi da qualche parte nel fondo del suo cuore. Non si era reso conto di poter provare dolore lì, ma lo sentiva.

«Posso cavalcarla?» Emily indicò il castrone.

Godric trattenne un sorriso. «Puoi cavalcarlo.»

Emily arrossì e nascose il viso tra le mani. Cedric si limitò a scuotere la testa.

Le donne... sanno così poco.

I palafrenieri tirarono fuori il castrone roano per Emily. Godric e Cedric sellarono ciascuno il proprio cavallo. Al duca piaceva essere autosufficiente, almeno per alcuni aspetti. Non aveva mai chiesto la vita viziata di un duca e i suoi palafrenieri sapevano di lasciargli curare la sellatura del proprio cavallo, sempre che non avesse richiesto diversamente.

Godric spiegò a Emily come sellare il castrone.

«Osservate attentamente, signorina Parr. La sella è rivolta da questa parte. Dovete assicurarvi che questo sottopancia, la cintura della sella, sia ben stretto. Date un bello strattone e non preoccupatevi di far male al cavallo. Non accadrà.» Il corpo del duca sussultò vedendola mordersi il labbro inferiore.

«Come faccio a montarlo?» Nel momento in cui quelle parole le uscirono dalla bocca, Godric immaginò di montare Emily a letto... *No!* Non doveva lasciarsi trasportare ma Dio, lei gli rendeva così facile perdere la testa.

«Venite,» le rispose, burbero. La prese per la vita e la sollevò sulla sella. «Dovete mettere una gamba per lato, perché non ho una sella per montare all'amazzone.»

«Oh, sì, che sciocca che sono.» Emily si mise a cavalcioni del cavallo, il che le richiese di sollevare la gonna, rivelando le gambe nude. Ogni pensiero razionale svanì dalla mente di Godric concentrandosi fastidiosamente sotto la vita. Tutto quello che riusciva a chiedersi era come la giovane avesse potuto prendere il sole sulle gambe. Che cosa poteva fare una giovane donna così spesso, da richiedere il sollevamento delle gonne? Godric trattenne un gemito.

«Ehm... signorina Parr, perdonate la mia impertinenza, ma le mancano alcuni indumenti intimi.» Gli occhi di Godric si posarono sulla pelle liscia così vicina alle sue mani. Forse se le avesse sfiorato accidentalmente la gamba, lei non se ne sarebbe accorta. L'umorismo brillò negli occhi viola di Emily ma poi sparì, mascherato dietro quell'espressione con gli occhi spalancati.

«Oh, mi scuso. Le mie calze si sono rovinate ieri sera.»

Cedric rise mentre cavalcava accanto a loro, ammirando le gambe della ragazza con grande disappunto di Godric. «Mai scusarsi con due scapoli per aver osato mostrare un bel paio di gambe nude.»

Godric rivolse un'occhiataccia all'amico. Un altro commento del genere e Cedric sarebbe stato nei guai.

Il sole di settembre era caldo e il cielo senza nuvole. Gli uccelli cinguettavano e il suono alleviava il silenzio. Era una bella giornata per cavalcare, per vivere. Lontana dai salotti soffocanti e dagli impegni serali, Emily respirò di nuovo. Il suo posto era lì, in campagna, con le verdi colline e i cieli blu infiniti.

Una brezza leggera le accarezzava la pelle mentre il terzetto trottava lungo il confine delle terre di Godric. Emily guardò indietro e vide quanta strada avevano percorso. Il maniero era un puntino di pietra in lontananza.

Godric la sorprese mentre ammirava la vista e lei gli sorrise.

«Le vostre terre sono estese, Vostra Grazia.» Emily sospirò alla vista incantevole della campagna inglese.

«Non è l'unica cosa che si estende...» cominciò Cedric.

Godric colpì il fianco del cavallo di Cedric con il frustino. La bestia partì forsennata al galoppo e Cedric imprecò, lasciando Emily a chiedersi cosa stesse per dire.

A quindici metri davanti a loro, Cedric rallentò e lanciò loro uno sguardo infantile. Rimase un bel po' avanti, lasciando Emily e Godric da soli.

«Da quanto tempo vivete con vostro zio, signorina Parr?»

«Io... non credo che mi dispiacerebbe molto se mi chiamaste Emily, Vostra Grazia. Non mi piace essere chiamata signorina Parr.» Era sconveniente, ovviamente, ma con tutto quello che c'era tra loro, la correttezza era l'ultima delle sue preoccupazioni.

«Se lo desideri, Emily, ma allora devo insistere che tu la smetta di chiamarmi 'Vostra Grazia'.» Il sole impallidì di fronte alla lucentezza degli occhi di lui e il battito del cuore di Emily sussultò in risposta.

«Mi sono trasferita dallo zio Albert un anno fa, dopo la morte dei miei genitori.»

«Ho sentito che sono deceduti. Posso chiederti come?» Godric guidò il suo destriero nero più vicino a lei.

«Sono dispersi in mare. Mio padre era diretto a New York per visitare la sua compagnia di navigazione lì. Mia madre ha insistito per accompagnarlo.» Il dolore per la perdita dei suoi genitori era profondo, un dolore che aveva sepolto solo da poco tempo. «Ero ospite da amici di famiglia quando ho ricevuto la notizia. Il giorno dopo mio zio è venuto a prendermi.»

«Come si chiamavano?»

La gola di Emily si strinse. «Clara e Robert.»

«E non hai altri fratelli?»

La giovane scosse la testa. «Nessuno. Mia madre ha abortito due volte dopo di me. Poi hanno smesso di provare. Troppo dolore.» Emily non capiva perché stesse condividendo dettagli così intimi con un uomo che conosceva appena.

Godric distolse lo sguardo dalla giovane. «Mia madre è morta di parto quando ero un ragazzo. Il bambino è morto con lei.»

Non c'erano parole che potessero alleviare il dolore di perdere una persona cara, specialmente un genitore. Ci si sente persi, senza possibilità di salvezza. Niente poteva sostituire il calore e la sicurezza di un genitore. Esserne privati era come perdere la propria innocenza.

Godric parlò di nuovo. «Sei dispiaciuta, vero?»

Non era tanto una domanda quanto un'osservazione. Era strano che fosse così facile parlare con Godric della sua tragedia. Era un estraneo, eppure tra loro si frapponevano già poche barriere.

«Già.» Fermarono i cavalli. Emily lasciò che le redini si allentassero tra le dita mentre il suo cavallo abbassava la testa per rubare un po' d'erba.

«Credo che una parte di me non accetterà mai veramente che se ne siano andati. È come se mi aspettassi che da un giorno all'altro arrivino in carrozza dallo zio Albert per portarmi a casa.» La voce di Emily vacillò un po'.

Gli occhi di Godric si oscurarono. Emily notò le leggere occhiaie sotto gli occhi dell'uomo. Là fuori, sotto il sole, senza il ritmo del giorno, sembrava stanco morto. «Devi aver amato molto tua madre.»

«L'ho amata come non ho mai amato nessun'altra.» Godric parlò così piano che sembrava più un pensiero condiviso.

Un desiderio si accese nel cuore di Emily. Poco prima, avrebbe voluto fargli del male come lei era stata ferita dal freddo e calcolato rapimento di Godric. Ma in quel momento... vedeva un uomo che la vita aveva ferito profondamente e lei avrebbe voluto cancellare le preoccupazioni che gli increspavano la fronte. Le ricordava un tasso ferito che lei e suo padre avevano trovato in giardino qualche anno prima. Si era rotto una zampa e, quando avevano cercato di aiutarlo, lo aveva morso, facendolo sanguinare. Godric era molto simile a quell'animale. Ferito e cieco nel colpire per difendersi.

«Immagino che anche lei ti abbia amato molto.»

«Grazie, Emily. Sono sicuro che ovunque siano, anche i tuoi genitori sentano la tua mancanza.»

Diceva sul serio. La sua sincerità si manifestò nel luccichio dei suoi occhi e nel sollevamento delle sue labbra in un sorriso. Un uomo appesantito da innumerevoli peccati, credeva nel paradiso e in una vita dopo la morte. Per un brevissimo secondo Emily non poté fare a meno di chiedersi se anche le canaglie potessero essere redente.

Godric superò il piccolo spazio che li separava e fece

scivolare la mano intorno a quella di lei. Nessuno dei due si era preoccupato di indossare i guanti da equitazione. La sua mano nuda avvolse quella di Emily. Il calore di quella mano le offrì un conforto che non si aspettava, uno stato di pace che ricordava le serate trascorse con i suoi genitori davanti al fuoco, seduti sul pavimento mentre ridevano leggendo gli articoli del giornale. Il pollice di Godric le accarezzava il palmo sensibile, eppure quel contatto apparentemente innocente le stuzzicava il corpo con il desiderio di qualcosa che non riusciva a definire. Con quella semplice verità, tutti i pensieri di suo zio e dei suoi genitori svanirono. Quel tocco le fece venire voglia di seguirlo fino in capo al mondo per vedere dove l'avrebbe portata.

Ma Emily non poteva lasciare che lui vincesse quella partita, corteggiandola con parole e carezze tenere. Non poteva permettersi di innamorarsi di quell'uomo. Appartenevano a mondi diversi. Era improbabile che lui si sposasse per amore e lei voleva qualcuno che sapesse amare tanto quanto lei. Non poteva restare, non poteva correre il rischio di innamorarsi di lui. I suoi genitori avrebbero voluto che lei sopravvivesse e questo richiedeva la fuga dal duca e la ricerca di qualcuno da sposare.

Emily studiò i terreni circostanti. Un muretto basso di pietra, alto circa un metro e mezzo, si ergeva dal terreno a qualche centinaio di metri di distanza.

«Cosa c'è oltre quel muro?» chiese lei, con disinvoltura.

«Uno stagno e un prato o due, e poi il villaggio di Blackbriar.»

Un villaggio? Tanto valeva che quello sciocco le disegnasse una mappa per fuggire.

Godric mantenne la sua attenzione su Cedric, che faceva correre il suo cavallo avanti e indietro nel campo, allungando la falcata in un bellissimo galoppo.

La mano di Emily era ancora saldamente bloccata nella presa di Godric, il che complicava le cose. Con cautela, lei staccò la mano da quella di lui che si voltò per vedere il motivo per cui si era liberata. Emily si chinò in avanti per accarezzare il collo del suo cavallo.

«È una creatura adorabile.» La giovane infilò le dita nella folta criniera del destriero. Non dovette nemmeno alzare lo sguardo per sapere che Godric stava sorridendo.

«Stai scoprendo che ti piacciono i cavalli?»

«Oh, sì. Sono un po' spaventosi, ma questo è così dolce.» Resistette all'impulso di ridere. Non aveva mai avuto paura dei cavalli in vita sua, forse di qualche capra, quando quelle cose orribili le mordevano gli orli delle gonne, ma mai dei cavalli. Godric stava per ricevere una bella sorpresa.

Emily sollevò la testa come per seguire i progressi di Cedric attraverso il campo. Aspettò il momento in cui Cedric svoltò a destra, tornando verso casa.

Emily indossò sul viso un'espressione scioccata e indicò freneticamente verso Cedric.

«Godric, attento! Briganti!»

Godric s'irrigidì, in attesa di guai, e fece scattare il suo cavallo.

Emily piantò i talloni nei fianchi del suo cavallo e partì a rotta di collo, dritta verso il muro, pregando di superarlo. Blackbriar si trovava oltre il muro. Avrebbe cercato aiuto o si sarebbe nascosta finché non avesse trovato la strada per Londra.

Godric impiegò alcuni secondi per rendersi conto di quello che stava accadendo. I briganti, per l'appunto.

Emily volava attraverso il campo dorato, una guerriera all'apice della battaglia. La postura abbassata e il controllo naturale sul cavallo erano evidenti. La ragazza era più intelligente di quanto lui pensasse ed era stato uno sciocco a parlarle di Blackbriar.

«Emily!» esclamò lui.

La giovane si diresse verso il muro e, se non si fosse fermata, il cavallo l'avrebbe disarcionata. Sarebbe finita nel lago dall'altra parte, si sarebbe rotta il collo o sarebbe annegata.

Il duca piantò gli stivali nei fianchi del suo cavallo, costringendolo a muoversi.

Pochi istanti dopo Godric era alle calcagna di Emily, a soli sei metri di distanza, con il suo destriero nero, il più veloce della scuderia. Quasi chiuse gli occhi quando il cavallo della giovane raggiunse il muro.

Creando un arco aggraziato, Emily lo superò e, pochi secondi dopo, anche lui.

Meglio di quanto Godric si aspettasse, Emily controllò il suo cavallo, che atterrò in perfetto equilibrio. La giovane aveva spinto la cavalcatura di lato, evitando per un pelo di cadere nelle acque basse del lago.

Godric non fu così fortunato. Il suo cavallo fu preso dal panico quando i suoi zoccoli si posarono sull'erba morbida e fangosa della riva del lago e si tirò indietro, facendolo finire a testa in giù nell'acqua.

EMILY RALLENTÒ IL SUO CAVALLO QUANDO SENTÌ UN altro grido, questa volta di paura. Si voltò appena in tempo per vedere Godric superare la staccionata ed essere sbalzato da cavallo. Il corpo dell'uomo colpì la superficie del lago con un forte schizzo e sprofondò fuori dalla vista. Emily trattenne il fiato, aspettando che il duca tornasse a galla. Da un momento all'altro sarebbe riemerso balbettante e umiliato.

Ma non accadde.

Un brivido di paura la attraversò, sussurrando il senso di colpa per aver lasciato morire un uomo come lui. Non poteva morire a causa del suo piano sconsiderato, non poteva. Stava cominciando, solo un po', a capirlo e non voleva avere la sua morte sulla coscienza.

Rivolse lo sguardo verso Blackbriar, imprecò sottovoce e tornò verso il lago. Si rifiutò di considerare il motivo: non doveva nulla a Godric.

Scese dalla sella e si tuffò nell'acqua più vicina. Il lago era poco profondo vicino al bordo ma era torbido. Riuscì a malapena a individuare i contorni della camicia bianca di Godric. Gli avvolse le braccia intorno al petto e scalciò con forza, spingendolo in superficie. L'uomo si afflosciò pesantemente contro di lei, privo di sensi ma Emily continuò a scalciare, sempre più grata di essere una brava nuotatrice. Quando raggiunse la riva, aspirava aria, arrampicandosi sull'argine fangoso con Godric al seguito. Era come se stesse trascinando a riva un masso oltre al corpo di Godric.

Lo fece rotolare sulla schiena e premette la testa contro il petto dell'uomo che non respirava.

«Oh, Dio, ti prego, non puoi morire.» Il sangue le ruggì nelle orecchie. Riusciva a malapena a pensare mentre il panico la travolgeva. Doveva concentrarsi.

Poteva provare a fare una cosa, lo aveva visto fare da un servo a un ragazzo caduto in uno stagno.

Sollevando il mento di Godric, gli pizzicò il naso con una mano e gli cinse il mento con l'altra. La sua bocca coprì quella di lui mentre respirava, pregando di rianimarlo. Si tirò indietro, aspettò un secondo, poi provò ancora e ancora. La quarta volta Godric si mosse e lei quasi pianse di sollievo. Era vivo.

Una mano le afferrò i capelli bagnati e la trattenne, tenendo le loro labbra unite. L'altro braccio di Godric le afferrò la vita e la trascinò su di sé. La baciò profondamente prima di rotolare per bloccarla sotto di sé.

Emily strinse i pugni e gli picchiò il petto mentre le labbra corpose ma morbide di lui esploravano le sue. Il sapore di quell'uomo le oscurò ogni consapevolezza. Era caldo ma mitigato da una seduzione che lei non si aspettava.

Un momento di lucidità la riportò in sé. Cercò di scalciare per liberare le gambe e Godric si ritrasse un attimo, senza fiato.

«Calma, tesoro. Desidero solo ringraziare la mia salvatrice.» Godric smise di parlare e la baciò senza pietà. Emily non poteva lasciarglielo fare. Non poteva... non poteva... La giovane sussultò quando la mano di Godric s'impossessò della parte inferiore del suo ginocchio destro e le accarezzò la pelle nuda della coscia, spingendo i fianchi più a fondo. Scatti di un piacevole dolore le danzarono lungo le gambe. Dovevano fermarsi ma lei si trovò a voler provare le sensazioni che le labbra e le mani di lui le stavano suscitando.

Onde di calore le percorsero il corpo con una potenza terrificante. Il corpo le tremava mentre la confusione si scontrava con il desiderio. Quell'uomo poteva anche non piacerle ma i suoi baci, le sue carezze stavano cominciando ad avere su di lei un effetto del tutto desiderabile. La consapevolezza provocò un piccolo mugolio da parte di Emily e un ringhio di desiderio dall'uomo.

Il mondo si spense, a parte l'impeto del sangue nelle orecchie e i respiri ansimanti. Dentro. Fuori. Dentro. Fuori. La sinfonia di sospiri e rantoli che danzavano tra un respiro e l'altro in un valzer senza fine la terrorizzava. La tentazione di lasciarsi andare, di abbandonarsi e di seguire le orme di Eva. Un assaggio, una caduta poderosa, e sarebbe stata persa per sempre.

Il petto di Godric si scosse per una risata silenziosa mentre beveva il dolce sapore della giovane: l'innocenza come un buon brandy, coinvolgente e inebriante. La gioia gli scaldò il sangue e gli riscaldò il cuore. Era tornata per lui, lo aveva salvato.

Le mani di Emily gli stringevano i bicipiti, mentre le dita scavavano di più man mano che lui la baciava. Quando Godric sollevò la testa per guardarla, la giovane stava ansimando e stava strofinando istintivamente i suoi fianchi contro quelli di lui.

Era affascinato dal delicato rossore delle guance della giovane e dal naso leggermente all'insù che le donava un fascino impetuoso.

Eppure sentiva che lei lo temeva un po'.

Emily non era mai stata con un uomo, non era mai stata baciata prima che lui la catturasse. Una donna più esperta avrebbe saputo cosa fare. Gli piacque la piccola istruzione che le aveva dato. La tentazione che lei presentava era troppo forte per resistere. Godric spostò una mano sulla guancia di Emily e con il pollice le accarezzò la linea della mascella. Il crudo desiderio si agitava negli occhi viola di lei, mentre un accenno di frustrazione aggiungeva un luccichio che lo fece sorridere. Non le piaceva che le piacesse baciarlo.

Trovava affascinante la reazione di lei nei suoi confronti. Le altre donne lo guardavano con occhi languidi e ricambiavano tranquillamente i suoi baci o, nel caso di Evangeline, lo mordevano. Gli occhi di Emily erano luminosi e pieni di meraviglia tinta di rabbia. C'era un'impazienza nelle sue labbra, una ricerca nelle sue mani mentre gli accarezzava le spalle. Era come se fosse determinata a divertirsi, anche se lui non le piaceva. Gli piaceva lo spirito ribelle di lei. Si stava prendendo quello che voleva da lui. Se lei gli avesse chiesto di fermarsi, l'avrebbe fatto, anche a costo di morire. Ma fino a allora le avrebbe rubato tutti i baci che poteva.

Godric voleva trascorrere con lei intere giornate, esplorare le sue morbide curve e trovare nuovi punti da solleticare. Voleva inchinarsi e adorare l'altare della sua sensuale innocenza. Era proprio la creatura selvaggia e vogliosa che aveva cercato per anni. Finalmente l'aveva trovata e l'avrebbe avuta sotto di sé, sopra di sé, contro la parete, piegata sul letto... Oh, quante possibilità!

Non sapeva che una donna potesse avere quel sapore, quella sensazione. Si sentiva cattivo per aver finto di annegare ma aveva voluto vedere se lei sarebbe tornata. I suoi amici avrebbero potuto trovarla a Blackbriar abbastanza facilmente, nessuno dei negozianti gli avrebbe tenuto nascosta la sua presenza se l'avesse cercata.

Ma lei era tornata. Nel momento in cui lo aveva trascinato fuori dal lago, Godric aveva desiderato baciarla più di quanto avesse mai voluto baciare qualsiasi altra donna. Proprio sulla riva fangosa, bagnata e infreddolita. L'avrebbe riscaldata con la sua passione e la sua gratitudine. La pelle bagnata della coscia di Emily era liscia. I muscoli si tendevano contro di lui mentre lei stringeva la gamba. Aveva le gambe di una cavallerizza. Signore, quanto avrebbe voluto che quelle gambe lo avvolgessero allo stesso modo.

Presto. Promise a se stesso che l'avrebbe presa mille volte, in tutti i modi, cavalcandola finché non fosse riuscita a camminare e lasciandola implorare ancora.

Il tocco, il sapore di lei, lo consumavano. Il ritmo dei suoi respiri e la sensazione delle sue curve lo assecondavano e poi, attraverso la nebbia del suo desiderio, sentì in lontananza il grido preoccupato di Cedric.

Impiegò tutta la sua forza di volontà per liberare Emily che lo guardò con occhi di rugiada, sicuramente stordita dall'assalto dei sensi. Sbatté le palpebre lentamente, come se fosse ancora persa nella scia di un sogno che stava svanendo. Le ciglia erano lunghe e s'incurvavano leggermente alle estremità, incorniciando perfettamente gli occhi più espressivi che lui avesse mai visto.

Per anni aveva guardato gli occhi di una donna solo per vedere se lo invitavano a letto e per capire se provassero piacere. Ma quella donna sotto di lui era diversa. I suoi occhi contenevano un invito diverso: entrare nel suo cuore e restarvi.

Come un montante di un pugile, Godric trasalì di fronte a quella dolorosa verità. Gli uomini come lui non si accasavano, non s'interessavano alle donne se non per i piaceri del letto.

Stava facendo un torto a quella giovane donna, rovinandole il corpo e il futuro. Lei si aspettava che lui la sposasse, ma non poteva. Il matrimonio era per gli sciocchi che credevano nell'amore. Aveva persino salvato i suoi amici dalla follia del matrimonio e ora tutti si stavano godendo il celibato. Chi era in società si sposava per motivi politici o economici, era previsto. Ma lui si rifiutava di legarsi per sempre a una donna, a meno che non tenesse a lei. Era uno sciocco incallito e annoiato che evitava l'amore. Sapeva quanto lo poteva rendere debole.

Il coraggio e la prontezza di spirito di Emily erano

ammirevoli ma lei meritava un uomo che fosse un marito degno. Lui avrebbe potuto darle solo il suo corpo.

L'impulso più strano di giustificare il suo comportamento lo spinse a cercare una scusa. «Come ho detto, mi hai salvato la vita, Emily. Volevo solo dimostrarti la mia gratitudine,» disse l'uomo, con un tono di scuse, sollevandola in piedi.

Emily ondeggiò leggermente e Godric allungò un braccio per afferrarla alla vita. Cercò di non abbassare lo sguardo sui seni rigogliosi che sporgevano contro la stoffa bagnata, o sui suoi fianchi, messi in risalto dall'abito da cavallerizza bagnato modellato sul suo corpo. Cedric cavalcò fino al muro e li fissò entrambi con un'espressione sconvolta.

«Cos'è successo, Godric? Ho sentito gridare e poi ti ho visto cadere.» Gli occhi del suo amico si spostarono sul corpo di Emily e si scaldarono in un'espressione che Godric riconobbe fin troppo bene.

«Cedric, potresti prestare il tuo cappotto a Emily?» Il tono di Godric interruppe le attenzioni sconvenienti di Cedric che si tolse il cappotto e lo gettò oltre il muro, dove Godric lo prese e lo avvolse sulle spalle di Emily.

«Aspetta qui. Prendo i nostri cavalli e li faccio saltare di nuovo» ordinò Godric. Sapeva dallo sguardo di lei che avrebbe obbedito.

Cedric trotterellò lungo il muro per aiutare Godric e, quando i due rimasero soli, gli chiese cosa fosse successo.

«Mi ha distratto ed è scappata verso il muro. Non pensavo che potesse superarlo, ma l'ha fatto, Dio, l'ha fatto e meglio di me. Quel maledetto cavallo mi ha disarcionato in acqua.»

«State bene? Vi ho perso di vista.»

«Stavo bene. Povera Emily. Pensava che fossi annegato e stava cercando di riportarmi in vita con quelle sue dolci labbra.» Godric rise dolcemente.

«Non le dirai che sei un eccellente nuotatore?»

«L'acqua era bassa, pensava che fossi privo di sensi. Inoltre, preferisco farle credere di avermi salvato. Altrimenti, dopo quello che le ho fatto, mi prenderà a schiaffi.»

«Oh, Godric, non l'hai fatto! Quella povera ragazza. Non salverà mai più la tua inutile pelle. Dimmi che non hai esagerato.»

«Qualche bacio innocente... Forse qualche carezza non tanto innocua,» ammise. Ma non aveva rimpianti. Non avrebbe mai potuto rimpiangere ogni bacio, ogni secondo in cui il tocco di Emily aveva risvegliato il fantasma dell'uomo che era stato.

Avrebbe fatto tesoro di quei baci, contandoli come un giovanotto e aspettando senza fiato di rivedere la donna che aveva ispirato in lui sentimenti così romantici. Il suo primo amore, la figlia di un mugnaio di Blackbriar, Annabelle, gli aveva insegnato ad assaporare i baci. Lo aveva sedotto, introducendolo al mondo delle delizie sensuali, ma lo aveva fatto lentamente, con un inseguimento e una sfida perfetti. Da allora, qualsiasi cosa affrettata non era valsa la pena.

Voleva questo con Emily, un inseguimento paziente, un inseguimento costante. Ogni bacio rubato sarebbe stato una dolce vittoria. L'amore in quel momento sembrava solo un velo sottile lontano da lui e non più chiuso dentro di sé come aveva sempre creduto.

Emily si appoggiò al muro di pietra, rabbrividendo mentre la brezza leggera le raffreddava la pelle bagnata.

Tremava anche per altri motivi. Quando Godric le aveva messo le mani addosso, la bocca sulla sua, il corpo sul suo, aveva perso se stessa. Per qualche istante aveva dimenticato quanto fosse arrabbiata e quanto fosse preoccupata di salvare la sua vita in rovina.

L'abbraccio e il bacio di Godric erano qualcosa di più del tenero affetto che aveva visto tra i suoi genitori. No, quello era un falò, una fiamma che la attirava per ridurla in cenere. Quando la baciava, erano un uomo e una donna, non un signore e una signora.

Quel gioco pericoloso di fuga e d'inseguimento aveva risvegliato in Emily gli istinti di sopravvivenza più primordiali. Se non fosse arrivato Cedric, Godric avrebbe potuto prenderla lì sull'argine erboso. Quel pensiero la fece arrossire.

Gli uomini tornarono con i cavalli e lei mascherò le sue emozioni con l'espressione d'innocenza che aveva imparato vivendo con suo zio.

Il pensiero la bloccò.

Che cosa aveva fatto suo zio quando aveva scoperto che era scomparsa? Aveva ringraziato il cielo o era corso a Bow Street in preda al panico? Emily non riusciva a immaginare nessuna delle due opzioni.

Le lacrime le bruciavano gli angoli degli occhi. Non voleva ammettere quanto avesse sofferto nell'ultimo anno, ma era così, perché vivere con uno zio disinteressato, le faceva terribilmente male. Nessuno meritava di vivere con una famiglia che non lo amava e non si preoccupava.

Emily si affrettò a liberarsi dalle lacrime quando gli uomini si avvicinarono al lato opposto del muro. Godric tese entrambe le mani e lei le strinse, sorpresa dalla facilità con cui la tirò su oltre il muro e sulle sue ginocchia.

«Ecco, fammi salire sul mio...» Emily si avvicinò al suo cavallo ma Godric le strinse la vita.

«Se pensi che ti lascerò tornare a cavallo da sola dopo la tua piccola avventura, ti sbagli.»

«Ma...»

La presa ferrea di Godric la teneva saldamente in grembo mentre lui spronava il suo cavallo.

«Penso che sia il momento di stabilire alcune regole di base per i tuoi futuri tentativi di fuga. Tutto ciò che proverai e fallirai ti sarà rimosso come privilegio, ergo niente più cavalcate e niente fughe dopo il tramonto. È troppo pericoloso per te.» Il tono condiscendente del duca la fece sentire come una bambina che si comporta male. *Perché non l'ho lasciato affogare?*

«Godric.» La giovane si contorse irritata contro il petto del duca mentre si dirigevano verso il maniero. «Se devo, andrò a piedi, grazie. Non c'è bisogno di questo.» La mano che le teneva la vita scivolò più in basso per pizzicarle bruscamente il sedere. Emily si bloccò.

«Ahi!»

«Mi hai quasi fatto spezzare il collo e sono quasi annegato.»

«Non dovevi inseguirmi,» ribatté Emily.

«Se volessi sculacciarti fino a domenica prossima, potrei

farlo e nessun uomo qui alzerebbe una mano per salvarti,» ringhiò Godric.

Dopo di che Emily si arrese al silenzio. Non era mai stata incline a tenere il broncio ma quello era un giorno come un altro per iniziare.

La giovane continuò a tenere il broncio finché i cavalli non raggiunsero i gradini davanti al maniero. Godric sembrava ignaro dell'oscuro cipiglio che lei gli rivolgeva. Si limitò a trascinarla giù dal cavallo, se la gettò sulle spalle come un sacco di grano e soffocò una risata allo squittio di sorpresa della giovane.

Il resto del barbaro trattamento di Godric, Emily lo sopportò con un silenzio da regina, anche quando le risate e gli scherni degli altri minacciarono di farla vergognare cento volte tanto.

«Che diavolo è successo, Godric? Siete entrambi bagnati!» La voce di Lucien risuonò.

«Emily ha cercato di fuggire di nuovo.»

Lucien si accigliò e tirò fuori una sterlina d'oro dalla tasca, porgendola a Charles.

«Ben fatto, signorina Parr, è più facile scommettere su di voi che sulle corse.» Charles s'inchinò, intascando la moneta. «Se poteste organizzare un'altra fuga dopo cena, ve ne sarei molto grato.»

Emily aprì la bocca per rispondere ma Godric le diede due pacche sul sedere, soffermandosi troppo a lungo. La giovane scalciò ma non riuscì a smuovere la mano.

«Non ti accontenterà, non dopo che mi ha quasi affogato.»

«Oh, fammi indovinare: ha cercato di raggiungere la

Francia a nuoto?» La voce di Charles fu pervasa da una compiaciuta speculazione.

«Non darle nessuna idea, Charles.» Godric continuò a camminare. I passi degli altri si unirono ai suoi.

Emily era stanca di guardare la sfilata di stivali a testa in giù. Appoggiò le mani sulla schiena di Godric e cercò di tirarsi su. Ashton e Charles si pavoneggiarono proprio dietro di lei, sorridendo entrambi. Gli occhi di Charles si soffermarono sui vestiti bagnati della giovane.

Charles rise allo sguardo infuocato che la giovane gli rivolse. «Dicci, Emily. Qual era il tuo piano questa volta?»

L'impulso improvviso di colpire la mascella del conte dai capelli d'oro le divampò dentro. E così fece: un colpo secco, una facile schivata di Charles, seguita da altre risate a sue spese.

«Non farla arrabbiare. La cara ragazza è stata abbastanza coraggiosa da saltare quel muro maledetto.» Cedric parlò da davanti a Godric.

«Stai scherzando! L'ultima volta che ho provato quel salto, sono caduto nel lago.» Il tono di Charles si addolcì per l'ammirazione. Emily rifiutò di lasciarsi influenzare. Si sarebbe vendicata del conte per i suoi sguardi maliziosi.

«È esattamente quello che è successo a me, ma non alla nostra cara Emily. Oh no, si è preoccupata di tornare indietro a salvarmi solo quando sono caduto in acqua e sono quasi annegato.»

«Ma tu sei un...» iniziò a dire Charles prima che qualcuno gli calpestasse il piede e lui gridasse di dolore.

Cosa? La curiosità fece breccia in Emily. Se avesse dovuto azzardare un'ipotesi, sembrava che Charles stesse per dire che Godric era un buon nuotatore. Se fosse stato vero... Strinse un pugno e colpì il sedere di Godric che la ricompensò con un sussulto e, come risposta, lei lo colpì. Emily avrebbe voluto spaccare la testa di ognuno di loro. Il suo orgoglio ferito quasi le paralizzava la capacità di gestire e di nascondere le emozioni. Non le piaceva che gli altri ridessero di lei, non quando lottava per la sua libertà.

Ashton le sorrise. «Emily, mi congratulo con te per il tuo coraggio. Se non fosse per la mia fedeltà a Godric, ti augurerei buona fortuna per i tuoi futuri tentativi di fuga. Che possano essere astuti come i precedenti.»

Nessun accenno di derisione comparve nel tono di voce, anzi, le sue parole trasudavano gentilezza. *Non ha importanza. È uno di loro. Non ci si può fidare di nessuno di loro.*

«E per il bene del mio borsello, forse potrebbe essere prima di cena piuttosto che dopo,» aggiunse Lucien, come a dimostrare la sua tesi.

Godric entrò in una delle tante stanze al piano terra e la fece scivolare dalla sua spalla su una grande poltrona. Emily si aggrappò al cappotto di Cedric per proteggere il corpo bagnato da tanti sguardi maschili. La intimidiva che tutti si aggirassero intorno alla poltrona, fissandola dalle loro formidabili altezze. La giovane si abbassò di qualche centimetro, poi portò le ginocchia sotto il mento e distolse lo sguardo. I vestiti bagnati la facevano sentire umida e a disagio.

«Non tenere il broncio, Emily.» Ashton le scostò i capelli umidi dal viso. «Sei troppo bella per farlo.»

L'umiliazione la attanagliava, facendo a pezzi la sua sicurezza. Che cosa pensava di ottenere fuggendo? Tornando a

Londra non avrebbe risolto nulla. Solo la disperazione di fare qualcosa, qualsiasi cosa per riprendere il controllo della sua situazione, la spinse a farlo.

Emily si appiattì contro lo schienale della sedia, guardando Godric. che le aveva promesso che sarebbe stata al sicuro. Ma fidarsi di lui era difficile quando si limitava a stare lì con gli occhi socchiusi che sembravano trasformarsi in una diversa tonalità di verde ogni volta che il suo umore cambiava. A malincuore, la giovane ammise che quella piccola caratteristica di lui la incuriosiva.

«Ti avevamo avvertita che queste fughe erano inutili. Non essere arrabbiata con noi perché abbiamo dimostrato di avere ragione.» Godric fece ruotare la poltrona, rivolgendola verso il camino. Gli altri lo lasciarono solo con la giovane e presero posto a un tavolo sul lato opposto della stanza.

«*Ero* fuggita. Mi hai ingannata, per farmi tornare.» Emily lo fulminò con lo sguardo.

«Ecco. Ora riscaldati. Avvertirò la signora Downing che hai bisogno di vestiti asciutti.» Godric si avvicinò allo schienale della poltrona e le strofinò le braccia, riscaldandola un po'. Quel tocco era diverso dagli altri che le aveva rivolto. Non comportava un'ondata di desiderio inebriante, né la faceva infuriare o spaventare. Le stava semplicemente offrendo calore e sicurezza con un unico tocco discreto.

Era il tipo di gesto che avrebbe fatto un bravo marito: donare tutto se stesso fino a quando sua moglie fosse stata ben curata. Emily chiuse gli occhi, incapace di combattere il sogno ad occhi aperti del matrimonio con Godric. Eppure, mentre raggiungeva quel caleidoscopio di luce che si manifestava nella sua mente, la realtà lo infranse. Il matrimonio con Godric sarebbe stato un disastro. Era così focoso un minuto prima e freddo quello dopo, i suoi sbalzi d'umore le facevano venire il mal di testa ed era troppo arrogante. Non poteva sposare un uomo che pensava solo a se stesso, non era un'irritazione facilmente sopportabile.

Emily si rilassò e sprofondò di più nella poltrona, cercando di controllare i brividi. Il tintinnio di un bicchiere e lo schizzo del liquido attirarono la sua attenzione. Godric le dava le spalle mentre preparava un drink. Esausta, Emily oppose poca resistenza quando lui le si avvicinò e le portò il bicchiere alle labbra.

«Bevi.»

«Cos'è?» borbottò lei.

«Solo un po' di brandy. Ti scalderà.»

Emily lo guardò attraverso le ciglia scure, alla ricerca di qualsiasi segno che lui potesse farle del male ma non riuscì a navigare nelle profondità insondabili di quegli occhi.

«Dai, tesoro. Bevi per me,» la incoraggiò, inchinandosi sulla poltrona. Le accarezzò la guancia con le nocche, spostandole dal viso una ciocca di capelli bagnati.

Emily bevve, balbettò, sorpresa per il bruciore improvviso e mandò giù il resto rantolando. Godric le diede una pacca sulla schiena mentre lei soffocava un colpo di tosse.

«Santo cielo, è questo il sapore del brandy?» Emily non lo aveva mai assaggiato e lo trovò troppo amaro. Ebbe un conato di vomito e si stropicciò il naso mentre pensava, intontita, che aveva un retrogusto fin troppo familiare.

«Ecco una brava ragazza» Godric si chinò e le sfiorò la fronte con le labbra.

Emily sospirò pesantemente. La letargia le s'insinuò lungo le membra mentre Godric si univa agli altri uomini a tavola. Lucien parlò dei loro amici a Londra. Il calore del fuoco e il cappotto di Cedric la fecero rilassare. Le sue palpebre vacillarono e poi caddero. Sperava di non sognare Godric, ma sapeva che l'avrebbe fatto quando le labbra morbide le avrebbero sfiorato di nuovo la fronte e il sonno la reclamò.

CAPITOLO 5

Godric aveva provato per un istante un senso di colpa quando aveva versato il laudano nel brandy di Emily. Voleva fidarsi di lei, ridarle la libertà, ma era scappata. Non poteva lasciarla andare, non prima di aver portato a termine la sua vendetta. Anche allora, Godric non sarebbe stato pronto a liberare la sua affascinante prigioniera. Si divertiva nel vederla scoprire la propria sensualità, anche se sapeva che ciò non lo metteva in una luce angelica. Doveva convincere Emily a prenderlo, non costringerla con la forza e niente di tutto ciò aveva a che fare con la sua vendetta contro Albert Parr.

Dopo che Emily si fu addormentata, Godric chiamò dall'altra parte della stanza, dove erano riuniti i suoi amici. «Ash, potresti aiutarmi?»

«Di cosa hai bisogno?» Ashton si alzò dal tavolo e si avvicinò.

Godric sfiorò la guancia della giovane, la sua pelle era morbida come quella di un bambino. «Emily?»

Non si mosse.

Ashton alzò un sopracciglio. «Le hai dato qualcosa?»

«Un po' di laudano nel brandy. Per favore, trova la signora Downing e falle portare un cambio di vestiti puliti per Emily, la mia vestaglia e le pantofole.»

Ashton se ne andò e tornò presto con la signora Downing, che teneva la grande vestaglia di velluto rosso di Godric e le pantofole. L'anziana governante era più simile a una vecchia tata e lo sguardo tagliente di disapprovazione della donna lo faceva sentire sempre come un giovane disubbidiente. Tuttavia, non gli disse nulla mentre gli porgeva i vestiti puliti.

«Grazie, signora Downing.» Godric prese gli indumenti e si mise al lavoro con la governante, sollevando Emily dalla poltrona mentre la signora Downing le toglieva i vestiti bagnati.

Il cuore di Godric si fermò di fronte alle curve scolpite della giovane. Si eccitò subito al pensiero di leccarle ogni centimetro del corpo, di mordicchiarle i fianchi e di sfiorarle i seni, di esplorare i pendii e le curve della sua lussuriosa...

Un forte colpo di tosse e il cipiglio di rimprovero della signora Downing irruppero nel sogno a occhi aperti di Godric. Ripresosi, fece scivolare la camicia da notte sul corpo di Emily e le infilò le braccia nelle maniche prima di avvolgerla nella vestaglia. La governante le tolse gli stivali da equitazione infangati e le infilò i piedi nelle pantofole di Godric, che erano grandi come vasi da notte sui suoi piedi delicati. Almeno le avrebbero tenuto i piedi al caldo.

«Avete bisogno di qualcos'altro, Vostra Grazia?» gli chiese la signora Downing.

«No, grazie.»

La donna annuì e si congedò.

Emily non si mosse finché Godric non le rimboccò una coperta. Anche allora, la giovane si limitò a sospirare e ad accoccolarsi di più sulla poltrona. Godric non si aspettava di godere così tanto del rapimento di Emily. Né si aspettava di essere così preso da lei. La sua intenzione iniziale era stata quella di rovinare la possibilità dello zio di venderla per saldare i debiti. Ma ora la seduzione di Emily era infinitamente più personale. La lussuria stava vincendo sulla vendetta, anche se entrambi i desideri portavano allo stesso fine.

Godric temeva di diventare prigioniero della giovane tanto quanto lei lo era di lui. I suoi compagni mostravano già dei segni; poiché erano affascinati dalla sua natura ribelle. Non voleva pensare a cosa sarebbe successo se avessero deciso di volerla tanto quanto lui.

Emily non avrebbe mai potuto scoprire quanto potere esercitasse, abbastanza da fare a pezzi il Circolo delle canaglie con la sua dolcezza e la sua vitalità.

EMILY SI SVEGLIÒ, SORPRESA DI TROVARSI DI NUOVO nella sua stanza, indossando solo una camicia da notte, una vestaglia enorme e delle pantofole troppo grandi. Sobbalzò quando una cameriera in carne e ossa, con i riccioli rossi che le sfuggivano dalla cuffietta, attraversò la porta e iniziò a prepararle un bagno.

Ben presto Emily si rannicchiò sotto la superficie calda dell'acqua della vasca. La cameriera, Libba, inizialmente era timida a parlare, ma Emily aveva il talento di guadagnarsi la fiducia. Ascoltò eccitata la descrizione di Emily del suo rapimento.

«Che romantico!» Libba sospirò, sbattendo le ciglia.

Emily si limitò a ridere. «Romantico? Sono stata rapita! È stato terribile che tutti quegli uomini mi abbiano maltrattata come una bambina che si comporta male.»

«Non mi lamenterei di questo, signorina. Darei l'anima per essere maltrattata da quell'affascinante Lord Lonsdale. Ho iniziato a lavorare per Sua Grazia quando avevo solo sedici anni. Quando ho visto il conte per la prima volta...» Libba ridacchiò prima di coprirsi le guance arrossate. «Diciamo solo che mi sarebbe piaciuto che lui si accorgesse di me.»

«Lo dici adesso. Vedremo come ti sentirai quando cinque uomini avranno rovinato la tua reputazione solo perché uno di loro desidera vendicarsi di qualcosa con cui tu non hai niente a che fare.» Emily si alzò dalla vasca e avvolse il suo corpo con un asciugamano. «È esasperante!»

«Sua Grazia vi tratta con affetto, non è vero?»

«Che cosa vuoi dire?» Emily riusciva solo a pensare a quell'abbraccio selvaggio in riva al lago, al pizzico sul sedere e alla minaccia di una sculacciata. Affettuoso? Godric era tutto tranne che affettuoso.

Libba indicò la vestaglia e le pantofole che Emily aveva

lasciato vicino al letto. «Sua Grazia ve le ha messe mentre dormivate. Sono gli abiti da notte personali di Sua Grazia.» Il volto raggiante di Libba trasmetteva un'altra implicazione.

Emily sprofondò sulla poltrona della toeletta, sentendosi improvvisamente molto piccola, in un modo che non le era familiare.

Godric l'aveva denudata? Aveva visto il suo corpo mentre era indifesa? Quell'uomo maledetto pensava di avere qualche diritto su di lei solo perché l'aveva baciata qualche volta? Beh, più di qualche volta, ed erano stati baci molto profondi, rifletté Emily con tristezza.

«Pensi che... Non si aspetterebbe che io... Non sono merce da mercato del fieno!»

Libba impallidì all'insinuazione. «Non s'imporrebbe mai su di voi, signorina. Ve lo giuro. È un brav'uomo.»

«Un brav'uomo rapirebbe una giovane donna e le distruggerebbe il futuro, Libba?» Emily cercò di dimenticare la facilità con cui rispondeva al tocco e ai baci di lui.

La cameriera chiacchierava di come sicuramente Emily non avesse nulla di cui preoccuparsi e di come alla fine le cose sarebbero andate per il verso giusto, ignara della realtà del mondo. Emily indossò uno dei vestiti puliti che Simkins aveva ordinato da Londra. Aveva preparato un nuovo paio di calze bianche tra sottovesti fresche, tutte cucite in mussola costosa e meno modeste dell'abito.

La sensazione di una biancheria intima fresca e di un nuovo vestito blu fece la differenza. Le restituirono la fiducia in se stessa da uno stato fragile a uno più stabile. Invece di acconciarsi i capelli, ordinò a Libba di raccoglierli sulla nuca e di fissarli con un nastro. Gli occhi di Emily brillavano, come un paio di gemme lilla, guardandosi soddisfatta allo specchio della toeletta.

«Siete una visione, signorina!» Libba sorrise. «Il blu vi sta molto bene, è il colore preferito di Sua Grazia. Ne sarà molto contento!»

Emily si accigliò. Non voleva indossare il colore preferito di Godric. L'ultima cosa di cui aveva bisogno era che lui pensasse che volesse incoraggiarlo.

Charles irruppe nella stanza, contro ogni correttezza e ragione, facendo protestare sia Emily sia la cameriera.

«Hai già finito, Em...» L'uomo si fermò e i suoi occhi si allargarono. «Maledizione! Cosa non darei per trascinarti nella mia stanza. Che ne dici, Emily? Ti va di fare una capatina a mezzogiorno? Farò in modo che ne valga la pena.»

Attraversò la stanza e la prese in braccio, come un turbine impazzito in forma umana.

Emily riacquistò il senno per un breve istante e liberò una mano, schiaffeggiandolo. «Toglimi le mani di dosso!»

Nonostante la macchia rossa che gli cresceva sul lato destro del viso, Charles continuò a sorriderle. «Se pensi che ti cederò a qualcun altro al piano di sotto, ti sbagli. Voglio baciarti, Emily,» dichiarò Charles. «Tendo a ottenere ciò che voglio.»

Dietro quella provocazione, Emily percepì la competizione. *È proprio quello di cui ho bisogno: diventare un trofeo per cui questi ragazzi adulti possano lottare.* Poi di nuovo... se fosse riuscita a sfruttare quel desiderio a suo vantaggio, avrebbe potuto trovare un modo per metterli l'uno contro l'altro. Tornato alla realtà, le guance di Charles si arrossarono di una timidezza infantile, e i suoi occhi grigi si abbassarono sul pavimento.

«Ehm, Emily, farai la brava ragazza e non dirai a Godric che ho chiesto di baciarti?»

La giovane si toccò il mento, pensierosa. «Mi chiedo come reagirebbe a questo? Sembra avere un bel caratterino.»

Charles trasalì. «La maggior parte delle donne adora, ehm... le mie attenzioni.»

Libba sembrava svenire accanto al conte. A volte Emily si chiedeva se ci fosse qualche speranza per il suo sesso.

«Come continuo a ripetere a tutti voi uomini maledetti, io *non* sono come le altre donne!» Gli passò accanto e uscì dalla porta, ignorando la risatina di Libba.

Emily si diresse verso la sala da pranzo, con Charles alle calcagna. Sperava che la sua velata minaccia di denunciarlo a Godric lo avesse castigato.

Ashton e Lucien stavano conversando vicino alle finestre. Vedendola, si accigliarono, poi guardarono Charles. Lucien aprì la bocca per parlare, ma si fermò quando Godric e Cedric li raggiunsero nella stanza.

Godric guardò Emily poi lanciò a Charles un'occhiata che avrebbe potuto sciogliere la pietra. Charles alzò il mento con aria di sfida.

Ashton interruppe quella guerra silenziosa. «Emily, posso farti una domanda piuttosto strana?»

La giovane annuì.

«Per caso, parli il greco?»

Emily riuscì a mascherare il viso per nascondere la

verità ovvero che conosceva bene quella lingua particolare, così come il latino.

«No,» mentì lei. Ashton si rivolse ai suoi amici e iniziò a parlare un greco fluente. Lei seguì la discussione con facilità. «Charles, cosa le hai fatto?»

Charles guardò Godric con aria colpevole e poi il pavimento.

«Le ho chiesto di baciarmi. Mi ha dato uno schiaffo. Giuro che non succederà più.»

«Sembra che tu stia perdendo il tuo tocco,» scherzò Lucien.

«Mi sono lasciato trasportare dal mio fervore ma non le ho fatto niente di male.»

Godric batté il pugno sul tavolo. «Niente di male? Non puoi pretendere certe cose e aspettarti che non abbiano un effetto su di lei!»

La tazza di tè di Emily tintinnò bruscamente e l'infuso si rovesciò sul tavolo. *Ipocrita.* Rivolse a Godric uno sguardo preoccupato ma nessuno degli altri fece attenzione.

Cedric parlò a bassa voce. «Godric... Non per fare l'avvocato del diavolo ma questa mattina le hai chiesto più di qualche bacio, se ricordo bene.»

Esattamente. Il calore salì sul viso di Emily ma non se ne accorsero.

«Se la voglio, Cedric, allora è mia!» gridò Godric. «È mio il denaro che suo zio ha rubato, quindi posso rubare a mia volta!»

«Ma Emily non ha rubato i tuoi soldi,» rispose Lucien, bruscamente. «L'hai rovinata solo portandola qui, non c'è bisogno di sedurla. Non siamo sceicchi arabi che la tengono come schiava per i loro harem.»

Ashton si schiarì la gola, mettendo a tacere la stanza. «È evidente che tutti noi proviamo un interesse per Emily che va oltre i rapitori e i prigionieri. Consiglio di soppesare le nostre azioni con maggiore attenzione e di cercare di pensare con le nostre teste alte non con quelle basse. Se possibile.» Lanciò un'occhiata a Charles. «È ora di rispettare la quarta regola del nostro codice. Se un uomo dei presenti desidera avere Emily, deve convincerla a prenderlo. Una volta conquistata, nessun altro potrà tentare di averla. Non ci saranno più baci rubati con la forza, nemmeno da te, Godric. Non transigo.»

Quel comando lasciò Emily a chiedersi se forse fosse lui il capo segreto del gruppo. Forse il titolo di Pari non influiva realmente sulla politica interna del Circolo.

«Ma, Ash,» protestò Charles, «non puoi pretendere che non la tocchiamo. Lei è così...»

«Irresistibile?» chiese Godric con tono cupo. «Chi diavolo ha il controllo, tu o i tuoi lombi?»

«Sì, ci ha incantati tutti, ma se lo sapesse, potrebbe usarlo contro di noi. Quindi ripeto: se un uomo la vuole, deve sedurla come si deve. Se lei resiste alle avance, lui ha il dovere di smettere di farle la corte.»

«E ogni ulteriore discussione sull'argomento,» aggiunse Lucien, «sarà condotta in greco.»

«Scusatemi, signori,» interruppe Emily in inglese, richiamando tutti gli occhi su di lei. «Va tutto bene? Mi sembra di aver causato qualche problema.» La tensione nella stanza si allentò un po'.

«Niente affatto, Emily,» rispose Lucien. «Stavamo semplicemente dicendo a Charles che non può ripetere le sue azioni... a meno che tu non lo voglia, ovviamente.»

Charles sorrise.

«Io...» La giovane arrossì e si voltò, imbarazzata. «Non so bene cosa desidero. Non ho mai ricevuto tali attenzioni prima di essere portata qui. Trovo tutto questo travolgente.» Gli sguardi colpevoli sui volti degli uomini dimostrarono che le credevano. *Eccellente.* Dopo tutto, aveva una possibilità di fuggire. Non si era mai resa conto di quanto potessero essere persuasive le astuzie femminili finché non aveva avuto quei cinque uomini che lottavano per corteggiarla. *Sciocchi.*

«Allora devo scusarmi per la mia condotta sfrontata, Emily.» Charles chinò la testa, con rispetto.

«Scuse accettate.» Emily permise a Godric e a Charles di servirle un pranzo tardivo, fingendo di ignorare come anche quello fosse diventato una competizione. Era buffo che, due giorni prima, non avrebbe mai potuto immaginare di poter avere cinque lord rozzi che le mangiavano dal palmo della mano. Emily sorrise mentre mangiava e guardava.

Lei appartiene a me. La avrò.

Thomas Blankenship salì i gradini di casa, infuriato. Sapeva cos'aveva in mente quel pazzo di Parr. *Intende mettermi contro Essex in una guerra di offerte segrete. Beh, io non ci sto. Lei è mia.*

Batté il pugno sulla porta piuttosto che usare il batacchio.

Baltus, il suo saggio maggiordomo, si affacciò alla porta. «Bentornato, signore.»

Blankenship si limitò a ringhiare e lo superò nel corridoio. Si tolse il cappotto e lo gettò al cameriere che aspettava sulle scale.

«Portami del brandy nel mio studio, Baltus.»

Lo studio, poco illuminato, rifletteva il resto della casa. Anni di sporcizia ricoprivano le finestre e il camino. La polvere ricopriva i libri sugli scaffali e le macchie d'inchiostro macchiavano il tappeto logoro sotto la scrivania. Aveva soldi a sufficienza per mantenere la casa pulita e in buone condizioni ma gli piaceva la decadenza simbolica del suo alloggio. Gli ricordava la sua vita e lo spingeva a lottare più duramente per ottenere ciò che desiderava: Emily Parr.

Si accasciò sulla sedia e chiuse gli occhi. La sua rabbia era una creatura viva, che respirava, scavata nel profondo del suo petto. I suoi artigli insanguinati gli rovistavano le viscere e i suoi occhi neri si fissavano sulla sua anima. Sfidò la bestia, inchiodandola nel luogo buio della sua testa. Aveva ancora il controllo, per un po'.

Il maggiordomo entrò con un decanter di brandy e ne versò un bicchiere, mettendolo sul bancone.

«C'è altro?» Baltus ansimò.

«No.»

Blankenship strinse il pugno intorno al cristallo e fece roteare il contenuto ambrato. Il colore ricco gli ricordava quello dei capelli di Emily. I suoi pensieri tornarono alla ragazza. Doveva averla. La madre della giovane era sfuggita alla sua presa ma Emily no.

Diciannove anni prima, quando aveva superato i tren-t'anni, aveva fatto di nuovo il giro della società alla ricerca di una sposa. I fiori delicati e soavi del *ton* non lo avevano impressionato fino a quando non aveva incontrato Clara.

Clara Belarmy. Arguta, intelligente e un vero diamante raro. Con i capelli color oro ramato, gli occhi del colore delle prugne succulente. Era unica.

L'aveva amata, come ogni altro uomo. Aveva speso una fortuna in bouquet per lei, aveva ballato con lei più di una di quelle terribili quadriglie. Eppure lei non gli aveva mai rivolto uno sguardo. Se la svignava sempre nel bel mezzo dei balli per stare con il giovane Robert Parr, uno sciocco idealista

Eppure Blankenship aveva nutrito la speranza che lei potesse prenderlo in considerazione come marito, data la sua ricchezza. Si era presentato alla sua porta, con l'anello di sua madre montato apposta per lei. Clara non era stata disponibile a ricevere visite e il maggiordomo lo aveva allontanato. Passando davanti alla finestra che dava sulla strada, aveva intravisto Clara tra le braccia di Robert.

Sapeva che tipo di donna concedeva il suo fascino al primo uomo consenziente. Una prostituta.

Dopo di che Blankenship abbandonò del tutto le sale da ballo di Londra. Si concentrò sui suoi affari e danneggiò tutti gli investimenti di Robert Parr, costringendo la giovane coppia di sposi a trasferirsi in campagna, dove le spese non erano così alte.

Ma non era stato sufficiente. Doveva ferire Clara tanto quanto lei aveva ferito lui.

La notizia della morte della donna e di Robert lo aveva lasciato impassibile. Digrignò i denti al ricordo. Senza il fuoco dell'odio ad alimentarlo, aveva tenuto una pistola carica nel suo studio, pronta a riempirgli la bocca.

Poi aveva saputo di Emily.

Non sapeva come Clara avesse mantenuto il segreto sulla ragazza ma quando seppe che la giovane si era trasferita dallo zio, andò a vederla.

Cominciò a far visita ad Albert al suo club, convincendolo a chiedere prestiti per delle opportunità d'investimento. Era stato fin troppo facile convincere Albert a investire con lui e ancora più facile era stato vedere che tali progetti fallivano miseramente. Parr era stato costretto a offrire Emily in sposa per saldare i suoi debiti. Nel giro di pochi giorni Blankenship si era assicurato un invito a casa di Parr.

Infine, la intravide, seduta a un tavolo della piccola biblioteca, con i capelli sciolti che le scendevano sulle spalle in onde tumultuose del colore del sole della sera. Sembrava in tutto e per tutto la creatura lasciva che lui bramava sotto di sé nel suo letto.

Per un secondo, il suo desiderio giovanile si accese, come una stella lontana, prima che la notte calasse pesantemente nel suo cuore indurito.

Era proprio come sua madre. Una civettuola.

Le donne come lei dovevano stare in ginocchio.

Nel suo studio, le labbra di Blankenship s'incurvarono in un sorriso pigro. Presto sarebbe stata sua. Emily avrebbe indossato gli abiti più belli, i gioielli più costosi. L'alta società avrebbe saputo che lui era il suo padrone e, con lei al suo fianco, avrebbe messo quegli aristocratici al loro posto.

Ogni notte, le avrebbe strappato i vestiti, l'avrebbe piegata sulla superficie dura più vicina e l'avrebbe fatta sua fino a farle implorare pietà. Le avrebbe permesso di mantenere uno spirito focoso, giusto per tenere le cose interessanti. Punire la ribellione della giovane sarebbe stato molto eccitante. Avere Emily sotto il suo controllo avrebbe alleviato il dolore della perdita della madre. Era giusto così.

Si sfiorò l'eccitazione dolorante, gemendo al pensiero di affondare le mani nei capelli di Emily per infilarsi a forza nella sua bocca. Il corpo di lei sarebbe stato un rifugio per i suoi desideri e avrebbe compensato gli anni d'insoddisfazione che aveva avuto con altre donne quando tutto ciò che aveva voluto, era Clara. Se avesse finto abbastanza, Emily sarebbe stata Clara, Clara sarebbe stata Emily, sarebbero state una cosa sola e la sua fame di piacere e di Clara sarebbe stata saziata.

Le visioni di Clara tormentavano ancora i suoi occhi chiusi. Non aveva sempre bramato di far male, di punire. Se solo avesse avuto Clara per sé, sarebbe stato gentile, si sarebbe preso cura di lei ma lei lo aveva rifiutato, aveva sposato quel giovane e aveva infranto ogni suo sogno.

Emily era il prezzo della vendetta per i suoi sogni infranti. Avrebbe pagato per il tradimento di sua madre. Avrebbe dato alla luce i suoi marmocchi, avrebbe assicurato la sua discendenza e si sarebbe guadagnata i favori del *ton,* in modo che lui potesse riempirsi le tasche con le loro ricchezze.

Sorseggiò il suo bicchiere di brandy e si appoggiò alla sedia.

IL PRANZO FU MOLTO PIÙ TRANQUILLO DELLA COLAZIONE.

Il desiderio di Charles di baciarla aveva portato alla ribalta un problema e i signori stavano ancora facendo i conti con il pericolo che lei rappresentava per loro. Emily stava contemplando quella forma divertente di karma quando una mano, pesante e possessiva, le si posò sul ginocchio al riparo del tavolo e iniziò a stringere e a risalire lungo la coscia, tirando delicatamente il vestito verso l'alto.

Il rossore crescente sul viso di Emily rifletteva il calore che provava tra le gambe e la giovane spostò lo sguardo su Godric, la cui mano destra era assente dal tavolo.

«Stai bene, Emily?» le chiese Lucien. «Sembri un po' arrossata.»

Emily allontanò la ciotola con la zuppa.

«Credo che la zuppa mi abbia surriscaldato.» Cercò di non guardare Godric.

La mano, che si era fermata mentre lei rispondeva a Lucien, cominciò a muoversi avanti e indietro lungo la coscia, con le dita che scavavano nel tessuto sgualcito del vestito, cercando la pelle nuda. La sensazione era così forte che Emily riusciva a malapena a tenere in mano la tazza di tè senza tremare. Non osò cercare di togliere la mano del duca.

Il suo unico pensiero era il corpo di Godric sul suo e le loro bocche che si baciavano in una dolce agonia come avevano fatto al lago quella mattina. Sarebbe mai stata libera da quei ricordi? Lo voleva?

Nel momento in cui il pranzo finì, Emily saltò dalla sedia. Tutti gli uomini la guardarono, preoccupati.

«Scusatemi!» Emily corse nella sua stanza, l'unico posto in cui si sentiva abbastanza sicura da potersi nascondere mentre combatteva il desiderio indesiderato che provava per il suo rapitore.

Salì sull'enorme letto e si raggomitolò su un fianco vicino alla testiera, stringendo un cuscino al petto. Il calore le si era diffuso in tutto il corpo e aveva bisogno di stare un momento da sola per riprendere il controllo.

Ashton apparve sulla porta, con le spalle larghe che riempivano la cornice.

«Non posso avere un momento di pace?» chiese lei.

La stanza sembrò rimpicciolirsi quando l'uomo entrò. Ogni movimento che faceva era aggraziato, eppure lei sentiva che lui calcolasse ogni azione. Ashton si avvicinò alla toeletta, fermandosi a far scorrere un dito sulla superficie di legno prima di urtare una spazzola d'argento. Sollevando la spazzola, la studiò intensamente.

Ashton era il più raffinato delle canaglie, eppure, nonostante tutta la sua forza appena celata, in lui traspariva una debolezza. Nei suoi occhi, nel modo in cui si addolcivano su di lei quando alzava lo sguardo.

Come se percepisse i pensieri di Emily, Ashton posò la spazzola e si appoggiò con disinvoltura alla spalliera ai piedi del letto. Incrociò le braccia e la fissò, una sfida silenziosa, non una minaccia.

«Non ho intenzione di scappare,» disse la giovane. *Non in questo momento.*

Un angolo della bocca di Ashton s'incurvò. «Sei troppo intelligente per questo.» Ma rimase lo stesso. Lei sospirò pesantemente.

«Sono sorpreso che tu non mi abbia ancora chiesto di lui,» disse Ashton in modo criptico.

«Chiesto di chi?»

«Di Godric.»

«Oh, devi scusarmi.» Il tono di lei era leggero ma sarcastico. «La mia solita curiosità si affievolisce quando sono trattenuta contro la mia volontà.»

Ashton ignorò il sarcasmo. «Ti piacerebbe sapere qualcosa di lui?»

«Sì.» Emily avrebbe voluto non rispondere. L'ultima cosa di cui aveva bisogno era che Ashton pensasse che fosse interessata a Godric, perché se lo avesse detto a Godric, lei avrebbe lottato ancora più duramente contro le sue avance amorose.

«Godric ha avuto una vita difficile, nonostante sia un duca. Sua madre è morta quando lui aveva appena sei anni.»

«Me lo ha detto.» disse Emily.

«Dubito che ti abbia raccontato tutto.» Seguì una pausa, come se Ashton provasse il dolore di Godric. «Le morti devastarono suo padre al punto che si diede all'alcool. Era un uomo duro quando era immerso nelle sue coppe.»

«Ha fatto del male a Godric?» Emily si girò per affrontare Ashton, la frustrazione e la confusione erano scomparse. La vita tragica di Godric la avvolse.

«Spesso. Godric aveva più dimestichezza con il bastone di qualsiasi altro giovane che io abbia conosciuto a Eton. Rideva quando i professori minacciavano di picchiarlo.»

«Ma ho visto la schiena di Godric. Non ha cicatrici.»

«La fustigazione, se fatta bene, non spacca la pelle ma lascia solo lividi e ossa rotte. Il padre di Godric era un maestro.»

Alle parole di Ashton, Emily rabbrividì di dolore. Non era mai stata frustata e nemmeno sculacciata. Era stata una bambina ben educata ma a nove anni aveva assistito alla fustigazione di un vicino di casa e le urla del giovane rieccheggiavano ancora nei suoi incubi. Non riusciva a immaginare il duca alto e muscoloso brutalizzato come un ragazzino. Com'era stato per lui? Essere colpito dall'unico genitore rimasto in preda alla disperazione e alla furia per la perdita della donna che li teneva uniti?

Emily era stata fortunata a non aver mai conosciuto tali abusi e scoprire che il dolore e la tortura avevano segnato l'infanzia di Godric era come respirare del fumo. Odiava che Godric avesse sofferto come nessun bambino avrebbe dovuto.

«Com'è possibile che sia gentile, almeno per la maggior parte del tempo?» chiese Emily.

«Ha molto di sua madre in lui, più compassione che crudeltà. Sarebbe potuto diventare un bruto come suo padre, invece è diventato un paladino di chi subisce abusi. Hai visto personalmente la sua tenerezza.»

Emily lo ignorò e cercò di cambiare argomento. «Allora,

perché mi ha rapita? Dov'era la sua compassione quando tutti voi mi afferravate e buttavate a terra, drogandomi con quell'orribile laudano! È stato crudele, molto crudele. Perché non ha affrontato mio zio?»

«Non ha prove del crimine di tuo zio, a parte la perdita del denaro. Da quello che ho capito, ha dato a tuo zio l'autorità di accedere al conto d'investimento.»

«Posso chiedere a che titolo sono stati dati questi fondi?»

Ashton le rivolse un sorriso diabolico e divertito. «Non è niente di così orribile come potresti immaginare. Ha investito del denaro con tuo zio in una miniera d'argento che non esiste.»

«Allora, non può dimostrarlo? Dimostrare che quella miniera non esiste?»

«C'è un appezzamento di terreno da cui un tempo veniva estratto dell'argento, ma non è più redditizio. I documenti d'investimento sono legati a quel terreno. L'unica prova sta nella somma di denaro che Godric ha pagato a tuo zio e che è scomparsa.»

Emily si alzò di scatto. La visione dei libri contabili di suo zio le balenò nella mente. Lei stessa aveva visto le cifre, proprio il crimine di cui parlava Ashton che ora la stava osservando con attenzione, con gli occhi blu che cercavano un significato dietro la sua reazione. «Non è che per caso ne sai più di quanto crediamo?»

Il problema era che Emily non sapeva se ciò che sapeva avrebbe potuto aiutare la sua causa o l'avrebbe ostacolata. «Sono una donna, Ashton. Non m'intendo di cifre o di affari ma ricordo che una volta mio zio ha parlato della miniera, di sfuggita, a un suo amico. Sono rimasta scioccata dalla coincidenza, tutto qui.»

«Secondo la mia esperienza spesso le donne sono eccellenti uomini d'affari. Il tuo sesso spesso può essere molto più competitivo quando è coinvolto in battaglie di mercato e schemi di denaro.» C'era uno sguardo strano sul volto dell'uomo, mentre parlava. Un luccichio calcolatore che accentuava i suoi occhi blu già vibranti. Aveva in mente una donna, qualcuna che non fosse lei?

Emily sorrise. *Lord Lennox, anche voi avete dei segreti.*

«Ashton, se Godric avesse le prove dell'appropriazione indebita di mio zio... mi lascerebbe andare?»

Prima che Ashton potesse rispondere, Lucien e Cedric irruppero nella stanza.

«Presto, prendi Emily! Dobbiamo nasconderla!» esclamò Cedric, ansimando.

Emily si rese conto dei loro petti ansanti. Avevano corso per arrivare. Era successo qualcosa? Se volevano nasconderla, qualcuno doveva essere arrivato alla tenuta e non volevano che fosse vista.

Devo trovare chi è venuto e chiedere aiuto!

Emily scese dal letto e si spostò dall'altra parte, vicino alla finestra, cercando di allontanarsi dai tre uomini che avanzavano.

«Che cosa sta succedendo, Lucien?» chiese Ashton.

«Un magistrato e un altro uomo stanno cavalcando lungo la strada e saranno alla porta da un momento all'altro. Godric pensa che Parr abbia avvisato le autorità e che siano venuti per riportare Emily a Londra.»

«Finalmente!» esclamò Emily, un po' troppo trionfalmente. Dopotutto, c'erano tre uomini che tramavano per nasconderla. Si gettò sotto il letto, proprio mentre le braccia di Cedric si stringevano intorno all'aria dove lei era stata qualche istante prima. Scivolando sulla pancia, si spostò ulteriormente sotto il letto, pregando di essere fuori portata.

Gli stivali ben lucidati di Lucien le passarono davanti e quelli di Ashton dall'altra parte.

Era circondata.

«Andiamo, Emily, non abbiamo tempo per questo!» ringhiò Cedric, raschiandole le caviglie con le mani.

Emily gli diede un calcio ma così facendo si avvicinò troppo al lato del letto di Lucien che la afferrò, tirandola fuori come un gattino per la collottola. Si sollevò una nuvola di polvere e sia lei sia Lucien starnutirono. L'uomo la fece quasi cadere mentre lo starnuto gli scuoteva il corpo.

«Non riesci a rimanere pulita nemmeno per mezza giornata?» Lucien la spinse sul letto.

Emily gli sferrò un calcio nello stomaco. L'uomo si piegò gemendo dolorosamente, stringendosi l'addome e lasciandole un varco. La giovane scivolò dal letto e si precipitò verso la porta. Doveva scendere le scale e raggiungere il magistrato che l'avrebbe salvata da quella follia, l'avrebbe riportata a Londra e forse Anne avrebbe potuto aiutarla a contrarre un matrimonio con un uomo cui non sarebbe importato nulla dello scandalo.

Scese le scale due alla volta e si fermò davanti alla porta d'ingresso, con il cuore che le saliva in gola e il rumore martellante degli stivali dietro di lei.

Godric entrò nel corridoio dal suo studio, avendo senza dubbio sentito il trambusto. Gli occhi del duca si fissarono su di lei, poi sugli uomini che si precipitavano giù per le scale, poi si volsero verso la porta d'ingresso incustodita. L'uomo impallidì.

«No! Emily, no!»

«Oh, vai all'inferno!» Si girò e avvolse le braccia intorno alla porta. La spalancò fino a farla sbattere contro il muro, facendo tremare uno specchio vicino. L'impeto dell'aria fresca di campagna fu un sollievo benedetto. Ce l'aveva fatta, non appena il magistrato l'avesse vista, sarebbe stata salva.

Le due figure a cavallo erano vicine. Emily era certa che uno dei due uomini fosse il magistrato.

«Qui! Sono qui!» gridò Emily, agitando le braccia per attirare l'attenzione. Uno degli uomini, quello dall'aspetto più rotondo, si mise a sedere più dritto sulla sella e si sporse in avanti. Avrebbe riconosciuto quell'uomo ovunque. Si precipitò all'interno e sbatté contro il petto di Godric. «Presto! Devo nascondermi, sta venendo a prendermi!»

Godric la fissò con rabbia e confusione. «Ora vuoi nasconderti? Forse sono troppo occupato a preparare una valigia, perché mi hai gentilmente informato che devo andare all'inferno.»

«Smettila di essere così testardo e aiutami a nascondermi o saremo entrambi in guai molto seri.»

Godric le girò intorno e sbatté la porta d'ingresso. «Chi t'insegue?»

«Non c'è tempo per le spiegazioni. Puoi trovare un

posto per nascondermi o no?» gli chiese Emily.

Godric fece un gesto verso le scale. «Da questa parte.»

Tornarono nella sua stanza, dove furono raggiunti dal resto del Circolo.

«Dovete nascondere Emily. Credo che possa essere stata vista. Devo andare dal magistrato.» Godric si allontanò, lanciando un'occhiata cupa alle sue spalle. Emily ebbe un sussulto.

«Maledizione.» mormorò Ashton. «Beh, qualcuno ha un piano?»

«Io!» Lucien portò Emily verso l'enorme armadio nella stanza.

Era pieno solo per metà di vestiti e nel fondo c'era ancora molto spazio libero. Si sarebbero potuti nascondere facilmente.

«Entra, ti seguo.» Lucien s'infilò nel fondo dell'armadio poi la tirò in grembo prima che gli altri chiudessero le ante, lasciandoli avvolti nell'oscurità.

GODRIC NON POTEVA CREDERCI.

Quell'uomo, Thomas Blankenship, aveva avuto il coraggio di entrare in casa sua, accompagnato da un rappresentante della corte.

Ma Blankenship non sapeva che il signor John Seaton, il magistrato, conosceva Godric e la sua famiglia da anni. Infatti, il padre di Godric aveva rifiutato il posto di magistrato quando la Corona glielo aveva offerto e, al suo posto, aveva raccomandato Seaton.

Godric chiese a Simkins di far accomodare i due uomini in salotto mentre lui parlava con i suoi amici.

«Voi tre andate subito nella camera di Emily e fate in modo che ogni abito, ogni calza, sia portato nel sottoscala e nascosto dalle cameriere. Non voglio nessuna prova che sia mai stata qui. Mandatemi la sua cameriera, fatele indossare uno degli abiti di Emily. Dovrò dare una spiegazione, se l'hanno vista.»

Ashton, Charles e Cedric annuirono, poi risalirono le scale.

Godric rimase da solo, stringendo i pugni ai fianchi. Era il momento di affrontare il magistrato e quel Blankenship.

Seaton, il magistrato, era un uomo anziano e smagrito che possedeva i tratti raffinati di un gentiluomo di campagna. Lanciò uno sguardo di scuse a Godric che lo rassicurò con un cenno del capo prima di rivolgere la sua attenzione all'altro uomo.

Thomas Blankenship era alto ma il suo ampio girovita e il suo viso aspro gli toglievano ogni possibilità di avere un aspetto decente. Gli occhi neri da scarafaggio e il naso affilato da falco contribuivano a donargli un aspetto predatorio, che inquietava Godric. Blankenship era più vecchio, forse sulla sessantina, ma il senso di potere in lui metteva Godric a disagio.

Godric fece loro segno di sedersi. «Che cosa vi porta qui, signori?» Il magistrato si accomodò con gratitudine sulla poltrona più vicina. Blankenship, invece, guardò Godric per un lungo istante, studiandolo, prima di sedersi.

«Le mie più sentite scuse, Vostra Grazia. Non volevo disturbarvi, soprattutto non qui...»

«Non è un problema, signor Seaton.»

«Quest'uomo, il signor Blankenship, insiste nel dire che voi tenete prigioniera una giovane donna. Mi sono rifiutato di ascoltare tali sciocchezze e lui ha detto che sarebbe venuto qua comunque. Vostra Grazia, non vengo in veste di rappresentante del mio ufficio ma solo per assicurarvi che so che le sue affermazioni sono infondate. Non farò alcuna indagine o perquisizione in questa casa.»

«Come si chiama la signorina?»

«Afferma che si chiama Emily Parr.»

«Chi?» Godric mascherò la sua reazione osservando il volto di Blankenship. Un'espressione di possessività vi aveva messo radici, uno sguardo che a Godric non piaceva.

Che rapporto aveva Blankenship con Emily?

«La signorina Emily Parr. È la nipote di un certo Albert Parr. Credo, se i miei dati sono corretti, che vi conosciate.»

«Ahh, Parr. Sì, ho fatto affari con lui, però non lo vedo da qualche mese.» Godric distese le gambe, cercando di apparire calmo e raccolto. «Ora dite che siete qui per sua nipote? Che cosa le è successo?»

Blankenship si sedette sul bordo della poltrona. Un'ombra scura gli attraversò il viso. «Non fate lo stupido, Essex! So che l'avete presa. L'abbiamo vista uscire dal portone, gridava e ci salutava.»

«Signore!» scattò il magistrato. «Trattenetevi in presenza di Sua Grazia.»

«Perché diavolo dovrei voler prendere la nipote di Parr? Che cosa me ne farei di lei? Non ho bisogno di una giovane appena uscita dai banchi di scuola. Non devo certo rapire una signora se ne desidero una.»

«L'avete presa perché credete che Parr sia in debito con voi. Abbiamo visto noi stessi la ragazza e ho mostrato al magistrato il vostro biglietto.»

«Il mio cosa?» Godric rise sommessamente, sinceramente divertito.

Con un sospiro stanco, Seaton estrasse un biglietto dalla tasca e lo porse a Godric che scorse la nota che aveva scritto e contenne un sorriso. «Questa non è la mia scrittura.»

«Certo che lo è,» disse Blankenship. «Parr ha riconosciuto la vostra mano.»

«Bene, questo è facilmente risolvibile. Venite, vi faccio vedere.» Godric si alzò e si diresse rapidamente verso una scrivania nell'angolo più lontano. Entrambi i visitatori lo seguirono.

Prese un foglio di carta, inchiostrò la penna d'oca e, tenendola abilmente con la mano destra, scarabocchiò alcune frasi, pulì il foglio e lo consegnò al magistrato.

Seaton tirò fuori il suo monocolo e confrontò le due grafie. «Signor Blankenship, guardate voi stesso. Questa calligrafia non somiglia affatto alla nota originale.»

«Sciocchezze!» Blankenship strappò le due note dalla mano del magistrato e le studiò.

Godric combatté il sorriso subdolo che gli si era stampato sulle labbra. Aveva scritto entrambe le note, naturalmente. Quella vera con la mano sinistra e questa con la destra. Da bambino, aveva avuto pochi amici. Per tenersi occupato, aveva imparato a scrivere con entrambe le mani. L'effetto erano due stili di scrittura molto diversi. Nessuno dei suoi ospiti sapeva che aveva scritto solo alcune note a

Parr, usando sempre la mano sinistra, cosa che non aveva mai fatto nella sua normale corrispondenza. C'era qualcosa di cui non si era mai fidato completamente di Parr e perciò non aveva mai lasciato molte prove attraverso le lettere.

«Ma... non è possibile. So che l'ha scritto lui. Ci sta ingannando. L'ha fatto scrivere da un servo.» Blankenship lanciò a Godric entrambi i biglietti.

«Signor Blankenship, credo che sia ora che voi ve ne andiate. Avete disturbato Sua Grazia e, come magistrato, vi dico che qui non c'è niente da vedere.» Seaton mise una mano sulla spalla di Blankenship ma l'uomo la allontanò.

«Non sono soddisfatto. Sia voi sia io abbiamo visto la ragazza sulla strada. So che era la signorina Parr. Vorrei vedere ogni stanza di questo posto maledetto.»

Godric emise un sospiro drammatico. Avrebbe potuto mandare via facilmente l'uomo ma preferiva mostrargli le stanze e farla finita. Non voleva che quell'uomo si aggirasse per casa sua. «Se questo può alleviare le vostre preoccupazioni per la signorina, allora sarò felice di aprire la mia casa alla vostra ispezione. Oserei dire che rimarrete deluso. Sono sicuro che sia semplicemente scappata.»

I tre uomini lasciarono il salotto.

«Scappare? Quella ragazzina non saprebbe dove andare.» Blankenship si accigliò. «Inoltre, nessuno la accoglierebbe.»

Godric aggrottò la fronte. Blankenship parlava come se Emily non fosse intelligente ma lo era.

«Da questa parte, signori.» Godric fece segno ai due uomini di seguirlo mentre li guidava per la casa. Aprì tutte le porte ma non c'era traccia di Emily. La camera della giovane era stata pulita. La cameriera di Emily, che indossava un abito simile a quello della giovane, era seduta sul letto a leggere un libro. La cameriera arrossì quando Godric e i due uomini la notarono.

«Ahh, tesoro, eccoti qua. Mi dispiace averti turbato, non dobbiamo più litigare.» Si chinò a baciare la mano della giovane che abbassò la testa con fare schivo. Godric si voltò di nuovo verso i due uomini.

«Scusatemi, signori, lei è una mia cara amica, Libba. È la signora che avete visto al vostro arrivo. Temo che abbiamo litigato ma ora va tutto bene.» Godric rivolse una rapida occhiata alla cameriera. «Dovresti andare in cucina. Il cuoco sta preparando quelle torte che ti piacciono tanto.»

La cameriera si sottrasse agli sguardi vigili dei tre uomini e se ne andò.

Al termine dell'ispezione, il magistrato sembrava convinto che Blankenship fosse destinato al manicomio più vicino.

«Ora vi accompagno all'uscita. Oggi devo sbrigare delle questioni immobiliari e degli inquilini da visitare. Non posso rimandare ulteriormente.»

«Certo, Vostra Grazia.» Seaton uscì e prese le redini del suo cavallo dallo stalliere in attesa.

Blankenship si girò per affrontare Godric, avvicinandosi troppo vicino per i gusti del duca.

«So che l'avete presa voi ma sappiate che lei è mia. Me l'ha data Parr. La riprenderò e sarà punita per essere rimasta qui con voi.»

«Punirebbe una donna per aver lasciato casa?»

«La punirei per aver cercato di sfuggirmi. La ragazza

deve inginocchiarsi davanti a me ed io la porterò lì, presto. E a voi, con tutta la vostra maledetta arroganza e il vostro orgoglio, vi farò a pezzi prima che tutto questo sia finito.»

Godric rise. «Farmi a pezzi? Voi, mio caro amico, non sapete con chi avete a che fare. La vostra insolenza è pari solo alla vostra stupidità. Siete voi che dovreste preoccuparvi. Ho distrutto uomini più grandi per meno dell'insulto della vostra presenza in casa mia. Anche se avessi la signorina Parr, la terrei solo per farvi un dispetto.»

Ma Blankenship non si fece intimidire facilmente. «Potreste chiedere al vostro amico Lord Rochester cosa è successo a Lord Pitherington. Una terribile sfortuna può colpire anche il più potente di noi. Tenetelo a mente.»

«E voi tenete a mente che non mi piacciono gli uomini che abusano delle donne. Quando minacciate me, minacciate altri quattro uomini superiori a voi per intelligenza, potere e fortuna. Se volessi raccontare loro le vostre parole affrettate, potreste non svegliarvi domani mattina. Buona giornata a voi.» Godric terminò con un ringhio così minaccioso che Blankenship barcollò all'indietro e si affrettò verso il suo cavallo senza voltarsi.

«Buon viaggio!» urlò Godric mentre i cavalli lasciavano una scia di polvere al loro passaggio.

«Finalmente,» gli fece eco Ashton da dietro. Gli altri, tranne Lucien, erano con lui.

«Siamo al sicuro, ora?» gli chiese Charles.

Godric si voltò verso i suoi amici. «Vorrei poter dire il contrario ma la verità è no. Non siamo gli unici ad avere un interesse per Emily. Credo che il nostro interesse per la signora sia migliore dell'alternativa.»

CAPITOLO 6

Solo un piccolo fascio di luce tagliava il buco della serratura dell'armadio di legno pesante.

Emily cercò di rimanere assolutamente immobile, concentrandosi sui rumori del maniero. Diversi minuti dopo, la porta della stanza si aprì e Godric entrò, seguito da Blankenship e dal magistrato. Emily si morse il labbro così forte da sentire il sapore del sangue. Il socio in affari di suo zio si mosse nella stanza, ispezionandola. Trattenne il fiato, terrorizzata che l'uomo potesse sentire i suoi rantoli causati dal panico. Finalmente l'ispezione della stanza finì e gli uomini se ne andarono. Emily si afflosciò contro Lucien, sollevata.

«Dannazione, c'è mancato poco,» mormorò Lucien. «Ma potrebbero tornare. Resta ferma.»

Dopo un quarto d'ora, le voci di Godric e Ashton si fecero più forti nel corridoio. Lucien allentò la presa su Emily quando la porta dell'armadio si aprì. Ashton e

"

Godric li fissarono per un istante prima che Godric la strappasse dalle ginocchia di Lucien e se la gettasse sulle spalle. Purtroppo, Emily si stava abituando a quel trattamento. Per il duca era più facile portarla in giro perché non si fidava a farla camminare. Non era una valigia che doveva essere portata in giro da un servo.

«Ottima idea quella dell'armadio, Lucien. Quel tipo ha insistito per vedere le stanze,» Godric spostò Emily che brontolò per il disagio.

«Potresti mettermi giù, adesso,» protestò lei, ma fu ignorata.

«Grazie,» rispose Lucien. «Si sa che ogni tanto mi capita di avere un colpo di genio. Ora chi era quell'altro tizio? Non era Parr, vero?»

«Si è presentato a me come il signor Thomas Blankenship. Presumibilmente, lui e Parr sono amici.»

Blankenship. Perché era lì? Perché suo zio non era venuto a cercarla? Emily si bloccò, troppo terrorizzata per muoversi. Probabilmente l'uomo aveva convinto suo zio a lasciargliela sposare... un pensiero così ripugnante che le venne il voltastomaco. Emily sbuffò.

«Blankenship?» esclamò Lucien. «Quel diavolo mi deve tremila sterline, fa parte di un gruppo d'investitori che hanno acquistato una mia proprietà.»

«Sai qualcosa di quello che è successo a Lord Pitherington?» gli chiese Godric. «Ho letto dell'incidente, naturalmente, ma Blankenship ha suggerito che ci fosse dell'altro.»

Lucien aggrottò la fronte. «Sì. È stato schiacciato dai debiti all'inizio dell'anno. Alcuni dei miei interessi erano legati ai suoi e anch'io ho subito una piccola perdita. Si mormorava del ruolo di Blankenship nella faccenda. Pitherington... beh... si è messo una pistola alla bocca quando non ha potuto pagare, temo. È stato riportato come un incidente per il bene della famiglia.»

«Beh, sembra un tipo assolutamente fantastico, dovremmo invitarlo nel nostro club,» disse Godric con sarcasmo.

La notizia che qualcuno odiava Blankenship quanto lei, rallegrò il cuore di Emily. Il *nemico del mio nemico è mio amico... spero*, pensò cupamente.

Nonostante Godric la tenesse ancora sulle spalle, gli uomini continuavano a parlare come se lei non esistesse. Borbottando, irritata, Emily scalciò per ricordarglielo. Godric si spostò e la fece cadere sul letto.

«Cosa ci fa Blankenship qui?» chiese Ashton. «Perché non è venuto Parr?»

Godric alzò le spalle.

«Volete sapere perché Blankenship è venuto?» chiese Emily bruscamente. «Forse dovreste considerare di chiederlo all'unica persona qui realmente coinvolta.» La guardarono con sorpresa.

«Conosci quell'uomo?» le chiese Lucien.

«Oh, sì, lo conosco. È spregevole. Ha infestato la porta di mio zio da quando sono andata a vivere con lui. Ha persino...» Si strozzò con le parole, tanto era arrabbiata.

«Ha persino cosa?» Gli occhi di Godric erano affilati come pugnali di giada.

«Si è anche preso delle libertà con la mia persona, libertà che non gli ho concesso, né mai gli concederò. Mi ha corteggiata con l'intenzione di sposarmi. Mio zio pensa che io non lo sappia, ma lo so. Non sono stupida.»

Tutti e tre gli uomini sembravano giustamente inorriditi. In quel momento furono raggiunti da Cedric e da Charles che rivolse un'occhiata ai loro volti e i suoi occhi si allargarono.

«Che cosa è successo? È morto qualcuno?»

«Qualcuno potrebbe...» mormorò Godric sottovoce.

Lucien fece una smorfia. «Stiamo bene,» disse. «Abbiamo solo ricevuto una notizia spiacevole.»

«Cioè?» Cedric impugnò il suo bastone come una spada, tenendo la mano appoggiata saldamente sulla testa del leone d'argento.

«A quanto pare, il signor Blankenship crede di avere qualche diritto sulla mia Emily,» spiegò Godric, disgustato.

Emily arrossì per il tono possessivo di Godric, anche se comunque la offese.

«Oh, per l'amor del cielo, smettila di parlare di me come se fossi un ornamento per il tuo scaffale.» Eppure, appartenere a Godric, era un pensiero che la faceva riflettere.

«Cosa? Quel vecchio rospo? Perché avrebbe...» cominciò Charles ma Cedric gli diede un colpetto sulla spalla con la punta del bastone. Charles decise di non finire la frase.

«È un vile rospo e lo odio,» Emily sputò con tale disgusto che i suoi rapitori si scambiarono sguardi di preoccupazione.

«Ma tu non odi noi?» le chiese Lucien, notando la sua omissione.

«Che motivo potrei mai avere per odiare qualcuno di voi? A parte il fatto di essere stata rapita.» Si concesse un piccolo sorriso riluttante. «Suppongo che mi piacciate tutti abbastanza.» Aveva poco senso che si fidasse così tanto di loro; riusciva a malapena a spiegarlo a se stessa, figuriamoci a loro. Certo, l'alternativa, che era arrivata a un metro da lei mentre era nascosta nell'armadio, era peggiore.

«Beh, nonostante la tua opinione sulle nostre azioni, tenerti qui è stata una sfida molto divertente.» Godric rise.

Emily strinse gli occhi. «Sono contenta che il mio valore si basi su quanto vi faccio divertire.»

«Bene,» sospirò Ashton. «Almeno siamo scampati a un potenziale disastro. Suppongo che sia abbastanza sicuro riprendere la nostra giornata.» Gli altri furono annuirono.

«Ho del lavoro da fare. Emily, tu verrai con me.»

Il tono perentorio di Godric la irritò ma non protestò. Non avrebbe vinto quella discussione.

Godric accompagnò Emily giù per le scale e le fece cenno di sedersi su un divano di velluto rosso mentre gli altri sparivano. La giovane colse l'occasione per esaminare lo studio, decorato riccamente con librerie e strani gingilli. Godric doveva aver viaggiato per il mondo. Sopra le poltrone erano appesi acquerelli di luoghi lontani e, accanto ad essi, erano stati attaccati oggetti insoliti, come le zanne di elefante, provenienti senza dubbio dall'Africa.

Godric sedette alla grande scrivania di palissandro, sfogliando carte e lettere.

Emily gli invidiava la libertà di alzarsi e uscire, non solo dal divano, ma di andare all'avventura. Se fosse stata costretta a sposare Blankenship, non ci sarebbe stata più alcuna possibilità di avventura.

La giovane scrutò di nuovo le pareti e notò il piccolo ritratto di una donna dai capelli corvini seduta su un'altalena. Il taglio dell'abito era abbastanza antico da far capire a Emily che il ritratto doveva essere stato commissionato anni prima. Occhi ammalianti brillavano dagli strati di pittura. Gli occhi di Godric, a parte il colore.

«Godric...» cominciò lei. Lui la guardò con diffidenza. «Sì?»

«Chi è la signora in quel ritratto?» Emily si appoggiò al bracciolo più vicino alla scrivania. «È tua madre?»

Lo sguardo di Godric si oscurò. «Sì.»

«È molto bella.» Emily vide quanto il figlio della defunta duchessa di Essex le somigliasse. Godric aveva la bellezza dura di una scultura greca ma ogni suo tratto conteneva tracce della bellezza addolcita di sua madre. Non c'era da stupirsi che ne fosse affascinata. Ashton aveva ragione. Godric aveva il potere del padre ma la gentilezza e la compassione della madre.

Godric si alzò dalla sedia e si avvicinò al ritratto. «Era una grande donna. Non ha mai detto una parola dura a nessuno, né ha mai alzato una mano contro di me. Io...» L'emozione gli rese roca la voce. «Salivo sulle sue ginocchia ogni sera dopo cena e lei leggeva sempre per me. Profumava sempre di lillà. Ancora adesso la sua stanza ne porta il profumo.»

Il petto di Emily si strinse. Godric era perso nei ricordi; glielo vide negli occhi.

«E tuo padre?» Aveva paura di rompere l'incantesimo ma voleva capirlo.

«La amava come non ha mai amato me. Ricordo il modo in cui ballavano insieme. Quando mia madre teneva qui il suo ballo annuale, sgattaiolavo fuori dalla stanza dei bambini e li guardavo dalle scale. Mia madre fluttuava sul pavimento, con gli occhi che le brillavano. E mio padre? La teneva stretta, sorridendo, come se le nuvole si fossero aperte per rivelare il sole. Potevano ballare il valzer per ore, girando in cerchi delicati, ed io li guardavo, estasiato da quella vista.»

«Mi dispiace che sia morta,» disse Emily. Il pensiero dei suoi genitori si schiantò contro le pareti del suo cuore e lottò per liberarsi. Inspirò profondamente, rafforzandosi contro i colpi.

Godric rise, ma non era affatto allegro. «Siamo entrambi orfani, vero?»

«Suppongo di sì.» Un brivido leggero le attraversò la pelle. Non si era resa conto che avevano qualcosa in comune. Trascorse un lungo momento di silenzio. Infine, Godric sospirò e tornò alla scrivania con un'espressione stanca che la addolorò. Non aveva intenzione di ferirlo ponendogli domande sulla madre. Si alzò e si diresse verso la libreria.

«Questo è il tentativo di fuga più lento del mondo? Se è così, devo ordinare del tè prima di inseguirti questa volta?»

Il sarcasmo di Godric la pungolò nell'orgoglio. «Desidero semplicemente trovare un libro da leggere. Mi aiuterebbe a passare il tempo.»

Godric la fissò negli occhi. Emily lasciò trasparire le sue intenzioni sincere. Voleva davvero solo leggere.

Sua madre le aveva insegnato il piacere dei libri. Da bambina era stata un'adolescente selvaggia. Suo padre l'aveva assecondata in tutti i divertimenti, dall'equitazione all'arrampicata sugli alberi e alla pesca. Ma per quanto le piacesse catturare un pesce persico e trascinarlo in barca con il padre, qualcosa di magico la invadeva quando leggeva con sua madre. Si accoccolavano sul divano logoro, trovavano uno dei grandi tomi illustrati sulle scienze naturali e studiavano le immagini di ogni creatura esotica. Per un momento, Emily si perse in quel ricordo e, con un'agonia lancinante, fu riportata al presente.

Godric si avvicinò allo scaffale alla destra della scrivania e scelse un libro. Tutti i sensi della giovane si acuirono quando lui le si sedette accanto sul bordo del divano. Le mise il libro in grembo, poi le prese le mani nelle sue.

Gli occhi di Emily si chiusero per un brevissimo istante mentre si godeva quel tocco. Godric le accarezzò i polsi, guardandola dall'alto in basso.

«Emily, esigo qualcosa in cambio per questo. Se ti rifiuti, mi riprendo il libro.» Allungò la mano e le sistemò una ciocca di capelli dietro l'orecchio. Le sue dita si soffermarono sul punto sensibile sotto l'orecchio. Un formicolio le scese lungo la spina dorsale a quel tocco.

Emily si morse il labbro inferiore. Quale pagamento avrebbe chiesto per un piacere così piccolo? Temeva che il prezzo sarebbe stato qualcosa che lei avrebbe pagato senza esitare. Quando gli occhi di Godric si fissarono su di lei, come smeraldi estratti da un fuoco ardente, Emily sentì le mani di lui sul suo corpo. «Qual è il prezzo?»

Lo sguardo di Godric cadde direttamente sulle labbra di Emily che fece lo stesso. Le linee morbide che contornavano la bocca di lui diventavano spesso dure quando lei lo frustrava. Era uno dei suoi difetti, quella durezza che poteva rendere i suoi tratti sensuali così freddi.

«Voglio che tu mi baci.» La voce di lui era un sussurro roco.

Ma quella frase non aveva senso. Lei doveva baciarlo?

«Io ti ho baciata ma tu non mi hai mai ricambiato. Voglio la tua completa partecipazione.»

«Ma non so nulla di come si bacia.» Fino a quel momento, Emily si era limitata a godersi l'ondata di sensazioni che lui le trasmetteva, senza contribuire, prendendo solo. Ma era sconveniente parlare così apertamente d'intimità fisica.

Godric si limitò a sorridere, con una leggera torsione agli angoli della bocca. «Con un po' di pratica imparerai. Qualche minuto con me come tutor e sarai una maestra.» La presa di lui si strinse come se il discorso lo avesse eccitato.

«Un bacio? Non pretenderai altro da me?»

«Un bacio, ma non te la caverai con un bacio casto sulla guancia, Emily. Esigo un vero bacio.»

«Esigi?»

«Esigo,» controbatté lui.

«Esigi o mi neghi il libro? Sembra comunque una richiesta.»

«Sangue di Dio, donna, stai mettendo a dura prova la mia pazienza.» Sembrava che stesse reprimendo un sorriso.

Emily poteva accettare un patto del diavolo? I baci di Godric le toglievano ogni briciolo di razionalità ma se non avesse dimostrato di poterlo battere, anche in un bacio, allora lui avrebbe vinto. Ma la questione trascendeva il gioco. Baciarlo era una sfida che voleva accettare. Una parte di lei desiderava dimostrargli che era una donna che lo desiderava e che sapeva baciare bene come qualsiasi altra donna con cui lui era stato prima.

Con il cuore che le batteva nel petto, Emily rispose: «Allora sono d'accordo. Un bacio.» Si sentì in dovere di porgere la mano per stringere l'accordo ma sapeva che lui avrebbe solo riso, così si trattenne.

Emily prese il libro e lo mise da parte. Godric appoggiò i palmi delle mani sulla parte superiore delle cosce muscolose. Le cedette il controllo, permettendole di agire. Per qualche motivo questo la confortava e la eccitava allo stesso tempo e trovò il coraggio di allungare la mano e prendergli il viso tra le mani.

La barba accennata che ombreggiava la linea della mascella era ruvida sotto i suoi palmi. La pelle le formicolava e il respiro si accelerava. I suoi occhi si fissarono su quelli di lui, creando un incantesimo intorno a lei con la loro magia. Era troppo lontano ed Emily aveva bisogno che fosse più vicino. Fece scivolare i polpastrelli fino ad arricciarli a entrambi i lati del collo di lui, per attirare la bocca di Godric a sé. Lui abbassò la testa, i tendini del collo si tesero sotto le sue mani, vibrando di tensione, energia, tutta concentrata in un unico posto: la sua bocca.

Poco prima di baciarsi, il respiro caldo di lui danzò sulle labbra di Emily, mescolandosi con quello di lei. L'intimità di quell'istante la bruciò dentro. Non c'era da stupirsi che le donne fossero compromesse così spesso, era impossibile resistere a una cosa del genere. I respiri eccitati, quel delizioso momento proprio... prima... di un bacio.

Le labbra di Godric incontrarono quelle di Emily. Lui non rispose subito, ma lasciò che lei gli esplorasse la bocca senza opporre resistenza. La giovane diventò più audace, volendo da lui più di quanto capisse davvero. Imitò alcuni movimenti che lui aveva usato su di lei. La sua lingua gli stuzzicò le labbra, invogliandolo ad aprire la bocca e quando finalmente lo fece, un brivido di trionfo la colpì nel profondo del ventre.

Emily si abbandonò ai puri sensi fisici. Quell'aroma maschile di sandalo e spezie, unico nel suo genere, s'impresse in lei. Il battito cardiaco di Emily raddoppiò quando le loro lingue danzarono di nuovo, ma lui non la invase come aveva fatto al lago. Sembrava che volesse mantenere la promessa che lei doveva baciarlo.

Emily spostò le dita sulla nuca, arruffandogli i capelli scuri e lucidi, godendo del respiro affannoso mentre le loro bocche si univano. Lui rabbrividì sotto il tocco di lei e l'eccitazione la attraversò nello scoprire che aveva trovato un punto debole.

I racconti di Ashton sugli abusi subiti da Godric per mano del padre aggiunsero al bacio una tenerezza che lei non si aspettava. Appoggiandosi a lui, Emily si sollevò, premendo il petto contro quello di Godric, stringendogli le spalle per abbracciarlo. Parlò senza parole, dicendogli che desiderava poter cancellare il più oscuro dei suoi ricordi.

QUANDO IL BACIO DI EMILY CAMBIÒ, SCOSSE GODRIC NEL profondo. Provò qualcosa che andava oltre la curiosità e l'innocenza. Dalla giovane scaturì una tempesta di emozioni: tenerezza, protezione, ferocia, ma anche un'altra emozione, più profonda del mare.

Qualcosa di incredibilmente meraviglioso era nato tra loro in quel bacio senza fiato e lo terrorizzava. Il cuore del duca ebbe un sussulto doloroso quando i polpastrelli di lei gli accarezzarono di nuovo il collo. Il suo corpo si tese per il desiderio, ma le labbra di lei lo fermarono.

Emily mitigò l'impulso del duca di prenderla con violenza primordiale con un semplice movimento della lingua e premette il suo corpo contro quello di lui in un modo che intendeva confortare e non invogliare. In qualche modo, le mani di lui la avvolsero, le dita le scavarono la parte bassa della schiena per spingerla più vicino. Come poteva un bacio lenire ed eccitare allo stesso tempo? Non gli era mai successo prima e questo lo spaventava. Doveva liberarsi di Emily, doveva recidere le ragnatele invisibili che legavano i loro cuori. Non poteva farlo, non poteva innamorarsi di lei. Era sbagliato. Erano sbagliati l'uno per l'altra.

Godric si avvicinò, staccando le mani di lei dal collo e allontanando le sue labbra. Gli occhi di Emily si spalancarono, spaventati come una farfalla colta da una brezza improvvisa.

Voleva scusarsi, ma gli sfuggivano le parole. Era rimasto senza parole. Quel bacio era stato più pericoloso di quanto lei potesse immaginare. Lo aveva aperto, aveva messo a nudo la sua anima. Se lei lo avesse baciato di nuovo in quel modo, sarebbe stato perduto...

«Godric?» Un'espressione preoccupata colorì il bel viso di Emily.

Il duca doveva fare qualcosa prima di perdersi nella tempesta che si preparava negli occhi viola della giovane. Prima di cercare di calmarla e tornare al conforto.

«Mi dispiace. Non avrei dovuto chiedere a una bambina di baciarmi.» Si alzò e le voltò le spalle, lasciandola sola nella stanza con il suo libro.

Una bambina? Le parole di Godric l'avevano ferita, un dolore lancinante al centro della sua anima. Le lacrime le salirono agli occhi e seppellì il viso tra le mani, bruciando di vergogna.

Sollevò lo sguardo al suono di passi morbidi sul tappeto.

Ashton era sulla porta, con gli occhi scuri come zaffiri. Le si avvicinò senza dire una parola. Dei singhiozzi silenziosi le scossero il corpo mentre Ashton la stringeva al petto.

Come aveva potuto Godric andarsene così? Pensava che fosse ancora una bambina? Dopo tutto quello che era successo? Era una donna, con un cuore di donna e un orgoglio di donna e stava cercando di imparare - voleva imparare tutto da lui - ma lui aveva disprezzato il primo vero bacio che lei avesse mai dato a qualcuno. L'agonia nel suo cuore era così grande che era sicura che si fosse frantumato in mille pezzi scintillanti.

Emily maledisse la sua follia, la sua convinzione di poter essere desiderata da un uomo come Godric. Era l'ultima donna al mondo che uno come lui avrebbe mai amato.

Amore... Lei voleva l'amore di quell'uomo?

Lo amava? Quando la sua rabbia e la sua frustrazione nei confronti del duca si erano trasformate in qualcosa di più profondo? Non poteva amarlo!

Ma sicuramente solo l'amore poteva causare un dolore come quello.

ASHTON NON ERA SICURO DI COSA FOSSE SUCCESSO TRA IL suo amico ed Emily, ma le lacrime della giovane lo commossero più di qualsiasi altra cosa.

Da quando Emily era entrata nella loro vita, si stavano risvegliando parti che lui credeva morte da tempo. L'impulso di proteggerla era più forte, di punire la causa di quelle lacrime, anche se era Godric a doverne pagare il prezzo. Tutti avevano giurato di assicurare il benessere della giovane e ciò, ai suoi occhi, includeva anche questo.

Nonostante la tenera età, Emily era una donna forte e fino a quel momento non l'aveva mai vista piangere. Godric doveva aver fatto qualcosa di terribile per lasciarla così inconsolabile.

«Ora calmati, mia cara!» Emily si tranquillizzò, sentendo quelle parole. «Ecco, così. Puoi dirmi cosa è successo?» Ashton le prese il mento e le sollevò il viso.

«Non so se posso dirlo...» Le guance di lei si colorirono di un tenue rossore color pesca.

«Per favore, Emily. Non voglio vederti soffrire di nuovo, quindi devo sapere da cosa proteggerti.»

Emily trasse un lento respiro tremolante. «Ho chiesto a Godric se potevo leggere un libro. Mi ha risposto che se avessi voluto farlo, avrei dovuto baciarlo.»

Una furia crescente oscurò il cuore di Ashton.

«Ma non sono molto brava e lui ha detto che mi avrebbe insegnato.»

L'astio di Ashton crebbe.

«Ti ha... ti ha costretta? È stato violento con te?» le chiese, concitato.

Emily scosse la testa.

«Allora perché stai piangendo?»

«È stato quello che mi ha detto dopo... Ha detto che non avrebbe dovuto chiedere a una bambina di baciarlo. *Una bambina!*» Seppellì di nuovo il viso nel petto dell'uomo.

Ashton era confuso. Non riusciva a capire cosa fosse andato storto. Che cosa poteva aver portato Godric a dire una cosa così strana? Le donne sono sempre state delle baciatrici naturali e imparano in fretta. Sono gli uomini che hanno bisogno di pratica per padroneggiare l'arte.

Non c'era motivo per Godric di dire una cosa così crudele, non quando lei aveva fatto quello che le aveva chiesto. «Emily, guardami, cara.»

La giovane lo guardò.

«Che cosa hai fatto quando lo hai baciato? Puoi dirmelo?» Forse avrebbe potuto capire cosa aveva turbato il suo amico.

«L'ho solo baciato. Ho pensato a quello che mi avevi raccontato di lui, della sua infanzia e di suo padre, e l'ho baciato. Ho fatto male?»

Il volto di Ashton si rasserenò leggermente. «Sono sicuro di no.»

«Allora perché?»

Ashton si portò un dito alle labbra. «Credo che tu abbia fatto a Godric qualcosa che nessuno ha mai fatto prima. Lo hai spaventato. Ha bisogno di tempo per mettere ordine nei suoi sentimenti. Puoi essere paziente con lui?»

«Ma che cosa ho fatto?»

«Davvero non lo sai, mia cara?»

Emily scosse la testa.

«Lo hai baciato dal profondo del tuo cuore.»

La giovane aggrottò la fronte, riflettendo su quella risposta. «Non è così che tutti dovrebbero baciarsi?»

Lo addolorava rendersi conto che lei fosse così dolce e innocente come sembrava. Nessun uomo sotto quel tetto era degno di un cuore come il suo. Ashton le strinse le mani, baciandole dolcemente prima di parlare.

«Se tutti si baciassero come fai tu, gli uomini non lascerebbero mai le loro amanti per andare in guerra, i padri non picchierebbero mai i loro figli e le mogli non si preoccuperebbero mai dei mariti infedeli perché non ce ne sarebbero. Molti di noi dovrebbero baciare con il cuore. Non importa quello che ti ha detto Godric, ricorda: quello che hai mostrato con il tuo bacio non ha prezzo.»

Ed Emily aveva ricordato ad Ashton che un tempo aveva desiderato qualcosa di più dalla vita. La ringraziò silenziosamente per quell'epifania baciandole la fronte. La aiutò ad alzarsi e la accompagnò fuori dallo studio di Godric fino alla sua stanza.

«Devo risolvere una questione con Godric. Posso chiederti di rimanere qui senza essere sorvegliata fino a domani? Charles ha scommesso il doppio della somma precedente che fuggirai prima dell'alba e mi piacerebbe molto vederlo perdere.»

Non era la prima volta che i suoi tentativi di fuga venivano paragonati allo sport, ma il modo in cui Ashton lo disse fece ridere Emily. «In effetti stavamo discutendo di concederti dieci minuti di vantaggio domani.» aggiunse.

«Davvero?»

«Oh sì. A piedi, naturalmente. Allora useremo cavalli e segugi per inseguirti.»

«Non puoi dire sul serio.»

Ashton sorrise. «Certo che no. Ma ti ho fatto ridere. Ora, mi darai la tua parola d'onore di figlia di un gentiluomo di non tentare la fuga fino a domani?»

Emily annuì, stanca per l'assalto emotivo che aveva subito, ma riscaldata dallo strano umorismo di Ashton. «Sull'onore di mio padre.»

«Grazie.» Le accarezzò i capelli e le premette le labbra sulla fronte prima di lasciarla sola. Si fermò sulla porta, guardandola mentre lei ricadeva sul letto e giaceva immobile, contando i suoi respiri.

«Devo sempre baciare dal profondo del mio cuore...» mormorò tra sé Ashton dopo aver lasciato la stanza.

GODRIC ENTRÒ COME UNA FURIA NELLA SALA DEL pugilato, dove Charles e Cedric si erano riuniti per allenarsi un po'. Charles, un pugile esperto, amava fare qualche round sul ring quando si trovava a Londra. Naturalmente, i ring che frequentava spesso erano poco rispettabili. Anche se passava ore ad allenarsi al Jackson's Salon, preferiva i ring più rudi, sui quali dare prova di sé.

Cedric danzò all'indietro mentre Charles attaccava. «Godric? Sembra che hai ucciso qualcuno!»

«La mocciosa che ti stravolge i pantaloni?» Charles scherzò, sferrando un pugno in direzione di Cedric, mancandolo di alcuni centimetri.

Godric si strappò il panciotto e iniziò a rimboccarsi le maniche. Fece un cenno a Cedric che lasciò il ring.

«Zitto e combatti con me, Charles.»

Charles sorrise, sempre pronto a prendere a pugni Godric quando se ne presentava l'occasione.

Erano lì da pochi minuti quando entrarono Ashton e Lucien, entrambi visibilmente turbati. Lucien sembrava nervoso mentre la freddezza ardeva il viso di Ashton.

Godric rimase così sorpreso nel vedere quell'espressione che Charles lo prese alla sprovvista e gli rifilò un colpo in pieno volto. Ashton si tolse la giacca e il panciotto, porgendoli a Lucien mentre si rimboccava le maniche.

Fu allora che Godric si rese conto che Emily non era presente.

«Aspetta un attimo... Chi sta guardando Emily?»

Rispose Lucien. «È nella sua stanza. Ha dato ad Ash la sua parola che oggi non sarebbe più fuggita.»

«E tu le hai creduto?» gridò Godric. «Potrebbe essere già a chilometri di distanza!»

«Se lo ha promesso, allora credo che resterà qui,» rispose Lucien con una freddezza che lasciò Godric più ansioso di prima.

Ashton, che era rimasto in silenzio, si avvicinò al ring e parlò con Charles. «Ti dispiace se intervengo?»

«No, non puoi!» Godric non voleva battersi con Ashton con quell'aspetto, soprattutto se non sapeva da dove derivasse la rabbia del suo amico. Godric aveva tutto il diritto di essere arrabbiato con Emily per quello che aveva osato fare, per come si sentiva di conseguenza. Qual era la scusa di Ashton?

Charles guardò Godric e Ashton e, sapendo che qualsiasi posto era migliore di quello, s'inchinò e uscì dal ring.

«Hai paura di un po' di competizione, Godric?» Le parole di Ashton lo stuzzicarono ma Godric percepì la velata minaccia.

«Non mi hai mai battuto sul ring, Ash. Oggi non sarà diverso.» Sarebbe stato un peccato ma avrebbe fatto sanguinare il naso del suo amico per dimostrare la sua tesi.

«Bene, sono lieto di sentirlo.» Il sorriso freddo sul volto di Ashton prometteva dolore. Alzò i pugni e aspettò Godric.

Godric saltellò a destra, Ashton lo imitò verso sinistra, e così iniziò. Ma, invece di schierarsi sulla difensiva, come faceva di solito, Ashton sembrava ansioso di rispondere a ogni colpo di Godric. Lo colse alla sprovvista e

Ashton gli assestò un colpo allo stomaco. Godric si piegò dal dolore.

Ashton non aspettò che Godric si raddrizzasse prima di caricare e colpirlo così forte che Godric volò indietro di diversi passi. Charles si mosse per intervenire ma Lucien lo fermò con una mano.

Adattandosi alla ferocia di Ashton, Godric si vendicò. Sferrò un gancio sinistro e colpì Ashton all'occhio destro che la mattina dopo sarebbe stato nero. Ma la sua vittoria fu di breve durata, perché Ashton ricambiò il favore.

Il combattimento continuò per altri cinque minuti. Ashton combatteva come se fosse posseduto. Il suo incessante inseguimento logorò Godric. Nessuno degli altri interferì. Alcune cose potevano essere risolte solo su un ring.

Godric cadde di nuovo all'indietro, ritrovando finalmente il fiato.

«Dannazione, amico, perché stai cercando di colpirmi fino a farmi svenire?»

«Perché?» Ashton scandì la parola colpendo Godric alla guancia e facendogli colare il sangue dal labbro spaccato. «Se scopro che hai fatto versare a quella cara ragazza anche solo un'altra lacrima, che Dio mi aiuti, Godric...»

Ashton parlò con tale veleno che i pugni di Godric caddero. Ashton lo finì con un montante. Godric cadde all'indietro, atterrando sul tappeto con un forte gemito. Ashton abbassò le mani per pulirsi le nocche insanguinate sui pantaloni.

«Beh, credo che il mio punto di vista sia stato chiarito.»

Fece qualche respiro profondo, si avvicinò a Godric e gli tese la mano.

Il duca la prese e Ashton lo tirò in piedi. «Hai ragione, amico. Le ho fatto molto male e avevo bisogno che mi fosse ricordato il mio voto.»

Ashton gli mise una mano sulla spalla in segno di approvazione. «Mi dispiace, Godric, ma sapevo che non c'era altro modo per fartelo capire.»

«Rispondi solo a una domanda. Ero io a non essere all'altezza o ci sei sempre andato piano con me sul ring?»

«Temo che non lo scoprirai mai.» Ashton si girò e recuperò i vestiti da Lucien. Dopo essersi rinfrescati e vestiti, Ashton si rivolse di nuovo a Godric.

«Ora che questa faccenda è alle spalle, credo che tu debba una grossa pila di libri e delle scuse a una certa signorina.»

«Ti ha parlato di...»

Ashton sorrise. «Mi ha detto tutto. È così traumatizzata dalla tua crudeltà che è convinta di essere stata una pessima baciatrice. Sai che è la cosa peggiore che uomini come noi possano fare a una donna. Siamo dei libertini, non dei bastardi. Cerchiamo di amare le donne, non di disprezzarle.»

«Cosa diavolo hai fatto a quella dolce gattina?» chiese Cedric.

Quando Godric non rispose, Ashton sospirò. «Godric ha preteso un bacio, lei glielo ha dato e lui l'ha offesa affermando che bacia come una bambina. Sarai fortunato se ti perdonerà.»

La vergogna riscaldò il volto di Godric ma ricordò a se

stesso che si era allontanato per il bene di entrambi. Non poteva permettere che Emily s'innamorasse di lui ma era esattamente ciò che quel bacio minacciava.

Come se leggesse quei pensieri, Ashton gli mise una mano sulla spalla. «Credo che lei provi qualcosa per te, Godric.»

Gli uomini lasciarono la sala di pugilato e si spostarono nel salone principale. Simkins passò di lì e si bloccò vedendo il suo padrone livido e sanguinante. «Vostra Grazia?»

«Non preoccuparti, Simkins, mi stavo solo divertendo un po'.»

«Molto bene. Manderò una cameriera a pulire, Vostra Grazia.» Simkins guardò la sala di pugilato. «Forse due? E uno dei secchi più grandi?» S'inchinò e se ne andò.

Godric decise che Ashton aveva ragione. Per quell'unico bacio Emily aveva guadagnato una pila di libri.

Emily era raggomitolata sul sedile della finestra quando qualcuno bussò alla porta della stanza.

«Avanti.» I suoi occhi erano concentrati sui giardini sottostanti. Il debole fantasma del suo viso si rifletteva nella lastra di vetro. Appoggiò la mano sul vetro e lasciò che il calore del sole le riscaldasse il palmo freddo. Per un momento si perse in quella sensazione, lasciando che tutto il resto andasse alla deriva, prima che le venisse chiesto di affrontarlo di nuovo.

«Emily?» La voce di Godric suonò come una sinfonia

proibita. La giovane girò la testa quel tanto che bastava per presentargli il profilo ma non lo guardò. Non poteva sopportarlo. Voleva tornare a disprezzarlo per le sue sciocchezze.

Amarlo sarebbe l'errore più grande della mia vita. Mi spezzerebbe il cuore. Non mi rimarrebbe nulla.

«Emily, ti ho portato qualcosa.» Un fruscio risuonò dietro di lei e degli oggetti caddero sul letto. La porta si assestò nel suo telaio quando Godric la chiuse.

«Ti prego, vattene,» disse lei, anche se il suo cuore si affannava a pregarlo di restare, di rimangiarsi le sue parole crudeli.

«Se è questo che vuoi...»

Lei annuì.

«Ma prima ho qualcosa da dire. Vuoi guardarmi, per favore?» I passi si avvicinarono, quel profumo così unico, così vicino.

Emily si voltò e sulle sue labbra comparve un'espressione inorridita vedendo il viso livido e sanguinante dell'uomo.

«Godric, sei stato ferito!» Si avvicinò al viso di lui ma non lo toccò, temendo di fargli male. Il duca le accarezzò le mani e lei trasalì vedendo le nocche livide. Per un lungo secondo nessuno dei due parlò. Qualcosa tra loro era cambiato. Emily era costretta ad ammettere che teneva a lui e lui le stava rivelando una tenerezza di cui non si credeva capace. I loro occhi s'incontrarono, una scintilla condivisa tra loro e un rossore le scaldò le guance.

«Che cosa è successo?»

«Ashton ed io abbiamo avuto una discussione. Una discussione piuttosto accesa.»

Le baciò le mani e le lasciò, poi indicò il letto. Una pila di libri si era rovesciata in un piccolo mucchio letterario. Dovevano essere almeno otto. La curiosità ebbe la meglio su di lei. Salì sul letto per sfogliare i titoli. Fu un piacere inaspettato scoprire che lui le aveva portato più di quanto avesse chiesto. Emily non osò guardarlo, con gli occhi ancora rossi per il peso delle lacrime. Invece rivolse la sua attenzione al regalo che le aveva portato e a ciò che poteva significare.

QUANDO EMILY SALÌ SUL LETTO, GODRIC AVREBBE voluto afferrarla da dietro. Aveva un aspetto irresistibile con i riccioli sciolti sul collo e l'ondeggiare del sedere. Si muoveva con la grazia di una ninfa dei boschi. Godric sapeva che sarebbe stata una compagna di letto giocosa, desiderosa e deliziosa nei suoi momenti di estasi. *Cosa diavolo c'è di sbagliato in me?*

Godric respinse l'impeto inebriante del desiderio e si concentrò su di lei. Le mani di Emily accarezzavano le copertine di ogni libro, i suoi occhi vagavano, ignorandolo. Godric temeva di rovinare il momento se si fosse unito a lei, ma decise di correre il rischio. Si sedette sul bordo del letto, mentre Emily sistemava i libri in pile.

«Ho portato un po' di tutto. Non ero sicuro delle tue preferenze.»

Emily si rimboccò le gonne intorno alle ginocchia e piegò le gambe per sedersi più comodamente.

«Filosofia, arte, romanzi gotici, scienze.» La giovane scrutò le pile con una tale gioia che Godric si aspettava che fuori cadesse la neve, perché gli occhi le s'illuminavano come quelli di un bambino a Natale. In quel momento desiderò essere un poeta o un artista, tanto era disperato di catturare la bellezza dell'anima della giovane. Gli occhi di lei si alzarono, un rossore le colorava il viso. Nella luce pomeridiana Godric poteva distinguere la più tenue macchia di lentiggini sul ponte del naso. La maggior parte delle donne le avrebbe nascoste con la cipria. Non Emily, lei le portava senza pensarci. Adorava questo di lei, non si soffermava su quelli che altre donne avrebbero visto come difetti.

«Sono incuriosito dalle tue scelte. Cosa ti fa pensare che sarei interessata alla scienza o alla filosofia?»

«Mi sei sembrata una lettrice impegnata, non incline a letture frivole come i libri di cucito o di buone maniere.»

«Le buone maniere?» Emily si schernì. «Un'affermazione piuttosto audace da parte tua. Ma sono tutte scelte eccellenti. Tuttavia, me ne hai portati troppi.» Li spinse via tutti tranne uno, *L'Iliade e l'Odissea*.

Godric si chinò e con un gesto del braccio allontanò i libri. «Considera il resto un preludio alle mie scuse.» Le prese il mento con una mano, la accarezzò con il pollice e risalì fino a delinearle la parte inferiore del labbro inferiore.

«Ti stai scusando?»

«Sì, e non solo per quello che ho detto prima, ma per tutto: il rapimento, il lago e il laudano. Tutto.» Anche lui diceva sul serio. Ferirla gli sembrava come pugnalare il suo stesso cuore e non poteva sopportarlo. Emily lo stava indebolendo e avrebbe dovuto mandarla via prima che distruggesse la sua vita solitaria. Ma il pensiero di non vederla era altrettanto incomprensibile. Lei si appoggiò alla carezza, come un gatto in cerca di affetto. Quella semplice azione lo bruciava con un caldo piacere.

«Non scusarti per tutto.» Le ciglia di Emily sbatterono, guardandolo con un sorriso segreto sulle labbra.

«Non ti ho fatto un torto con tutte le mie azioni?» Godric rise.

«Non *tutte* le tue azioni.» Emily studiò il libro che teneva in mano, poi aprì le pagine e sospirò.

«Errore mio: ho dimenticato che non sai leggere il greco.» Godric prese il romanzo che lei teneva in mano. Anche se il titolo era scritto in inglese, il testo stesso era interamente in greco.

«Questa è una delle mie storie preferite. Mio padre non ha mai amato i romanzi, ma amava i classici e mi leggeva spesso questo.» Glielo porse. «Me lo leggeresti?»

«Ma non saresti in grado di capirlo. Immagino che potrei tradurlo per te.» Le prese il libro dalle mani.

«Conosco la storia a memoria in inglese e se me la leggi ad alta voce in greco, posso immaginarla da sola e seguirla. Considerala un'altra parte delle tue scuse.»

Godric si distese sul letto ed Emily lo raggiunse, raggomitolando il corpo contro di lui che aprì il libro alla prima pagina, fece un respiro profondo e cominciò a leggere.

L'ora successiva trascorse nella luce soffusa del sole e nel mormorio di una lingua straniera. Era di nuovo un bambino, che si godeva il piacere di una storia ben raccontata e il conforto della presenza di Emily. Si prese cura dell'innocente caduta della testa di lei sulla sua spalla e la strinse a sé avvolgendole un braccio intorno alla vita.

Quando raggiunse un buon punto, sistemò il segnalibro di raso viola e mise via il libro, rivolgendo la sua attenzione a Emily. Quanto tempo era passato da quando aveva trascorso del tempo con una donna su un letto, condividendo un momento d'intimità che non finisse con lo spargimento dei vestiti? Troppo tempo. Quel momento conteneva una pienezza, una maturità, che gli dava un senso di pace senza fondo. Ma qualcosa di così grandioso e incantevolmente perfetto non poteva durare.

Non la meritava.

Non era degno di amore, soprattutto di quello di Emily.

Sarebbe tornata da suo zio e si sarebbe sposata con quell'orribile Blankenship solo per saldare un debito. Sicuramente doveva esserci un modo per salvarla da un simile destino ma non gli veniva in mente nulla. Era impossibile farla diventare la sua amante. Lei lo avrebbe trovato indegno e la sua delusione lo avrebbe ucciso. Poteva sposarla? Offrirle una vita incerta d'amore? Godric s'impose di smettere di pensare a qualcosa di così miserabile e cercò di rivolgere la sua mente altrove.

«Andiamo a cena?» Il respiro di lui le scompigliò i capelli.

Emily inclinò il viso verso l'alto, le loro labbra si sfiorarono così leggermente, ricordando vagamente un bacio. «Sì.»

Emily si allontanò e in quel momento il cuore di Godric

sobbalzò per seguirla. E se lei fosse stata sua, non solo in quel momento, ma per sempre?

Un desiderio potente per una vita simile lo attanagliò nel profondo. La disperazione che seguì richiese a Godric di calmare l'impulso sconosciuto di infuriarsi e piangere tutto in una volta e di tornare nuovamente a dominare se stesso.

Doveva ancora assicurarsi che lei non s'innamorasse di lui. Non doveva essere troppo difficile, doveva solo essere se stesso.

CAPITOLO 7

Pronta a tornare nella sua stanza dopo cena, Emily si alzò dalla sedia. «Ho il vostro permesso di ritirarmi, Vostra Grazia?»

Godric la afferrò per il braccio destro, trascinandola sulle sue ginocchia. Emily avrebbe dovuto lottare, lo sapeva, ma le fu quasi impossibile trovare la volontà di scappare. Sembrava che il suo cuore avesse finalmente deciso di combattere contro la sua testa.

«Rimarrai nella tua stanza come hai promesso?»

«Prometto che stanotte non scapperò.» Cercò di alzarsi. «Ho dato la mia parola.»

Godric brontolò sottovoce e la afferrò per la nuca, portandole la bocca verso la sua. La baciò profondamente, quasi primitivamente, con una penetrazione dura della sua lingua. Il corpo di lei si sciolse.

Ashton si schiarì la gola.

Emily allontanò il viso, imbarazzata dal fatto che fosse

trattata così davanti agli altri. Cercò di schiaffeggiarlo ma lui le prese la mano.

«Ho avuto abbastanza lividi per oggi. Non ti permetterò di schiaffeggiarmi. Ricordatelo, Emily.»

«Non sono una donna facile. Non puoi andare in giro a maltrattarmi.»

«Ti ha fregato.» Ashton ridacchiò.

Godric lo ignorò, concentrandosi completamente su di lei, con la mano ancora alzata. C'era qualcosa nello sguardo del duca, una selvatichezza che nasceva dal desiderio di inseguirla.

«Posso andare ora, Vostra Grazia?»

«Puoi.» Emily iniziò a liberarsi ma lui glielo impedì. «Se mi dai un altro bacio della buonanotte.»

Godric le rivolse quel sorriso compiaciuto e lei avrebbe voluto colpirlo. Emily stava cominciando a disprezzare la sua confusione quando si trattava di Godric.

«Molto bene, anche se a mio parere avete avuto troppi baci oggi, Vostra Grazia.»

La giovane si chinò per baciargli la fronte, lui le afferrò il mento e portò la bocca di lei più in basso per incontrare la sua. La mano sollevata di lei scese cadendo sulla spalla del duca che immergeva la lingua. Era così facile che il mondo svanisse quando lui la baciava così. *Accidenti a lui.*

Il braccio di Godric intorno alla vita si strinse ma questo la riportò alla realtà e si liberò dalla presa.

«Bene, vai.»

Il modo in cui lui la trattava riaffermava solo la sua convinzione che sarebbe stata solo un'amante, un corpo per scaldare il letto. Non la rispettava come avrebbe fatto con una moglie. D'altra parte, non c'era alcuna garanzia che avrebbe rispettato una moglie. La reputazione di Godric era macchiata da storie di seduzione di donne sposate che avevano abbandonato i loro freddi letti matrimoniali. Ovviamente, non aveva alcun rispetto per la santità del matrimonio. Il che significava che, anche se avesse sposato una donna come lei, molto probabilmente avrebbe continuato con le sue relazioni. Quel pensiero la nauseava.

Ma qualcosa la stuzzicava al limite delle possibilità. E se... se fosse riuscita a farlo innamorare? Se avesse trovato un modo per fargli capire che non era come le altre donne, che era perfetta per lui. Sarebbe stata con un uomo che la voleva.

Andando in camera sua, Emily incrociò Simkins nel corridoio. «Signor Simkins? Posso chiederle di mandare una cameriera che mi aiuti a spogliarmi?»

«Dirò alla signora Downing di mandare qualcuno» rispose il maggiordomo ed Emily lo ringraziò.

La sua stanza era buia nella luce purpurea della sera, mentre si sedeva alla toeletta per pianificare. La domanda era: come si fa a sedurre il maestro della seduzione? La caccia. Lui amava l'inseguimento e, a essere sincera, piaceva anche a lei. Era quella la risposta?

Pochi minuti dopo, Libba bussò ed entrò con un ampio sorriso. «Buonasera, signorina.»

«Libba, per favore chiamami Emily. Mi piacerebbe essere amiche.» Si girò sulla sedia per sorridere alla cameriera.

«Ma non sarebbe corretto, signorina.»

«Non c'è nulla di appropriato in questa situazione,

Libba. Ora, per favore, cerchiamo di essere amiche. Non ho nessuno qui con cui parlare.»

«Parlare? Posso farlo, signorina... Emily. Ora, lasciate che vi tolga quel vestito.» Le mani di Libba erano agili mentre la aiutava a liberarsi dei vestiti e a indossare una camicia da notte di mussola bianca, che le svasava oltre i polpacci come i petali di un fiore di luna. A causa della sua magrezza, la figura di Emily era delineata più di quanto avrebbe voluto.

La presenza di una giovane della sua età, fece sentire Emily più a suo agio. Sorrise alla cameriera.

«Che pettegolezzi ci sono di sotto? Mi piacerebbe saperne di più su Sua Grazia e i suoi amici.»

Le guance di Libba si arrossarono. «Beh, ho saputo da Bethany, che ha saputo dal valletto di Sua Grazia, Jonathan, che Lord Lennox ha picchiato Sua Grazia in modo terribile per un affronto che vi ha fatto questo pomeriggio.»

«Ma... vuoi dire che stavano litigando per me?» Emily ricordò le nocche livide di Godric, il volto tumefatto e il labbro spaccato. Non aveva dimenticato i lividi sulle nocche di Ashton, o il suo occhio nero, ma era chiaro che Ashton aveva avuto la meglio.

«Jonathan ha anche detto di aver sentito Lord Lennox minacciare di uccidere Sua Grazia se vi avesse fatto piangere di nuovo!»

«Davvero? Mi sembra una reazione un po' eccessiva ma Ashton è dolce.»

Libba ridacchiò. «Tutti quegli uomini sono dolci con voi. Fareste meglio a stare attenta o Sua Grazia metterà in atto il suo desiderio di farvi condividere il suo letto, solo per evitare che gli altri vi conquistino.»

«Grazie per l'avvertimento, Libba.» Non ci aveva pensato. Se avesse messo quegli uomini l'uno contro l'altro, avrebbe potuto finire nel letto di Godric prima del previsto.

«Ora vado.» Libba le rivolse un sorriso cospiratorio prima di andarsene.

Di nuovo sola, Emily si avvicinò alla finestra e guardò il panorama sottostante. Il giardino si estendeva sotto di lei. Labirinti di siepi e cespugli fioriti si aggrappavano ancora ai loro petali fioriti nonostante l'approssimarsi dell'autunno.

Un traliccio rivestito di vite era stato costruito due metri sotto il bordo della finestra e, accanto a esso, al piano terra, una finestra dava su uno dei salotti.

«Stai ammirando il panorama o stai pensando di scappare?» La voce di Godric attraversò la stanza dietro di lei. Il sangue le si scaldò al solo rimbombo della voce sensuale di lui.

Da quanto tempo la stava osservando? Cercando di nascondere la sua sorpresa, Emily non si voltò. Lui era troppo silenzioso; avrebbe dovuto ricordarselo.

Questa volta i passi dell'uomo si muovevano a piedi nudi sul pavimento.

«Ho fatto una promessa, se ti ricordi. Stavo ammirando il panorama, a meno che questo non sia permesso.» Emily si voltò.

«È consentito a condizione che ammirare il panorama non implichi la caduta dalla finestra. L'altezza è troppa per fare un salto sicuro. Sarebbe un brutto modo per spezzare quelle tue belle gambe,» disse Godric, in tono beffardo e tragico.

«Qualche osso rotto potrebbe valere la mia libertà.» Emily sollevò il mento, nascondendo l'impulso di sorridere.

«Mi piacerebbe vedere quanta strada faresti con le gambe rotte. Mi hanno detto che è piuttosto doloroso.» Lui la fissò, serio.

«È una minaccia, Vostra Grazia?»

«Cosa?» I suoi occhi si allargarono. «No! Certo che no. Non lo farei mai... stavo semplicemente cercando di proteggerti...» si interruppe quando lei rise leggermente. Lo stava prendendo in giro.

Godric ridacchiò e le si avvicinò. Il duca aveva perso un bel po' di vestiti dalla cena. Non c'erano più il panciotto, gli stivali e il cravattino. Indossava solo i pantaloni e una camicia, con le maniche arrotolate fin sopra i gomiti. Le si avvicinò e si appoggiò con disinvoltura alla parete a pochi centimetri da lei, osservandola dalla testa ai piedi.

Con una vampata di calore, Emily si ricordò che indossava solo la camicia da notte. Le mani le volarono sul petto, voltandogli le spalle.

«Distogliete lo sguardo, signore!»

Godric non obbedì. «Ce ne hai messo di tempo per accorgertene... e posso dire che questa vista è altrettanto deliziosa della precedente,» disse lui, gemendo, avvicinandosi di un passo e tracciandole con un dito la curva della spina dorsale.

Emily represse un brivido. «Prima hai detto chiaramente che non t'interessa baciare una bambina e se è questo che sono, allora non prendermi in giro con le minacce della tua lussuria.» Le era tornata una sensazione d'irritazione che le premeva contro il petto.

La dura risposta di lei fece apparire il temperamento di Godric. «Maledizione, Emily, mi sono scusato!»

La giovane si girò, puntandogli un dito sul petto. «Ed io ho accettato le tue scuse, ma questo non significa che tu possa cambiare idea ed entrare qua dentro!»

«Col cavolo che non posso!» Le afferrò i polsi con una mano, costringendola a sollevarli sopra la testa mentre la bloccava contro la finestra con il suo corpo.

«Lasciami andare o mi metto a urlare!» Emily cercò di divincolarsi dalla presa sui polsi ma la mano di lui glieli bloccò saldamente sopra la testa.

«Urla. Ti sfido. Chi verrà?»

In poche ore era passato da principe a villano. Non era spaventata, solo furiosa. Godric pensava di avere diritto a lei, ma dopo il modo in cui l'aveva trattata nello studio, non meritava alcuna collaborazione, a meno che non strisciasse... in ginocchio... almeno per un'ora.

La giovane s'irrigidì quando lui si premette contro di lei. L'altra mano le scavò la camicia da notte vicino alle cosce, trascinandola verso l'alto in modo da poter spingere una delle sue cosce muscolose tra le gambe di lei. Emily lottò per tenere le ginocchia unite, ma l'uomo era troppo forte.

«Oh!» ansimò la giovane mentre Godric spingeva la coscia con forza contro il morbido nucleo fondente tra le gambe. La testa di lei ricadde contro il muro mentre il suo corpo rabbrividiva.

«Godric, ti prego... ti prego, io...» Emily cercò di

parlare, ma Godric non era in vena di ascoltare. Non era nemmeno sicura di quello che stava cercando di dire. La bocca di lui scese sulla sua, ruvida, inflessibile. Il duca la tenne contro il muro, con la fronte che cadeva contro la sua mentre prendeva un respiro profondo.

«Sarebbe così brutto per te goderti semplicemente il tuo tempo qui? Perché continuare a cercare vie di fuga?»

Godric la guardò negli occhi. I due erano così vicini, i corpi quasi avvinghiati. La mano che le teneva i polsi bloccati sopra la testa si strinse un po' mentre lui spostava il corpo, cercando di avvicinarsi ancora di più.

«Lascia che ti mostri un motivo per restare...»

Le sfiorò la mascella finché le labbra non trovarono il collo, piantando semi di calore con i suoi lievi baci. Emily sollevò il mento, offrendo a Godric un'angolazione migliore per torturarla con la sensazione delle sue labbra sulla pelle. L'eccitazione le scavava il ventre e lei rispondeva con un bisogno acuto e pulsante.

«Non è giusto. Mi stai distraendo,» ansimò Emily mentre Godric le palpava un seno attraverso la camicia da notte, giocando con il capezzolo indurito.

«Niente nella vita è giusto, tesoro mio. Vogliamo continuare?» Le fece un cenno con la testa verso la porta che conduceva alla sua camera e quel singolo gesto uccise tutto il desiderio indifeso di lei.

«No,» rispose la giovane con fermezza, aspettandosi di essere liberata. Quando lui non lo fece, Emily guardò la porta della camera, chiedendosi quanto tempo avrebbe impiegato qualcuno a sfondarla se fosse stata chiusa a chiave.

«No? Sei sicura?» Godric alzò la coscia tra le gambe di lei, aumentando la pressione sul nucleo dolente. Emily soffocò un gemito mentre lui lo faceva di nuovo, questa volta più velocemente. «Ho detto... Sei sicura?» Un sorriso malizioso gli attraversò le labbra quando si rese conto di averla privata della capacità di parlare con parole chiare invece che con gemiti. La mano sul seno scivolò giù lungo il ventre verso la giuntura tra le cosce, arrotolando di nuovo la stoffa della camicia da notte. Nell'istante in cui le dita di lui raggiunsero il punto dolente tra le gambe, Emily gridò forte.

Quel grido fece rinsavire Godric. La liberò immediatamente e si allontanò proprio quando Ashton irruppe sulla porta. Diede un'occhiata alla scena e parlò a Godric in greco.

«Pensavo che avessi tutto sotto controllo. Avevi detto che potevi farcela.» Ashton fece un passo verso Godric, che si passò le mani tra i capelli.

«Lei... forse non ho il controllo come pensavo.»

Ashton guardò la finestra di Emily ben chiusa e il suo stato di svestizione. «Ti ha opposto resistenza?»

«No, non l'ha fatto...» Godric mentì.

«Non l'ho fatto,» disse Emily in un greco impeccabile.

Entrambi gli uomini la guardarono a bocca aperta.

«Hai mentito sul greco?» le chiese Godric.

«*Erre Es Korokas!*» rispose lei di getto. *Vai al diavolo.*

Godric la strappò via dalla parete. «Su cos'altro hai mentito?»

Ashton fece un brusco passo avanti, con la mano alzata, come per dire, *No, Godric, lasciala andare.* Ma sembrava avere dei problemi con quell'inganno. «Emily, hai mentito a me, l'unica persona in questa casa che ha tenuto testa a Godric per te. Ti ho chiesto la verità e tu mi ripaghi con delle bugie?»

«È stato prima che mi fidassi di qualcuno di voi... quando mi sentivo ancora in pericolo!»

Gli occhi di Ashton erano scuri come il mare di notte. «Hai mai pensato di essere veramente in pericolo? Non abbiamo mai voluto che ti sentissi così.»

«Mi avete rapita e drogata. Che cosa vi aspettavate? Forse non siete miei nemici, ma perdonatemi se non le considero azioni da amici.» Gli occhi le bruciavano, ma non pianse. «Che cosa faresti tu al mio posto?»

«Mi hai... Mi hai mentito questo pomeriggio, quando mi hai dato la tua parola?»

«No. Quella era la verità, sulla tomba di mio padre, ovunque si trovi nel mare. Stanotte non cercherò di scappare.»

Ashton rimase in silenzio per un momento lungo un'eternità.

«Ti credo. Ma non posso più mettermi tra te e Godric, non stasera almeno. Per favore... non chiamarmi più.» Ashton si voltò e se ne andò, chiudendosi la porta alle spalle.

Le ginocchia di Emily tremarono. Il suo unico protettore l'aveva abbandonata.

Godric la spinse verso la piccola porta che conduceva alla sua stanza. Emily piantò i talloni a terra e cercò invano di fermarlo.

«Vai avanti e combatti con me! Prenderò la tua rabbia e

la trasformerò in passione!» Godric la gettò a terra e chiuse la porticina, sigillandola nella sua camera.

Si sarebbe davvero imposto? Non si aspettava crudeltà ma Godric era cambiato. Quello non era l'uomo che aveva letto per lei quel pomeriggio.

Il duca le afferrò le braccia e la tirò in piedi. Lei lo guardò, fredda e impassibile anche se tremava.

«Continua, Godric. Che cosa stai aspettando? Dimostrami che tipo di uomo sei. Dimostrami che sei uguale a Blankenship.» Le dita di lui le scavarono le braccia.

«Non sono per niente come quel vecchio cretino, mi hai sentito?»

«Prendermi con la forza ti renderebbe uguale a lui agli occhi della legge e di Dio.»

Lo sguardo di Godric cambiò. «Prenderti con la forza? Emily... forse ora stai tremando e sei confusa, ma questo è desiderio, non paura. Blankenship non potrebbe mai suscitare i sentimenti che provi in questo momento.»

La giovane sapeva che era la verità.

«L'uomo che voglio è quello che mi ha letto *l'Odissea* questo pomeriggio.» Emily addolcì il tono. «Trova di nuovo quell'uomo e ci ripenserò.»

Gli occhi di Godric erano come le foglie dei roseti inglesi. «C'è un'oscurità in me che non posso sempre combattere.» La sua voce era appena un sussurro, come se lui stesso non la comprendesse appieno.

Emily vide che la comprensione era a portata di mano. «Non sto chiedendo un santo, Godric. Sto chiedendo tempo... Tempo per entrambi di capire cosa siamo l'uno per l'altra e cosa vogliamo.»

La presa sulle braccia si allentò e finalmente Godric la lasciò andare. «Com'è che sei così giovane ma così saggia?»

«Sono stata cresciuta da due genitori amorevoli che mi hanno educata bene.»

«Allora stai correggendo altre tue bugie?»

«Sì, sono molto, molto istruita. Parlo correntemente il greco e il latino. Non sapevi del latino, quindi te lo dico ora, in buona fede. Ho cavalcato cavalli per tutta la vita e sono un'eccellente nuotatrice.»

A quel punto Godric iniziò: «A proposito... potrei aver finto di annegare al lago.» Si aspettava che lei esplodesse in un attacco di rabbia, ma non lo fece. «Tu lo sapevi?»

«La tua foga quando ti sei ripreso mi ha insospettito. Chi è annegato da poco di solito non è così vivace.» Emily sospirò e indietreggiò fino a sedersi sul bordo del letto.

Godric si avvicinò e si sedette, poi con noncuranza fece scivolare la sua mano su quella di lei, intrecciando le dita. Sollevò le mani unite e le tenne contro il petto. Quello non era un tentativo di seduzione. In qualche modo, nel mezzo di quelle confessioni, avevano raggiunto una sorta d'intesa.

«Dormi con me stanotte?» le chiese Godric. Emily iniziò a scuotere la testa ma lui aggiunse: «No. Solo dormire, tutto qui. Lascia che ti abbia vicino. Voglio sentirti respirare, sentire il calore del tuo corpo. Ti prego...»

Le parole 'per favore' gli tremarono sulle labbra ed Emily annuì, anche se non ne aveva l'intenzione. Come faceva lui a comportarsi sempre così?

Godric le prese le spalle tra i palmi delle mani e la accompagnò delicatamente all'indietro fino al bordo del letto. Bloccandola con i fianchi, reclamò la bocca di lei in un bacio, lungo ed esplorativo che non assomigliava affatto a quello di prima.

Le parole di Ashton riecheggiarono nella mente di Emily che lasciò che le emozioni trattenute si riversassero in lei, in lui ancora una volta. Le braccia Godric le avvolsero la parte bassa della schiena, stringendola a sé prima di fermarsi.

«Mi ci vorrà del tempo per abituarmi a questo modo di baciare...» mormorò lui contro le labbra di lei.

Emily quasi sorrise. «Forse se tu ti abitui a me, io posso abituarmi a te.» Pensò alla ruvida carezza di lui e si rese conto che la voleva per quanto fosse opprimente.

«Sembra che impareremo entrambi.»

Godric la prese in braccio e la sistemò sul lato opposto del letto.

Emily provò un po' di preoccupazione ma Godric si limitò a chiudere gli occhi. «Buonanotte, mia piccola volpe.»

La giovane rimase immobile per un bel po' prima di rotolare su un fianco per trovare conforto. Sentendosi stranamente protetta, si addormentò.

BEN OLTRE LA MEZZANOTTE, GODRIC SI SVEGLIÒ E SENTÌ Emily che parlava nel sonno. Si muoveva inquieta, i suoi mormorii erano lievi e pietosi.

«Fermati... per favore. Ti prego... lasciami in pace...» Lo stomaco di Godric si agitò in risposta all'impotenza che si celava nel tono di lei. Stava sognando e Godric sperava con tutto il cuore che non si trattasse di lui.

«Emily?» Le si avvicinò per toccarle le spalle. Lei trasalì e si scagliò contro il suo assalitore invisibile. «Emily!»

«Morirò prima che tu mi tocchi!» ringhiò lei. Godric stava quasi per allentare la presa, ma voleva svegliarla.

«Emily, sono Godric. Ti prego, svegliati...» La avvolse con le braccia e la fece scivolare sul letto in un abbraccio.

«Godric...»

«Sì, sono io. Sei al sicuro.» Le baciò le labbra, cercando di farlo come aveva fatto lei nello studio. Voleva prometterle che non le sarebbe stato fatto del male. Quelle lunghe ciglia scure si aprirono sulle guance mentre lei apriva gli occhi. «Emily? Sei sveglia?»

«Ora sì... Perché...» La giovane fissò confusa la bocca del duca e la sua piccola lingua guizzò fuori per leccarsi le labbra.

«Parlavi nel sonno. Chi stavi sognando?»

«Blankenship. Mi perseguita anche in sogno.»

Godric espirò, sollevato.

«Pensavi che stessi sognando te?»

«Dopo il mio recente comportamento, temevo di sì.» L'ammissione lo riempì di preoccupazione. Nell'oscurità della stanza e nel calore del corpo di lei tra le sue braccia, voleva che tra loro ci fosse solo la verità.

«Non mi faresti mai del male, Godric, ora lo so. Ma non cederò mai a te.» Emily fece una pausa come se le fosse venuto in mente un piano. «Però potrei accettare un compromesso.»

Godric era sinceramente sorpreso. «Le tue condizioni?»

«Posso promettere di non scappare tra le dieci di sera e le sei del mattino. In questo modo tu e i tuoi amici avrete il vostro sonno di bellezza senza paura di essere disturbati.»

«Sonno di bellezza? Perché, piccola...» Le pizzicò la vita e lei emise un finto sussulto indignato. «E ti aspetti che io accetti? Che cosa ottengo in cambio?» La mano di lui scivolò più in basso sulla curva del fianco di lei e si godette il sospiro affannato che le sfuggì dalla bocca quando strinse la presa.

«Tu dormi ed io ti prometto otto ore senza fuggire È un buon affare,» continuò Emily.

Godric gemette. «E sedici ore di fuga.»

«Beh, se ti ostini a essere pessimista non è affar mio.»

Godric si spostò più vicino, premendo contro di lei. «Dormi con me ogni notte. Promettimelo e accetterò.»

«E per 'dormire' intendi un sonno innocente e casto?»

Il bagliore malizioso misto alla luce lunare negli occhi di Emily lo affascinò.

«Hmm... sì, ma se vuoi che le cose cambino, sono pronto ad accontentarti.»

«Su questo non ho dubbi» mormorò Emily, sbadigliando e coprendosi la bocca con il pugno. Cercò di rotolare sulla schiena ma Godric la fece rotolare in modo che i loro corpi fossero vicini. Il duca seppellì il viso tra i capelli di lei, il cui profumo era morbido e floreale come quello di un giardino. Gli tornò in mente il giorno in cui l'aveva vista per la prima volta: inginocchiata in giardino, circondata dai fiori e una farfalla che le danzava intorno alla testa mentre strappava le erbacce. Le labbra di Godric si contrassero. Si sentiva come quella farfalla, che cercava il conforto della sua presenza.

«Non posso credere che sto permettendo tutto questo...» La voce di Emily era appena un sussurro.

«Dammi tempo e non vorrai più andartene.» Le baciò la pelle morbida della nuca e lei sospirò, quasi completamente addormentata. Godric la desiderava così tanto, ma mantenne il controllo e contò all'indietro da cento in greco. *Ekato, eneida enia, eneida okto, eneida efta...*

CAPITOLO 8

Godric stava facendo un sogno meraviglioso. Emily giaceva rannicchiata tra le sue braccia, trovando calore e protezione dai suoi incubi. Il duca aveva dormito raramente con Evangeline, la sua ex amante. Sebbene fosse una perfida tentatrice a letto, era una pessima compagna da avere accanto di notte. Scalciava, russava e rubava le coperte troppo spesso.

Il suo sogno era troppo reale e perfetto. Non c'era nulla di carnale in quell'atto, solo il conforto del corpo di Emily intrecciato al suo. Il viso di lei era premuto nell'incavo tra la gola e il petto, il suo corpo a metà strada sopra di lui, addormentato con quella grazia felina che solo le donne possiedono.

Le spire dei suoi capelli erano una cascata color ruggine contro il cuscino e la luce del sole scivolava lungo le onde creando un disegno seducente. Arricciò un braccio intorno alla vita di lei, tenendola stretta. In quel mondo Emily era sua. Non apparteneva a nessun altro e non doveva condividerla con nessuno.

Sfortunatamente, Emily non voleva appartenergli. Perché doveva essere così dannatamente indipendente? Se solo si fosse arresa, Godric avrebbe potuto renderla la donna più soddisfatta del mondo. Le avrebbe comprato gli abiti più costosi, i gioielli più belli e tutti i cavalli che avrebbe mai potuto desiderare. La desiderava più di ogni altra cosa nella sua vita.

Avrebbe voluto che lei non lo combattesse con tanta determinazione. Emily non sembrava particolarmente protettiva della sua virtù. Si aggrappava alla sua libertà. Lui l'aveva ingabbiata nel suo maniero e il pensiero lo irritava. Anche se era una gabbia, era solo temporanea e per di più dorata e lussuosa. Perché non poteva essere felice?

Emily non sarebbe mai stata soddisfatta se non fosse stata l'unica padrona del suo destino ma essendo una giovane donna non sposata, non aveva alcuna possibilità di farlo. Un uomo teneva le redini del suo destino, l'unica domanda era quale.

Ma se lei gli avesse permesso di prendere il controllo, lui le avrebbe promesso di renderla felice.

Godric stava ancora pensando quando Emily iniziò a svegliarsi. Il respiro accelerò e il petto salì più velocemente sotto il palmo della sua mano. Le gambe di lei s'irrigidirono leggermente mentre i suoi muscoli prendevano vita. Emily appoggiò il mento sul petto di Godric, aprendo gli occhi.

«Buongiorno, Emily.» Le scostò i capelli sciolti dal viso, assorto dalla vista delle ciglia tremolanti di lei e delle labbra rosa dischiuse. L'espressione assonnata lo scaldò fino alle dita dei piedi mentre lei si accoccolava contro di lui.

Emily arrossì, chiudendo gli occhi. «Ho dormito qui, vero?»

«Non dispiacerti. Goditi il fatto che abbiamo passato insieme una notte innocente. È una cosa che non sono mai riuscito a garantire a nessun'altra donna.»

Emily aggrottò la fronte. «È perché non sono una tentazione o perché hai imparato un po' di autocontrollo?»

«È perché ti rispetto abbastanza da non infrangere la mia promessa. Ma ora sei sveglia, quindi tutte le scommesse sono annullate, mia cara.»

«Che cosa vuoi dire con questo?» Emily cominciò ad allontanarsi.

«Mi sono concesse sedici ore di seduzione per distrarti dalla fuga.» Godric la afferrò saldamente e si girò, coprendole il corpo con il suo. «Lascia che ti dia il bacio del buongiorno, Emily... solo un bacio?» Non aveva mai condiviso un momento del genere con nessuna donna e lo voleva con Emily. Aveva bisogno di infilarle le dita nei capelli arruffati dal sonno e di baciarle le palpebre.

Con gli occhi spalancati, Emily arrossì ma annuì. «Un... un bacio, Godric,» sussurrò.

Il duca non ebbe bisogno di esortazioni perché la sua bocca trovò quella di lei nel momento in cui fece scivolare la mano sotto la camicia da notte della giovane. Il calore delizioso della pelle di Emily sotto il palmo gli raddoppiò le pulsazioni tra le gambe. Pregò di potersi trattenere abbastanza a lungo da poterle procurare piacere.

Emily trasalì quando la mano di Godric scivolò tra le sue cosce, sfiorandole le pieghe sensibili e accarezzandole la carne calda e bagnata. Quando il polpastrello del pollice le sfiorò il bocciolo gonfio, Emily sussultò. Quella sensazione la terrorizzò. Era quasi troppo per lei.

Una dolce tensione si accumulò in quel punto, rispecchiando il ruvido possesso della bocca di Godric sulla sua.

Emily si concentrò sul movimento della lingua di lui nella sua bocca e cercò di imitarlo, di imparare il gioco selvaggio che lui cercava di insegnarle ma fu distratta dalla lunghezza indurita che le premeva contro il fianco destro.

Le dita di lui continuarono a sfiorarle delicatamente i seni sensibili.

«Ardi per me?» le sussurrò Godric contro la bocca.

«Cosa? No...» Emily cercò di negare.

Le labbra del duca s'incurvarono in un sorriso e affondò i denti nel labbro inferiore.

Emily mugolò, tendendosi contro di lui. «Per favore...»

«Per favore cosa?»

La giovane soffocò un piccolo singhiozzo mentre la tensione continuava a serpeggiarle tra le gambe. «Non lo so...»

L'altra mano di Godric le avvolse i capelli, le tirò indietro la testa esponendole la gola e continuando a strofinare le dita su quel tenero bocciolo. Emily non riuscì a impedire ai suoi fianchi di roteare contro la mano di lui. Il sangue pompò attraverso di lei mentre la pressione e il formicolio si trasformarono in spasmi acuti di eccitazione fisica. Come scivolare sempre più in alto su un'altalena, finché alla fine cedette alla caduta mozzafiato, gridando.

La risata di Godric le scaldò il collo. Riprese a baciarla ed Emily rimase sbigottita quando lui ritirò la mano tra le gambe e la posò sul fianco nudo. Il tocco era possessivo e dolce allo stesso tempo. Il pollice di lui le disegnò piccoli cerchi sulla pelle appena sotto la vita e lei resistette all'impulso di ridere per la sensazione di solletico.

Le strofinò la guancia contro la sua, la barba notturna le raschiava la pelle. «Ti è piaciuto il tuo piccolo bacio?»

Emily inspirò il profumo di Godric, completamente sazia. «Mi è piaciuto molto ma credo che voi abbiate barato, Vostra Grazia.» Gli dava un vantaggio con una risposta del genere ma in quel momento non riusciva a pensare abbastanza chiaramente da mentire.

«Non posso negare di aver imbrogliato.» Il diavolo ebbe il coraggio di farle l'occhiolino. «Ti bacerò tutte le mattine e tutte le sere.»

Emily aprì la bocca ma lui le premette un dito sulle labbra. «Ora non protestare. Sarai al sicuro ogni notte tra le mie braccia. Ho abbastanza ritegno da fermarmi.» Si alzò a sedere e la liberò. Emily sarebbe dovuta scendere dal letto ma non ci riuscì. Le avrebbero ceduto le gambe e sarebbe caduta di nuovo tra le braccia di Godric.

Il duca ridacchiò. «Pensavo che saresti fuggita dal mio letto non appena ti avessi liberata.»

«Io... non vedo la necessità di affrettarmi.» Emily cercò di nascondere la sua instabilità. Tirò giù la camicia da notte per coprirsi e lo guardò, sperando che lui la lasciasse andare.

Dopo quello che aveva appena vissuto, aveva bisogno di stare un po' da sola.

GODRIC PERMISE A EMILY DI SCIVOLARE NELLA SUA stanza e chiuse la porta per offrirle un po' di privacy.

Anche se non era riuscito a venire, provava piacere nel sapere che era stato il primo uomo a toccare Emily in quel modo. Questo gli diede una marcia in più mentre si vestiva per la giornata e scendeva nella sala della colazione. Raggiunse Simkins nel corridoio e gli diede istruzioni di mandare una cameriera da Emily.

«Spero che la signorina Parr stia bene!»

A Godric non sfuggì l'espressione preoccupata sul volto dell'anziano maggiordomo. «Sì, sta bene. Immagino che tu l'abbia sentita gridare. Beh, stai tranquillo Simkins. La signorina sta bene.»

«Questo è un bene, Vostra Grazia. Confido che nulla farà arrabbiare o spaventare Miss Parr abbastanza da chiamare di nuovo in quel modo.» Dietro il tono del maggiordomo si nascondeva un lieve ammonimento. Solo Simkins poteva usare quel tono.

«Non posso promettere che non si ribellerà più. Il suo carattere e la sua indipendenza la rendono una creatura esuberante. Riferisci alla servitù che non devono andare da lei, tranne Libba che si occuperà dei suoi bisogni personali. Emily è sotto la mia responsabilità.»

«Ma, Vostra Grazia...»

«Niente ma, Simkins. Se Emily griderà, avrà quello che

si merita, nel bene o nel male.» Godric era fermo su quel punto. La seduzione di Emily richiedeva dosi quotidiane di cattiveria. Non voleva che lei si schiarisse le idee. La logica rovinava sempre i momenti migliori della passione.

«Molto bene, Vostra Grazia. Lord Sheridan e Lord Lonsdale sono andati a Londra ieri sera e sono tornati stamattina presto. Credo che Lord Sheridan volesse parlare con voi di un regalo che ha portato per Miss Parr!»

«A che diavolo sta giocando?» A prescindere dalla Regola Quattro, il pensiero che un altro uomo cercasse di corteggiare Emily con dei regali gli faceva ribollire il sangue. «Cerca di superarmi? Le ho comprato un dannato guardaroba.»

«Forse, Vostra Grazia, dovreste aspettare e vedere di cosa si tratta.»

Simkins stava sorridendo mentre se ne andava? Godric si accigliò, seguendo il maggiordomo nella sala della colazione. Cedric, che stava già mangiando, sembrava ancora possedere un'energia smisurata, nonostante avesse dormito solo poche ore.

«Simkins ti ha detto del mio regalo per Emily?» Un luccichio irritante e speranzoso negli occhi castani di Cedric mise Godric decisamente a disagio.

Godric incrociò le braccia sul petto. «Cosa le hai comprato?»

«Una cucciola. Una foxhound inglese.»

Godric non sapeva se ridere o meno. «Un cane? A cosa le servirà un cane da caccia? Non andrà a caccia.» Che cosa se ne faceva una ragazza di un cucciolo, soprattutto di un cane da caccia? La maggior parte delle donne non preferiva i gatti? Un gattino sarebbe stato una scelta più intelligente se Cedric voleva corteggiarla. D'altronde, come amava sottolineare, Emily non era la maggior parte delle donne.

«So cosa stai pensando, Godric, ma questo è più di un semplice regalo. Il cane abbaierà, guairà e la seguirà. Emily potrebbe smettere di cercare di scappare se non vuole abbandonarlo.»

Godric rifletté un attimo. «Potresti avere ragione, Cedric.»

«Meraviglioso!» Cedric saltò dalla sedia, impaziente. «Posso portarla nella sala della colazione quando lei scenderà?»

«Suppongo di sì.» Godric si sedette e iniziò a prepararsi un piatto mentre il suo amico spariva.

Ashton si sedette senza dire una parola. Godric era profondamente turbato nel vedere gli occhi solitamente vivaci del suo amico così spenti e scuri, a parte l'occhio nero in via di guarigione.

«Ash?» gli chiese Godric.

Ashton posò la tazza di caffè, piegò le mani e guardò Godric. «Allora?»

«Allora, cosa?»

«Hai finito quello che hai iniziato con Emily o hai trovato un po' di pietà in quel tuo cuore nero?»

L'accusa del suo amico lo ferì ma, come il loro incontro di boxe, sapeva di meritarla. «Ash, non le ho fatto del male dopo che te ne sei andato. Ci sono state un po' di urla, lo ammetto, ma mi sono calmato, o meglio lei ha calmato il mio carattere.»

«Perché lo trovo difficile da credere?» mormorò Ashton.

«Lo giuro. È ancora pura come il giorno in cui è nata... Beh, più o meno.»

Gli occhi di Ashton si restrinsero. «Giurami sulle pietre del Magdalene College.» Le pietre del loro college a Cambridge erano il fondamento del rapporto del Circolo. Giurare su di esse equivaleva a giurare sulla Bibbia.

«Lo giuro sulle pietre.»

Le spalle di Ashton si abbassarono per il sollievo. «Grazie a Dio. Sono stato sveglio tutta la notte per la preoccupazione di aver fatto la cosa sbagliata lasciandola con te. Avevi quel luccichio negli occhi.»

«Mi ha fatto arrabbiare ma mi ha calmato altrettanto facilmente. Abbiamo trovato un accordo.»

«Cioè?» Ashton fece scivolare un vassoio di pane tostato verso Godric.

«Emily ha giurato che non cercherà di fuggire tra le dieci di sera e le sei del mattino.»

«E cosa ha ottenuto da questo accordo?»

«La mia promessa solenne di non sedurla tra quelle ore. Il resto della giornata è libera di giocare.»

«Accidenti, Godric, ne sei uscito vincitore da quell'accordo, vero?» Ashton era tornato al suo solito contegno spensierato.

La porta della sala della colazione si aprì ancora una volta quando entrò Lucien accompagnato da Emily. Ashton e Godric si alzarono in piedi mentre lei prendeva posto accanto a Godric. Il suo abito verde, della tonalità dell'erba estiva, le illuminava gli occhi. Le maniche dell'abito erano leggermente gonfie sulle spalle e si arricciavano sulla schiena con pieghe delicate. Metteva in risalto la sua bellezza naturale evidenziandole le curve e la cameriera le aveva acconciato i capelli con dei nastri verdi.

«Allora, avete passato tutti una bella serata? Mi è sembrato di sentire i rumori di una festa...» Lucien guardò Emily e Godric, sedendosi accanto ad Ashton dall'altra parte del tavolo. «In effetti, se non lo sapessi bene...» Ashton gli diede un calcio e Lucien trasalì. «Sono stato informato che non è così.»

Emily prese un piatto vicino al gomito di Ashton. Lui glielo passò immediatamente; lei arrossì. Godric notò lo sguardo della giovane e si alzò dal tavolo, catturando lo sguardo di Lucien.

«Allora, Lucien, hai parlato con Cedric? Pensavo che potremmo andare a vedere cosa ne è stato di lui... e svegliare Charles, che, senza dubbio, sta ancora dormendo.» Godric si avviò verso la porta.

Lucien sospirò e lo seguì. «Suppongo di sì.»

«Posso... posso avere un'udienza con voi, mio signore?» Emily cercò di non far tremare la voce, ma non ci riuscì.

«Certo, signorina Parr,» rispose Ashton.

Emily si morse il labbro inferiore. Quanto doveva odiarla Ashton, se si rifiutava di chiamarla per nome. «Mio signore, riguardo a ieri sera...» Deglutì a fatica. Odiava scusarsi, specialmente per qualcosa che sentiva di aver fatto a fin di bene ma doveva delle scuse al suo nuovo amico. Nel periodo tra il rapimento e quel momento, si era affezionata al quel barone freddo e tranquillo. Era gentile e cortese e aveva difeso il suo onore.

«Vi prego, signorina Parr, non affliggetevi per una questione di poco conto.» Il tono dell'uomo era rassicurante ma lei aveva bisogno che lui capisse. Aveva bisogno di sapere che non l'avrebbe abbandonata di nuovo.

«Io... mi dispiace di avervi mentito. Non avrei dovuto.»

Dovrei odiarli. Dovrei desiderare la loro morte per quello che hanno fatto. Ma la rabbia non arrivava. Nel breve lasso di tempo in cui era stata in loro compagnia, era stata stranamente felice. Godric le aveva mostrato passione, gli altri compagnia. Non poteva permettere che le bugie, anche quelle per assicurarsi la libertà, rovinassero quel legame. Come fosse possibile una cosa del genere, non lo sapeva.

«Signorina Parr, sono io che vi chiedo scusa. Avete fatto ciò che era necessario per proteggervi da libertini senza scrupoli.» Ashton spinse indietro la sedia e le si avvicinò. Le prese le mani tra le sue, portandole al petto. «Non mi sarei comportato diversamente nelle stesse circostanze. Oserei dire che avrei fatto di peggio.»

«Allora... allora non siete arrabbiato, mio signore?»

«Signorina Parr»

«Per favore, non chiamatemi così!»

«Emily, sei stata perdonata nel momento in cui ho lasciato la tua stanza ieri sera.»

«Allora perché eravate così silenzioso stamattina?»

«Temevo che tu non mi avessi perdonato di averti abbandonata. Ti ha fatto del male?» Ashton tirò Emily in piedi e la fece girare, come per ispezionarla alla ricerca di segni evidenti, ma non ce n'erano.

«Ha urlato terribilmente ma non mi ha fatto male. Mio signore...»

«Ashton.»

«Ashton, se mai mi chiederai la verità, l'avrai.»

Ashton sorrise. «Ho solo una domanda, mia cara.»

«Sì?»

«Quante altre lingue parli?»

Emily fu sopraffatta da un'ondata di felicità. Ash apprezzava la sua intelligenza mentre suo zio no. «Parlo correntemente il greco e il latino... Sono passabile in francese, tedesco e spagnolo.»

«L'italiano no?» Sulle labbra dell'uomo comparve un sorriso malizioso.

«L'italiano? No, suppongo che sia abbastanza simile al latino da poterne capire qualcosa, ma non abbastanza da essere fluente.»

«Ah, bene, una lingua che posso usare contro di te, se ne avessi bisogno.» Ashton le diede un buffetto sotto il mento mentre Godric e Lucien tornavano a fare colazione.

Accettando la cioccolata calda che Godric le servì ancora una volta, Emily si sistemò al suo posto e assaporò l'infuso scuro ed esotico. La gentilezza dimostrata era autentica e, grazie al rapporto tra loro, perdonò a malincuore il rapimento e tutto ciò che ne era seguito.

Nonostante il trattamento a volte duro, Emily stava comunque meglio sotto le cure del Circolo che sotto il dominio soffocante di suo zio o, peggio, il destino che avrebbe affrontato con il suo socio in affari.

Dopo colazione, Emily si alzò ma Godric le mise una mano sul braccio.

«Resta. Cedric scenderà presto e ha un regalo per te.»

Lucien e Ashton alzarono entrambi lo sguardo, sorpresi.

Gli occhi di Emily si riempirono di timida incredulità. «Cedric mi ha portato un regalo?»

«Sì!» Godric ritrovò il sorriso ma non senza difficoltà.

Era strano che fosse arrabbiato per l'eccitazione di Emily. Godric sapeva che lo zio era stato poco gentile nel provvedere alla giovane ma aveva cominciato a notare quanto Albert l'avesse trattata male nell'ultimo anno. La giovane meritava abiti raffinati e pellicce ricamate, non abiti logori o pantofole consumate. Avrebbe dovuto essere contento di vedere quella curiosità infantile accendersi nella sua Emily. Ma non era venuta da lui.

Cinque minuti dopo, Charles entrò, seguito da Cedric, che teneva una grande cappelliera blu. Charles le rivolse un sorriso impudente, mentre lei quasi sobbalzava sulla sedia.

Emily guardò Godric che annuì e lei balzò in piedi.

Cedric s'inchinò e le porse la grande scatola, posandola ai suoi piedi. «Un regalo per te, gattina.» La scatola tremò ed Emily indietreggiò. Godric le avvolse un braccio intorno alla vita per confortarla.

«Si è appena mossa? Che cosa mi hai portato?» La giovane posò delicatamente le mani sul braccio di Godric che le avvicinò le labbra all'orecchio: «Aprila e scoprilo.»

Gli uomini la guardarono affascinati mentre scioglieva il nastro che teneva il coperchio della scatola.

Il coperchio si sollevò e spuntò la testa di una cucciola di cane, con un fiocco di raso blu intorno al collo. La coda scodinzolava forte, facendo tremare il corpicino. Aveva il pelo bianco, le orecchie di un caldo marrone rossiccio e il muso bianco, che si assottigliava in una linea elegante sul naso e tra le sopracciglia pelose. Era paffuta ma sarebbe diventata una segugia magra dalle zampe bianche.

Emily non disse una parola ma si tamponò gli occhi. I suoi amici guardarono sbigottiti la sua reazione.

«Non ti piace?» Cedric le s'inginocchiò di fronte, stringendo i pugni contro le cosce, come se combattesse un'ondata di frustrazione e delusione.

«Non mi piace?» Emily prese la cucciola scodinzolante e la spinse verso Godric, che ebbe appena il tempo di afferrarla prima che la giovane abbracciasse Cedric.

Godric fece una smorfia quando lei posò un bacio lieve ed eccitato sul viso di Cedric. Il povero libertino arrossì quando Emily lo lasciò e reclamò il suo regalo da Godric. La lingua rosa della cucciola le lambiva il mento mentre la portava al viso. Mai in tutta la vita Godric era stato geloso di un cane.

Cedric arruffò con la mano il pelo della cucciola. «È una foxhound inglese. Dovrà esercitarsi quotidianamente ma sarà un'ottima cacciatrice e la compagna più fedele che tu possa avere.»

«Sei assolutamente adorabile, mia piccola Penelope.» Emily baciò la testa della cagnolina.

«Penelope?» le chiese Charles.

Emily rivolse a Godric uno sguardo timido. «Sì, la moglie fedele di Ulisse.»

Il duca sbatté le palpebre per la sorpresa. Emily aveva scelto un nome dalla storia che avevano condiviso il pomeriggio precedente. Uno strano calore gli scaldò il petto.

«Vuoi portarla fuori per una passeggiata?» le chiese Cedric.

«Posso, Godric? Per favore?» Emily liberò una mano da Penelope per strattonare Godric per la manica.

«Se Cedric e Charles vengono con te.» Le sfuggì l'occhiolino di Godric a Cedric mentre condividevano il trionfo reciproco per il regalo.

La cucciola aveva frenato l'impulso di Emily a fuggire. Era chiaro che non avrebbe sopportato di lasciare la sua Penelope. La cucciola si contorceva tra le braccia di Emily e lei la guardava con una tale felicità che Godric avrebbe voluto comprargliene altri mille per assicurarsi che quello sguardo non le abbandonasse mai il volto.

Altre donne non sarebbero state così dolcemente perse nella gioia per un regalo così semplice - avrebbero desiderato gioielli e abiti ma Emily teneva ai libri e agli animali fedeli, non ai gingilli scintillanti e agli abiti di seta.

«Andiamo?» le chiese Cedric e, con un 'sì' felice di Emily, i tre lasciarono la sala della colazione.

Lucien e Ashton rimasero e rivolsero la loro attenzione a Godric.

Lucien sorrise. «Lascia a Cedric il compito di comprare l'affetto di Emily e di ingannarla per farla restare.» Gli altri ridacchiarono.

«Sì, mi chiedo se abbia già provato quel trucchetto con Anne Chessley,» aggiunse Ashton.

«Dovrebbe comprare un cavallo a quella donna, uno buono, prima che lei inizi a prenderlo sul serio,» disse Godric.

Ridacchiarono all'idea che Cedric cercasse di corteggiare una donna che ne sapeva più di lui di cavalli comprandogliene uno. Sarebbe sicuramente finita in un disastro.

«Beh, ho questioni più urgenti,» disse Godric. «Devo tornare a Londra almeno per il resto della giornata.»

«Eh?» Ashton aggrottò la fronte. Godric capì la reazione del suo amico. Detestava lasciare Emily da sola.

«Sì, devo sistemare alcune faccende con le mie proprietà. Devo andare dal mio avvocato e ho pensato che potrei fare una visita discreta ad Albert Parr.»

«Che cosa intendi dirgli?» gli chiese Lucien.

«Dovresti essere prudente, Godric, soprattutto ora che Blankenship è sulle nostre tracce,» gli spiegò Ashton. «Sicuramente entrambi stanno cercando di dimostrare che hai rapito Emily. Tieni velato quello che dici su Emily. Non possiamo ricevere un'altra visita inaspettata del magistrato.»

Godric si strinse i bordi del panciotto, già irritato al pensiero di quell'uomo. «Ash, sarebbe un'imposizione terribile chiederti di venire con me? Sapendo come s'inserisce Blankenship in questa faccenda, temo di aver bisogno di qualcuno che mi aiuti a tenere a freno il mio temperamento.»

«Sì, certo che verrò. Lucien, ti dispiacerebbe prendere il comando qui? Sappiamo tutti quanto Charles sia impulsivo e come Cedric possa distrarsi facilmente. Penso che saremmo tutti prudenti nell'affidargli un sacchetto di sabbia, date le circostanze. Emily avrà bisogno di un terzo avversario tanto per il suo bene quanto per il nostro.»

«Credi che scapperà? Anche con il cane?»

Sia Godric sia Ashton annuirono.

«Ci proverà, o tramerà di farlo. È nella sua natura.» Godric non aveva ignorato quello che lei gli aveva detto la sera precedente, che la sua libertà era vitale per lei. No, non avrebbe cambiato i piani di fuga di Emily, li avrebbe solo modificati.

«Li sorveglierò tutti e tre.»

Godric annuì. «Eccellente. Aspettatevi che torniamo piuttosto tardi. Probabilmente ci perderemo la cena. Oh, Lucien, ricorda a Emily la sua promessa di rimanere qui tra le dieci e le sei.»

«Sei riuscito a far accettare a quella piccola volpe qualche condizione?» gli chiese Lucien. «Hai usato le viti o la cremagliera?»

Il volto di Godric si oscurò.

«Ricordale il suo accordo prima di lasciarla sola, ma... e devo insistere su questo avvertimento» Godric e gli altri due uomini uscirono dalla sala principale, «non perderla di vista nemmeno per un minuto prima delle dieci.»

«Non preoccuparti.» Lucien gli diede una pacca sulla spalla. «Sarà qui ad aspettarti quando tornerai.»

«Sarà meglio che sia così, perché, in caso contrario, scatenerò l'inferno.»

CAPITOLO 9

La giornata era bellissima con un cielo soleggiato e una brezza leggera. Emily si chinò per permettere all'erba setosa, alta fino alle ginocchia, di sfiorarle i palmi delle mani. Cedric e Charles le camminavano accanto, conversando, ed Emily li ascoltava. Penelope, senza guinzaglio, si muoveva alcuni metri più avanti. La cucciola cercava di saltare tra l'erba, ben quindici centimetri sopra la sua testa. Emily sorrise, vedendo il tartufo nero della piccola, ben fisso a terra. Annusò e poi saltò sull'erba solo per riprendere ad annusare di nuovo.

«Allora,» disse Cedric, «dissi allo sceicco: 'Scommetto ottocento sterline che posso vincere questa mano,' e lo sceicco, bastardo e altezzoso, rispose: 'Scommettiamo su qualcosa di più prezioso. Che te ne pare di una coppia di cavalle arabe? Ed io gli riposi che avrei accettato la scommessa.»

«Sono quelle cavalle che vuoi far accoppiare con lo stallone di Anne Chessley?»

«Proprio loro!» Cedric rise.

«Hai vinto le cavalle dallo sceicco, quindi?» chiese Emily, stupita. «Non era arrabbiato?» Si immaginò Cedric che giocava la mano vincente davanti a uno sceicco dalla pelle olivastra i cui occhi si infiammavano perdendo le cavalle.

Cedric fece oscillare il bastone basso sull'erba, passeggiando.

«Era arrabbiato? Quell'uomo era furioso! Ma ho vinto lealmente davanti a una dozzina di occhi. Onestamente, gli stranieri non sanno giocare a whist[1]. Troppo impulsivi e spavaldi.»

Un sorriso ironico increspò le labbra di Charles. «Immagino che fosse affezionato alle sue cavalle.»

«Affezionato al loro lignaggio,» chiarì Cedric. «Le cavalle discendevano entrambe dal suo miglior stallone, un arabo chiamato Firestorm. Persino io non potevo permettermi di fare un'offerta per comprarle.»

Emily era sbalordita. Una volta, a una fiera di campagna, aveva visto un cavallo arabo che aveva fatto dei salti, scalpitato e danzato. Il suo manto era bianco, come la neve.

A differenza della maggior parte dei cavalli, il muso degli arabi s'incurvava un po' alla fine. La loro bellezza equina era seducente e misteriosa e le loro zampe affusolate conferivano loro delicatezza pur fornendo molta forza. La loro corporatura unica contribuiva anche a renderli più veloci nella corsa.

«Perché non ci sono più arabi puri in Inghilterra? Ne ho

visto solo uno in vita mia.» Molti inglesi si vantavano di possedere ottimi arabi ma quei cavalli erano stati allevati in Inghilterra nel corso d'innumerevoli generazioni. Era raro che gli arabi appena giunti dal Medio Oriente arrivassero sulle coste inglesi.

«Gli sceicchi custodiscono gelosamente i propri cavalli. Sono state uccise delle persone per questi animali.»

«Sono piuttosto sorpreso che lo sceicco ti abbia lasciato uscire vivo,» disse Charles.

«Mi ha permesso di lasciare la sala da gioco ma mi ha detto che un giorno sarei morto di una morte orribile e lui avrebbe riavuto le sue cavalle.»

Emily sussultò ma gli uomini si limitarono a ridacchiare. La giovane non vedeva nulla di divertente in una minaccia di morte.

«Che cosa gli hai risposto?» chiese Charles.

«Gli ho detto che se voleva vendicarsi per una partita onesta a carte, avrebbe fatto meglio ad aspettare il suo turno, perché ho fatto di peggio a uomini migliori.» Poche cose al mondo spaventavano quei due uomini.

«Ma di certo non dici sul serio, Cedric. Hai i tuoi difetti come tutti gli uomini. Ma sei anche gentile. Non faresti mai qualcosa a una persona che non lo merita.» Emily sperava che fosse la verità. Sapeva che potevano essere gentili ma una curiosità impetuosa la spingeva a scoprire se quei due uomini potessero ammettere il loro passato malvagio.

«Stai quindi affermando che le donne non hanno difetti?» Un allegro scintillio balenò negli occhi Cedric.

«Hmm. Io conosco un suo difetto...» Charles si girò e

afferrò Emily per la vita, facendole il solletico fino a farla sciogliere in risatine e gemiti di aiuto.

«Cerchiamo di essere gentili con te, gattina, perché sei così indifesa e dolce.»

Cedric incrociò le braccia e rise mentre la giovane lottava per sfuggire a Charles.

«Oh, aiuto! Cedric, fallo smettere!» Emily cercò di liberarsi ma Charles non ne volle sapere. Con il suo bastone Cedric diede un colpo ben piazzato alla parte posteriore delle gambe di Charles. Emily si liberò e aggirò Cedric usandolo come scudo umano, mentre Charles faceva del suo meglio per pedinarla come un gatto selvatico.

«Basta!» Cedric schivò le mani di Charles e respinse Penelope che si era unita al divertimento. Alla fine Charles cedette e lasciò che Emily riprendesse fiato.

Cedric le tese una mano. «Vieni, Emily.» La giovane si fece avanti, facendo scivolare la mano in quella di lui, ridendo, mentre Charles raccontava una storia divertente sul suo ultimo incontro di boxe. Era una giornata perfetta. Quasi. Mancava solo una cosa. Una persona.

WHITECHAPEL ERA UNA ZONA SPREGEVOLE. DURANTE IL giorno, le strade erano popolate da carretti e persone che vendevano merce a buon mercato. Di notte, la zona si trasformava in un rifugio per prostitute, degenerati e assassini. Le strade laterali incrociavano la strada principale, tessendo un labirinto mortale di sporcizia e pericolo.

Blankenship si teneva nell'ombra. Pur essendo un uomo

piazzato, più che in grado di proteggersi in caso di lotta, non aveva mai creduto che uno scontro del genere potesse essere equo. Teneva il palmo della mano infilato nella giacca su una pistola Manton.

Un grido acuto fu l'unico avvertimento che gli permise di scansarsi mentre un vaso da notte veniva svuotato dall'alto. Si mosse in una pozza di luce gialla, urtando una prostituta cenciosa.

«Ti va una sveltina, amore?» Il volto truccato della donna era una maschera di malattia e stenti. Blankenship imprecò e si rituffò al riparo delle ombre. Qualcosa si contorse sotto il suo stivale. Diede un calcio, facendo scappare un topo. Svoltò in Dorset Street, stringendo le dita attorno al calcio della pistola man mano che si avvicinava a una taverna chiamata *The Black Boar's Head*.

Il pezzo di pergamena, che teneva in tasca e che aveva ricevuto quel pomeriggio, riportava il nome di quella taverna e un orario per un incontro. Qualcuno aveva saputo che aveva bisogno di aiuto per riprendere la giovane Parr e gli aveva suggerito di andare lì per discutere un'alternativa ai mezzi legali che aveva tentato e che erano falliti. Era troppo disperato per non provare qualsiasi metodo, anche se ciò significava incontrare uno sconosciuto.

Quando la porta si aprì, fu assalito dall'odore di gin e di corpi non lavati. Gli occhi gli lacrimarono e fu sul punto di vomitare.

Schivò un certo numero di cameriere, i cui seni quasi spuntavano dai corpetti di mussola. Quelle creature basse e sporche non lo attraevano più. Desiderava una pelle morbida e cremosa, capelli d'oro brunito e labbra rosa pallido.

Desiderava Emily Parr.

Blankenship stava per sedersi a un tavolo vicino alla porta, quando qualcosa attirò la sua attenzione. Sul fondo, un uomo ben vestito era seduto a un tavolo, con una mano stretta intorno a un bicchiere di gin mentre l'altra afferrava i capelli aggrovigliati di una donna, spingendole la testa su e giù verso l'inguine. Blankenship soffocò un gemito, poi si spostò e si aggiustò i pantaloni. Il suo desiderio più grande era quello di avere Emily in ginocchio davanti a lui mentre avvolgeva le labbra intorno al suo membro, prendendolo così a fondo da avere i conati di vomito.

L'uomo al tavolo inarcò i fianchi per liberarsi e spinse via la donna che si pulì la bocca con il dorso della mano e si ritirò in un angolo. L'uomo sostenne lo sguardo di Blankenship, fissò i pantaloni e sorrise con un'espressione fredda, glaciale come il metallo. Con un gesto della mano fece cenno a Blankenship di raggiungerlo.

«Mi avete osservato.»

Blankenship non riuscì a nascondere il suo cipiglio. «Avete messo su uno spettacolo.»

L'uomo rise di nuovo. «Sedetevi. Credo che voi abbiate bisogno di aiuto.»

La sedia che Blankenship prese scricchiolò. «Quindi siete stato voi a mandarmi il biglietto? Chi siete?» Studiò l'altro uomo. Le lunghe dita erano curate, i capelli acconciati, i vestiti immacolati. Un lord, forse?

«Hugo Waverly.»

Blankenship aveva già sentito quel nome ma non ricordava dove.

«Che interesse avete nei miei affari?» gli chiese Blankenship, tenendo la mano ancora appoggiata sulla pistola nascosta nel cappotto.

Waverly lo fissò con i suoi occhi freddi. «Abbiamo un nemico comune, vero?»

Lo stomaco di Blankenship si contorse. Chiunque conoscesse i suoi affari era una minaccia, ma un uomo come quello poteva essere un potenziale alleato.

«Suppongo che intendiate il duca di Essex?» Blankenship si appoggiò alla sedia, incrociando le braccia sul petto. «Che cosa avete contro di lui?»

«È una questione personale. Basta dire che vorrei aiutarvi. Conosco un uomo.» Le dita di Waverly danzarono sul bicchiere, facendolo roteare davanti a sé e tenendo lo sguardo fisso su Blankenship. «È molto abile. Ha occhi e orecchie ovunque. È specializzato in recuperi di natura delicata. Se lo pagate bene, potete recuperare ciò che è vostro di diritto.» Waverly sorrise. «Ed io avrò il piacere di sapere che qualcosa è stato sottratto a Essex, qualcosa che lui ama.»

«Pensate che lui la ami?»

«Non so nulla di nessuna donna.» Lo sguardo sornione di Waverly incontrò quello di Blankenship. «Per quanto ne so, si tratta di un'appropriazione indebita, niente di più. Essex pensa di avere diritto a questa proprietà e sappiamo entrambi che non è sua. Questo non cambia il fatto che tenga a questa... proprietà.»

«Chi è quest'uomo?»

Waverly si frugò in tasca, tirò fuori un foglio di carta che fece scivolare sul tavolo. Blankenship lo prese, fissò il nome e l'indirizzo.

«Dovrei aggiungere che c'è qualcun altro che potreste trovare utile. Qualcuno che conosce bene le abitudini di Essex. Basta consultare la rubrica 'Lady Society' *della Quizzing Glass Gazette* per determinarne l'identità.»

Soddisfatto, Blankenship si alzò per andarsene.

«Blankenship?»

Le sue spalle s'irrigidirono ma rimase in piedi di fronte a Waverly.

«Essex odia quando le cose cui tiene si *rompono*.»

DOPO CHE GODRIC CONCLUSE L'INCONTRO CON IL SUO avvocato, lui e Ashton si diressero verso la piccola gioielleria di Regent Street che aveva frequentato negli anni precedenti. Godric esaminò i gingilli scintillanti della vetrina, rimuginando, scegliendo, riflettendo. Dopo un esame accurato, scelse un pettine d'oro ornato da una farfalla, con il corpo in opale e le ali di madreperla.

Emily gli ricordava una farfalla. Volava verso la libertà ogni volta che lui cercava di catturarla ma quando lui stava fermo, lei lo ricompensava con i baci più incantevoli destinati solo a lui.

Godric passò il pollice sull'opale e sulla perla liscia, immaginandola incastonata tra le onde dei capelli d'oro ramato. Avrebbe assaporato il momento in cui l'avrebbe rimossa la sera, quando lei si fosse messa a letto. I suoi capelli sarebbero scesi in una cascata colorata.

Si stava comportando di nuovo come un giovane uomo, incerto su come conquistare una donna. Quanti anni erano passati da quando lui e i suoi amici avevano discusso sul modo migliore per catturare il cuore di una ragazza?

Godric scelse una spazzola da abbinare al pettine, poi consegnò al negoziante un collare di cuoio per cani con una targhetta d'argento su cui fece incidere il nome di Penelope. Una volta pronti gli oggetti, lui e Ashton uscirono dal negozio.

Era il momento di andare a fare una visita ad Albert Parr.

Il maggiordomo di Parr li fece entrare con un atteggiamento rigido e poco accogliente. Si limitò a farsi da parte per farli entrare, poi li condusse in fondo al corridoio. Godric si accigliò vedendo l'ambiente poco curato. Fece scorrere un dito guantato lungo la ringhiera più vicina e la sua fronte si corrugò per la macchia di polvere grigia che gli sporcava il guanto. La casa si trovava poco distante da *Park Lane*, eppure era chiaro che il lavoro e la supervisione della servitù non erano le preoccupazioni principali di Albert Parr.

«Povera Emily,» mormorò Ashton, sottovoce. «Non è esattamente un posto accogliente in cui vivere.»

Godric ringhiò. «La mia Emily appartiene a un palazzo, con lenzuola di seta e mille servitori.»

Ashton lo guardò, aggrottando la fronte. «Vuoi dire che appartiene a un posto come Essex House?»

Godric pensò un istante. «Per il momento, sì.»

«Perché non più a lungo? Diciamo... per sempre?»

«Che cosa dovrei fare con lei, Ash?»

«Corteggiala. Non resterà a lungo un frutto non spremuto, amico mio. Non preferiresti essere tu piuttosto che una canaglia come Blankenship? Merita un uomo che sia tenero e appassionato.»

«E allora? Ho rovinato la sua reputazione. Dovrei sposarla e vivere per sempre felice e contento? Sai bene che non è così.» Le persone che aveva amato lo avevano abbandonato o tradito. Con Emily non voleva nessuna delle due cose.

«Non è quello che dovrebbero fare i libertini pentiti?»

«Chi ha detto che sono pentito?»

Ashton si limitò a sorridere.

Nessuno dei due disse altro mentre il domestico li conduceva nello studio di Parr. Il viscido zio di Emily stava leggendo alcune lettere, chino sulla scrivania. Alzò lo sguardo e sussultò.

Piuttosto che trattare un duca e un barone con la dovuta deferenza, Parr si alzò, riluttante.

«Perché ci avete messo così tanto?»

Godric lo fissò finché l'uomo non aggiunse: «Vostra Grazia.»

I pugni di Godric si strinsero bruscamente sui fianchi. Aveva la strana sensazione di essere preso in giro. «Vorrei discutere con voi del mio investimento.» Godric e Ashton si avvicinarono alla scrivania, rivolgendogli degli sguardi che avrebbero fatto fuggire qualsiasi altro uomo, come se il diavolo in persona fosse alle sue calcagna.

Parr tornò a sedersi sulla sedia e li guardò. «È così che chiamate mia nipote, Vostra Grazia?»

«Oh? Avete una nipote?» Godric sorrise. «Ashton, hai sentito? Parr ha una nipote. Che bello!»

«Siete un terribile bugiardo, Vostra Grazia. So che siete stato voi a rapire Emily.» Fece un passo verso destra, come se avesse intenzione di fare il giro della scrivania, ma poi ci ripensò. «Il signor Blankenship non ha avuto fortuna nel trovarla, mi pare di capire, ma sono sicuro che l'avete rinchiusa nella vostra cantina, o forse in un armadio. Immagino che non abbiate avuto riserve nel farlo.» Le labbra sottili di Parr si distesero in un sorriso, freddo come quello di Godric.

«Dov'è il mio denaro?»

«Il vostro denaro non c'è più. L'ho speso tutto per pagare i creditori, come ben sapete. In questa casa non c'è più niente da sequestrare o da vendere, altrimenti ve lo darei. Al signor Blankenship devo molto di più. Emily era la mia ultima merce di scambio. Ma naturalmente lo sapevate già ed è per questo che l'avete presa.»

«Non è un oggetto da mercanteggiare. È una donna!» Godric sbatté la mano sulla scrivania. Ashton gli posò una mano sulla spalla.

«Se mia nipote non è qualcosa da contrattare, allora perché l'avete presa? Se c'è stato qualche comportamento astuto nell'uso che ho fatto del vostro investimento, cerchiamo almeno di essere onesti e ammettere che questa disonestà ora vale per entrambe le parti.» rispose Parr.

Godric avrebbe voluto saltare sulla scrivania e strangolarlo. Ma l'impulso doveva combattere con il suo senso di colpa. Era vero. Non era migliore di Parr. Non gli era importato nulla che le sue azioni avrebbero distrutto la reputazione di Emily. Ci aveva contato. Aveva riso all'idea, pensando che fosse tutto un gioco.

Era un cattivo tanto quanto lo zio di Emily.

Ashton intervenne. «Signor Parr, quanto credito ha Blankenship su Em... ehm... vostra nipote?»

Parr riprese il suo contegno professionale. «Inattacca-bile. L'ho scambiata con il mio debito. Ha accettato di onorare la sua parte dell'accordo, sposandola. A meno che, ovviamente, non sia più illibata.»

«E poi sarà libera?» In quel caso, Godric avrebbe avuto di nuovo la vittoria a portata di mano.

«No. Se non fosse più vergine, Blankenship la terrà come sua amante.»

«E voi avete accettato?» Godric impallidì, non per l'or-rore, ma per la rabbia.

Parr abbassò lo sguardo, non riuscendo più a masche-rare un certo senso di colpa. «Sì... ed è stato un patto diabo-lico. Ma non avevo altra scelta. Se Blankenship esigesse il pagamento, sarei distrutto. Non sono privo di simpatia per la ragazza, ma se voi conosceste Blankenship come lo conosco io, capireste.»

«Non siamo estranei alla sua influenza,» disse Ashton.

«E voi? La rovina finanziaria dei suoi nemici è solo una parte della sua reputazione.»

«E che dire di Emily? Non ha voce in capitolo?» inter-venne Godric.

«Lei farà tutto ciò che è necessario. A che altro serve?»

Godric gli assestò un pugno in faccia e Parr cadde all'indietro sulla sedia, stringendo la bocca.

«Non succederà.»

La lingua di Parr sfiorò i denti, mostrando il sangue. «Oh? Perché no?»

«Emily non è più un vostro problema. Non l'avrete per saldare i vostri debiti.»

ALBERT ASSAPORÒ IL DOLORE CON UNA PICCOLA DOSE DI soddisfazione. Essex aveva davvero Emily e per di più la giovane aveva attirato la sua attenzione. Chissà per quanto tempo il duca se la sarebbe goduta, ma almeno per il momento era sotto la sua protezione. Blankenship avrebbe avuto difficoltà a trovare un modo per arrivare a lei. Forse era meglio così. Non poteva certo ritenerlo responsabile di questo. Avrebbe potuto sfruttare la situazione a suo vantaggio e ricordare a sua nipote la gentilezza che le aveva dimostrato facendole da tutore. Forse Essex gli avrebbe condonato il debito per i suoi sforzi nel prendersi cura di Emily.

Il colpo alla mascella dimostrò che Emily era in mani decisamente migliori delle sue. Nella società civile un uomo non colpisce altri uomini, a meno che le loro emozioni non siano molto profonde.

Albert sorrise, trasalì, poi sorrise di nuovo. Sembrava che il dolce temperamento di Emily stesse dando i suoi frutti. Ma per il bene della nipote sperò che le ambizioni di

Blankenship nei suoi confronti non fossero così ossessive come sembravano.

Jim Tanner scrutò la strada buia davanti a sé. Era uno dei tanti vicoli di St. Giles, dove poteva sgattaiolare nell'oscurità impenetrabile, eludendo chiunque potesse inseguirlo. Era anche il posto perfetto per incontrare un nuovo cliente. La sera si stava avvicinando e le ombre si allungavano sul labirinto del quartiere, oscurando le finestre dei banchi di pegno e le casupole. Attraverso le sue conoscenze, aveva ricevuto un biglietto secondo cui un uomo desiderava pagarlo profumatamente per recuperare una giovane donna dalle grinfie di un gruppo di nobili pericolosi. La prospettiva lo aveva incuriosito abbastanza da accettare di incontrare il potenziale cliente un'ora dopo il tramonto.

I passi che si susseguivano nell'oscurità lo spinsero a impugnare il coltello che teneva nascosto sotto il mantello.

«Allora... ci siete?» chiese una voce bassa e rimbombante. «Ho portato le informazioni e un acconto.» La voce si attenuò fino a diventare un sussurro roco mentre un uomo alto e piazzato entrava in una pozza di luce fioca a poca distanza.

Tanner si rivelò, godendosi il sussulto e il salto del potenziale cliente. Era a solo un metro e mezzo di distanza e l'uomo non se ne era accorto.

«Dunque avete bisogno di me per prendere una signora?» chiarì Tanner.

«Sì. Attualmente è nascosta nella tenuta del duca di Essex. Cinque uomini la sorvegliano costantemente.» rispose l'uomo, consegnandogli un foglio di pergamena con le indicazioni per raggiungere la tenuta.

Tanner lesse il foglio e poi lo fece a pezzi, gettandoli in una pozza d'acqua sporca dove l'inchiostro si sarebbe sbavato, rendendo illeggibile la scrittura.

Non aveva mai incrociato il duca di Essex, ma era sicuro che fosse come ogni altro aristocratico pomposo. Annoiato, ricco e con troppo potere.

Da giovane, Tanner aveva provato tanta lealtà verso quegli uomini, soprattutto verso il suo padrone, un visconte di mezza età. Come cameriere, si era occupato di ogni necessità dell'uomo, senza aspettarsi alcuna gentilezza o trattamento extra per il duro lavoro. Aveva provato un grande orgoglio nel soddisfare il proprio padrone.

Almeno fino a quando il suo padrone non aveva scoperto la fidanzata di Tanner e l'aveva violentata. Lacy. Il sangue di Tanner ribolliva ancora al ricordo di averla trovata piegata sul letto del suo padrone, con le gonne alzate intorno ai fianchi, a prendere qualsiasi cosa il suo padrone volesse darle. La giovane non aveva protestato, nessuna donna a servizio lo aveva mai fatto. Rifiutare il proprio padrone era motivo di licenziamento.

La rabbia aveva distrutto la sanità mentale di Tanner. Aveva ucciso il suo padrone, lo aveva fatto a mani nude e poi era fuggito. Ora, sette anni dopo, si era affermato come ladro professionista su commissione, uno dei migliori. Le doti di destrezza e la capacità di passare inosservato, un mestiere da cameriere, funzionavano ancora meglio per lui come specialista nell'acquisizione di oggetti desiderati dai clienti paganti.

L'uomo, Thomas Blankenship, era certamente in grado di pagarlo bene. Le sue fonti glielo avevano confermato ma lo avevano anche avvertito che era pericoloso e ingannevole.

«Voglio cinquecento sterline alla consegna della ragazza. Offendere un duca richiederà che io rimanga per un po' lontano dall'Inghilterra.»

Il cliente sbuffò e gli lanciò una borsa di pelle. «Ecco un anticipo di cento sterline, come richiesto dalla vostra nota.»

Tanner prese la borsa e ne verificò il peso. «Bene. Ecco cosa dovete fare per me. Ho bisogno che qualcuno acceda all'interno della tenuta di Essex, un amico, un confidente, un servo, chiunque voi possiate comprare per entrare in casa e fornirmi i dettagli degli orari e delle abitudini. Sono cose che non posso imparare ma che devo sapere per acquisire la vostra *proprietà*.»

Blankenship si spostò e poi annuì. «Conosco qualcuno.»

«Eccellente, mandatelo all'indirizzo cui avete inviato l'altro biglietto.» Aspettò, curioso di vedere cosa avrebbe fatto il cliente. Ovviamente a quell'uomo non piaceva prendere ordini, ma per i soldi che pagava, era meglio lasciare che Tanner facesse il suo lavoro senza interferenze.

«Molto bene. Vi scriverò quando avrò i dettagli.»

Nessuno dei due uomini porse la mano, si limitarono a incrociare gli sguardi, suggellando l'accordo con un cenno. Con una risatina sommessa, Tanner intascò i soldi e scomparve nell'oscurità dei vicoli segreti di St. Giles.

EMILY SI VOLTÒ DALLA FINESTRA. «QUANDO TORNERANNO Ashton e Godric da Londra?»

«In tarda serata,» le rispose Lucien. «Godric ha avvertito che avrebbero saltato la cena.»

Emily provò una fitta di delusione.

Le mancava Godric, le mancavano gli sguardi accesi, la tenerezza delle sue labbra, il peso del suo corpo, quelle mani che la facevano impazzire. Ma le mancava anche il timbro della sua voce, il modo in cui soddisfaceva ogni suo bisogno. Le mancava persino il suo desiderio di dormire accanto a lei, solo per sentirla respirare.

«Non vedi l'ora che ritorni?»

Emily annuì. Un vuoto oscuro e vasto si era radicato nel suo cuore. Nonostante i piacevoli momenti che quegli uomini le stavano regalando, il suo futuro restava incerto. Un fremito le scosse il corpo mentre il panico e il terrore minacciavano di sopraffarla.

«Su con la vita, tesoro mio.» Lucien le passò una mano sulla vita, facendole un po' di solletico.

Non potendo farne a meno, le sfuggì una risatina. Emily si accigliò. «Non è da gentiluomini usare le mie debolezze contro di me in questo modo.»

«Allora è una fortuna che spesso io non mi consideri un gentiluomo.»

Simkins entrò nella stanza e annunciò la cena.

Emily si sedette nella sala da pranzo tra Lucien e Charles e Cedric si mise di fronte a lei. «Posso fare una domanda?»

«Dipende.» Gli occhi di Lucien brillarono. «Non abbiamo intenzione di deliziarti con i racconti delle nostre leggendarie avventure tra le braccia delle nostre amanti. Noi non baciamo e non raccontiamo.»

Charles gli lanciò un'occhiata. «Pensavo che facessimo solo quello.»

«Beh, non con le altre donne.» Lucien sgranò gli occhi.

Cedric alzò le spalle. «Le mie amanti chiedono sempre delle mie passate... ehm... indiscrezioni con un'avida curiosità.»

«Non posso credere di essere la voce della ragione per una volta,» disse Lucien. «Emily è una signora per bene. Nessuno di voi due dirà una sola parola o vi tapperò le orecchie.»

Emily ridacchiò. «Volevo solo chiedere, come siete diventati amici? Sicuramente questo non include i racconti delle vostre amanti!»

Cedric e Charles si scambiarono un'occhiata divertita.

«No, no, il nostro incontro è più un'avventura che una storia d'amore,» rispose Lucien.

«Me la racconterai?»

Rispose Charles. «La storia è meglio raccontarla quando siamo tutti presenti, ma forse possiamo raccontarti come ognuno di noi ha incontrato Godric per la prima volta. Quelle sono storie a sé stanti.»

«Sarebbe meraviglioso!» Non c'era niente che amasse di più di una bella storia e quei cinque uomini ne avevano vissute tante.

«Allora dovrei iniziare io.» Cedric finì il suo piatto e guardò gli altri, cercando la loro approvazione. «Sono stato il primo a incontrare Godric, nel 1807, quando avevamo diciassette anni. Lo convinsi a uscire di nascosto dai dormitori del Magdalene College. Cenammo in un pub locale e fummo coinvolti in una rissa per una donna con un ragazzo dell'ultimo anno di nome Hugo Waverly. Picchiai Waverly a sangue e presi il suo bastone come questione d'onore.» Le dita di Cedric strinsero delicatamente lo stelo del suo bicchiere di vino.

Lo sguardo di Emily cadde sulla testa di leone del bastone appoggiato al tavolo. «È il suo bastone quello che porti adesso?»

Cedric lo porse a Emily, che lo prese come se avesse in mano un manufatto prezioso di epoche passate. «Sì,» rispose lui.

Emily intuì dallo sguardo teso sul volto di Charles che c'era qualcosa di più che non le stavano dicendo. «Hugo Waverly si è mai vendicato?»

Charles lasciò cadere la bottiglia di vino che stava esaminando. Colpì il pavimento con uno schianto e uno spruzzo cremisi gli macchiò i vestiti. Si chinò per raccogliere i pezzi.

«Charles, stai bene?»

Lucien s'inginocchiò per aiutarlo.

«Allora, che cosa è successo a Hugo Waverly?» C'era qualcosa nel nome, o forse nel ricordo, che aveva fatto reagire Charles. Era chiaro che c'era molto di più che una semplice rissa e il furto di un bastone. C'erano stati dei motivi e delle conseguenze.

«È come hai detto tu. Ha giurato vendetta.» La risposta di Cedric eluse la domanda di Emily che comprese che non avrebbe più sentito parlare del furfante misterioso.

La giovane restituì il bastone, un timido sospiro malinconico le sfuggì dalle labbra. «Mi sarebbe piaciuto vivere avventure del genere.»

Tutti rimasero a bocca aperta come se quella frase li avesse scioccati.

«Come diavolo chiami tutto questo, Emily? Sei stata rapita e respingi le avance di libertini... Non è roba per i deboli di cuore,» spiegò Cedric, leggermente divertito.

«Lo so... ma non è veramente pericoloso, però, no?» Emily fece scorrere un polpastrello sulla superficie della tovaglia bianca, poi soffocò un brivido. «A parte la visita di Blankenship.»

«Tra il cavalcare come un'amazzone e il saltare i muri, hai messo le nostre vite in pericolo e questo dovrebbe contare qualcosa,» disse Lucien.

Sulle labbra di Emily affiorò un'espressione delusa. Sarebbe stato inutile spiegare a quegli uomini che aveva voglia di viaggiare in terre straniere, di visitare luoghi mai visti e vedere opere d'arte non ancora realizzate dalle mani dei pittori. C'erano così tante cose che le mancavano.

Se suo zio l'avesse data in sposa a Blankenship, la sua vita sarebbe finita.

Soffocando uno sbadiglio, Emily si chiese quando Godric sarebbe tornato. La conversazione a cena l'aveva distratta per un po'.

«È tardi. Forse dovresti ritirarti per la notte, Emily,» le suggerì Cedric.

«Suppongo che tu abbia ragione. Sono stanca.» La

giovane si chinò per recuperare Penelope, che si agitò contro le sue gonne. La cagnolina le leccò il mento e si dimenò eccitata ed Emily non poté fare a meno di trarre conforto da un affetto così innocente. Cedric la scortò al piano di sopra, un'ombra che le ricordava la sua condizione di prigioniera.

«Hai i tuoi libri e Penelope. Starai bene per il resto della serata?»

«Sì.»

«Allora va bene, gattina. Dirò a Simkins di mandare su delle ciotole di cibo e dell'acqua per Penelope.»

«E una cesta? Non ne avrà bisogno per dormire?»

«Farò in modo che abbia tutto ciò che il suo cuoricino desidera.»

«Grazie, Cedric.»

«Non c'è di che. Saremo di sotto, se hai bisogno di qualcosa.»

Dopo essere rimasta da sola, si sistemò sul letto con Penelope in grembo e prese uno dei romanzi dal tavolino. *Lady Viola e l'affascinante duca*. Aveva voglia di leggere una bella storia.

Mentre leggeva della coraggiosa eroina e del suo primo incontro con l'affascinante eroe, pensò a Godric e le si spezzò il cuore. Stava pensando a lei adesso, anche solo un po'? E se lei si fosse addormentata prima del suo ritorno? Sarebbe andato lo stesso a riscuotere il bacio della buonanotte?

Non avrebbe dovuto volerlo ma lo desiderava. Voleva che lui piombasse nella sua stanza e la baciasse senza ritegno. Il bacio di Godric era un incendio su un prato secco e lei desiderava quell'inferno come nient'altro. Era una follia desiderarlo così tanto. Logicamente sapeva il pericolo che lui rappresentava per il suo cuore, eppure non riusciva a resistergli.

Si distese sul letto e sognò Godric a occhi aperti. Penelope si rannicchiò contro il suo petto, gli occhi marrone del cane si chiusero mentre si addormentava. Emily rimase in quel delizioso stato di veglia, immaginando le mani di Godric su di lei, le loro bocche unite, dolci parole d'amore che le solleticavano l'orecchio. Ma erano sogni e nulla più.

CAPITOLO 10

Godric non era mai stato così ansioso di tornare a casa.

Cavalcò il suo destriero così forte che per due volte Ashton gli gridò sopra il fragore degli zoccoli di rallentare o il cavallo avrebbe perso un ferro. Allora sì che avrebbero fatto tardi. Il viaggio era durato più del previsto e sarebbero arrivati alla tenuta solo un'ora dopo la mezzanotte.

Aveva nascosto i regali per Emily nella tasca del cappotto e aveva una gran voglia di vederla, di tenerla tra le braccia, di baciarla, di farle il solletico solo per sentire quella risata senza fiato. Aveva voglia di assaggiare le sue labbra, di vedere i suoi occhi scintillare di gioia o bruciare per il primo rossore della passione. Voleva parlarle in greco, per vedere quanto lo conoscesse veramente. Desiderava mettere alla prova la sua mente e assaggiare le sue labbra.

Era un enigma per lui, una donna diversa da qualsiasi altra avesse mai incontrato prima.

La luce perlacea della luna s'infrangeva sulle pietre pallide del lontano maniero, provocando Godric come un miraggio nel deserto. Emily lo stava aspettando? Lo sperava. Voleva rimboccarle le coperte e darle il bacio della buonanotte e, con sua sorpresa, il suo desiderio di farlo non era puramente carnale.

Come mai era arrivato a prendersi cura di quella giovane donna come non aveva mai fatto con nessuno, se non con gli amici più cari?

Ashton aveva avuto ragione. Emily lo aveva incantato e lui sperava che quell'incantesimo durasse per sempre.

Quando Godric e Ashton raggiunsero il maniero, lasciarono i cavalli a uno stalliere ed entrarono. Un servitore aveva spento le candele e la sala era silenziosa. Un fiotto di luce dorata lontana illuminava il percorso verso il salotto. Il fumo del sigaro aleggiava lungo il corridoio verso Godric e Ashton.

Emily non era con loro. Anche i gentiluomini come loro non fumavano mai davanti a una signora.

Godric e Ashton si diressero verso la stanza e trovarono Cedric, Charles e Lucien che stavano oziando sulle sedie a dondolo vicino al fuoco. Una nuvola grigia di fumo di sigaro aleggiava sopra le loro teste mentre parlavano sommessamente e giocavano a carte.

«Siete tornati.» Cedric sembrò sollevato di vederli.

«Sembra che ci siamo persi.» Il tono di Ashton era leggermente preoccupato.

A Godric non piaceva l'improvvisa ondata di panico nel suo stomaco. Era successo qualcosa a Emily?

«Ho quasi paura di chiederlo, ma dov'è Emily?» Godric avvertì una fitta al petto.

«Non preoccuparti, Godric. È nella sua stanza, dorme. È così dalle dieci.»

«Grazie a Dio. Scusatemi.» Godric diede la buonanotte agli altri, cercando disperatamente di rassicurarsi che fosse ancora lì, ancora sua.

Salì le scale di corsa ma rallentò davanti alla porta di Emily. Testò la maniglia della porta della stanza. Era aperta. Che stupidi! Avrebbe potuto sgattaiolare fuori a loro insaputa.

Qualche raggio della luna illuminava la stanza. La forma scura della giovane donna giaceva sul letto. Era ancora completamente vestita e sembrava essere crollata per la stanchezza. Voleva aspettarlo sveglia e si era addormentata? Un guizzo di speranza gli bruciò nel petto. Voleva che fosse vero.

Esitò prima di trovare il coraggio di entrare e di chiudere la porta. Si abbassò, si tolse gli stivali, lasciandoli vicino alla porta.

Camminando lentamente verso il letto esaminò Emily. Sembrava che stesse sognando giorni più felici, con un'espressione dolce sul viso. Si chinò con cautela e le sfiorò le labbra, non volendo svegliarla, ma lei si agitò lo stesso.

«Godric?» mormorò Emily, con gli occhi ancora chiusi.

«Sì?» Il duca s'inginocchiò accanto al letto mentre lei apriva gli occhi.

«Sei davvero tornato?»

«Certo, mia cara. Io vivo qui, lo sai.»

Emily cercò di non ridere. «Davvero? Non ne avevo idea.» Gli rivolse un sorriso. «Volevo essere in piedi al tuo ritorno, ma devo essermi addormentata.» Allungò una mano per sfiorargli la guancia.

Godric portò le labbra verso il centro del palmo, baciandolo. «Che cosa hai fatto mentre ero via?» Voleva sapere tutto quello che lei aveva fatto e se le era mancato. Aveva odiato ogni minuto trascorso lontano da lei e voleva che lo rassicurasse che aveva provato lo stesso.

Godric incrociò le braccia sul bordo del letto e vi appoggiò il mento mentre la giovane gli raccontava la sua giornata, il petto di lui si riempiva di uno strano calore. Emily a volte era un libro aperto, ma quella sera i suoi occhi erano pozzi misteriosi. Godric vi sprofondò sempre di più, intrappolato dalle emozioni meravigliose che vi si riflettevano.

La giovane si stropicciò il naso e poi sorrise, con la mano che giocherellava con il cravattino di lui, guardandolo distrattamente, con gli occhi larghi e scuri come diamanti, velati dalle ombre di mezzanotte.

«E tu? Com'è andato il viaggio a Londra?» La sua domanda lasciò Godric con un sorriso.

«Abbastanza piacevole, ma...»

«Ma?»

Ma mi sei mancata terribilmente, avrebbe voluto dirle, ma le parole si strozzarono e gli morirono da qualche parte tra la gola e le labbra.

«Non importa. Ti ho comprato dei regali. Vuoi vederli?»

«Regali?» Un sorriso sbocciò sul volto di Emily, un

incanto irresistibile che gli tolse il fiato. Godric aveva aspettato tutto il giorno per vederla guardarlo in quel modo, come se fosse salito su un cavallo bianco, pronto a combattere per il suo cuore.

Ma Godric non poteva fidarsi di leggere quel pensiero negli occhi di lei. Voleva che fosse vero, ma come poteva desiderarlo? Lui, l'uomo che le aveva tolto così tanto?

«Certo che ti ho portato dei regali. Non potevo lasciare tutto il divertimento a Cedric.»

Tirò fuori i pacchetti dalla tasca del cappotto, glieli porse e la raggiunse sul letto. Emily scartò la carta viola e trovò i primi due oggetti, la spazzola e il pettine ornati di farfalle. La perla delle ali delle farfalle ricordava la luce della luna e l'opale brillava come il mare a mezzanotte. Accarezzò la farfalla del pettine e girò il viso verso Godric, senza rendersi conto di quanto fosse vicino. I loro nasi si sfiorarono e lei sorrise prima di dargli un bacio sulla guancia. Un bacio da farfalla, così lieve che Godric si chiese se lo avesse immaginato.

«Sono così belli. Non ho mai posseduto niente di così bello. Grazie.»

Godric arrossì. Non aveva mai visto una donna accettare dei doni così semplici con tanta riverenza e gioia. Avrebbe potuto gettare i Gioielli della Corona ai piedi di Evangeline e lei non avrebbe espresso la stessa gratitudine. Il pensiero lo umiliò in un modo che non credeva possibile.

«Li ho scelti io stesso. Le farfalle mi ricordavano te.»

Emily gli baciò l'altra guancia e sollevò lo sguardo: «Ti ricordo una farfalla?»

«Sì. Sono belle, misteriose, seducenti, facili da catturare

se porti un retino abbastanza grande...» La voce dell'uomo era bassa e roca mentre le fissava le labbra.

«Godric, credo che tu stia cercando di sedurmi.» Le parole di Emily lo stuzzicarono, ma il calore nei suoi occhi non era uno scherzo.

«Sempre, mia cara. Sempre.» Le loro labbra erano così vicine. Desiderava baciarla, ne aveva bisogno. Doveva accecarla con la luce del fuoco del suo cuore proprio come lei lo aveva accecato con il suo.

«Hai intenzione di darmi il bacio della buonanotte?» La domanda di lei era innocente, ma dal tono traspariva altro.

«Non ancora.» Godric indicò il pacco che Emily teneva tra le mani. «C'è ancora un regalo per te.»

Emily scavò più a fondo nell'involucro e trovò il collare di pelle con la targhetta d'argento incisa.

«Penelope,» lesse lei, sussurrando eccitata e saltando giù dal letto. Attraversò la stanza fino alla piccola cesta vicino alla toeletta. La cucciola dormiva profondamente, ignara del mondo circostante. Fece scivolare il collare, allacciò la fibbia e accarezzò la testa di Penelope prima di tornare da Godric.

«Sono sicura che, domattina, quando si sveglierà, sarà eccitata.»

Godric si mise quasi a ridere. «Immagino di sì.» Si alzò, prendendo Emily per un braccio.

«Andiamo a letto, mia cara?»

Un lampo di panico comparve sul volto della giovane.

«Che cosa c'è che non va?»

Le guance di Emily si arrossarono. «Io...»

Ma Godric comprese la sua paura e cercò di rassicurarla.

«Dormiremo, solo questo. Tengo troppo a te per non voler fare altro che abbracciarti stanotte.» Dal profondo del suo cuore nero, Godric lo pensava veramente. Quella sera voleva rassicurarla sulle sue onorevoli intenzioni.

Onorevoli intenzioni. Che follia era quella che gli attraversava l'anima come l'argento vivo? Godric era incapace di amare. Quante volte glielo aveva detto suo padre? Gli aveva detto che se fosse stato capace di amare, sua madre non sarebbe mai morta. Razionalmente Godric sapeva che suo padre aveva cercato di alleviare il proprio dolore facendo ricadere su di lui il peso della morte della madre, ma non poteva non essere d'accordo. Se fosse stato più grande, o più forte, avrebbe potuto cavalcare fino in città per chiamare il medico, mentre il padre si occupava di lei. Ma non lo aveva fatto. Si era nascosto in sala da pranzo, con le piccole ginocchia infilate sotto il mento, ad ascoltare le urla di sua madre. E poi quel temuto silenzio, che gli aveva martellato le orecchie.

Colpa mia. Sempre colpa mia.

Forse era capace di amare, ma si era fermato perché il rischio era troppo grande. Aveva perso sua madre, suo padre, il fratello che non aveva mai avuto la possibilità di fare il suo primo respiro. E se avesse perso Emily? Le sue viscere si ribellarono al pensiero. Non doveva interessarsi a lei, non doveva provare nulla per lei. Era meglio così.

Ma era tutta una bugia perché provava qualcosa per lei.

Qualcosa di forte.

LE PREOCCUPAZIONI DI EMILY SVANIRONO SULLA SCIA dell'eccitazione quando lui la condusse nella sua stanza. Godric tirò indietro le coperte del letto ma le impedì di infilarsi dentro facendo cadere pesantemente le mani sulle spalle di lei.

«Lascia che ti spogli.» le disse con voce profonda.

Emily avrebbe dovuto rifiutare ma lo sguardo di Godric la privò della parola.

Le sembrava di guardare gli occhi dell'affascinante predone diventato duca del suo romanzo.

Godric accettò quel silenzio come un consenso e la fece girare, per allentare i lacci. L'abito le cadde ai piedi.

Le dita di lui le slegarono abilmente i lacci, liberandoli come un abile arpista.

Emily rabbrividì, nervosa per l'intimità di essere spogliata. «Avete fatto molta pratica in questo, Vostra Grazia?» Si rese subito conto di quanto fosse sciocca quella domanda.

«Conosci la mia reputazione, tesoro.» Continuò Godric dopo che la giovane ebbe preso fiato. «Ma non ne sono mai stato così soddisfatto prima d'ora.»

Emily era certa che si sarebbe sciolta in una pozzanghera.

Godric si chinò in avanti e la baciò, mordicchiandole il punto in cui la spalla incontrava il collo. Emily si afflosciò impotente nell'abbraccio di lui che la prese prima che lei si accasciasse sul pavimento.

«Calma. Non abbiamo ancora finito.» La spinse indietro fino a farla appoggiare al bordo del letto.

Emily indossava solo la sottoveste e le calze.

Godric le s'inginocchiò davanti e iniziò ad accarezzarle la coscia destra. «Metti qui il piede sinistro.»

La giovane fece come lui le aveva chiesto, svenendo mentre le mani risalivano fino alla coscia, le slacciavano la giarrettiera e afferravano la parte superiore della calza. Godric fece scivolare quest'ultima lungo la gamba e pose dei baci morbidi e caldi su ogni centimetro di pelle esposta, finché non le liberò completamente il piede, poi ripeté il rituale con il piede destro.

Il duca fece scivolare le mani sulla gamba e spinse via la sottoveste in modo da potersi chinare in avanti per baciarle l'interno della gamba, vicino al ginocchio.

Emily rabbrividì. Non era incline a svenire, ma quando le succhiò la pelle e la accarezzò con la lingua, vacillò.

«Stai bene?»

La giovane si mise a ridere. «Se continui a baciarmi così, potrei dimenticare il mio nome...»

«È segno che sto facendo tutte le cose giuste,» la prese in giro. «Credo che tu ne abbia avuto abbastanza per oggi. Persino io non sono così malvagio da pretendere di più stasera.» Godric andò nella stanza di Emily e tornò con la sua camicia da notte. Emily si voltò, si tolse la sottoveste e fece scivolare la camicia da notte sul suo corpo. Quando si voltò, trovò Godric che la guardava, con i pugni stretti.

Godric le indicò il letto. «Vai, prima che io cambi idea sul fatto di dormire solamente.»

Emily scivolò tra le lenzuola e lo osservò affascinata mentre lui si spogliava.

«Riuscirò mai a spogliarti?»

Il duca la fissò per un lungo istante, con un'espressione illeggibile negli occhi. «Domani sera.» Si denudò il petto, si tolse i calzoni e indossò la camicia da notte. Emily, improvvisamente consapevole di sé, si allontanò da lui mentre la raggiungeva sotto le coperte, ma il materasso si abbassò con il peso di lui e lei gli rotolò addosso.

«Ora, pensiamo al bacio della buonanotte.» La avvolse tra le braccia e la baciò.

Emily avrebbe voluto che quel bacio non finisse, il movimento morbido delle loro labbra, la danza delle loro lingue, i respiri affannosi condivisi nella quieta oscurità... Non avrebbe mai potuto lasciare il letto ed essere contenta per sempre, finché lui avesse continuato a baciarla.

Godric modellò il corpo di Emily al suo, baciandola con ardore e dolcezza. Spogliarla era stata una pessima idea. Riusciva a pensare solo al sapore della pelle della giovane, ai sospiri tremanti che lei emetteva quando le toglieva ogni indumento. Era stato il regalo che lei gli aveva fatto e non ne era nemmeno consapevole. Ora l'aveva tra le braccia, che lo baciava con la sua bocca dolce e inesperta. Non vedeva l'ora di insegnarle tutto ciò che aveva imparato negli anni di esperienza. Le sarebbe piaciuto quando le avrebbe messo la bocca tra le gambe? Avrebbe voluto fare lo stesso con lui? Per lei torturarlo in quel modo sarebbe stato glorioso. Disperatamente, Godric frenò la sua fame e si concentrò sulla bocca morbida e insistente di lei che incontrava la sua con abbandono.

Che cosa gli aveva detto Ashton? Emily lo baciava dal profondo del cuore.

Lui poteva fare lo stesso? Quella sera voleva provare...

Oggi mi sei mancata, non ho pensato a nient'altro, io... credo di amarti...

L'ultimo pensiero era arrivato inaspettato, ma era troppo debole per negare ciò che sentiva così forte e vero. Voleva rivendicarla, ma anche proteggerla. Avrebbe fatto qualsiasi cosa per tenerla, proprio così. Dolce. Innocente. Sua.

Lui, Godric St. Laurent, era infine diventato uno sciocco innamorato?

L'OROLOGIO A PENDOLO DEL CORRIDOIO DEL PIANO DI sopra suonò le sette, svegliando Godric. Il fuoco crepitò, i ramoscelli e i ciocchi di legno si spezzarono. Si sdraiò sulla schiena con Emily, ancora addormentata, raggomitolata contro il suo fianco. La sensazione di averla tra le braccia era meravigliosa. Un'armonia perfetta. Voleva stringerla più spesso, tenerla vicina per sentire il profumo di fiori nei suoi capelli, assaporare la pelle satinata sotto i suoi palmi.

Si rese conto che sarebbero potuti restare così per sempre. Lui ed Emily potevano invecchiare così, passando anni a esplorarsi a vicenda. Desiderava quel futuro inafferrabile, impossibile. Volere qualcosa, sapere di poterla avere e, una volta avuta, perderla. Non era pronto per quello, forse non lo sarebbe mai stato. Ma che male poteva fare fingere, almeno per qualche giorno, di avere ciò che voleva?

Fece scivolare una mano sotto le coperte, cercando il bordo della camicia da notte di lei. Le sue dita incontrarono la pelle nuda vicino ai polpacci e fece scivolare il tessuto verso l'alto per esporre i fianchi alla sua mano. La testa di Emily si girò un po'. Gli accarezzò il petto e Godric soffocò un gemito.

Sedurre quella donna era un processo lento ed esasperante ma non voleva affrettare i tempi. Voleva assaporare la prima volta di Emily e sapere senza dubbio che era rimasta completamente soddisfatta dalle sue mani. Si era abituato troppo bene alle tempeste deliziosamente violente durante le quali dava sfogo alle sue pulsioni primitive e liberava l'amante dalle sue stesse inibizioni, ma con Emily quello sarebbe venuto dopo. La questione era se potesse trattenersi quella prima volta. L'ultima cosa che voleva era farle del male.

Si girò su un fianco, spostando la mano più in alto per accarezzarle il sedere liscio e rotondo. La pelle satinata sotto il suo palmo gli provocò un piccolo brivido. Strofinò la mano su e giù sul sedere, godendo di una piccola fusa di piacere assonnato che si levò dalla gola della giovane. Spinse la mano più forte, esortandola a premere contro di lui.

Emily si agitò, inarcando i fianchi, permettendo all'eccitazione di lui di incontrarla. «Hmm...»

Godric strofinò i fianchi contro quelli di Emily, simulando la pressione e il ritmo come se fosse davvero dentro di lei. Gli occhi di lui rotolarono all'indietro mentre la sua erezione si strofinava contro la crescente umidità di lei che finalmente si svegliò. Le baciò le labbra aperte, mettendo a tacere qualsiasi protesta lei stesse per fare. Emily sollevò le braccia, ma lui le intrappolò sui cuscini ai lati della testa, salendo sopra di lei che, comunque, non aveva intenzione di scappare, non ancora. Le allargò le ginocchia e scivolò tra le sue cosce. Si fermò per guardarla.

«Godric, cosa stai facendo?» gli chiese Emily senza fiato.

«Sto cercando di insegnarti, a caro prezzo per la mia soddisfazione personale, come ci si sente a fare l'amore.» Le baciò di nuovo le labbra, facendo scivolare lentamente la lingua dentro di lei e facendola scorrere contro la sua prima di ritirarsi e mordicchiarle il labbro inferiore.

«Non ti arrendi mai, vero?» Emily finse di sembrare irritata ma si stava già arrendendo.

«Sono un Saint Laurent. Non ci arrendiamo mai quando ci mettiamo in testa di avere qualcosa ed io voglio te, Emily. Ti voglio disperatamente. Ora, sdraiati e godi.» Sperava che il suo tono deciso potesse sottometterla. Le labbra di lei si aprirono e le ciglia scure le svolazzarono sulle guance. Godric appoggiò i suoi fianchi contro quelli di Emily che gemette, un suono sciolto, profondo e selvaggio che lo eccitò al di là di ogni pensiero razionale.

«Senti quanto ti voglio? Quanto ho bisogno di te, Emily?» Le sfiorò la mascella con le labbra fino all'orecchio; le morse il lobo e poi baciò la morbida pelle sensibile dietro di esso.

«Sì...» La voce di Emily era a malapena un rantolo strozzato mentre lui le si strusciava contro. La giovane inarcò la schiena, avvolgendogli i fianchi con le gambe.

Mantieni il controllo, dannazione! Ma con il gemito successivo, fu quasi impossibile. Godric si mosse contro di lei che si allontanò, gridando per la sorpresa. Il duca eiaculò nella camicia da notte come un giovane inesperto. Emily era ansimante e lo guardava meravigliata.

Godric cercò di calmarsi, con il corpo ancora debole per le conseguenze del suo rilascio.

«Maledizione.»

«Che cosa hai detto?» Emily si sollevò sui gomiti. «Stai tremando.»

La giovane non ne aveva idea. Godric non perdeva mai il controllo. Che razza di uomo era se non riusciva a comportarsi meglio di un semplice ragazzo con la sua prima ragazza? Il duca di Essex, che sparava un colpo di avvertimento all'arco di Emily. Dio, se gli altri lo avessero scoperto, lo avrebbero preso in giro per sempre. Cercò di divincolarsi ma voleva disperatamente nascondere il suo imbarazzo e si allontanò dalle braccia di lei. Appoggiò i gomiti sulle ginocchia, abbassando la testa per passarsi le dita tra i capelli. Emily si mosse verso di lui che, però, la scansò.

«Godric, che cosa c'è che non va?»

«Nulla. Vai, prima che le cameriere vengano a cercarti.» Cercò di non sembrare freddo, ma non ci riuscì.

«Ho... ho fatto qualcosa di sbagliato?» Emily gli si avvicinò ma lui si alzò e si precipitò verso l'armadio per prendere la vestaglia.

«Godric?» Gli occhi di Emily si riempirono di lacrime.

Il duca imprecò in silenzio e tornò da lei, prendendole il viso e baciandola teneramente.

«Sei stata perfetta, Emily. È colpa mia. È... complicato.

Ora vai a vestirti, se vuoi.» Le tracciò le labbra con la punta di un dito.

«Non sei arrabbiato?» Quel tono di voce lo rese fin troppo consapevole dell'effetto che il suo comportamento aveva su di lei. Emily non sapeva nulla di uomini e non avrebbe capito che lui era arrabbiato con se stesso e non con lei.

«Mi arrabbio se piangi, mia piccola diavoletta.» Abbassò le mani, facendole il solletico in vita finché lei non rise impotente.

«Va bene! Va bene, mi arrendo,» ansimò Emily.

«Ora, torna nella tua stanza.» La sollevò dal letto, la mise in piedi e le diede una pacca sul sedere, spingendola verso la porta. Emily andò, ma si voltò a guardarlo, mostrando sul viso tante emozioni che lui non riusciva a capire. C'era una curiosità ardente negli occhi della giovane, come se avesse percepito di averlo conquistato in qualche modo. Il potere di Emily su di lui era così forte che Godric avrebbe potuto accettare qualsiasi cosa lei gli avesse chiesto. Che pensiero orribile: sapere di essere prigioniero dei baci e delle carezze di quella giovane, quando non era mai stato prigioniero di nessuno prima di allora.

EMILY CHIUSE LA PORTA DELLA SUA STANZA E SI APPOGGIÒ al montante, respirando profondamente. Il suo corpo era ancora percorso da piccoli spasmi di piacere. Era quello che si provava a fare l'amore? Che razza di dio peccaminoso era Godric se poteva farla sentire così senza essere dentro di lei? Rabbrividì. Era cambiata troppo negli ultimi giorni. La sua resistenza al fascino del duca si stava sgretolando. Dopo qualche bacio appassionato, qualche carezza, aveva perso ogni briciolo di autocontrollo.

Non era giusto che s'innamorasse troppo facilmente di Godric, che fremesse al solo sentirlo pronunciare il suo nome, che sperasse che, in un determinato momento, lui pensasse a lei. Tenere a Godric era una debolezza pericolosa. Doveva recuperare il suo orgoglio, riaccendere il suo fuoco interiore, se voleva sopravvivere a quella prigionia. Non sarebbe diventata un'amante insignificante da mettere da parte e dimenticare.

La mente di Emily ripassò quello che avevano appena fatto, il modo in cui lui si era agitato sopra di lei, come si era allontanato, come un animale selvaggio. Il lampo di vulnerabilità sul viso di Godric le aveva mostrato qualcosa di incredibilmente importante. Anche lui aveva perso il controllo... con lei. Era possibile? Aveva fatto in modo che lui la desiderasse tanto quanto lei desiderava lui? Sarebbe stato sufficiente a farlo innamorare di lei e a sposarla? Se fosse stato possibile, doveva giocare quella partita come giocava a scacchi, passivamente, con una lieve aggressività. Poi fare i sacrifici necessari per raggiungere lo scacco matto.

Qualcuno bussò delicatamente alla porta ed entrò Libba. «Buongiorno, Libba.»

«Buongiorno.» La cameriera andò a sceglierle un abito e raggiunse Emily alla toeletta. Studiò la cameriera attraverso il riflesso dello specchio.

Emily guardò Libba riordinare la toeletta. «Che cosa ti ha spinto a venire qua? A lavorare, intendo. Sicuramente fare la cameriera non era il tuo sogno.»

«Sono stata allevata a servire ma ho sempre sognato di diventare una cantante. Mamma dice che ho una voce meravigliosa.»

«Canteresti per me?»

Libba ridacchiò. «Forse più tardi, signorina.»

«Allora perché qui? Perché scegliere di lavorare per Sua Grazia?»

«Mia madre era la cameriera di una contessa. Mi ha cresciuta preparandomi ad andare a servizio da quando avevo cinque anni.»

Emily sapeva fin troppo bene cosa significasse avere un mondo che apparteneva interamente a se stessi. A volte lasciare quel mondo privato faceva paura. Trasferirsi da suo zio era stato terrificante. Ma il mondo di Godric era un sogno diverso dagli altri.

Emily allungò la mano per toccarle il braccio. «Sono felice che tu sia qui.»

«Che dolce che siete! Nessuna delle altre amanti di Sua Grazia lo è mai stata.»

«Amanti? Ma io non ho... cioè, non abbiamo... beh, non esattamente. Non nel senso che intendi tu. Voglio dire...» Quella supposizione le fece venire il voltastomaco. Non poteva essere l'amante di Godric... sua moglie, sì, ma un'amante... no. Non poteva permettere che accadesse.

Libba arrossì e indicò la porta e un paio di stivali neri... gli stivali di Godric.

«Mi dispiace, signorina. Ho visto gli stivali di Sua Grazia e...»

«Non importa, Libba. Quell'uomo ha la pessima abitudine di buttare i vestiti in giro e di lasciarli dove non dovrebbe. Non mi sorprende che li abbia lasciati nella mia stanza.» Gestire il duca e far sì che la apprezzasse più di un'amante non sarebbe stato facile. Per farlo innamorare di lei abbastanza da sposarla, avrebbe dovuto capire cosa lo faceva scattare.

CAPITOLO 11

Invece di Godric, c'era Ashton ad aspettarla fuori dalla stanza per accompagnarla alla colazione. Quel giorno il barone sembrava veramente alla moda con un cappotto blu scuro, dei pantaloni color biscotto e un cravattino annodato alla perfezione.

Le sorrise e le prese il braccio. «Emily.»

«Buongiorno, Ashton.» La giovane non resistette all'impulso di sorridere di nuovo.

Da sola con Ashton si sentiva una regina. Era un peccato che a Charles mancasse quel fascino sottile. Sarebbe stato veramente pericoloso per tutte le donne del *ton*, se avesse raggiunto quell'abilità.

Scesero nella sala da pranzo, dove era presente solo Cedric che si alzò, si inchinò e si sedette di nuovo mentre lei prendeva posto.

«Lucien e Charles sono partiti per Londra circa dieci minuti fa. Credo che torneranno stasera,» disse Ashton.

«Godric scenderà?» Emily non riusciva a dimenticare la tensione intercorsa tra di loro, aveva la strana sensazione che lui volesse evitarla.

«Sì, sta cercando un vecchio cappotto da caccia.»

«Un cappotto da caccia? Non ne ha uno?» Ogni uomo di buon senso aveva almeno un cappotto da caccia.

«Sì, certo,» rispose Cedric. «Ne sta cercando uno per te.»

«Per me?» Emily era felicissima che le permettessero di partecipare a un'uscita del genere, alla quale le donne di solito non erano gradite.

«Sì, gattina. Oggi verrai con noi. Perché pensi che la tua cameriera abbia preparato un abito in twill e degli stivali neri?» le chiese Cedric, abbozzando un sorriso.

Emily abbassò lo sguardo. Ormai non faceva quasi più domande quando le cameriere tiravano fuori i vestiti. Era vestita per andare a passeggio, non per cavalcare.

«Allora non andiamo a caccia di volpi?»

Ashton rise. «Signore, no, tu sei l'unica volpe che abbiamo cacciato ultimamente. Vogliamo qualcosa di meno fastidioso, quindi le nostre prede saranno i fagiani.»

Emily si alzò dalla sedia. «Potrò sparare?»

Le sopracciglia di Cedric si sollevarono per la sorpresa. «Non ti avrei mai preso per una cacciatrice, Emily.»

«Sembra che non finisca mai di stupirvi. Potrò sparare?»

«Se pensi che siamo così stupidi da darti un fucile...»

«Ne ho già maneggiato uno! So come cacciare.»

Ashton intrecciò le dita. «La nostra paura non è che tu non abbia mai maneggiato un fucile...» Le parole non dette rivelarono la sua vera preoccupazione e non era per i fagiani.

Emily guardò gli uomini con rimprovero. «Pensate davvero che vi sparerei? A qualcuno di voi? Beh, forse a Charles, ma solo se prova di nuovo a farmi il solletico.»

Cedric si alzò, chinandosi verso di lei. «Tu sarai responsabile di Penelope. Deve imparare a recuperare gli uccelli dopo che li abbiamo colpiti. È meglio farla iniziare da cucciola, sai.»

«Suppongo che non mi dispiacerà.» Emily sgranocchiò una focaccia. Il fatto che limitassero il suo divertimento per la stupida paura che potesse sparare loro la irritava. Beh, forse non era troppo stupida. Il pensiero di lei tra l'erba con cinque uomini con le braccia alzate in segno di resa la faceva sorridere.

Pochi minuti dopo, Godric li raggiunse, con un aspetto virile nella sua giacca da caccia e nei pantaloni di pelle di daino. Le porse un cappotto nero.

«È il mio vecchio cappotto, Emily. Lascia che ti aiuti a indossarlo.»

Emily si alzò dalla sedia e infilò le braccia nel cappotto che lui le teneva e poi la fece girare di fronte a sé per abbottonarlo. La giovane avrebbe voluto allontanare le mani di lui e farlo da sola, ma sapeva che avrebbe perso quella battaglia.

«Ecco.» Godric le diede una pacca sulle spalle così forte che Emily barcollò. La giacca le pendeva addosso, nascondendole la figura.

Godric la spinse di nuovo sulla sedia e prese posto accanto a lei. «Ora, finisci la tua colazione.»

Emily sentì una replica infantile sulla punta della lingua, ma per una volta si trattenne.

Dopo che tutti ebbero mangiato, Ashton e Cedric andarono a prendere i fucili, mentre Godric si attardava nel corridoio con Emily. Sembrava indeciso su qualcosa, ma alla fine parlò: «Sai, non credo di aver avuto il mio vero bacio di buongiorno.» Gli occhi del duca si scaldarono quando si posarono su di lei.

«Ti sbagli. Mi hai rubato un discreto numero di baci questa mattina.» Qualcosa nel suo viso era cambiato, la parte oscura di lui sembrava essere tornata, con l'intenzione di riprendere il controllo. Emily non poteva permetterlo, non se voleva che lui si innamorasse di lei.

«Questa mattina è stata un'introduzione a un altro tipo di piacere.»

«Beh, mi dispiace deluderti, Godric, ma hai esaurito le opportunità.» Emily fece un passo indietro, allontanandosi.

Godric avanzò.

«Questo è il bello di tenerti prigioniera. Non devo preoccuparmi delle opportunità.»

Oh? Pensava che lei non sapesse stare al gioco? Beh, stava per guadagnarsi i suoi baci. Emily trattenne un sorriso e rivolse un'occhiata al corridoio. Poteva salire le scale fino a una stanza? No, lui l'avrebbe bloccata a metà strada.

Emily fuggì, pensando solo a prendere la prima porta che trovò, quella dello studio di Godric. Sbatté la porta, girò la chiave nella serratura e si appoggiò alla porta.

Godric picchiava dall'altra parte. «Emily, apri subito questa porta! Non sono in vena di darti la caccia.»

Lei sbuffò. «Ma è una così bella giornata per andare a caccia, non credi?» *Vediamo quello che vuole fare.*

«Simkins, portami la chiave di riserva!»

«Oh, accidenti.» Emily osservò la finestra a battente, la cui vista rivelava un piccolo giardino laterale all'estremità sinistra del maniero.

Emily spalancò la metà inferiore, raccogliendo le gonne in una mano, infilò le gambe e si lasciò cadere oltre il bordo, finendo su un'aiuola.

Le speranze di Emily di sfuggire a Godric senza essere vista furono ostacolate da un giardiniere che si stava occupando di un filare di cespugli di tasso nelle vicinanze con un paio di cesoie: un giovane incredibilmente bello sui vent'anni che si passava una mano tra i capelli biondi che gettavano ombre sui suoi occhi mentre fissava i cespugli su cui stava lavorando. Sperando di passare di soppiatto, Emily iniziò a muoversi, ma il giovane si voltò appena lei sollevò un piede. Lo sguardo del giovane catturò quello di lei, un'ammaliante trappola di smeraldo che le era intimamente familiare.

Emily avvertì una fitta allo stomaco e si rese conto che quell'uomo doveva essere parente di Godric. Era una sua copia dai capelli dorati.

Ma Godric era figlio unico.

Il giovane lasciò cadere le cesoie e si tolse i guanti da giardinaggio. «Voi, immagino, non dovreste essere qui fuori da sola. Sua Grazia vi starà cercando.»

«Io... stavo prendendo un po' d'aria fresca.»

La studiò con interesse divertito... i suoi occhi erano

dello stesso verde ammaliante. Un lontano cugino, forse? Sicuramente doveva avere lo stesso sangue.

«Aria fresca, eh? Non potevate uscire dalla porta principale, come una vera signorina? Sgattaiolare fuori dalle finestre dello studio è molto sospetto.»

Emily fece un cenno con la mano. «Oh, è di gran moda a Londra, ve lo assicuro. È un'ottima fonte di esercizio se non si può fare una passeggiata a Hyde Park.»

L'uomo sorrise. «Di gran moda? Comunque sia, temo di dovervi riaccompagnare da Sua Grazia.»

Avrebbe potuto semplicemente prenderle il braccio, riaccompagnandola gentilmente dai suoi rapitori, ma non lo fece. La afferrò per la vita e la issò sulle spalle. Sembrava che i due uomini avessero anche questo in comune.

«Santo cielo! Mettetemi subito a terra! Vi assicuro che è solo un gioco che sto facendo con Sua Grazia. Mi avrebbe trovata abbastanza presto.»

«Ne sono certo, signorina. Tuttavia...»

Parlava persino come Godric. Se non fosse stato per i suoi capelli biondi, avrebbe giurato che... ma era impossibile.

Il giovane la portò all'ingresso del maniero. Cedric e Ashton stavano aspettando, con i fucili in mano.

Cedric ridacchiò. «Buon pomeriggio, Jonathan. Immagino che alla fine andremo a caccia di volpi.»

«E il cane da caccia l'ha già presa,» aggiunse Ashton.

Emily sapeva che stava offrendo ai ladri una vista eccellente del suo sedere e delle sue gambe scalcianti. Jonathan le mise una mano ferma sul sedere ed Emily ringhiò indignata. Nessun uomo l'avrebbe trattata con il rispetto che meritava?

«Mettetemi subito giù!» Emily strinse un pugno e lo batté sulla schiena di Jonathan. «Vi piace?»

Jonathan sussultò per lo shock. «È una diavoletta!»

Ashton rise. «Non ne hai idea.»

Nonostante fosse un servo, sembrava a suo agio con gli amici di Godric, anche più di Simkins. Emily archiviò la cosa per ulteriori riflessioni.

«Come hai fatto a catturare la volpe?» Cedric si spostò dietro Jonathan per guardarla. Emily si accigliò mentre il sangue le affluiva alla testa.

«Si è calata dalla finestra dello studio di Sua Grazia. Ho pensato che Sua Grazia potesse averla smarrita.»

Come se fosse stato convocato, Godric arrivò come una furia da dietro l'angolo. Senza dubbio si era calato dalla stessa finestra. Il sollievo attenuò la rabbia nei suoi occhi.

«Ah, Helprin, l'hai trovata. Non ero sicuro di quanto fosse andata lontano.»

«Non molto. Ha opposto a malapena resistenza. Se ne stava lì a fissarmi.» Jonathan fece scivolare Emily dalle spalle e la portò tra le braccia di Godric che la tenne fermamente mentre lei distoglieva lo sguardo da tutti gli uomini sorridenti. Avevano ancora una volta ferito il suo orgoglio e le cose continuavano a peggiorare.

Godric sciolse una corda dal braccio.

Cedric e Ashton la tennero ancorata al suolo mentre Godric la assicurava. Con un nodo complesso intorno alla vita, Emily si trovò legata a Godric, separata da soli due metri di corda. Gli uomini la liberarono. Emily tirò la corda e poi guardò Godric, con un'espressione affatto divertita.

«Non è affatto umiliante,» disse lei con voce carica di sarcasmo.

«Non tenere il broncio, Emily. Adesso non puoi scappare da me. Ottengo sempre quello che voglio ed è ora che tu lo accetti.»

«Se stiamo parlando di ciò che dobbiamo imparare ad accettare, tu dovresti accettare che non mi rannicchierò e non mi scioglierò tra le tue braccia ogni volta che me lo ordinerai! Ho di meglio da fare nella mia vita che diventare il tuo giocattolo!»

Godric non sembrò minimamente turbato. La afferrò per le braccia, la strinse al petto, le coprì la bocca con la sua infilando la lingua tra le labbra di lei il cui corpo reagì come faceva sempre, con ginocchia deboli e un calore che sfidava completamente il pensiero razionale. Sensi maledetti.

Emily era ancora in piedi solo perché Godric le teneva saldamente le braccia. Altrimenti sarebbe crollata, traballando, come un puledro appena nato.

«Che cosa stavi dicendo sul fatto di non scioglierti tra le mie braccia?»

Emily ricordava a malapena la presenza degli altri; fissare gli occhi di Godric era come essere inghiottiti in un prato di erba alta, un paradiso personale per lei e solo per lei.

«Io...» Non riusciva a parlare. Godric sorrise con il ghigno di un gatto sazio di latte. Emily s'indignò. Si divertiva a distruggere la sua resistenza. Se intendeva giocare con lei, usarla come avrebbe fatto con qualsiasi donna... Beh! Non sarebbe successo.

«Mi leghi come se fossi un cane al guinzaglio, poi prendi ciò che desideri senza alcun riguardo. Toccami ancora, senza il mio permesso...» La voce di Emily si trasformò in un sibilo gelido «e perderai una parte del corpo, quella che ti piace di più. Pensa a questo. Non ho chiesto di essere qui. Non sono una donna di facili costumi e quando mi tratti come tale, è umiliante.»

Godric sbatté le palpebre. Chiaramente non si aspettava quella reazione. «Ma, tesoro...»

«Non chiamatemi 'tesoro', maestà.» Emily trascinò l'indice in una linea pericolosa lungo il petto di lui fino alla vita e fece scorrere le dita. «Ti castrerò come un cavallo se continui a trattarmi così.»

Le parole di Emily avrebbero potuto fare più impressione se le altre canaglie non avessero riso così tanto.

«Siamo pronti ad andare?» chiese Cedric. «Per quanto mi piaccia un buon bacio, se non sono da una parte, tendo a perdere interesse. Stiamo sprecando la giornata a guardare voi due che vi divertite da matti.»

Godric studiò il volto di Emily per un lungo istante, poi le scostò una ciocca di capelli dalla guancia. «Siamo pronti, Cedric. Facci strada.»

Il gruppo di cacciatori si mise in cammino. Penelope li precedeva, guidata dal suo giovane istinto. Cedric, il cacciatore più accanito, cullava il fucile nell'incavo del braccio, scrutando i campi e i boschi. Scavalcarono il muro di pietra e si addentrarono nel bosco. Il tempo era bello. Una brezza fresca strattonava giocosamente i capelli sciolti di Emily.

Non aveva indossato il pettine a farfalla di Godric. Libba le aveva detto che non si sarebbe abbinato al suo vestito. Aveva ragione ma Emily l'aveva portato con sé per sistemarsi i capelli più tardi.

Mentre arrancava dietro Godric e Ashton, Emily se lo infilò nei capelli. Lo prese dalla tasca nascosta della gonna e raccolse i capelli in uno chignon sciolto, poi infilò i denti del pettine per fissarlo.

Godric camminava davanti. La corda si strinse tra loro prima che lei potesse raggiungerli, facendola sobbalzare in avanti. Lui si girò mentre la corda tirava, giusto in tempo per prenderla mentre inciampava tra le sue braccia.

La tirò a sé con facilità, salvandola da una brutta caduta.

«Che cosa stavi facendo, piccola volpe? Stavi scappando di nuovo?»

«E darti un motivo per inseguirmi? Neanche per sogno.» Emily sperava che lui notasse il pettine, ma non aveva intenzione di farglielo notare. Non aveva bisogno di gonfiare ulteriormente l'enorme autostima del duca.

Ashton passò davanti a loro. «Che bel pettine che hai tra i capelli, Emily.» Si affrettò a raggiungere Cedric.

Godric, afferrando il braccio di Emily, la fece girare. «Non lo indossavi quando siamo partiti.»

Le ciglia di Emily si abbassarono. «Libba ha detto che non si abbinava al mio vestito, ma mi aspettavo che ci fosse vento, così l'ho portato.»

Godric sorrise con un tale calore e orgoglio che Emily fremette. Le afferrò di nuovo la vita, tirandola a sé, il suo corpo caldo e duro, a differenza dell'aria fredda che danzava, si spostava, festeggiava intorno a loro. A Emily non dispiacque affatto.

«Trovi il modo di ottenere ciò che vuoi, anche se continui a comportarti come se non lo volessi.» ridacchiò il duca.

«Le vittorie minori, maestà, non sono degne di essere contate.»

«Tutto quello che fai, vale la pena di essere contato.»

Godric non si mosse per baciarla come Emily si aspettava, ma si limitò ad accarezzarle la schiena sopra la giacca da caccia.

Lei rabbrividì sotto il tocco.

«Hai abbastanza caldo, tesoro?»

«Ho caldo ogni volta che mi tocchi.» Rendendosi conto di aver ammesso troppo, aggiunse frettolosamente: «Quando desidero essere toccata, cioè.»

«Hmm, me ne ricorderò.» Godric lasciò la presa sulla vita e le mise un braccio intorno alle spalle mentre camminavano dietro agli altri.

Emily si rese conto che Godric non aveva un fucile. «Non spari oggi?»

«Non ho bisogno di cacciare. Ho già preso te.» Le baciò la sommità della testa.

«È molto ingiusto che Penelope vada in giro libera mentre io sono al guinzaglio.»

Godric ci pensò un istante. «Hai ragione. Cedric, lega la cucciola in modo che non si allontani.» Guardò di nuovo Emily. «Ecco, mia cara, giustizia è stata fatta.»

Cedric brontolò. «Volete gentilmente smettere di

tubare come una coppia di colombe? State spaventando i fagiani.»

«Geloso, Sheridan?» Era la prima volta che Emily sentiva uno dei cinque uomini chiamare un altro per cognome. Sembrava una sfida tra scolaretti e quasi si mise a ridere. In qualche modo quegli uomini sarebbero stati sempre dei ragazzi, non sarebbero mai cambiati.

«Geloso di te?» Cedric sbuffò. «Pensi che io voglia inseguire e legare continuamente una piccola volpe come lei? È troppo faticoso. Nessuna donna ne vale la pena.»

Emily sollevò la gonna, scavalcando una grossa pietra. «Nemmeno Anne Chessley?»

Cedric si bloccò, con il piede appoggiato su un tronco caduto, osservando il cane che annusò l'apertura del tronco e poi si tuffò all'interno.

«Penny, vieni!» comandò Cedric, tirando il guinzaglio.

La piccola segugia strisciò fuori da sotto il tronco caduto, con aria vigile e attenta.

«Penny, siediti.» La cucciola si abbassò, iniziando a scodinzolare sull'erba e rimescolando le foglie con un movimento energico.

«Brava ragazza.» Cedric tirò fuori un biscotto dalla tasca e gliene lanciò un pezzo. Penelope afferrò la briciola, leccandosi le labbra.

«Impara in fretta. Non dovresti avere problemi con lei, Emily.»

«Cedric, non hai risposto alla mia domanda.»

«Non avevo intenzione di farlo.»

«Ma...»

«No, Emily.» Fece finta di controllare il fucile e saltò sul tronco, allontanandosi da loro. Emily lo guardò con disappunto mentre si allontanava.

Ashton si chinò per accarezzare la testa di Penelope. «È un po' testardo quando si tratta di donne.»

«Davvero? Quando mi ha raccontato di come ha conosciuto Godric...»

Godric e Ashton la guardarono.

«Ti ha raccontato quella storia?» Il volto di Godric diventò rosso. Emily non riuscì a trattenere il sorriso. Era bello vederlo agitato, tanto per cambiare.

«Oh, sì. Mi ha detto che hai litigato con uno dell'ultimo anno per una donna.»

Godric inciampò. «Davvero?»

Emily pensò all'uomo con il bastone. «Conoscevi bene Waverly?»

«Hugo era uno studente più grande e un tipo a dir poco sgradevole,» le spiegò Ashton. «Ci ha creato un sacco di problemi, ma se non fosse stato per lui, non avremmo mai conosciuto Charles.»

«Come lo avete conosciuto?»

Godric e Ashton risero. La loro reazione non faceva trasparire umorismo, solo una strana freddezza.

Ashton rispose vagamente. «Che notte è stata. Basti dire che l'abbiamo salvato da una situazione piuttosto spinosa in cui lo aveva cacciato Waverly. Salvarlo è stato il modo in cui è nato il Circolo.»

«Oh, ma devi raccontarmi di più, Ashton!» Emily gli strattonò la manica, infastidita dal fatto che lui la privasse di quello che sarebbe stato sicuramente un grande racconto.

«Forse a cena. È meglio che sia presente anche Charles. Dopotutto, la storia è più sua che nostra.»

Davanti a loro c'era un altro tronco. Ashton lo scavalcò con disinvoltura. Emily cercò di sollevare le gonne ma Godric si limitò a prenderla in braccio e a scavalcare il tronco prima di rimetterla in piedi. La giovane si sistemò le gonne, cercando di riprendere un po' di contegno, ma nessuno degli altri lo aveva notato. Prendevano la caccia molto seriamente.

In lontananza risuonò un rumore di spari quando Cedric abbatté un fagiano. Emily, spaventata dal suono, si avvicinò a Godric. Non aveva paura delle armi, ma i primi colpi, quando il tiratore non era in vista, la rendevano nervosa.

«Non riesci a starmi lontano, eh?»

«In realtà, la tua altezza e la tua corporatura sono eccellenti come scudo.»

Ashton ridacchiò, ma Godric si riprese subito e le rimise un braccio intorno alle spalle, tenendola appoggiata al suo fianco.

«Cedric è un ottimo tiratore. Non mi colpirà, per quanto tu possa desiderare che spari al mio cuore nero.»

Emily gli rivolse un sorriso malizioso. «Se riuscisse a colpire il tuo fondoschiena, per me sarebbe già abbastanza.»

«Attenta, cara, il mio temperamento oggi è fuori controllo.»

Emily aveva pronta la replica, ma forse era meglio il silenzio.

«Beh, guarda un po',» Ashton indicò Penelope. Troppo

piccola per portare il suo premio, la cucciola stava trascinando il fagiano, ringhiando per lo sforzo. Cedric la seguì, rivolgendo uno sguardo a Emily.

«Qui, Penelope,» Emily le diede una pacca sulle cosce. La segugia lasciò cadere l'uccello e corse verso la padrona, guardandola con occhi lucidi. Sembrava che stesse sorridendo, con la piccola lingua rosa che penzolava tra i dentini bianchi.

«Brava ragazza,» Emily prese in braccio la cagnolina, la abbracciò e la rimise a terra.

Ashton raccolse il fagiano e lo lasciò cadere in un sacco di iuta.

Cedric rivolse uno sguardo contrariato a Penelope. «La piccola Penny è testarda come la sua padrona. Si è staccata dalla mia presa, rifiutandosi di riportarmi l'uccello a cui ho sparato.» Continuò a guardare il cane con cipiglio, ma senza vera cattiveria.

Godric sorrise. «È leale. Non si può darle torto per questo.»

Cedric si accigliò, ricaricando la pietra focaia. Emily pensò che l'irritazione di caricare un'arma fosse uno dei motivi per cui Cedric aveva imparato a essere un buon tiratore. Un uomo può invecchiare ricaricando il suo fucile.

«Penso che tenterò la fortuna.» Ashton sollevò il fucile e se ne andò, seguito da Penelope.

Rimasta sola con il duca, Emily s'interrogò su un'altra questione.

«Godric, posso farti una domanda?»

Lui annuì.

«Cos'è il signor Helprin per te?» Emily formulò la

domanda con attenzione, nel caso in cui la risposta fosse stata sconvolgente.

«Jonathan? È il mio valletto.»

«Valletto? Non l'ho mai visto...»

Godric la tirò fino a farla fermare e le toccò le spalle. «Perché questo improvviso interesse per il mio valletto? Non starai pensando di farmi ingelosire, vero?» Sorrise.

Emily non poté fare a meno di stuzzicarlo. «Saresti geloso? Ho pensato che con le tue centinaia di amanti, non ti saresti preoccupato se avessi rivolto la mia attenzione altrove.»

«Non osare scherzare su questo, Em.» Ringhiò. «Voglio solo te. Non ho altre donne.»

Non le aveva dichiarato il suo amore, non le aveva promesso una relazione permanente, ma era un inizio.

Emily gli si appoggiò, abbracciandogli d'impulso la vita per un istante.

«Mi slegherai ora? Non ho nessuna voglia di scappare.»

«No. Mi piace che tu sia legata a me.» Le parole di Godric sembravano cariche di un significato più profondo.

Il bosco era tranquillo e bello. Un senso di completezza s'insinuò nell'aria e nel bosco, come se un dio addormentato abitasse in un albero vicino. Gli alberi sospiravano e ondeggiavano al soffio della brezza. La magia ricopriva il suolo della foresta e le foglie cadevano a momenti in una tempesta di oro e di rosso.

Era tutto perfetto. Emily possedeva un cane fedele e camminava accanto a un uomo che non le avrebbe permesso di allontanarsi da lui, anche se in modo fin troppo letterale, e la compagnia di nuovi amici costruiva dentro di lei una pace e un fervore gioioso. Le parole non erano necessarie. Invece parlò a Godric con sorrisi e stringendogli la mano.

La vita con suo zio era stata fredda. Non c'erano battute, non c'erano risate, nemmeno lacrime; solo un silenzio terribile e il graffiare delle penne sulla carta. Perché il tempo non poteva fermarsi solo per qualche giorno? Qualche settimana? Poteva restare lì per sempre con Godric e gli altri.

«A che cosa stai pensando?» le chiese Godric. Emily tornò in sé, cercando di dissolvere l'improvvisa malinconia.

«Non è niente.» La giovane cercò di asciugare le lacrime.

La fronte di Godric si corrugò. «Sei infelice? Ti fa male la corda?»

Il tono premuroso si scontrava con le parole di lui in un modo tale che la fece ridere, ma ne uscì un singhiozzo. «Infelice?»

Godric le massaggiò la vita ma Emily scosse la testa e si voltò, vergognandosi. Inciampò su un ramo rotto ma lui la prese, tirandola tra le sue braccia e stringendola al petto.

«Cosa... Che cosa posso fare?» Godric non poteva sapere cosa lei volesse o di cosa avesse bisogno, ma le sue intenzioni le scaldavano il cuore.

«Ti prego, Godric, abbracciami solo per un momento.» Le labbra di lei gli sfiorarono la gola mentre si accoccolava contro di lui.

Godric si avvicinò al tronco più vicino e si sedette, cullandola in grembo. Dal momento in cui i suoi genitori erano morti, nessuno l'aveva abbracciata, confortata. Era stata costretta ad andare a casa di suo zio, dove il suo cuore era appassito ed era morto.

Godric non le stava offrendo amore, ma almeno si preoccupava, e quello per lei era mille volte più puro di qualsiasi cosa le avesse dato suo zio.

In quel momento, Emily aveva bisogno del calore di Godric, della sua forza, del suo abbraccio, più di quanto avesse bisogno dell'aria nei polmoni.

Alla fine diventò consapevole: i suoi genitori erano morti e non sarebbero più tornati. Era sola.

Arrivarono le lacrime. Lacrime dure e dolorose, ma le lasciò scorrere, le lasciò dominare. Ben presto svanirono e lei rimase vuota, uno scheletro all'interno.

«Emily, stai bene?» Le labbra calde di Godric le accarezzarono l'orecchio.

«Io... starò bene. Mi dispiace di aver pianto. Deve essere fastidioso ascoltarmi.»

«L'unica cosa che mi turba, è sapere che ti ho fatto piangere.»

«Tu? Oh, Godric, non... Le mie lacrime erano per i miei genitori. Finalmente ho capito che i miei genitori sono morti... che non torneranno mai più.» La sua voce ebbe un sussulto. «Non posso fare a meno di chiedermi come siano stati i loro ultimi momenti. Mia madre non ha mai imparato a nuotare... Deve aver avuto tanta paura.» Emily non riusciva a respirare, pensando alle acque fredde e scure. Una stretta le attanagliava la mente, stringendole la testa e rendendole difficile pensare.

«Respira, Emily. Respira.» Le braccia di Godric le si strinsero intorno al corpo mentre la teneva a sé. Invece di sentirsi soffocata, quell'abbraccio la avvolse con forza. Sentì la bocca di lui contro la sua tempia mentre la baciava. Emily inspirò dolorosamente e lentamente.

«Mia povera cara,» mormorò Godric tra un bacio e l'altro, vagando dalla tempia alla guancia. Le sfiorò il collo e il suo profumo le inondò il naso. Era rilassante, sognante e allo stesso tempo seducente.

«So cosa posso fare per farti sorridere di nuovo.»

«Cosa? No, non quello!»

«Oh sì.»

Emily si abbracciò per difendersi, ma era troppo tardi perché Godric cominciò a farle il solletico.

In pochi secondi stava ridendo di nuovo. Era troppo strano da credere, lei e il famigerato duca di Essex erano avvinghiati insieme, ridendo e prendendosi in giro. Era come aveva sempre creduto che fosse l'amore.

La passione tempestosa negli occhi di lui si ammorbidì quando lei gli sorrise. «Andiamo. Dobbiamo raggiungere gli altri.»

Emily si rimise in piedi.

Cominciarono a camminare e, senza dire una parola, Godric fece scivolare la sua mano in quella di lei, le loro dita s'intrecciarono come se il mondo avesse sempre voluto che stessero insieme.

CAPITOLO 12

Thomas Blankenship si trovava nel salotto della casa di Evangeline Mirabeau, ammirandola. La giovane era sdraiata su una chaise, guardandolo con gli occhi socchiusi, truccati di un insolito color nocciola. Le sue curve - grandi seni e gambe formose, evidenziati da un abito di mussola di un blu tenue – avrebbero potuto far eccitare facilmente un uomo. I capelli biondi chiari si arricciavano in boccoli perfetti lungo il collo e la schiena.

Blankenship sorrise. Non era una sorpresa che quella cortigiana fosse stata l'amante del duca di Essex per oltre un anno. Se Blankenship non avesse provato un tale odio per le puttane, sarebbe stato tentato di soddisfare i suoi desideri tra le cosce di quella donna. Evangeline aveva il corpo di una sirena, che invitava gli uomini a perire sugli scogli del mare, ma le mancavano l'innocenza e la dolcezza di Emily. La desiderava, aveva bisogno di immergersi in essa, di lasciar calmare la bestia che si scatenava nella sua testa.

«*Monsieur* Blankenship, non ci conosciamo, vero?» chiese Evangeline con un francese cadenzato, un accento che avrebbe fatto vacillare la maggior parte degli uomini. Doveva aver intrattenuto Essex nel suo letto in modi che la piccola e innocente Emily Parr non avrebbe mai fatto, a meno che il duca non si fosse preso il tempo di insegnarglieli. Blankenship sperava certamente che lo facesse. Avrebbe reso ancora più dolce la sua pretesa su di lei.

«No, signorina Mirabeau, non abbiamo ancora avuto il piacere. Ma abbiamo una conoscenza in comune: il duca di Essex.»

Gli occhi di Evangeline si socchiusero. «Oh? E come avete conosciuto Sua Grazia?» Sputò le parole con tutta la cordialità di una vipera.

«Ci siamo incrociati quando ha rubato qualcosa che mi appartiene.»

La donna rise aspramente. «Sua Grazia, rubare? Impossibile, *Monsieur*. Quello che vuole, lo acquisisce, o con il fascino o con il denaro. Rubare? *Mais non*.»

«Ahh, ma è cambiato, signorina Mirabeau. Quello che mi ha rubato è il motivo per cui sono venuto a trovarvi.»

Evangeline sollevò una mano per guardarsi oziosamente le unghie, ma il minimo rossore sulle guance rivelò il suo interesse. «*Moi? Pourquoi?* Non sono stata con Sua Grazia negli ultimi sei mesi. Che cosa vi ha rubato, *Monsieur*?»

«Una giovane donna.»

L'ex amante di Essex trasalì.

«Mi ha rubato una giovane donna.»

«Una giovane donna?»

«Sì. Si chiama Emily Parr e suo zio è in debito con me, oltre che con Sua Grazia. Essex ha deciso di rapire Miss Parr allo zio, che si è rifiutato di pagarlo. Poiché la giovane è di mia proprietà, la rivoglio indietro.»

La donna si spostò per appoggiare la mano sul fianco, lisciando la seta.

«Come sapete che ha rapito questa ragazza?»

«Ha scritto un biglietto allo zio.» Blankenship le si avvicinò e le passò un pezzo di carta, che lei studiò.

«Questa è la calligrafia di Godric, scritta con la mano sinistra. Un trucco da scolaretto.»

«Sì. Ho accompagnato il magistrato al castello, ma non siamo riusciti a trovarla. Devono averla nascosta.»

«Loro?» Evangeline alzò un sopracciglio.

«C'era il Circolo,» Blankenship soffocò l'impulso di sputare.

«Veramente? Allora non c'è da sorprendersi. Quegli uomini sono ostinatamente fedeli l'uno all'altro.» Il tono derisorio della donna e il bagliore di amarezza nei suoi occhi furono una piacevole sorpresa.

Sarebbe stata un'ottima alleata.

«Che cosa volete da me, *Monsieur*?»

«Vorrei impiegarvi in un progetto che mi restituisca la signorina Parr e forse a voi darà la possibilità di riconquistare Essex.»

«Riconquistarlo? Non l'ho mai perso!»

«Ah, sì, certo.» L'uomo resistette all'impulso di sorridere. La donna aveva rivelato la sua debolezza: l'orgoglio.

Evangeline tenne il broncio per un istante prima di parlare di nuovo. «Qual è il vostro piano?»

«Vi do questa lettera, scritta imitando la calligrafia di Essex, che v'invita a recarvi nella sua tenuta e a passare del tempo con lui. Implica che non trova soddisfazione con Emily. Confermerete il mio sospetto sulla presenza della giovane e m'invierete una lettera per posta a questo nome e indirizzo. Non dovrebbe destare i sospetti di Essex, nel caso in cui controlli la vostra corrispondenza. Fornitemi qualsiasi dettaglio sulla posizione esatta di Emily in casa, su dove la tengono, sulle abitudini degli uomini di servizio, qualsiasi cosa possiate dirmi che mi aiuti a recuperarla.»

«E quando saprete che è lì?»

«Ho alle mie dipendenze un uomo molto pericoloso, che non si fermerà davanti a nulla per riprendere la ragazza. Supponendo che il duca e i suoi amici si tengano alla larga, non dovrebbero subire danni. Una volta che avrò la ragazza, Essex sarà libero e potrete riprendervelo.» Il sorriso di Blankenship non aveva calore.

Un accenno di diffidenza tradì la francese. «Questo mercenario... ucciderebbe Godric?»

«Se Essex cercasse di impedirgli di riprendere la ragazza, allora sì. È molto abile. Ho altri uomini che lo appoggiano, altrettanto spietati nei loro mezzi.» Se qualcuno le avesse carpito l'informazione, meglio che avesse fatto credere agli uomini di Godric di avere un esercito a disposizione.

Per un lungo istante la signorina Mirabeau non parlò. Blankenship non aveva dubbi che tenesse ancora a Essex. Questo la rendeva solo più propensa ad aiutare la sua causa, se avesse potuto risparmiare il suo amante e riaverlo indietro.

«Il vostro piano è ridicolo. Sua Grazia saprà che non ha scritto quel biglietto. Come spiegherò la mia improvvisa apparizione?»

«Ditegli che qualcuno deve avervi fatto uno scherzo. Mostrategli il biglietto, ditegli che avete concesso una vacanza ai vostri domestici e che sarebbe un peccato tornare così presto. È un gentiluomo e senza dubbio vi lascerà restare. Vi pagherò profumatamente per questa piccola missione.»

L'avidità le illuminò gli occhi. «Quanto profumatamente, *Monsieur?*»

«Molto.»

La donna afferrò l'assegno che lui le porgeva, gli occhi le si spalancarono, leggendo la somma. «*Monsieur!*» Sorrise, ma allo stesso tempo non era affatto un sorriso.

«E ancora di più al vostro ritorno,» aggiunse l'uomo.

«Considerateci soci.»

Presto Emily sarebbe stata a casa di Parr ed Evangeline di nuovo nel letto di Essex. Blankenship avrebbe gentilmente condonato a Parr i suoi debiti nel momento in cui Emily fosse stata sua. Lui avrebbe avuto Emily ed Essex si sarebbe tolto di mezzo.

IL GRUPPO DI CACCIATORI AVEVA QUASI RAGGIUNTO IL bordo dei giardini, con le borse piene di fagiani, quando Emily inciampò su una pietra traballante e si slogò la caviglia. Gli uomini si voltarono, sentendola gridare. Le faceva un male del diavolo e non riuscì a soffocare il suo lamento. Godric le esaminò subito la caviglia, con le dita che le spingevano le gonne verso l'alto. Le toccò la caviglia coperta di calze con dita delicate ma decise.

«Fa male?»

Emily rispose con una smorfia, lottando per stare in piedi.

«Non essere sciocca. Ti porto io.» Godric le passò un braccio dietro la schiena e l'altro sotto le ginocchia, sollevandola. Penelope la seguì da vicino, mugolando sommessamente. Ashton e Cedric rimasero davanti per aiutare ad aprire il cancello del giardino e il portone del castello.

«Vostra Grazia! Che cosa è successo?» Simkins si avvicinò, con le rughe del volto ancora più accentuate.

«Emily si è slogata la caviglia. Fai portare la cena per due nelle mie stanze. Non voglio che si aggravi.»

Il servitore guardò la giovane, Godric e, prima di andarsene, aggiunse: «Certo, Vostra Grazia,».

«Cos'è questa storia, allora?» Una voce familiare giunse dalle scale. Charles e Lucien erano tornati da Londra.

«Quando siete tornati?» chiese Ashton.

«Mezz'ora fa. Simkins ci ha detto che eravate a caccia.» Lucien rivolse a Emily un'occhiata preoccupata.

«Hai un fagiano dall'aspetto strano, Godric. Le hai sparato alla gamba?» Charles, purtroppo, era spavaldo come sempre.

«Non proprio. Sono inciampata su una pietra mentre tornavo in giardino.»

«Non sei ferita?» le chiese Lucien.

Cedric prese in braccio Penelope, che stava annusando gli stivali di Charles. «Potrebbe essersi slogata una caviglia.»

Godric ignorò la conversazione e portò Emily su per le scale. La fece sdraiare sul letto e le sciolse la corda dalla vita, ma non la liberò. Prese l'estremità libera della corda e fece lo stesso intricato nodo alla spalliera del letto.

«Godric, sinceramente, è necessario?»

Le prese il mento con una mano, inclinandole le labbra verso le sue mentre la baciava.

«Non sono ancora le dieci e non credo di voler correre rischi quando si tratta di te. Tornerò presto.» La baciò di nuovo, tirandole a lungo le labbra, stuzzicandole la lingua con la sua, prima di lasciarla finalmente da sola.

Emily si massaggiò la caviglia e la ruotò lentamente alcune volte in ogni direzione, cercando di sopportare il dolore. Da bambina si era slogata spesso la caviglia. Il dolore non durava mai a lungo. La rigidità aveva già cominciato ad attenuarsi.

Godric era stato furbo a tenerla legata, ma sciocco a pensare che fosse impotente. Emily studiò il nodo della corda intorno alla vita. Era una creazione a più nodi che alla fine avrebbe potuto sciogliere. Lottando con il nodo per qualche minuto, riuscì a scioglierlo, ma al suono di passi, portò le mani in grembo. Godric, Simkins e Libba portarono due vassoi di cibo, una bottiglia di vino e un paio di bicchieri. La cameriera le fece un occhiolino cospiratorio mentre lei e Simkins se ne andavano.

Godric spinse uno dei vassoi più vicino a Emily, indicandole i piatti prima di slegarle la corda alla vita. Pensava che ora che era tornato, avrebbe potuto sorvegliarla lui stesso.

«Zuppa di lepre, budino di allodola e,» sorrise, indicando la piccola ciotola ghiacciata coperta da un coperchio d'argento, «gelato allo zenzero.»

«Gelato?» Lo stomaco di Emily brontolò. Il gelato era una prelibatezza che solo chi aveva una ghiacciaia poteva permettersi.

Godric sorrise. «Forse avrei dovuto usare il gelato prima per corromperti e farti diventare una brava prigioniera...»

Emily prese la piccola ciotola, impaziente di sentire la fresca delizia sciogliersi in bocca. Godric le scacciò la mano con un colpetto.

«Prima devi mangiare le altre pietanze. Simkins mi farebbe saltare la testa se sapesse che mi hai sedotto per farti mangiare prima il dessert.»

«Lo farebbe?» Emily non riusciva a immaginarlo.

«Beh, no, mi guarderebbe semplicemente con disappunto, il che è peggio.»

«Si può essere sedotti anche per un gelato?» Emily incurvò le labbra in un piccolo ma suggestivo sorriso. Il sorriso di risposta di lui la fece quasi sciogliere.

«Ne saresti sorpresa.»

Godric le porse un coltello, una forchetta e un cucchiaio. Emily sorrise tristemente mentre lui andava a chiudere a chiave la porta della camera.

«Devo mangiare qui sul tuo letto?»

«Mangeremo sul mio letto,» la corresse, sedendosi accanto a lei.

«Ma...»

Era troppo bello, troppo dolce, per pensare che lui volesse condividere un pasto così privato con lei. Emily si scostò da lui, sapendo che se l'avesse toccata, avrebbe perso il controllo. Una metà di lei voleva gettare il cibo dal letto e assaggiare lui. L'altra metà sapeva che ogni momento trascorso con Godric, era un passo più vicino alla perdita del suo cuore.

«Mangia, mia cara, o non arriverai al gelato.»

Emily sospirò e iniziò con la zuppa e il budino.

Godric mangiava accanto a lei, in un silenzio sorprendentemente piacevole. Era una gioia semplice, averlo così vicino, restando semplicemente in uno spazio così vicino a lei.

«Come sta la caviglia?» Godric posò il vassoio a terra, si avvicinò alla gamba della giovane, sollevandole le gonne oltre il ginocchio. I brividi le percorsero la schiena.

«Va molto meglio. Penso che starò bene. Da bambina mi facevo male spesso in questo modo. Non stavo mai ferma abbastanza a lungo. Mia madre diceva che ero un vero e proprio maschiaccio. Ecco perché ha iniziato a insegnarmi tutte quelle lingue.» Emily si adagiò sui cuscini, spostando le spalle per trovare la posizione migliore per rilassarsi. I ricordi della sua infanzia si srotolarono come bandiere colorate al vento.

Il palmo della mano di Godric si spostò lungo la gamba, ascoltandola parlare. Emily sapeva che avrebbe dovuto vergognarsi per avergli permesso di toccarla così audacemente, ma avevano già fatto così tanto insieme che non riusciva a resistere a un tocco così semplice e dolce.

«Imparare era l'unico modo per farmi stare ferma. Ci

rintanavamo in biblioteca per ore, leggendo storie in altre lingue. Mi sfidava, mi premiava quando facevo bene.» Emily sorrise. Che sua madre l'avesse convinta ad abbandonare l'aria aperta per almeno un'ora per leggere aveva del miracoloso. «Ci nascondevamo da papà quando veniva a cercarci all'ora di pranzo. Non dimenticherò mai quando ci nascondemmo sotto il tavolo vicino alla porta e sgattaiolammo fuori oltrepassandolo. Arrivò in sala da pranzo e ci trovò che stavamo già mangiando. Non credo che abbia mai capito come abbiamo fatto. La mamma era così intelligente.» Emily scacciò una lacrima.

«Immagino che fosse una donna meravigliosa.» Godric le accarezzò di nuovo la gamba, giocherellando con il bordo della calza vicino al ginocchio, come se desiderasse toglierla. Emily sentì il respiro accelerare, ma si sforzò di rimanere calma.

«Era una grande donna. Mio padre diceva che il mondo aveva sempre bisogno di più donne come lei. Voleva che fossi intelligente come lei.» Le lacrime le pizzicarono gli occhi, ma non bruciavano. Erano lacrime di accettazione del ricordo di giorni più felici. Si sarebbe mai più sentita così?

Godric le rubò l'attenzione quando la tirò sulle ginocchia, prese la coppa di gelato e gliene portò una cucchiaiata alle labbra. Aveva tolto il cravattino e il panciotto, la camicia bianca gli si modellava addosso. Le appoggiò il mento sulla spalla, guardandola mangiare. Sedersi sulle ginocchia di lui, sentirlo mentre la teneva stretta, la fece trasalire.

«Voglio sapere tutto di te, Emily. Raccontami la storia della tua vita.»

«La storia della mia vita? Non c'è molto da dire. Ho passato più tempo a sognare una vita ancora da vivere che a viverla davvero. Mio padre non era ambizioso e non amava la città. Andavamo raramente a Londra e non ho mai messo piede fuori dal suolo inglese. I miei genitori, invece, viaggiavano molto. Mio padre era in parte proprietario di una compagnia di navigazione e si recava nei vari porti per vedere come andavano gli affari. Portava sempre con sé mia madre... erano così innamorati.»

Lampi di memoria, i sorrisi fugaci di suo padre a sua madre mentre indossava il mantello da viaggio. Il tocco delle labbra sulla sua guancia paffuta di bambina mentre si dirigevano verso la carrozza a noleggio, lasciandola a casa, aggrappata alle gonne della signora Danvers. Se solo avesse saputo che quello sarebbe stato il loro ultimo viaggio. Quando i suoi genitori erano partiti, Emily si era addentrata nel bosco dietro il loro cottage, a disegnare fiori di campo e uccelli per un saggio che stava scrivendo. Era arrivata con un'ora di ritardo e questo la tormentava.

Avrebbe dato l'anima per tornare indietro nel tempo e costringersi a lasciare gli schizzi per un altro giorno e tornare a casa prima. Avrebbe tenuto stretta sua madre, si sarebbe aggrappata a suo padre e li avrebbe pregati di non partire. Non si sa mai quali errori si possono commettere, né il prezzo da pagare finché non è troppo tardi.

Godric sembrò percepire quanto lei fosse distante e le scostò una ciocca di capelli dal viso. «Desideri viaggiare?»

La sua mano libera intinse il cucchiaio nella ciotola e le rubò il gelato.

«Più di ogni altra cosa, voglio...»

«Vuoi cosa?»

«È una sciocchezza.»

Godric abbandonò il cucchiaio per accarezzarle la guancia con il dorso della mano. «Dimmi.»

Era così facile cedere, arrendersi a qualsiasi cosa lui le chiedesse, quando la toccava in quel modo. «Mio padre mi ha lasciato in eredità la sua partecipazione nella società. Era compresa anche una discreta somma di denaro che sarebbe andata a mio marito al momento del matrimonio. Speravo di sposare qualcuno che mi permettesse di rilevare i miei interessi nell'azienda e di gestire i libri contabili. Avrei potuto viaggiare, vedere il mondo quando ne avessi avuta la possibilità. Non sarebbe magnifico avere l'opportunità di vivere? Voglio fare il bagno nel Mar Mediterraneo, voglio sentire il sole dell'Egitto sulla mia pelle e voglio lanciare una palla di neve sui Pirenei. Voglio assaggiare il curry indiano e vedere i templi orientali...»

Lo sguardo di Godric si addolcì.

«Non sono desideri sciocchi.» La mano di Godric si spostò lungo il collo, un polpastrello le tracciò la linea verso la clavicola. Emily non desiderava altro, in quel momento, che vivere i suoi sogni con lui.

«Forse no, ma sono sciocca a sperare che si realizzino.» Emily posò il cucchiaio e la ciotola.

Quando le fu chiaro che Godric non l'avrebbe lasciata, si sistemò di nuovo tra le braccia di lui che le si avvolse intorno, seppellendo il viso nell'incavo tra il collo e la spalla, con le labbra che premevano sulla sua pelle. La testa di Emily cadde all'indietro contro la spalla mentre lui muoveva la bocca lungo il collo verso l'orecchio, mordicchiandole il lobo. Lei sospirò, una nebbia di calore le avvolse il corpo. Sarebbe potuta scivolare nel sonno, al sicuro tra le braccia di Godric. L'orologio a pendolo nel corridoio suonò nove volte. I rintocchi lontani svegliarono Godric che la sollevò dalle sue ginocchia.

«Devo scendere e occuparmi degli altri. Tornerò presto e andremo a letto.» Non aspettò che lei protestasse, ma la lasciò da sola a sedersi e aspettare.

I CINQUE UOMINI ERANO IN PIEDI INTORNO AL TAVOLO da biliardo nel salotto. Cedric preparò il suo tiro mentre Lucien e Charles raccontavano agli altri del loro viaggio a Londra.

«Ci siamo imbattuti in Blankenship a Hyde Park,» disse Charles, roteando un bicchiere di brandy.

Gli occhi di Ashton lampeggiarono. «Veramente?»

«Sì, mi sono preso il tempo di ricordargli il suo debito nei miei confronti,» continuò Lucien. «Sembra che sia molto intelligente nelle sue pratiche finanziarie. Prende investimenti da uomini come me e li usa per far fallire uomini come... Albert Parr. Oggi ho chiesto in giro e sembra che ci siano indizi che indicano che Blankenship sia il responsabile dei problemi finanziari di Parr.»

Godric prese una stecca dal supporto di legno appoggiato alla parete. «Mi chiedo se Blankenship abbia mandato in bancarotta Parr solo per avere Emily...» Studiò il tavolo da biliardo poi guardò Lucien. «Com'è nato il debito di Blankenship nei tuoi confronti?»

Lucien si prese del tempo per rispondere. Dopo aver mandato in buca due palle, rispose alla domanda. «L'ho incontrato solo una volta. Gli ho venduto una delle mie piccole proprietà in Francia, il piccolo cottage vicino al castello di Chenonceau.»

Charles sospirò malinconicamente. «Mi piaceva molto quel posto...»

«Beh, Blankenship ha l'atto di proprietà. Mi ha pagato solo l'acconto.» Il volto di Lucien si oscurò. «Non mi ha pagato il resto.»

Godric provava quasi pietà per Blankenship. Chi osava fregare qualcosa a Lucien poteva finire dalla parte sbagliata di una pistola da duello.

«Non pensi che cercherà di truffarti?» chiese Ashton.

«No, sono troppo attento per cadere in queste trappole. Sta semplicemente ritardando il pagamento fino all'ultimo momento possibile per ottenere gli interessi.»

«Cosa ci faceva a Hyde Park?» Era il turno di Godric. Impugnò la stecca, fece il suo tiro, mancando la palla di un centimetro. La sua mente era decisamente altrove e il suo gioco ne soffriva.

«Non ne sono sicuro. Quel bastardo sembrava terribilmente compiaciuto quando ci ha visti.» Charles ringhiò.

Godric soffocò una risata. Tutti odiavano Blankenship per la sola ragione che credeva che Emily gli appartenesse. Godric cercò di non soffermarsi su quel pensiero. Gli ricordava solo il suo comportamento poco rispettoso.

«Questo non è di buon auspicio. Avevo dei dubbi su di

lui da quando è venuto qua con il magistrato,» spiegò Ashton.

«Non si darà pace finché Emily non sarà sua,» disse Cedric.

«Allora sarà un uomo molto stanco.» Godric combatté l'impulso di camminare per i corridoi della casa fino a esaurire tutte le sue energie. «Dobbiamo essere vigili,» disse e gli altri annuirono.

Cedric sorrise. «A parte l'incontro con Blankenship, immagino che vi siate divertiti.»

«Certo! Lucien ha un certo talento per scegliere le donne che amano sperimentare. Avevano questi splendidi giocattoli importati da...»

«*Ahem.*» Ashton tossì. «Per quanto ci piacciano i racconti della depravazione tua e di Lucien, Charles, c'è una giovane donna innocente sotto questo tetto che non dovrebbe sentirti mentre ti vanti delle tue conquiste.»

Godric soffocò una risata. Ancora una volta, i suoi pensieri furono attratti da Emily. L'aveva lasciata in camera, incapace di fidarsi di lei un momento di più. Ma non cercava semplicemente i piaceri della carne. Voleva stare con lei completamente, corpo e anima. Era mai stato con una donna in quel modo? Se lo aveva fatto, doveva essere stato anni prima... Posò la stecca sul tavolo, attirando l'attenzione degli altri uomini. Il tempo dell'attesa era finito. La voleva e, se sapeva giudicare le donne, lei lo voleva altrettanto.

«Scusatemi. Devo controllare Emily.»

«Certo che devi...» Charles ridacchiò. «Immagino che dovrai controllarla tutta la notte.»

Godric ignorò le risate che lo seguirono mentre lasciava la stanza.

Quando Godric entrò nella stanza, Emily era distesa a pancia in giù e stava leggendo una raccolta di saggi di filosofia. Gli occhi della giovane si sollevarono dalle pagine quando lui chiuse la porta e vi si appoggiò, con le braccia incrociate. Un sopracciglio scuro si alzò, così come un angolo della bocca. Il suo cuore sussultò. Ebbe l'impulso di scappare e nascondersi nel sottobosco come un cerbiatto spaventato. La brace tra loro era rimasta accesa sotto la superficie per troppo tempo. Non ci sarebbe stato modo di tornare indietro. Si fidava di lui?

Sì, molto più di quanto avrebbe dovuto ma era troppo tardi per mettere in discussione quella parte del suo cuore che si era abbandonata a lui.

«Vieni da me, tesoro.» Come il serpente che le offriva una mela, il tono di lui prometteva di insegnarle tutto ciò che una giovane donna innocente non dovrebbe sapere.

Il libro le cadde dalle mani e si mise seduta con la mente annebbiata da un desiderio inebriante. Godric doveva essere disperato quanto lei. Lasciò penzolare le gambe oltre la sponda del letto e si appoggiò all'indietro, con le mani dietro i fianchi e il mento sollevato, rivolgendogli quello che sperava fosse uno sguardo di sfida.

«Se è me che vuoi, allora vieni.»

Il luccichio da lupo negli occhi di Godric le disse che lui sapeva che lei stava cercando di controllare la situazione. Alla fine si allontanò dalla porta chiusa e le si avvicinò.

Le strinse il viso con una mano, fissandole le labbra. «Emily, mi stai facendo impazzire.»

«Pensi che sia stato facile per me? Sai come mi sento, ma per te la scelta è facile e senza conseguenze. Per me? Sto rinunciando a tante cose per stare con te. Ti prego, dimmi che lo capisci...» Non voleva implorarlo, ma il tremore della voce la tradiva.

«Lo capisco...» Godric spostò le mani dalle spalle di lei portandole al collo della camicia, afferrandone i bordi. Con un rapido movimento la strappò in due, poi gliela sfilò dalle braccia e la gettò via, facendola svolazzare a terra come un simbolo bianco della resa di lei.

«Non ti pentirai mai di questa scelta. Lo giuro.» La voce di lui era irregolare mentre le stringeva le spalle.

«Godric...» Emily cercò di allungare una mano per fermarlo. Tutto il corpo di lui tremava mentre le slegava i lacci.

«Non dire altro, volpe. Il segugio è arrivato e non c'è scampo.» Nella mente di Emily balenò l'immagine di una volpe dal manto rosso presa tra i denti di un segugio. Lei era sempre stata la volpe per lui che adesso aveva vinto.

Le mani di Godric scesero verso i piedi della giovane, slacciandole gli stivali e facendoli cadere a terra. Poi le sfilò le calze. Emily rimase immobile a guardarlo mentre lavorava ai ganci della gonna prima di farla scivolare a terra. Godric si tirò indietro, togliendosi lentamente la camicia e mettendo da parte gli stivali. Cominciò a togliersi le braghe, ma si fermò quando lei si spostò sul letto.

«Ora hai paura di me?»

Emily credette di sentire un accenno di preoccupazione nel tono di lui. *Certo che ho paura di te. Tu prendi il controllo di tutto, pretendi che io ti dia tutto, non solo il mio corpo.* La paura le danzò dentro, facendola indietreggiare. I respiri diventarono affannosi, il cuore di Emily batteva un ritmo debole e instabile. Le avrebbe accidentalmente fatto del male?

L'aveva prelevata dalla carrozza con la forza e l'aveva sottomessa. Ma col passare dei giorni, aveva anche mostrato una dolcezza che non riusciva a nascondere. Si sarebbe impossessato di lei il libertino senza cuore o l'anima ferita?

Lo sguardo determinato negli occhi dell'uomo le diceva che il libertino aveva il controllo, ma l'ombra di quell'anima gentile faceva capolino da sotto le lunghe ciglia scure.

Ogni residuo di paura svanì ma una tensione nervosa altrettanto inebriante per i suoi sensi ne prese il posto. Non sapeva come stare con Godric come amante.

«Io... non ho paura.» Il tono insistente di lei non convinse nessuno dei due.

GODRIC OSSERVÒ EMILY: UNA CREATURA SPAVENTATA IN una camicia leggera di seta, con i capelli tirati su. Le si avvicinò, ma solo per toglierle il pettine e posarlo sul comodino. I capelli le ricadevano sulle spalle. Le passò le mani tra i capelli, ammirando quanto fossero setosi.

Emily lo ipnotizzava come un'antica dea. Era stato con alcune delle donne più belle e ricercate di tutta l'Inghilterra, ma mai nella sua vita una donna lo aveva tenuto prigioniero in quel modo. Tutto aveva a che fare con il modo in cui lei sussurrava il suo nome, il modo in cui sorrideva e le cose che le passavano per la testa mentre parlava dei suoi sogni. Non era solo un corpo caldo da portare a letto. Emily era molto di più per lui. Era reale.

Godric spostò le mani fino a prenderle il viso, poi le inclinò la testa all'indietro e le saccheggiò la bocca tremante, trascinandola più a sé.

La strinse a sé, il calore di lei lo eccitava e lo calmava al tempo stesso. L'ultima cosa che voleva era spaventarla, eppure era lì che le strappava i vestiti e ringhiava come un lupo. Il suo bisogno di averla, di farla sua, stava prevalendo rapidamente sulla razionalità. Ma le sue azioni erano anche radicate in una nuova paura: perdere Emily. Era diventato impossibile fare a meno di lei. Le braccia di Godric le si strinsero intorno, come se lasciarla andare avrebbe cancellato la sua protezione.

Il profumo dei suoi capelli, come di fiori appena colti, lo avvolgeva, lo calmava. Lei era lì, tra le sue braccia, al sicuro.

«Non avere paura,» le mormorò, sfiorandole con la bocca la linea della mascella fino al collo.

Emily sospirò, allungando le braccia, cercando di avvicinarlo. Godric approfittò della distrazione facendole scivolare la camicia da notte verso l'alto e continuando a baciarla fino a quando la stoffa sottile fu vicina al collo, poi la tirò su sopra la testa. Le sfuggì un sussulto mentre cercava di coprirsi i seni. Godric la fece scendere lentamente contro il letto e le bloccò i polsi vicino alla vita.

«Godric... non credo di essere pronta a farlo.»

«Non ti farei mai del male, tesoro. Ti prego, credimi.» Le posò un lieve bacio all'angolo della bocca, stuzzicandola. Voleva solo tenerla al sicuro, renderla felice. Non osava rischiare di perderla.

EMILY SI CONTORCEVA NEL PIACERE CRESCENTE MENTRE lui faceva scivolare i fianchi nella culla delle sue cosce. Le loro bocche si fusero e il calore di quel bacio la fece fremere. Sentì nel tono della voce di Godric che non le avrebbe fatto del male, ma il suo cuore era riluttante a crederci.

«Per favore, Emily, fidati quando dico che mi prenderò cura di te. Ho bisogno di te.»

Emily gli spinse il petto. «Hai bisogno del mio corpo.»

Godric si tirò indietro, i suoi occhi di smeraldo la annegarono negli infiniti bagliori di luce. «È più di questo. È sempre stato di più. Dal primo momento, ho capito che eri mia, anima e corpo. Per sempre.»

Le attorcigliò una ciocca di capelli intorno a un dito, facendoli roteare in un misto di giocosità e tenerezza che la disorientò. «Mi hai stregato, Emily. Sono sotto il tuo incantesimo e non vorrei mai svegliarmi. Non negarmi il diritto di adorarti, mia dea.» Sigillò la sua supplica con un morbido giro di labbra su quelle di lei, lasciandola desiderosa di altro.

Il corpo di Emily prese vita. Ogni nervo, ogni muscolo si contraeva nell'attesa di quel piacere che doveva ancora provare. Era un dono che non osava chiedere. Tutto ciò che contava in quel momento, era Godric. La potenza del suo corpo, la danza della sua lingua e il dolore che le cresceva tra le gambe.

Godric annidò il suo corpo contro quello di lei, dondolando in avanti, premendo. Emily faticava a respirare, le sue labbra ancora prigioniere di lui che le inclinò la bocca sulla sua. Le mordicchiò le labbra, mentre le mani scivolavano lungo l'esterno delle cosce, premendo leggermente. Quando finalmente Godric le guardò i seni, gemette alla vista dei capezzoli rosei che germogliavano per lui.

«È da tanto che aspetto di assaggiarti.» Le pose una scia di baci dal collo fino ai seni. Quando le prese il seno in bocca, Emily s'inarcò contro di lui mentre dei brividi le percorrevano la schiena.

La bocca di lui le circondò il capezzolo, la lingua che lambiva la punta tesa, finché Emily non infilò le mani tra i capelli di Godric, esortandolo a continuare. Godric abbandonò il seno e le afferrò le mani, riportandole sul letto vicino ai fianchi.

«Non ho intenzione di darti ancora quello che desideri.»

«No?» sussultò lei.

Godric ridacchiò, baciandole la clavicola. «No. È il momento di punirti per i tuoi tentativi di fuga.» Fece guizzare fuori la lingua e le leccò la pelle. Emily gemette. «Se questa è una punizione, fammi ammettere altri peccati, così potrò espiare anche quelli.» La risata di lui la catturò con la sua dolcezza bruciante.

Godric spostò la bocca giù tra la valle dei seni, oltre il ventre e verso il triangolo scuro tra le gambe di lei. Scivolò giù dal letto, inginocchiandosi tra le gambe di Emily, usando le spalle per tenerle aperte le ginocchia mentre le baciava l'interno della coscia destra. La vista di Emily si offuscò mentre lui si muoveva lentamente verso il suo nucleo umido.

«GODRIC...» MUGOLÒ LEI QUANDO, FINALMENTE, LA bocca di lui si spostò tra le sue gambe. Mentre la lingua roteava disegni peccaminosi nella sua carne palpitante, lei gridò di nuovo il suo nome. Godric gemette, amando il suono del suo nome che le usciva dalle labbra in preda alla disperazione.

Le mutande erano così strette che riusciva a malapena a pensare. Sapeva che non doveva andare a letto con Emily. Doveva smettere di assaggiarla, doveva fermarsi prima di spingersi troppo in là e di penetrarla a fondo. Era vergine, innocente e la prima volta sarebbe stata dolorosa. Aveva bisogno dei baci calmi e dolci di un amante, non della violenza di un uomo posseduto. Godric era sul punto di riprendere il controllo quando Emily gemette forte esortandolo a continuare.

Le mordicchiò il bocciolo sensibile della sua eccitazione, ansimando mentre lei gridava di piacere. Le lasciò le mani, alzandosi per togliersi le mutande. Se non fosse stato presto dentro di lei, si sarebbe perso come quella mattina.

Emily sgranò gli occhi quando lui si tolse le mutande e rimase completamente nudo davanti a lei.

Emily fissò l'eccitazione di lui, con gli occhi che brillavano di fascino. «Godric, hai intenzione di...»

«Emily, so che ti farà male, ma sarò il più delicato possibile.» La voce di Godric era tesa, aprendole delicatamente le ginocchia.

Emily si contorse mentre lui si sistemava su di lei. «Me lo prometti?»

«Lo prometto.» Non aveva mai fatto una promessa così importante in vita sua.

Godric le sollevò i fianchi e, con un movimento lento, si spinse in profondità. La parete si lacerò contro la forza del suo ingresso. Il grido acuto di dolore di Emily seguì il sollevamento dei fianchi mentre cercava di liberarsi, ma il movimento non fece altro che spingerlo più a fondo.

Godric si bloccò al suono del dolore.

«Devo fermarmi?» La voce di lui era roca, gli rimbombava nelle orecchie.

Emily gli baciò la mascella e sollevò i fianchi per incoraggiarlo. «No, non farlo.»

Chinandosi, le catturò la bocca in un bacio profondo. La tensione di lei diminuì. La esortò a muoversi con lui e a seguire il suo ritmo. Ben presto Godric si perse nella stretta delle pareti interne di lei e nell'alzarsi e abbassarsi dei suoi seni mentre lei respirava, e ogni volta un suono sommesso fuoriusciva dalle labbra di Emily che spostò le gambe fino ad avvolgergli le cosce, mentre Godric era sul bordo del letto, piegato, spingendosi dentro di lei. Non si era mai sentito così consumato da una donna prima di allora, così desideroso di marchiare l'anima nel nucleo stesso del suo essere.

Mia. Tu sei mia, disse nel gioco ruvido della sua lingua contro quella di lei, le sue mani le strinsero i fianchi più forte mentre i seni di lei gli sfregavano il petto.

UN MARE CREMISI DI DESIDERIO AVVOLSE EMILY MENTRE Godric spingeva sempre più a fondo. Ogni volta che lui si ritirava, lei sentiva la profondità di quel vuoto. Solo le spinte di ritorno di Godric alleviavano quel dolore. Nulla esisteva, aveva forma o materia, oltre l'accoppiamento del suo corpo con quello di Godric. Strinse le gambe, reclamandolo come suo, mentre la sua lingua si faceva strada nella bocca di lui, assaporando lo zenzero del gelato e il brandy.

I lampi di dolore si trasformarono in raffiche di piacere. Stava correndo verso un precipizio e, una volta caduta, non avrebbe avuto modo di risalire verso la sanità mentale. Il piacere di quell'unione tra loro era bellissimo e devastante.

«Prendimi più a fondo,» la esortò Godric all'orecchio, sfiorandole il collo con i denti.

Emily sbatté i fianchi più forte che poteva contro quelli di lui che si protese verso il grembo di lei. Emily nuotava su una riva sconosciuta di desiderio, un tramonto scarlatto che le schizzava il mondo con sfumature di fuoco e piacere. Godric era lì con lei, con la mano tesa ad afferrarla, rendendola sua per sempre.

Era sua. Il fuoco esplose dal corpo della giovane da quell'unico punto di connessione e si propagò attraverso di lei in ondate fragorose. Emily gridò di nuovo, questa volta di puro piacere e Godric spinse ancora due volte, più forte di prima, e crollò su di lei, gemendo.

Emily lottò per riprendere fiato. Il calore di lui si diffuse profondamente tra le sue gambe mentre lui dondolava fuori da lei di qualche centimetro prima di scivolare di nuovo dentro. Emily gemette, le sue pareti interne si convulsero intorno a lui, accogliendolo ancora. I loro corpi erano umidi mentre lui scivolava contro di lei, sfiorandole il collo. Emily lo avvolse con le braccia, i muscoli della schiena di Godric si muovevano sotto le sue mani. Il duca la sollevò un po', facendola scivolare più indietro sul letto per potersi sdraiare accanto a lei.

Quando finalmente Godric si staccò, Emily rabbrividì e cercò di riconnettersi a lui, volendo essere abbracciata. Il giovane la attirò a sé, accarezzandole la schiena, il sedere, le cosce, fino ai capelli, che tenne fermi sulla nuca per poterla baciare. Emily appoggiò la guancia contro il petto, assaporando il calore e il battito costante del cuore di lui.

«Stai bene, Emily?» La voce di Godric era preoccupata.

La giovane chiuse gli occhi, godendosi il calore della pelle sotto la guancia. «Sì.» Le piaceva sentirlo respirare, sapere che la vita scorreva in lui e che era suo e solo suo, anche se per un breve periodo.

Godric le baciò i capelli. «Non volevo farti male, tesoro mio. La prima volta fa sempre male, ma avrei dovuto essere più delicato.»

«Shh...» Emily sollevò una mano per coprirgli la bocca. Lui le baciò teneramente la punta delle dita e lei sorrise.

«E pensare che volevi punirmi.» Emily fece una risata delicata e sensuale che gli stimolò il desiderio.

«Non tentarmi di essere più creativo. Lucien ha delle idee affascinanti provenienti dall'Estremo Oriente che prevedono il bondage con strisce di seta rossa.»

«Non oseresti!» La testa di Emily si alzò di scatto, gli occhi si oscurarono e sussultò quando lui la pizzicò e gli diede un colpetto sul petto.

«Canaglia!» sibilò lei, ma ora i suoi occhi erano pieni di risate.

«Non ho mai preteso di essere altro.» Emily si rilassò, rannicchiandosi contro di lui, assorbendo il suo calore. Godric, piuttosto che continuare a stringerla, si svincolò e tirò indietro le coperte del letto.

«Copriti,» le sussurrò, rimboccandole le coperte e iniziando a vestirsi. Lei lo guardò, con le coperte strette al mento. Aveva appena fatto di lei una donna, eppure la stava abbandonando.

«Dove stai andando?» Il fremito nel tono della sua voce la fece vergognare.

«Al piano di sotto. Tornerò presto.» Godric s'infilò la camicia, aspettando la sua risposta.

Emily aprì la bocca, ma l'orologio a pendolo suonò.

«Ah, le dieci,» Godric si chinò e le baciò la fronte.

Emily rimase immobile a letto per un lungo minuto. Avrebbe voluto ridere, urlare di gioia. Non si era mai sentita così bene prima. Per alcuni momenti lei e Godric erano stati un'unica entità vivente senza fine né inizio. Lui si era perso in lei e lei in lui. Non appena se ne rese conto, capì qualcosa di più importante. Non avrebbe mai voluto lasciarlo.

«Io lo amo...» L'epifania portò con sé sia emozione sia dolore.

Era innamorata di un uomo che non l'avrebbe mai ricambiata. Lui non era il tipo da amare. Gli uomini come lui non lo facevano mai.

Il piano per sedurlo era sempre più importante. Doveva fare l'impossibile e conquistare il suo cuore. Era l'unico modo per essere entrambi felici.

Si accoccolò ancora di più tra le coperte, il profumo di Godric le aleggiava intorno e la confortava mentre sognava quell'unione.

CAPITOLO 13

Godric tornò in salotto, dove trovò tutti e quattro i suoi amici concentrati eccessivamente alla loro partita a biliardo. Gli lanciarono un'occhiata, poi tutti distolsero rapidamente lo sguardo e per un lungo istante nessuno disse una parola.

Charles gettò con noncuranza la stecca, rovinando il gioco perché mandò le palle fuori posto. «Dannazione, se nessuno ha intenzione di chiederlo, allora lo farò io. Com'è andata?»

«Com'è andata cosa?» Godric finse innocenza.

«Sappiamo tutti che tu ed Emily...» Per un uomo che non restava mai senza parole, Charles in quel momento era certamente a corto di parole. «Beh, sai... Oh, per l'amor di Dio, abbiamo le orecchie, amico!»

Cedric sibilò: «Buon Dio, vuoi farci sparare?»

Godric non era minimamente turbato. Anzi, trovava piuttosto divertente l'immagine dei suoi amici che si agitavano come scolaretti nel corridoio solo per dare un'occhiata dal buco della serratura... Come poteva non ridere?

«Non si sparerà a nessuno, a meno che qualche uomo qui adesso non osi provare a sedurla. Ricordate la quarta regola. Lei ha scelto me. È chiaro?»

I cenni di assenso si susseguirono.

«Non le hai fatto del male?» gli chiese Ashton dopo un istante, con il volto un po' arrossato.

Cedric rispecchiò la preoccupazione di Ashton, appoggiandosi al tavolo da biliardo.

«Ora sta bene. Non sono stato delicato come avrei dovuto... Ma so come distrarre una donna dal dolore e sostituirlo con il piacere. È stata coraggiosa, la mia Emily.» Nella sua lunga esperienza di conquiste, Godric era andato a letto solo con due vergini. Entrambe avevano pianto per tutto il tempo e da allora aveva giurato di rinunciare alle innocenti. A nessun uomo piaceva passare tutta la notte a persuadere una donna a tornare a una parvenza di accettazione.

Ma Emily lo aveva accolto con una passione sorprendente, che rivaleggiava con la sua.

Ashton lo fissò. «Lei ti ama, Godric. Una donna innamorata può sopportare più dolore e sofferenza dell'uomo più forte. I loro cuori sono cose uniche, robusti e leali ma suscettibili di una grande debolezza.»

Godric fu sorpreso dal calore improvviso nel petto. Emily lo amava. Gli piaceva sapere che lei lo amava. Cercò di mantenere la calma. «E quale sarebbe questa debolezza?»

Ashton si acciglio. «Si spezza facilmente se il suo amore

non è contraccambiato. Devi trovare nel tuo cuore la forza di amarla, Godric, o le avrai fatto una grande ingiustizia.»

Godric sospirò e si passò una mano tra i capelli. «Forse hai ragione, Ash. L'ho rovinata, in ogni caso, e merita di essere accudita. Non possiamo certo restituirla a suo zio.»

Il volto di Lucien si oscurò. «Significherebbe consegnarla a Blankenship.»

«È deciso, allora. Questo fine settimana tornerò a Londra per dire a Parr che Emily non è più sua. La sua permanenza qui con me sarà il saldo del suo debito nei miei confronti e ogni contatto sarà interrotto.»

«E che mi dici di Emily?» gli chiese Cedric.

«La terrò qui.»

«È saggio?» chiese Lucien.

«Sarà legata al suo onore. Inoltre, dubito che cercherà di andarsene, non dopo quello che è successo stasera.» Godric cercò di trattenersi, ma le sue labbra s'incurvarono comunque.

«Così bello, eh?» Charles ridacchiò.

Godric scosse la testa. «Come se te lo dicessi.» Quello che le mancava in esperienza lo compensava con la sicurezza e l'entusiasmo e, se Ashton aveva ragione, con l'amore.

Si chiese se quell'emozione, così sfuggente nel suo stesso cuore, avesse riempito quei momenti di fuoco e tenerezza. Aveva vissuto una vita di piacere e in quella vita l'amore non aveva alcun ruolo. Le sue amanti godevano di lui che, a sua volta, godeva di loro, ma non c'era altro.

Emily... Quella era stata tutta un'altra cosa.

«Godric, la prossima volta farai attenzione, vero?» gli

chiese Ashton dopo un minuto. «Non vorrei vedere Emily oppressa da un bambino così giovane.»

Godric trasalì. Non ci aveva nemmeno pensato. Dannazione! Poteva essere incinta in quel preciso istante perché non si era controllato.

«Prenderò le precauzioni necessarie.» C'erano alcuni modi, ma il migliore era il preservativo, uno dei suoi preferiti. La prossima volta sarebbe stato preparato. Naturalmente, il mese seguente sarebbe stato snervante, mentre pregava Dio che la prima volta con Emily non finisse in un disastro.

Anche mentre lo pensava, sapeva che un bambino nato da quel singolare momento di meraviglioso e tenero piacere sarebbe stato bellissimo. Con i suoi capelli scuri e gli espressivi occhi viola della madre. Il solletico e l'audacia di lei. Che bambino sarebbe stato. L'immagine di quell'incantevole bambino inesistente lo sconvolse. Un bambino? Alla fine avrebbe avuto bisogno di un erede.

Aveva bisogno di liberare i suoi pensieri da Emily e da quel bambino immaginario. «Cominciamo una nuova partita?» Gli altri lo raggiunsero al tavolo da biliardo.

Quando Godric tornò finalmente nella sua stanza, portava Penelope addormentata sotto un braccio e la cesta nell'altro. Posò la cesta vicino al comodino e sprimacciò le coperte per la cucciola prima di metterla giù. Penelope gli leccò la mano con un sospiro di soddisfazione.

«Brava ragazza.» Le accarezzò la testa e le grattò dietro le orecchie. Gli occhi della cucciola si chiusero e Godric si spogliò rapidamente, lasciando cadere i vestiti in un mucchio disordinato ai piedi del letto, prima di scivolare sotto le coperte. Il suo corpo si riscaldò immediatamente al contatto con quello di Emily.

«Godric...» mormorò Emily, girandosi verso di lui.

«Sono qui, tesoro.» Le fece scivolare le braccia intorno alla vita, tirandola a sé. Lei sospirò, un po' come Penelope, non proprio sveglia. Lui ne approfittò e le baciò le labbra. Nell'oscurità, con i loro corpi intrecciati, senza altri testimoni se non la luce della luna, Godric si credeva quasi capace di amarla. Emily quasi lesse quei pensieri mentre lui le liberava le labbra e le sfiorava il collo.

«Ti amo,» sussurrò la giovane, parlando a un principe oscuro nei suoi sogni. Non sembrava aspettarsi una risposta.

«Lo so,» sussurrò lui mentre lei si addormentava tra le sue braccia. Godric la seguì nel mondo dei sogni non molto tempo dopo, in un luogo circondato da campi di splendide farfalle. Non riuscì a catturarne nemmeno una...

EMILY SI SVEGLIÒ IN UN MONDO NUOVO.

Il suo corpo era languido e sciolto, inondato da una nuova consapevolezza di sé. Non esisteva più una barriera tra lei e lo stato sfuggente della femminilità.

L'uomo che aveva cambiato tutto giaceva accanto a lei, la pelle calda contro la sua. Prima di allora Emily aveva provato solo imbarazzo e timidezza per il suo corpo ma Godric aveva visto e assaggiato ogni parte di lei. Anche lui aveva condiviso se stesso. Aveva sentito la passione nella tenerezza dei baci del duca e il barlume di vulnerabilità nei suoi occhi.

Emily raccolse i capelli in uno chignon sciolto sulla nuca, spostandosi più vicino a Godric, il cui petto si alzava e si abbassava seguendo il ritmo lento del sonno e lei non poteva resistergli, esposto com'era in quel momento.

Gli baciò il mento e fece scorrere le labbra lungo il petto fino a raggiungere il capezzolo sinistro, stuzzicandolo con la bocca. Godric emise un gemito mentre il suo corpo addormentato rispondeva.

Emily aveva una gamba incastrata tra quelle di lui e avvertì la virilità dell'uomo agitarsi contro la sua coscia.

Succhiò più forte prima di scendere sull'addome.

Una mano le afferrò la testa, tenendole la bocca aderente al corpo. Ora Godric era decisamente sveglio. «Che cosa stai facendo, piccola volpe?»

«Ho pensato di svegliarti. Desidero il mio bacio del buongiorno.»

«Il tuo bacio? Mia cara, ora siamo ben oltre i baci.» Il tono roco di lui le accese un fuoco formicolante tra le gambe.

Il duca non aspettò un invito, ma la fece scivolare verso l'alto, facendola rotolare sotto di lui. Prendendole la bocca in un bacio tenero e peccaminoso, allungò il braccio sinistro verso il piccolo cassetto del comodino.

«Che cosa stai facendo?» chiese lei tra un bacio e l'altro.

La mano di lui tornò ai loro corpi sotto le coperte. «Non preoccuparti, tesoro. Ti sto proteggendo, tutto qui.»

Il calore del bacio successivo rubò ogni pensiero razionale.

Qualche tempo dopo, i due ansimavano l'uno nelle braccia dell'altra mentre il piacere inondava le loro membra. Il corpo di Godric tremava ed Emily gli cullò la testa sul seno, accarezzandogli i capelli. Non poteva fare a meno di ammirare le profonde sfumature di marrone catturate dalla luce del mattino nella sua folta criniera.

«Perché tremi?»

«Fare l'amore con te...» La voce di Godric era poco più di un sussurro.

«Sì?» Lei gli baciò i capelli scuri, inalando il suo profumo.

«Mi sento di nuovo un ragazzo.»

Emily non sapeva bene cosa pensare. «È... un bene?»

«È una cosa meravigliosa, Emily. Ogni sensazione, ogni bacio... è una sensazione nuova. Non avrei mai pensato di potermi sentire di nuovo così.» Godric si sollevò sui gomiti, stendendosi su di lei, rimanendole dentro. La confessione sembrava aprirlo, renderlo vulnerabile. Lei conosceva troppo bene quello sguardo tormentato ed esitante.

«Emily, c'è qualcosa che vorrei discutere con te.» Godric si ritrasse delicatamente e le si sedette accanto.

«Cosa c'è?» Il sospetto le offuscò il calore del cuore.

«A causa di questo nuovo sviluppo,» rispose Godric, indicando le lenzuola stropicciate, «restituirti a tuo zio è fuori questione. Non ne voglio sentire parlare. Ma tu devi decidere cosa vuoi fare adesso.»

Emily si mise a sedere, tirando su il lenzuolo per coprirsi. «Vuoi mandarmi via adesso?» Il dolore si posò su di lei come una coperta spessa di lana, soffocandola.

«Cosa?» Godric aggrottò la fronte. «Mandarti via? Sei

impazzita? Voglio che tu rimanga qua, con me. Non devi più preoccuparti di tuo zio.» Le sfiorò il viso con i pollici. Quel gesto la calmò, ma le strinse di nuovo il petto, anticipando il colpo mortale che sapeva che un giorno lui le avrebbe inferto al cuore.

«Vuoi che resti qui con te? Per quanto tempo?» Emily doveva avere delle risposte, anche se dolorose.

«Sì.» Godric rispose alla prima domanda senza esitare, ma si soffermò sulla seconda. «Resterai per tutto il tempo che vorrai, una volta conclusa la faccenda con tuo zio.»

Emily cercò di scacciare il bruciore delle lacrime. Godric non le stava offrendo matrimonio o amore ma tempo. Se quello era tutto ciò che poteva avere da lui, lo avrebbe accettato, per il momento.

Domani penserò alle conseguenze.

«Allora resterò.» L'assenso di Emily lo riportò su di lei con baci avidi.

L'orologio a pendolo del corridoio suonò nove volte. Le ore del mattino scivolarono via mentre giacevano tra la distruzione di cuscini e lenzuola.

«E la colazione?» chiese lei.

«Colazione?» La mano di Godric le tracciò dei disegni sulla clavicola ed Emily si sdraiò di nuovo sul petto di lui. Un braccio le avvolgeva la parte superiore del corpo mentre le dita danzavano sulla sua pelle. La giovane osservava come una di esse formasse un disegno deciso più e più volte.

«Che cosa stai facendo?»

Le labbra del duca s'incurvarono in un sorriso contro la guancia di lei.

«Sto scrivendo il mio nome su di te.»

«Se mi stai reclamando, allora mi merito un'equa trasformazione.» Emily gli afferrò la mano e gli girò il palmo verso l'alto, rivolgendolo a sé. Gli tenne ferma la mano e con l'indice destro disegnò il proprio nome in una firma invisibile, poi portò il palmo alle labbra e sigillò il nome con un bacio. Godric le coprì la mano con la sua e portò le loro mani unite alla vita di lei. Il silenzio tra loro era caldo e segreto. Oltre a Godric e al loro letto non esisteva nient'altro.

Aveva mai vissuto un momento migliore di quello? Stretta tra le braccia forti di lui, si sentiva forte anche lei. Non poteva fare a meno di immaginare come potesse essere la vita con il bel duca di Essex, che scoppiava a sorridere solo per lei e la faceva ridere e gridare di piacere. Ogni respiro, ogni bacio condiviso tra loro, le stringeva il cuore e la legava a lui. Avrebbe sempre provato quell'attrazione cosmica verso di lui e sarebbe caduta nella gravità del suo essere. Qualunque altra cosa fosse successa, quel momento, quella singola istanza perfetta, sarebbe sempre esistita. Un ricordo solare immerso nell'amore e imbottigliato nel suo cuore. Non sarebbe mai stato abbastanza, ma avrebbe accettato qualsiasi cosa fino alla fine.

Il brontolio dello stomaco di Emily ruppe il silenzio.

«Giusto! La colazione! Devi essere affamata!» Godric volò via dal letto in fretta e furia per vestirsi. Emily raccolse gli indumenti strappati e si diresse nella sua stanza.

Quando finalmente arrivarono nella sala da pranzo, gli altri stavano finendo di mangiare. Emily lesse subito i loro sguardi complici, arrossì e abbassò lo sguardo, ricordando le sue grida di piacere. L'intero castello doveva aver sentito lei e Godric la sera precedente... e quella mattina.

Godric li salutò senza una punta d'imbarazzo. «Buongiorno.»

«Buongiorno.» Lucien stava leggendo il solito giornale, ma lo ripiegò sulle dita per dare un'occhiata ai due amanti prima di rialzare lo scudo di carta. Emily decise che Lucien era meno interessato al suo giornale che a nascondere la sua espressione. Aveva intravisto un sorrisetto prima che il giornale lo nascondesse alla vista.

Charles soffocò uno sbadiglio, passando una mano tra i capelli biondi scompigliati. Era un uomo così strano. I suoi vestiti erano sempre ordinati e curati, ma aveva sempre gli occhi assonnati e socchiusi, come se fosse appena uscito dal letto.

Cedric si tenne occupato dando da mangiare a Penelope le briciole del suo toast avanzato. Un servitore doveva essere salito a prendere la cucciola prima che lei e Godric si svegliassero.

Ashton le rivolse lo stesso sguardo intenso che aveva riservato agli altri. «Sei molto bella stamattina, Emily.»

Il complimento la fece trasalire e le fece piacere. «Grazie.»

Ashton sorrise, poi si rivolse a Godric e, accidenti a lui, parlò in italiano. Qualunque fosse la risposta di Godric, sembrò tranquillizzare Ashton e divertire gli altri, tranne Cedric che le rivolse più volte uno sguardo misto di pietà e preoccupazione. Lo stomaco di Emily si contorse. Mangiò la sua colazione, ma masticare divenne un'impresa. Con la coda dell'occhio, osservò Godric parlare e mangiare con i suoi amici.

Quando non accadde più nulla di preoccupante, Emily riuscì a rilassarsi.

Cedric tornò a sedersi sulla sua sedia. «Allora, Godric, come va la pesca nel tuo lago? C'è qualcosa che vale la pena pescare in questo periodo dell'anno?»

«Sono mesi che non ci vado con l'intenzione di pescare. Sii mio ospite e sentiti libero di portare gli altri con te.» Godric appoggiò una mano sul ginocchio di Emily sotto il tavolo. Voleva che andasse anche lei?

Emily si morse il labbro per un istante, riflettendo sul significato di quel gesto, prima di parlare. «Posso andare anch'io? Da bambina mi piaceva pescare.»

Cedric e Charles si scambiarono degli sguardi divertiti. La mano di Godric le strinse la gamba.

«Posso, Godric?»

«Vuoi passare la giornata a pescare?» Un'espressione di dispiacere gli offuscò lo sguardo.

«Beh, se preferisci che non lo faccia...» Emily avrebbe voluto capire meglio gli uomini. Erano creature così riservate e guardinghe e del tutto imprevedibili in ciò che volevano. Erano frustranti.

«Lasciala venire, Godric. L'aria fresca fa bene a una donna come Emily,» disse Cedric.

«Desideri davvero stare seduta in una barca per diverse ore sotto il sole?» Gli occhi di Godric si spalancarono, completamente incredulo.

«Saresti lì con me, vero?» La mano di Emily sotto il

tavolo si posò leggermente su quella di lui. «E se cadi e fai finta di annegare, posso fingere di salvarti di nuovo.»

Godric sospirò in segno di sconfitta e lanciò un'occhiata a Cedric. «E pesca sia, allora. Datemi un'ora nel mio studio. Ho alcune cose da sbrigare.» Godric si alzò dal tavolo e lasciò Emily da sola con gli altri quattro.

Emily finì la sua cioccolata calda prima di alzarsi e seguire Godric.

CHARLES SI ALZÒ, PRONTO A SEGUIRLA, MA ASHTON GLI mise una mano sull'avambraccio.

«Stai tranquillo, Charles. Non andrà da nessuna parte.»

«Come puoi esserne sicuro? Quel piccolo folletto ci ha fatto penare negli ultimi giorni! Come fai a sapere che non ci proverà di nuovo?»

«È ovvio che non sei mai stato innamorato. Emily non vuole perdere di vista Godric. È attaccata a lui ora più che mai.»

Charles si sedette di nuovo. «Stai dicendo che non vuole fuggire perché è infatuata di lui?»

«Alcune persone trascorrono tutta la vita a innamorarsi più volte. Altri s'innamorano la prima volta ed è una vera scintilla d'amore piuttosto che una passione passeggera. Quello che Emily ha mostrato verso Godric non è un'infatuazione.» Ashton sospirò e bevve un sorso di caffè. «Ed è questo che mi preoccupa.»

Pregò Dio che Godric sapesse cosa stava facendo. Se

Emily fosse stata ferita fisicamente o emotivamente, sarebbe stato un male per tutti loro.

Pensare che il famigerato Circolo delle Canaglie, dipendesse dalla felicità di una giovane donna.

EMILY SI FERMÒ DAVANTI ALLA PORTA APERTA DELLO studio di Godric, che era seduto alla sua scrivania, intento a esaminare i libri contabili e delle lettere. La giovane ne approfittò per memorizzare i lineamenti di lui, dipingerli sulla tela della sua mente e inciderli nel suo cuore: il modo in cui i capelli scuri gli ricadevano sugli occhi, le mani forti che afferravano le pagine, le gambe magre e muscolose distese e incrociate alle caviglie.

Con un passo incerto Emily varcò la soglia dello studio. Il pavimento di legno scricchiolò. Godric la guardò, sorrise e riprese a lavorare. Forse un'altra donna si sarebbe arrabbiata perché non le era stata rivolta la parola. Ma l'accettazione educata di Godric dell'intrusione aveva un significato completamente diverso. Rappresentava fiducia. Emily non voleva rovinare il momento essendo fastidiosa e distraendolo. Scelse un libro dagli scaffali, un trattato di botanica sulle piante del Kent e si sistemò sul divano vicino a lui.

Dopo un quarto d'ora alzò lo sguardo e trovò Godric che fissava un libro contabile davanti a sé, con i denti digrignati in un ringhio silenzioso. Emily posò il libro e si alzò dal divano, sistemandosi alle spalle di Godric e studiando ciò che lo aveva turbato. Era un libro contabile disordinato, molto mal tenuto e confuso. Ma l'occhio acuto di Emily individuò subito l'errore di calcolo.

Gli mise una mano sulla spalla sinistra, arricciando le dita sulla camicia. «Oh, cielo. Posso aiutarti?»

Godric girò la testa sorpreso come se non si fosse accorto della presenza della giovane.

«Cosa?»

Emily fece un gesto verso i libri. «È così che tieni tutti i tuoi libri?»

«È come mi è stato insegnato.»

«Ma è così confuso il modo in cui hai sistemato le colonne dei numeri.»

Godric sorrise. «È così che si fanno gli affari, cara.»

Questa volta Emily aggrottò la fronte. «Sì, lo so, l'ho già visto prima. *In imprese che sono fallite.* La struttura è sbagliata. È un miracolo che tu riesca a seguire le voci.»

«Conosci la contabilità?»

«Sì, in effetti, sì. Vuoi che corregga gli errori? Posso riordinare tutto in un nuovo registro, se ne hai uno in più.»

Godric rimase a bocca aperta. «Dici sul serio?»

«Ho aiutato mio padre con il suo.» Emily lo scacciò dalla sedia e si sedette, avvicinando il libro contabile e prendendone uno nuovo quando lui glielo andò a prendere. Girò il vecchio registro alla prima pagina e ricominciò i conti. «I numeri sono molto meno confusi quando li si dispone correttamente,» disse. «Lascia che le somme si sommino da sole, per così dire.»

In meno di un'ora aveva corretto tutti gli errori di calcolo e aveva evidenziato gli investimenti più deboli fatti da Godric, compreso lo schema della miniera di suo zio. Godric si appoggiò alla scrivania accanto a lei.

«Proprio quando sono convinto di aver imparato tutto di te, mi sorprendi.» Le intrecciò una ciocca di capelli tra le dita.

Emily si pavoneggiò. «Allora sei contento di me?» Voleva essere sicura di non aver ferito il suo orgoglio maschile. Gli uomini erano creature così fragili.

«Cosa ne pensi?» Godric la tirò su e la abbracciò. Le diede un bacio languido, scavandole la schiena con le dita e spingendola a sé.

«Ho il sospetto che sia un sì.»

Godric continuò a tenerla per la vita, accarezzandole il collo, un abbraccio dolce più che sensuale.

«Vuoi davvero andare a pescare, tesoro? Potremmo avere casa tutta per noi.» Le passò la lingua sull'orecchio.

Il desiderio la attraversò come un fulmine. Per quanto Emily desiderasse tornare a letto, unendosi a lui, temeva che Godric potesse stancarsi di lei. Aveva bisogno che lui passasse del tempo con lei fuori dalla camera da letto.

Doveva continuare a desiderarla perché, nel momento in cui lui avesse smesso di farlo, il suo cuore sarebbe andato in frantumi e lei avrebbe dovuto prendere Penelope e andarsene. Non avrebbe mai desiderato o amato un altro uomo come amava Godric. Lui non aveva solo disegnato il suo nome sul suo corpo, lo aveva inciso nel suo cuore.

«Voglio pescare.» Emily giocherellò con le pieghe del cravattino di lui che le prese le mani, portandole alla bocca per baciarle.

«Potrei certamente farti cambiare idea.» Il tono di lui la scaldò.

«So che potresti, ma non dobbiamo trascurare i tuoi amici. Sono così gentili a tenerti compagnia mentre mi tieni prigioniera. Dovresti ripagarli con la tua presenza almeno durante il giorno.»

«Ti consideri ancora una prigioniera?» le chiese Godric.

Emily ci pensò un attimo. Si sentiva ancora ingabbiata dalla situazione, ma il giorno prima si era sentita decisamente meno prigioniera e qualcosa di più.

«No. Ma dobbiamo essere più socievoli. Non posso stare a letto con te tutto il giorno.» Per quanto potesse essere piacevole.

Godric sorrise e la prese a braccetto. «Tu, mia cara, hai una determinazione di pietra e una lingua d'argento.» Sospirò mentre si allontanavano per raggiungere gli altri.

Cedric e Lucien tenevano le canne da pesca e Charles una scatola di esche. Penelope sedeva pazientemente ai piedi di Ashton, con il nasino all'insù mentre li guardava, aspettando e osservando, sapendo che c'era qualcosa in ballo.

«Pronti?» Cedric non cercò di nascondere la sua eccitazione infantile, scostandosi i capelli castani dalla fronte. I suoi occhi castani brillavano per la fervida aspettativa della loro futura spedizione di pesca.

«Sì,» Emily si allontanò da Godric, raggiungendo Cedric e Lucien.

«Emily ti ha raggiunto in studio dopo colazione?» chiese Ashton a Godric, mentre osservavano la giovane e gli altri.

«Sì, e, pensa un po', mi ha aiutato a sistemare i libri contabili. Sai quanto io sia negato. È stata bravissima. Mi ha aiutato a sistemare tutto.»

«Sembra che ci stia ancora nascondendo qualcosa. Emily mi ha detto che non è portata per gli affari.»

«Infatti.» Godric annuì. «Ma stamattina la tua scelta di parlare italiano è stata intelligente. Non ha capito nulla di quello che abbiamo detto, ne sono certo. Sarebbe sicuramente arrossita.»

«Parlavo sul serio. Devi stare attento con lei. È troppo giovane per diventare madre.»

«Ash, non oggi, per favore. Ne ho abbastanza dei tuoi rimproveri. Non posso semplicemente godermi Emily? Lei è felice, io sono felice, tu dovresti essere felice.»

Quando lo sguardo di Ashton non si placò, Godric continuò. «Non importa. Se Emily avesse una dozzina di bambini che le tirano il grembiule, non perderebbe mai la sua innocenza. È qualcosa che nemmeno il tempo passato a letto può curare e ne sono felice. Rende ogni momento prezioso.» Era la prima volta che ammetteva un'emozione del genere ad alta voce ma Ashton si limitò a sorridere.

«Finché vedrai il valore di ciò che è, Emily è davvero preziosa, c'è ancora speranza per te.» Gli occhi blu di Ashton erano più grigi quel giorno, e pieni di contemplazione e preoccupazione.

Godric diede una pacca sulla spalla dell'amico. «Non le farò del male, Ash. Ti do la mia parola.»

«Sono felice di sentirlo. Finché la tratterai con gentilezza, sarete entrambi felici.»

«Forse.» Godric conosceva Emily ogni giorno di più e, sebbene lei fosse gentile fino all'inverosimile, la sua vena ribelle non era tanto una vena quanto un fiume incredibilmente profondo, un fiume che non si sarebbe mai prosciugato e non avrebbe mai invertito il suo corso.

La verità era che non poteva fare a meno di lei. Stare con lei era come conquistare il diritto di respirare. Doveva averla, tutta, il più a lungo possibile.

La gita era stata piacevole. Cedric era felice di aver pescato del pesce persico e sarebbe voluto rimanere fuori più a lungo, ma quando il cielo sopra il castello si oscurò, il gruppo decise di tornare a riva.

Lucien studiò le nuvole. «Un brutto cambiamento del tempo.»

Emily lanciò un'occhiata al marchese. «Pensi che stanotte ci sarà un temporale?»

«Un po' di pioggia farebbe bene, ma renderà le strade terribili per qualsiasi tipo di viaggio.»

Un rombo di tuono attraversò il prato mentre tornavano al maniero. Il fragore sinistro proveniente dal cielo fece agitare lo stomaco di Godric. Nel profondo delle sue ossa sentiva che qualcosa non andava.

Simkins andò loro incontro nel corridoio, con il volto teso. «Vostra Grazia, avete una visita.»

«Una visita?» Godric fece cenno a Cedric e Lucien di accompagnare Emily in salotto. «Ci vorrà solo un minuto.»

Simkins cercò di mantenere la sua compostezza. «Sì, Vostra Grazia. La signora è nel salone.»

«La signora?»

«La signorina Mirabeau è qui per vedervi.»

Godric imprecò. Che diavolo ci faceva lì? Le aveva detto chiaramente di non farsi più vedere.

Godric diede una pacca sulla spalla di Simkins. «Grazie, Simkins. Ora vado.»

Una volta erano stati amanti, ma lei non aveva capito né lui né il modo in cui lui si approcciava ai suoi servitori. Godric aveva sofferto il cattivo atteggiamento di lei nei confronti della servitù. Essendo nata da una famiglia di aristocratici francesi in esilio, aveva aspettative diverse sui rapporti tra le classi. Godric considerava alcuni dei suoi servitori come una famiglia allargata ed Evangeline si era opposta con veemenza a tale vicinanza. Il ricordo della loro ultima lite per il trattamento riservato a Simkins gli lasciava ancora l'amaro in bocca.

Evangeline sedeva con aria composta sul divano vicino al caminetto, ma l'espressione pudica della donna non ingannò minimamente Godric. Le piaceva giocare a fare la signora, ma durante il periodo trascorso insieme, Godric non aveva voluto una signora.

«Signorina Mirabeau, buonasera.» La giovane si alzò in piedi, porgendogli la mano. Lui la ignorò e s'inchinò rigidamente.

«Perché, Godric, siamo amici. Non devi essere così formale.» La donna rise come se fosse divertita dalla fredda accoglienza del duca. Il suo accento francese era più morbido quando parlava con Godric che amava sentirla pronunciare il suo nome nel pieno della passione.

«Sarò felice di abbandonare le formalità. Anzi, cerchiamo di essere brevi. Non sei la benvenuta in casa mia. Cosa ci fai qui?» Godric voleva che se ne andasse, subito. Non aveva il diritto di andare a disturbare la sua vita. Soprattutto non voleva che Emily la scoprisse.

Evangeline si allontanò per prendere il ventaglio, facendo ondeggiare i fianchi formosi. L'abito color salmone rivelava troppo del suo corpo, ma la vista non fece effetto su Godric.

Evangeline tirò fuori una lettera dalla reticella e gliela porse, guardandolo mentre leggeva.

Godric le ridiede la lettera. «Non l'ho mai spedita.»

La donna sembrò confusa e allungò una mano sull'avambraccio del duca: «Ma... ma *mon amour*, questa è la tua calligrafia. Dopo tutte le lettere che mi hai scritto, come potrei non riconoscerla? Ti ricordi...? Quando mi raccontavi tutte le cose malvagie che volevi farmi?» Evangeline protese il petto in avanti, anche se non era necessario.

Il pensiero di andare a letto con quella donna non aveva più alcuna attrattiva. «Quei giorni sono passati da un pezzo e non ho scritto nessuna lettera per chiederti di venire qua. Darò istruzioni alla tua carrozza di venire.» Doveva essere un nuovo piano della giovane. Probabilmente l'aveva inventato lei stessa nel tentativo di creare un motivo per andare là e ravvivare la loro relazione.

«*Mon dieu*. Non sono venuta con la mia carrozza. Sono

venuta con una carrozza a noleggio. È partita poco prima che scoppiasse il temporale. Non posso andare via.»

Godric aprì la bocca e la chiuse. A che diavolo di gioco stava giocando?

«Inoltre, ho mandato via i miei servitori per qualche giorno. Sarebbe impossibile trovare dei sostituti adeguati prima del loro ritorno.»

Godric si allontanò dalla giovane che ormai considerava come una macchia nera che voleva disperatamente cancellare dalla sua vita. «Puoi restare per la notte e cenare nella tua stanza. Mi aspetto che tu parta non più tardi di domani a mezzogiorno. Non disturbare me o i miei ospiti.»

Evangeline sbatté le ciglia. «Disturbare? *Moi*? Godric, da quando in qua sono stata fastidiosa?»

Godric strinse le mani dietro la schiena per resistere alla tentazione di strangolare quella dannata donna. «Quando? Quella volta che hai versato del tè su tutta la mia collezione di cravattini quando non ti ho comprato quella collana di smeraldi che volevi?»

«Un incidente, come ti dissi allora.»

«O forse la volta in cui hai preteso di farti fare una carrozza tutta tua con lo stemma della mia famiglia?»

«*Oui*. Ammetto che è stato un *po'* presuntuoso.»

«E non dimentichiamo il motivo per cui ti ho fatto andare via. Hai preteso che licenziassi Simkins.»

Le labbra della donna descrissero una *smorfia*. Non aveva nulla da dire.

«Dovrei stare nella mia vecchia stanza?» Il tono speranzoso di lei gli fece accapponare la pelle. C'era qualcosa che non quadrava, ma non riusciva a capire cosa.

«No. Ho degli amici in visita, come avrai capito.»

«Infatti. Prima ho incontrato Lord Lennox e Lord Lonsdale quando sono tornati da *qu'est-ce que c'est...* una battuta di pesca?» Evangeline sembrava resistere all'impulso di ridere di lui per essersi goduto le sue terre in modo così rustico. Non era una novità. «Non dirmi che stai costringendo un lord a dormire nella mia bella stanzetta?»

«Un'ospite.»

Evangeline alzò un sopracciglio con un'espressione di curiosità. «Un'ospite?»

«Sì, una mia amica di Londra. Si ferma qui per un po' prima di proseguire per la Scozia.»

«Molto bene. Se non vuoi dirmelo e, chiaramente non vuoi intrattenermi, suppongo che dovrei ritirarmi.» La donna sorrise mentre Godric la accompagnava fuori dal salotto e dava istruzioni alla signora Downing di sistemare Evangeline e le sue cose nella stanza in fondo al corridoio del piano di sopra. La stanza più lontana dalla sua e da quella di Emily.

Dopo che Evangeline se ne fu andata, Godric si diresse verso il salotto e trovò Lucien, Cedric e Charles intorno a un tavolo di palissandro che giocavano a Whist. Emily era rannicchiata accanto ad Ashton su un divano, ascoltandolo leggere. La giovane si portò una mano alla bocca soffocando uno sbadiglio e accarezzò Penelope. La gelosia attraversò Godric. Voleva essere lui quello contro cui lei si rannicchiava, offrendole una spalla per riposarsi. Emily alzò lo sguardo quando Godric entrò nella stanza.

Lo sguardo negli occhi della giovane lo fece sciogliere.

Assaporò quella semplice espressione di gioia e la nascose nella parte più sacra del suo cuore.

Emily mise subito Penelope a terra, andando da lui.

«Ti sei occupato del tuo visitatore?» Ashton si alzò e si posizionò dietro Emily che guardò i due uomini con curiosità. Godric sapeva che non chiedere dettagli la stava uccidendo.

Godric lanciò un'occhiata ad Ashton. «Cenerà da sola. Sa che deve andarsene entro domani a mezzogiorno.»

Un crescente senso di disagio gli strinse le viscere. Emily alzò un sopracciglio e lui sospirò.

«La signorina Evangeline Mirabeau, una mia vecchia conoscenza. Ha pensato erroneamente che l'avessi invitata qui.»

Emily sbatté le palpebre rapidamente. I suoi occhi viola si oscurarono per un'emozione illeggibile. «Evangeline? La tua amante è qui?» La voce di Emily uscì un po' più forte e tagliente di quanto avrebbe voluto.

Godric trasalì. «Come fai a sapere che è stata la mia amante?»

Gli altri tre uomini si voltarono a fissarla.

Emily esitò poi continuò: «Guarda che compagnia ho. Non è stato certo un azzardo.»

Lui le toccò il mento, inclinandole la testa. «Ex amante,» ammise lui. «Non è più la benvenuta qui.»

Emily avvolse le braccia attorno al braccio di Godric, scrutandogli il volto alla ricerca del minimo accenno d'inganno.

Godric le baciò la fronte. «Fidati di me, tesoro. Lei non è niente per me. Ci sei solo tu.» Con suo grande stupore, diceva sul serio. Per lui c'era solo Emily. Solo la sua risata, il suo sorriso, i suoi sogni ad occhi aperti e la sua feroce passione. Tutto ciò che era al di fuori di lei era insignificante, irrilevante.

Emily non si rilassò. Era innocente, ma non era priva del suo naturale istinto femminile di difendere e proteggere ciò che era suo. Godric, almeno per il momento, era certamente suo. Se la signorina Mirabeau avesse deciso di dichiararle guerra, Emily avrebbe dimostrato di essere una nemica pericolosa. La cupa determinazione nel suo volto riscaldò Godric che la strinse di più a sé.

Le sopracciglia di Ashton si aggrottarono. «Hai detto che pensava che l'avessi invitata tu?»

«Sì. Mi ha mostrato una lettera che ha ricevuto. Sembrava proprio la mia calligrafia. Sosteneva che qualcuno dovesse averle fatto uno scherzo.»

Il cipiglio di Ashton si fece più profondo. «Forse. Ma il momento non potrebbe essere più sospetto. Faremmo meglio a stare in guardia da eventuali malintenzionati.»

Charles annuì. «Sono d'accordo. Evangeline è una piccola ingrata.»

Lucien pestò il piede di Charles per farlo tacere.

«Quando si cena?» chiese Emily a Godric, ancora appoggiata a lui.

«Tra qualche ora, immagino. Perché?»

«Potrei fare un bagno? Stamattina non ne ho avuta la possibilità.» Gli strinse il braccio.

Le labbra di Godric si contrassero in un sorriso.

«Certo, mi dispiace di averlo dimenticato. Vieni con me.» La accompagnò fuori dal salotto, lasciandosi alle spalle quattro uomini che sapevano molto più di quanto fosse giusto sulla sua vita privata. Ma niente del Circolo era appropriato ed era così che doveva essere.

EMILY SI ERA CALMATA DOPO LO SPAVENTO PER L'ARRIVO inaspettato di Evangeline prima di raggiungere le scale, ma il suo sollievo durò poco. Una porta in fondo al corridoio si aprì. Il braccio di Godric si strinse sotto la presa della giovane.

«Ah *bonsoir*, Godric!» La donna più attraente che Emily avesse mai visto camminava lungo il corridoio. Era radiosa con il suo abito color salmone, i seni prosperosi e i fianchi larghi. I boccoli biondi le danzavano lungo la schiena in proporzioni perfette.

Il petto di Emily si strinse. Si aspettava che Godric avesse preso una donna bellissima come amante, ma vedere quell'Afrodite in carne ed ossa era troppo da sopportare. In confronto, lei era giovane e inesperta. Non avrebbe mai potuto eguagliare Evangeline nell'aspetto o imitare quello sguardo lussurioso o l'ondeggiare dei fianchi. Mortificata, Emily si rese conto di non poter competere con quella donna. Se Godric voleva una vera donna, poteva riprendersi Evangeline senza fare domande.

Godric aggrottò la fronte, chiaramente a disagio per la presentazione richiesta. «Torna subito nella tua stanza.» Il tono tagliente della voce di lui fece trasalire entrambe le donne.

«Ma, Godric...» Evangeline iniziò con un leggero

accento francese.

Emily era grata di non dover scambiare convenevoli con quella donna. Avrebbe voluto gettarla dalla finestra più vicina, preferibilmente da quella che si affacciava su un cespuglio di rose spinose. Le avrebbe rovinato la sua carnagione perfetta.

Evangeline appoggiò la mano ben curata sul braccio di lui. «Stavo per cercare un po' d'intrattenimento. Godric, sei sicuro di non volerti unire a me?»

Il duca fece scivolare l'altro braccio intorno a Emily. «Ho delle faccende da sbrigare. Gli altri miei ospiti sono in salotto. Ti suggerisco di cercare la loro compagnia.» Da quelle parole traspariva un comando. Un comando che Evangeline ignorò.

«Non mi vorrai gettare in pasto a quei lupi che chiami amici?»

Emily quasi ringhiò. «Lupi? Quei quattro uomini al piano di sotto sono tra i più generosi e caritatevoli di tutta l'Inghilterra. Non osate insultarli.» Emily pronunciò il suo discorso con un tale veleno che sperava che Evangeline restasse al suo posto, invece si mise a ridere.

«Sto scherzando.» Il luccichio negli occhi di Evangeline smentiva le sue parole. Si voltò di nuovo verso Godric. «Dove hai trovato una creatura così affascinante e ingenua, Godric? I bambini sanno essere così dolci quando fraintendono le cose.»

Bambina? Il risentimento lacerò le viscere di Emily. Se Godric non fosse stato lì, avrebbe potuto fare qualcosa di veramente infantile... come strapparle i capelli, ciocca a ciocca.

Godric salvò Emily da ogni altro imbarazzo. «Devi scusarci.» Più che un salvataggio, sembrava una vile ritirata.

Sola nella sicurezza della sua stanza, Emily si allontanò da lui.

«Perché non mi hai difesa? Perché non hai... fatto qualcosa?» Emily combatté l'impulso di gridargli contro, considerando come un tradimento il non agire di lui.

Godric si sedette sul bordo del letto mentre Emily camminava. «Volevo più di ogni altra cosa prenderti tra le mie braccia e baciarti, dimostrarle che eri la mia donna.»

Il sangue di Emily si scaldò al pensiero. «Allora perché non lo hai fatto?»

Godric sembrò perplesso. «Perché può essere gelosa e quando lo è la gente si fa male, mia cara.»

«Stai dicendo che vuoi proteggermi?» Era divertente detto dall'uomo che le aveva distrutto la reputazione.

Le labbra di Godric si contrassero, ma continuò. «Non voglio che vada dal magistrato e gli dica che ti ho tenuta nascosta. Non prima di aver fatto visita a tuo zio ancora una volta. Potrebbe far ricadere Blankenship sulle nostre teste.»

«Sicuramente non sa perché sono qui.»

«Per il momento no, ma è intelligente e potrebbe intuirlo. Sarebbe meglio per te evitarla.»

Emily sapeva che era rischioso tirare fuori i suoi veri sentimenti, ma lo fece comunque. «Godric, non m'interessa più la mia reputazione. Mi importa di te.»

Le braccia dell'uomo le strinsero la vita. Emily si arrese, appoggiandosi a lui che le baciò leggermente il collo, stuzzicandola.

«Dici davvero?» Il respiro di lui le agitava i capelli.

«Sì. Non mi interessa quello che lei pensa di me.»

Godric la fece girare tra le braccia e abbassò la testa, toccando la fronte di lei con la sua. «No, piccola volpe... intendevi dire che ti importa di me?»

«Certo che mi importa di te.» Le guance di Emily si scaldarono. Lo aveva ammesso una volta, quando era mezza addormentata, ma ora era diverso. Non era accecata dalla passione. Quello era il suo cuore, esposto e dolorante perché lui ricambiasse il suo amore.

Le mani di Godric le sfiorarono la schiena, spingendola a sé. Le baciò l'angolo della bocca, la punta del naso, poi il mento.

«Mi ami, Emily?» La strinse più forte, il piacere del tocco le fece girare la testa dal desiderio.

«Io...»

«Rispondi alla mia domanda.» Era un rantolo sensuale, non un comando.

Emily rabbrividì. «Sì. Sì, ti amo!»

Un dolce divertimento trasparì dagli occhi color smeraldo di Godric. Era uno stregone, che lanciava incantesimi d'amore sul suo cuore, rubandole l'anima con baci al miele e sogni sussurrati.

Le sollevò il mento e la fissò negli occhi. «Allora stai tranquilla. Finché mi ami, non devi preoccuparti di nessun'altra donna. Hai capito?»

«Capisco.» Ma non era vero. Godric non aveva detto di amarla, ma aveva promesso di esserle fedele finché lei lo avesse amato... Cosa diavolo significava? Poteva fidarsi della parola di un libertino?

Godric la lasciò e si avviò verso la porta. «Manderò Libba a prepararti il bagno.»

«Godric...» Emily non avrebbe dovuto parlare. Si era preparata alla delusione. Il duca si fermò, con la mano appoggiata alla maniglia della porta. Si voltò a guardarla.

«Tu mi ami?» Dio, sembrava pietosa.

L'espressione dolce e compiaciuta, apparsa sul volto di lui, si spense. «Emily...» Il suo nome gli sfuggì dalle labbra in un sospiro straziante. «Per me, non è una domanda facile.»

Non devo piangere... non voglio piangere. Cercò di ricordare a se stessa che quello era l'uomo che l'aveva rapita e sedotta. Si concentrò su quei ricordi più oscuri, altrimenti il dolore nel suo cuore avrebbe sicuramente strangolato il respiro stesso del suo corpo.

«Pretendi una risposta da me, ma non puoi rispondere a tua volta?» Quando Godric non rispose, Emily gli si gettò contro, baciandolo, tirandolo per il cravattino per raggiungere meglio la sua bocca.

Bloccandolo contro la porta, Emily gli saccheggiò la bocca stupita. Le faceva male che lui non la amasse, ma lei non poteva fare a meno di amarlo. Qualunque cosa fosse accaduta, lei amava veramente, profondamente Godric Saint Laurent.

Smise di baciarlo e si allontanò, mettendo distanza tra loro. Le assi del pavimento scricchiolarono quando lui fece un passo verso di lei, ma non andò oltre. Emily abbassò lo sguardo, aspettando che lui dicesse o facesse qualcosa.

«Io... Io ci tengo a te, molto.» E poi Godric se ne andò, portando con sé il cuore di Emily che sapeva con dolorosa certezza che non avrebbe mai potuto riaverlo indietro.

CAPITOLO 14

Quella sera la cena fu molto più formale di qualsiasi altra dal rapimento di Emily. Prima dell'arrivo di Evangeline, ogni correttezza e formalità erano state bandite quando si trattava dei cinque lord. Ora osservavano ogni singolo punto del galateo, anche se Evangeline non era presente. Libba aveva detto a Emily che Godric aveva ordinato alla sua ex amante di consumare i pasti nella sua stanza. Questo, almeno, dava a Emily un po' di conforto, sapendo che Godric non le avrebbe permesso di cenare con loro.

Godric si sedette a capotavola con Emily alla sua destra. Gli altri uomini si disposero su entrambi i lati secondo l'ordine stabilito. Ben vestiti, tutti indossavano pantaloni neri al ginocchio e cappotti neri ben confezionati. Emily indossava un abito di seta blu ghiaccio ricoperto da uno strato di rete argentata. Stelle pallide erano ricamate sulle scarpette abbinate e delle perle le ornavano i capelli come gocce di rugiada ghiacciata. Emily non riusciva a credere al risultato ottenuto da Libba. Non era mai stata così bella, né si era mai sentita tale. Il pettine a farfalla era incastonato tra le perle dei capelli. Gli occhi di Godric avevano brillato quando era andato ad accompagnarla a cena. Un sorriso orgoglioso gli aveva attraversato le labbra, facendola sorridere.

La conversazione ronzava intorno al tavolo mentre mangiavano fagiano arrosto e carpa. Usavano il miglior servizio Wedgewood e la migliore bottiglia di Bordeaux riempiva i loro bicchieri.

Emily parlava con Godric e Charles. Godric parlava poco, i suoi occhi si soffermarono su di lei solo per un istante prima di danzare lungo il tavolo verso gli altri ospiti.

Charles però era nel suo elemento, deliziando Emily con racconti umoristici di altre avventure, poi posò la forchetta e prese un bicchiere di vino. «Hai già visitato i giardini di Vauxhall?»

«Non ancora. La mia uscita è stata interrotta. Forse l'hai saputo.» La giovane sollevò un sopracciglio.

«Bene, ti accompagnerò io, mia cara. Sono uno spettacolo! Fuochi d'artificio, serate di gala e hanno il miglior punch all'arak.»

Una risatina sommessa interruppe Charles. Godric infilzò un pezzo di fagiano. «Non c'è niente al mondo che potrebbe convincermi a lasciarti portare Emily in quei giardini da solo. Non dimenticare che ero presente l'ultima volta che hai bevuto troppo arak.»

«Mi stai rovinando il divertimento.» Charles sorrise.

Una sfida. «Emily si divertirebbe molto con me. Non è vero, Emily?»

«Immagino di sì, Charles, ammesso che tu rimanga un gentiluomo.»

«Per te, mi sforzerei di essere un perfetto gentiluomo. Potrei anche riuscirci.»

Emily arrossì e cercò di cambiare argomento. «Mi lusinghi, Charles. Ora, dimmi cosa è successo quando hai bevuto troppo arak?»

Le rispose Godric. «Credo che Charles quella sera abbia lasciato più di una giovane donna delusa con l'illusione che presto avrebbe sposato un conte.»

Charles posò il bicchiere di vino. «Non è colpa mia se divento eccessivamente romantico quando sono un po' agitato. Ogni donna sembra più bella, ha un sapore più dolce e anche la temuta prospettiva del matrimonio non suona così terribile come il solito.»

Godric rise. «Mi piacerebbe incontrare una donna che possa durare un giorno sposata con te.»

Charles mimò teatralmente di essere pugnalato al cuore. «Fa male, Godric!» Gemette e finse di morire.

Emily si morse il labbro inferiore per soffocare una risatina. «Non hai mai provato abbastanza affetto per una donna da volerla sposare?»

Immediatamente risorto, Charles rispose: «Sono un uomo attivo, mia cara. Ho bisogno di una donna che possa stare al passo con il ritmo veloce della mia vita e, per ora, non ho mai incontrato una donna simile. Sposerei una donna solo se potesse capire che io, in verità, non riesco a sistemarmi.»

«Ti troverò una donna, Charles,» promise Emily. In pochi istanti aveva intravisto una sorprendente malinconia nell'espressione dell'uomo.

«Ti ringrazio, Emily, ma preferirei di gran lunga rubarti a quell'odioso duca lì.» Charles fece un cenno con la testa verso Godric.

Sotto la copertura del tavolo, la mano destra di Godric si posò sul ginocchio di Emily. Il calore del grande palmo le scaldò la pelle attraverso il tessuto sottile, ma la mano si limitò ad accarezzarle il ginocchio prima di scomparire di nuovo. Le ci volle tutto il suo autocontrollo per evitare di sospirare quando fu privata di quella carezza, del calore di quel tocco.

Dopo la cena, la comitiva si ritirò in salotto, dove gli uomini si versarono dei bicchieri di porto. Scegliendo poi di ritirarsi, Emily fece le sue scuse e lasciò gli uomini a bere.

Emily aveva raggiunto le scale quando un fruscio di seta sul legno la bloccò sui suoi passi.

Evangeline emerse dalle ombre dietro le scale. «Ditemi. Come trovate il vostro soggiorno qui? Il vostro rapitore vi tratta bene?»

Emily, impreparata a quell'osservazione, impallidì. «Prego?»

«Non sembrate così sorpresa. So che Godric e i suoi amici vi hanno rapita.»

Emily si riprese rapidamente. «Non ho idea di cosa voi stiate parlando.»

«Mentire non vi si addice, signorina Parr.» Evangeline

sorrise ed Emily sapeva che la paura che avvertiva nel petto, si rifletteva sui suoi lineamenti.

«Sono qui di mia spontanea volontà.»

«Certamente. Senza dubbio vi state godendo il calore del letto di Godric. Non sareste la prima. Lui adora sedurre le piccole creature innocenti. Vedete, stimola il suo orgoglio.» Le parole di Evangeline scavarono nella pelle di Emily.

«Vi sbagliate su di lui,» continuò Emily ma le parole le sembravano spesse e pesanti sulla lingua.

«Posso darvi un consiglio, signorina Parr? Andate via da qui e tornate a Londra. Godric non farà altro che spezzare quel vostro delicato cuoricino, o lasciarvi incinta. Anche se gli importasse di voi... temo che questo non impedirebbe a *Monsieur* Blankenship di perseguitarvi. È un uomo molto devoto.»

«Cosa?» Come poteva Evangeline sapere di Blankenship?

Evangeline esitò e il primo accenno di vera emozione attraversò i suoi lineamenti. «Sarò sincera con voi, credo che sarebbe meglio per entrambi. *Monsieur* Blankenship è venuto a casa mia. Mi ha raccontato del vostro rapimento. Ho percepito subito che era... non ricordo la parola...» Una piccola ruga le solcò la fronte.

«Pazzo?» le suggerì Emily.

«*Oui*. Pazzo come Robespierre. Mi ha pagato per venire qua e prendere informazioni su di voi. Ha più potere di quanto si possa immaginare. Per lui non contano le conseguenze, ma solo ottenere ciò che vuole. Ma questo lo sapete già.»

«Sì,» ammise Emily.

«Quello che non sapete è che ha assoldato degli uomini per recuperarvi. Mercenari, mi è stato detto. Sono gli uomini più bassi e vili. Uomini che ucciderebbero volentieri Godric e i suoi amici se cercassero di proteggervi.»

Emily sentì il sangue defluire dal viso. «Come fate a saperlo?»

«*Monsieur* Blankenship si è vantato del suo piano. Non voglio vedere spargimenti di sangue. È ignobile e nemmeno io voglio che venga fatto del male a Godric o ai suoi amici. *Dovete* lasciare questo posto e convincere *Monsieur* Blankenship che ve ne siete andata, o sono certa che farà del male a Godric e agli altri.» Evangeline si sistemò una delle maniche di seta bianca, ma le mani della donna tremavano leggermente. Stava dicendo la verità.

«Lui... No... Non posso andarmene, anche se lo volessi,» disse Emily, più a se stessa che a Evangeline. Sapeva che, tra l'amore per Godric e il pugno di ferro di lui sulla sua libertà, non sarebbe mai potuta andare via. Sarebbe stato impossibile.

«Non è una decisione facile, lo capisco. Siete una pedina nei giochi di altri uomini. Anche se sono riluttante ad ammetterlo, in questo momento lo sono anch'io. Le pedine vengono sempre sacrificate. Non è giusto, ma questo è il nostro destino, *n'est pas*? Se non andate via, Godric morirà.»

Evangeline aveva ragione. Godric si sarebbe fatto uccidere cercando di proteggerla. Che scelta aveva? Era una pedina.

«Il problema delle pedine,» disse Emily, quasi a se

stessa, «è che se raggiungono l'altra estremità della scacchiera, diventano regine.»

Un sorriso affiorò sulle labbra di Evangeline. «Voi giocate a scacchi. *Très bien. Monsieur* Blankenship si aspetta che andiate subito da lui e, anche se non spetta a me dirlo, penso che non dovreste farlo. Desidero che voi usciate dalla vita di Godric, ma non voglio che cadiate nelle mani di un pazzo. Trovate qualcuno che vi accolga. Siete una bella ragazza e credo che non siate una sciocca. Potete trovare un protettore.» Di nuovo, fece una pausa, come se fosse persa nei ricordi. «È così che sono sopravvissuta. Sto ancora attraversando la scacchiera, per così dire.»

Emily non sapeva bene come reagire. Stava accettando un consiglio dall'ex amante di Godric e, con riluttanza, si accorgeva di ammirarla. «Grazie, signorina Mirabeau.»

Evangeline annuì e la lasciò sola.

Emily non poteva permettere che venisse fatto del male a Godric o agli altri, il che significava che doveva andarsene immediatamente. Ma prima doveva trovare Jonathan Helprin che andava con il carro a Blackbriar per le provviste, questo lo sapeva. L'aperta cordialità di Jonathan con gli amici di Godric era impropria, persino ribelle in un certo senso. Era su quell'accenno di ribellione che stava riponendo le sue speranze. Se fosse riuscita a convincere Jonathan ad aiutarla a fuggire, per il bene di Godric avrebbe potuto avere una possibilità.

Si voltò e corse dal vecchio maggiordomo.
«Simkins!»

L'uomo s'inchinò e fece un passo indietro. «Mille scuse,

signorina Parr. Non mi aspettavo che qualcuno lasciasse il salotto così presto.»

«Non scusarti, Simkins! La colpa è mia. Potresti per favore dirmi dove si trova il signor Helprin?»

Le sopracciglia bianche del maggiordomo si sollevarono per la sorpresa. «Il valletto di Sua Grazia?»

Emily annuì. «Sì.»

«Credo che sia negli alloggi della servitù.» Sembrava sospettoso. «Ha suscitato il vostro disappunto?»

«No. Desideravo soltanto vederlo per un istante.» Se Simkins non si fosse fidato di lei, il suo piano di fuga sarebbe andato a monte in pochi minuti.

«Allora buonanotte, signorina Parr.» Simkins sorrise, s'inchinò, poi scivolò nel salotto, lasciandola sola all'ingresso.

Emily si precipitò verso le scale della servitù. Dopo aver chiesto indicazioni a un cameriere, trovò la stanza di Jonathan e spalancò la porta. Il giovane era seduto sul bordo del letto. La sua camicia bianca era mezza sbottonata e in grembo stava lucidando uno degli stivali di Godric.

Sorpreso, il giovane sollevò lo sguardo. I suoi occhi verdi si restrinsero quando la vide da sola. Per un istante, Emily si pentì di aver deciso di chiedergli aiuto. Non aveva dimenticato il modo in cui l'aveva gettata sulle spalle e portata da Godric quando si era calata dalla finestra dello studio.

Jonathan posò lo stivale e si alzò. «Non dovreste essere sola, signorina Parr. Sono obbligato a riportarvi da Sua Grazia.»

«No, aspettate! Ho bisogno di parlare con voi...» Iniziò con forza, ma il suo tono divenne incerto. Il suo cuore saltò un battito mentre Jonathan avanzava verso di lei. Aveva sbagliato a pensare di potersi fidare di lui, di poterlo convincere ad aiutarla?

«Con me? Che cosa dovrebbe dire una signorina per bene a un valletto?» Le rivolse lo stesso mezzo sorriso devastante che Godric le rivolgeva spesso. Jonathan spostò un braccio intorno al corpo di lei per chiudere la porta. Ora era in trappola, in più di un modo. Tirando un respiro profondo, Emily si costrinse a ricordare che quell'uomo teneva a Godric ed era quella lealtà che sperava avrebbe salvato la vita del duca.

«Ho bisogno del vostro aiuto.» Si rese conto che se avesse parlato con Jonathan da sola in quel modo, avrebbe potuto dargli un'impressione sbagliata di lei. Troppo tardi per tornare indietro. Il corpo di Jonathan era già leggermente proteso in avanti. Era addirittura incombente come Godric. Anche se non era riuscita a convincere Godric a parlare di Jonathan, non era una sciocca. Certi sguardi scorrevano semplicemente nel sangue. Godric sosteneva di non avere fratelli e non parlava mai di cugini, quindi rimanevano poche opzioni. Chi era Jonathan per Godric?

«Sarei felice di aiutarvi.» Jonathan alzò l'altra mano, facendola scorrere sul braccio nudo di lei. La pelle d'oca scoppiò sulla scia di quella carezza lenta e proibita. Signore, se non era un parente di Godric, allora lei non era una donna. Emily gli allontanò la mano, riportando l'attenzione sull'argomento in questione. «Potete portarmi a Blackbriar domani? Devo scappare. Sarò vestita da cameriera e dovete darmi un passaggio sul carro, niente di più.»

«Mi state chiedendo di tradire il mio padrone?» Invece di sembrare scandalizzato, come lei si aspettava, il diavolo dai capelli color sabbia ebbe il coraggio di sorridere.

Emily inspirò con forza. «Per quanto ne so, non vi ha mai proibito di portarmi a Blackbriar, vero? Se necessario, posso scappare, una volta giunti al villaggio e nascondermi, così potrete dire in tutta onestà che non siete riuscito a riportarmi indietro.»

Jonathan la guardò con occhio critico. «Molto bene, signorina Parr, ma prima dovete dirmi perché ve ne andate. Ho visto il modo in cui guardate Sua Grazia. Non riesco a capire perché vogliate scappare.»

Emily fece un respiro profondo, pregando di fare la cosa giusta. «Devo andarmene per salvargli la vita.»

Le sopracciglia di Jonathan si sollevarono. «Cosa?»

«È per Blankenship, l'uomo che è venuto qua con il magistrato. Ha intenzione di uccidere Godric e chiunque altro si trovi sulla sua strada per arrivare a me. Se me ne vado, non avrà motivo di fare del male a nessuno qui.»

Il sospetto restrinse gli occhi del valletto. «Come fate a saperlo?»

«L'amante di Godric, Evangeline, mi ha avvertito, mi ha detto cosa sarebbe successo se non me ne fossi andata. Blankenship è pazzo. Ha già assunto degli uomini.»

«Siete seria, vero? Sua Grazia è davvero in pericolo?»

Emily annuì. «Non posso rischiare che gli accada qualcosa.»

«Avete pensato di dirgli quello che vi ha riferito Evangeline?»

«Certo che no. Sapete che uomo è. Credete che se ne starebbe con le mani in mano di fronte a questo tipo di minaccia?»

Il valletto rifletté per un istante. «No, quel pazzo maledetto radunerebbe i suoi amici e andrebbe a farsi ammazzare.»

Le spalle di Emily si afflosciarono. «Quindi capite perché devo andarmene. Non può sapere la verità o farà qualcosa di stupido.»

«Vi rendete conto che è un piano sbagliato. Quell'uomo ha un carattere che fa tremare di paura persino gli angeli. Non sarà contento se ve ne andrete.»

Emily non aveva bisogno dell'avvertimento di Jonathan, sapeva il rischio che stava correndo. «Si tratta di scegliere tra fargli del male e ucciderlo, e questa non è proprio una scelta, vero?»

Jonathan rifletté a lungo. «Molto bene. Vi accompagnerò al villaggio se accettate il mio prezzo.» Emily era intrappolata contro la porta, incapace di fuggire. Il respiro caldo di lui le sfiorò il viso.

La giovane sollevò un po' il mento, sperando che questo rafforzasse la sua determinazione. «Quale prezzo?»

«Hmm...» Lui la studiò, cercando quello che lei non sapeva. «Deciderò più tardi. Preparatevi a partire domani.» continuò il giovane, spingendola delicatamente fuori nel corridoio.

Emily risalì frettolosamente le scale della servitù, poi la

scala principale e si diresse verso la sua camera al secondo piano e s'infilò dentro.

«Eccoti qua, piccola volpe! Stavo aspettando che ti facessi viva.» La voce di Godric la fece sobbalzare. «Pensavi di potermi sfuggire?» Godric ridacchiò, con le mani che le cingevano la vita.

La tensione nel corpo di Emily si allentò quando si rese conto che Godric non aveva sentito la sua conversazione con Jonathan.

«No, certo che no. Dovevo solo sistemarmi i capelli, alcune forcine si erano allentate.» Emily si sollevò i capelli come per mostrare che aveva risolto il problema.

Lo sguardo predatorio che lui le lanciò la fece soffrire dentro. «Non ti credo, mia cara. Credevo che avessimo raggiunto un accordo.»

La irritava che non le credesse, anche se stava mentendo. «È così. Lasciami andare, Godric.»

«Ora, ora, ho dovuto giocare a fare il gentiluomo tutta la sera e non sono in grado di resistere un altro minuto comportandomi come un dannato santo.» Le mani di lui sulla vita di lei si arricciarono intorno alla schiena e scivolarono più in basso sulla curva del sedere e si strinsero con forza, sollevandola.

Emily sussultò.

Godric la spinse contro la porta. I tendini delle braccia muscolose di lui erano tesi sotto le mani mentre lei cercava di allontanarlo. Doveva mantenere i suoi sensi liberi se voleva fuggire il giorno dopo, ma era quasi impossibile farlo.

Godric spinse una coscia tra le gambe di lei, la pressione divampò. La testa di Emily cadde all'indietro, offrendogli la gola. Lui trascinò la bocca giù dalla mascella alla spalla.

Emily ebbe a malapena il tempo di prepararsi, prima che lui la privasse del controllo, assalendole la mente e il cuore con un bacio profondo. Si allontanarono dalla porta e lui la girò in modo che la parte posteriore delle ginocchia urtasse il letto e si rovesciassero, con Godric sopra di lei. Con una risata sommessa, le accarezzò la guancia e rotolò fino a farla distendere sul suo petto. La guardò, i suoi occhi caldi, le dita gentili mentre le tracciava la spina dorsale con carezze rilassanti.

«Perché quello sguardo, tesoro? Sembri preoccupata.» Godric rise e spostò la testa verso l'alto fino a mordicchiarle affettuosamente la clavicola.

La affascinava. Un attimo prima era focoso e possessivo, un attimo dopo era tenero e dolce da spezzare il cuore. Il cuore di Emily sussultò. Sarebbe stato quello l'ultimo momento che avrebbe avuto con lui? Se fosse fuggita, lo sarebbe stato.

Le lacrime le punsero gli occhi e si morse il labbro inferiore, sperando che il dolore la distraesse dalla ferita lancinante al petto. Non ci sarebbero più stati momenti come quello.

«Non piangere... per favore non piangere. Andremo piano. Non volevo spaventarti.» Godric si mise a sedere, tenendola a cavalcioni sulle sue ginocchia. Le asciugò le lacrime con i pollici e le alleviò il dolore con baci lievi lungo le guance, la punta del naso e la fronte.

Alla fine, la strinse a sé ed Emily si arrese, seppellendo

il viso nell'incavo del collo e della spalla di lui. Rimasero bloccati così per un momento, il solo tocco bastò a calmarla.

Quando finalmente non si sentì più crollare dentro, lo baciò sulla spalla. Poi, nonostante le lacrime e la tristezza, desiderandolo disperatamente, lo mordicchiò. Godric gemette mentre lei faceva scorrere la lingua sul punto che aveva morso.

«Piccolo folletto!» Il duca rise e le prese il mento, sollevandole il viso. «Sai che mi vendicherò per questo.» Le palpò il seno e quando il capezzolo germogliò sotto la sua mano, lo pizzicò. «Devo cominciare da qui? O...» fece scivolare la mano lungo il fianco, sulla coscia e sul sedere «qui, forse?» Strinse la presa sulle natiche ed Emily si contorse mentre il desiderio le inondava le cosce.

Emily alzò gli occhi verso quelli di lui, con un'espressione di sfida. «Penso che siate solo chiacchiere, Vostra Grazia.»

«Lo sono, vero?» Godric ringhiò e la fece rotolare sotto di lui. Invece di slacciarle l'abito, la girò a pancia in giù, le sollevò i fianchi, sistemandole un cuscino sotto il bacino. Tremando, Emily lo guardò da sopra la spalla, confusa su ciò che lui intendeva fare. Godric s'inginocchiò tra le gambe aperte di lei e si slacciò i pantaloni. Il sorriso malizioso che le rivolse quando la sorprese a guardare le fece correre nuovi brividi lungo le gambe.

Godric fece scivolare i palmi delle mani all'altezza delle ginocchia, sollevando l'abito e le sottane, finché lei fu nuda per lui. Le accarezzò il sedere, facendo scendere le dita fino a raggiungere il sesso della giovane.

«Sei così calda, sei così bagnata, tesoro. Mi fai impazzire. Non posso aspettare un altro secondo.» Godric si posizionò all'ingresso e, appoggiandole una mano alla spalla sul letto, spinse a fondo.

Si scambiarono un grido di beatitudine per la connessione. In parte piacere, in parte dolore mentre lui scivolava fuori e spingeva in profondità. Emily gridò per l'estasi. Godric continuò, trascinando la punta della sua eccitazione lungo le pareti interne di lei, colpendole un punto profondo che le fece perdere la testa. La disperazione la dilaniava, aveva bisogno di lui, più di quanto avesse bisogno del suo corpo, quello scontro di corpi e di anime poteva essere la loro ultima volta. Il panico le fece uscire un singhiozzo dalla gola, ma il piacere le rubò il respiro.

«Em... oh Em. Cara... amo il modo in cui ti senti... spingi i fianchi indietro... SÌ!» L'ansimare affannoso e le ruvide lodi di Godric le stravolsero il cuore e l'anima. Emily andò in pezzi, esplodendo in un milione di pezzi intorno a lui.

La giovane era vagamente consapevole del suo grido echeggiante e del peso di lui sulla schiena.

Dopo qualche istante, il duca si riprese, il suo respiro diventò più controllato mentre cadeva su un fianco. Le si avvicinò ed Emily aderì al corpo di lui, forse per l'ultima volta. Le lacrime le rigavano le guance ma Godric non le vide perché i suoi occhi erano chiusi, le ciglia scure gli solcavano le guance.

«Ti amo. Qualunque cosa accada. Ti amo,» sussurrò lei. Lui non si mosse.

Emily gli baciò il petto, dove sentiva più forte il battito

del cuore. Se lui l'avesse sentita, non voleva che lui le rispondesse. Se lui non la amava, la realtà l'avrebbe ferita. Se l'avesse detto, l'avrebbe uccisa.

GODRIC STRINSE A SÉ IL CORPO DI EMILY RILASSATO. UNA delle gambe nude di lei si estendeva sulla sua pancia e lui le poggiava una mano possessiva sulla pelle morbida della coscia esterna. La testa di lei poggiava sul petto di lui e i suoi deboli respiri lasciavano trasparire il sonno profondo. Godric l'aveva stremata quella notte, lei si stava ancora adattando al vorace appetito dell'uomo. Anche Emily era più audace, ma faceva ancora l'amore con quella strana miscela d'innocenza e desiderio.

Sarebbe stata una bugia negare la sua gioia per l'entusiasmo e l'audacia delle sue risposte. Lei lo amava, Godric glielo aveva sentito mormorare una volta mentre dormiva, e poco prima l'aveva detto senza l'influenza della passione. Non se l'era rimangiato e di questo Godric ne era contento.

Nessuna donna prima di allora aveva affermato di amarlo, nessuna donna oltre a sua madre. Era amato da Simkins e dal Circolo ma Emily era diversa. Aveva sempre pensato che l'amore di una donna fosse un peso, ma non lo era. L'affetto e la lealtà di lei lo rafforzavano. Emily lo conosceva per quello che era, ma lo amava comunque, lo amava abbastanza da dichiarare che la sua reputazione non aveva valore, ma per Godric era importante. Il pensiero che qualcuno parlasse male di Emily gli faceva rivoltare lo stomaco. Avrebbe fatto tutto il necessario per proteggere l'onore di

Emily, anche se ciò significava rinunciare a lei. Le aveva detto che poteva rimanere finché lo avesse amato, ma la verità era che lei non avrebbe mai potuto lasciarlo. Era rimasta solo un'opzione per loro.

Il matrimonio. Doveva sposare Emily per salvare la sua reputazione. In cambio, lei avrebbe avuto la vita che desiderava e lui avrebbe dato qualsiasi cosa per vederla felice.

Alla luce del sole, Godric sapeva che il matrimonio con Emily era una pessima idea. La sua reputazione in società era tutt'altro che immacolata e, anche se a lui non era mai importato, per lei sarebbe stato un problema. Sarebbe mai stata accettata come moglie di un duca o sarebbe stata vista semplicemente come un'amante esaltata? Però, non poteva fare a meno di chiedersi quanto sarebbero potuti essere felici di notte.

Si permise di immaginare una vita di notti durante le quali Emily lo avvolgeva con il suo corpo caldo e i suoi capelli si riversavano sul cuscino come grano color ambra. Nei suoi sogni lei sarebbe sempre stata lì, la sua piccola volpe. In pochi anni, i bambini nelle culle avrebbero riempito gli angoli vuoti e pieni di fantasmi della sua vita e avrebbe avuto una famiglia che non si sarebbe mai aspettato. Avrebbe comprato a Emily una stalla piena di cavalli, mille segugi, qualsiasi cosa lei desiderasse.

Emily si spostò contro di lui, agitandosi leggermente. Godric tirò su le coperte per tenerla al caldo. Solo quando lei si fosse addormentata, il giovane avrebbe potuto assaporare i seni sodi, ora premuti contro il suo petto, e le cosce e i polpacci lisci e muscolosi. Quelle gambe lo stringevano forte sui fianchi ogni volta che la montava. Era dolce... e reale. Niente a che vedere con la perfezione scolpita di Evangeline, cui non piaceva mai un capello fuori posto o un abito sgualcito. Lei non viveva veramente, non come Emily. Godric adorava il modo in cui lei abbracciava la vita.

La mano di Godric scivolò verso la giuntura tra le cosce. Fece scivolare un dito dentro di lei che si agitò di nuovo. Godric sorrise, giocando delicatamente con lei che emise quell'adorabile suono di piacere. Gli ci volle tutta la sua forza di volontà per smettere di prenderla in giro e di torturarsi. Aveva bisogno di dormire dopo la giornata che aveva avuto.

Emily gli accarezzò il petto, strofinandosi contro di lui mentre si sistemava di nuovo. Godric si rese conto che quel momento sembrava giusto, spaventosamente giusto. Tutto quello che aveva conosciuto, era cambiato quando aveva messo quella giovane donna svenuta sul letto quella prima notte. Come poteva essere che lei fosse entrata nella sua vita solo da meno di una settimana? Che cosa sarebbe successo quando fossero stati costretti ad accettare la loro situazione? Non voleva pensarci. Il petto gli si strinse così come i suoi pugni.

Il rapimento di Emily Parr non aveva cambiato solo lui. Il legame del Circolo incarnava il duro amore che gli uomini condividevano tra loro, ma quando si trattava di Emily, erano tutti impotenti. Ashton ammirava la purezza d'animo di Emily, Charles la sua giocosità, Cedric il suo amore per la vita all'aria aperta, Lucien la sua intelligenza e Godric amava *tutto* di lei.

Il pensiero lo sconvolse. Se poteva amare tutto di una

persona, non significava forse che la amava? La domanda lo tormentava.

Fece scorrere una mano tra i capelli di Emily, avvolgendo una ciocca tra le dita. Mai in tutti i suoi anni si sarebbe aspettato che una creatura, così diversa da lui, lo rendesse così felice. Viveva per vederla sorridere, per farla ridere, per baciarla. Voleva passare tutto il giorno a leggere con lei, tutta la notte ad amarla. Trovare ogni punto in cui soffriva il solletico e che la facesse gemere e sospirare. Voleva una vita con lei, ma non era possibile.

«Godric?» La voce di Emily interruppe i suoi pensieri. Non si era accorto che era sveglia.

«Mi dispiace, tesoro, ti ho svegliata?»

«Ho il sonno leggero.» Emily sollevò la testa, gli occhi viola pallidi e argentei alla luce della luna. «Posso chiederti una cosa?»

Godric combatté l'impulso di sorridere. «Oh, immagino di sì.»

«Ashton ha parlato di tuo padre e di come lui...»

Il sorriso di Godric si spense. «Di come mi ha impartito la disciplina?»

«Sì.»

«Cosa c'è?» Il tono di Godric era più duro di quanto intendesse. Il dolore di quella vecchia ferita bruciava ancora.

Emily gli mise una mano sul petto, proprio sopra il cuore. «Mi dispiace che ti abbia fatto del male.»

«Questa non è una domanda.»

La fronte di Emily si corrugò. «No, suppongo di no, ma... ma vorrei che non ti avesse fatto del male. Non capisco come qualcuno possa volerti fare del male.» Gli premette le labbra sul petto, baciandolo in modo seducente. Era così pura nel suo affetto, nella sua tenerezza, che la gola di Godric si strinse. Non sapeva come dirle che le sue parole significavano tutto per lui.

Invece, le avvolse le braccia intorno alla vita e la fece scivolare su per diversi centimetri, fino alla sua bocca. Emily aprì le labbra, gli accarezzò la mascella con la punta delle dita e sospirò soddisfatta.

«Ho un'altra domanda,» disse lei alla fine. «Una vera.»

Godric era divertito dal luccichio sagace negli occhi della giovane. «Va bene allora, mia cara, sentiamo.»

«Quando tu e gli altri mi avete rapita, come facevi a sapere che ero nella carrozza? Pensavo di averti ingannato con il doppio fondo di quel sedile...» Emily appoggiò i palmi delle mani sul petto di Godric si sollevò un po', regalandogli una piacevole visione dei suoi seni.

«Mi avevi ingannato. Ashton, tuttavia, ha notato un pezzo del tuo abito da sera che sporgeva. Ha escogitato un piano per aspettarti.» Godric sorrise mentre il ricordo di quella notte lo inondava, l'adrenalina, la pura euforia di inseguirla, combatterla, catturarla...

Emily si accigliò. «E se non fossi scesa dalla carrozza? Avrei potuto soffocare.»

«Oserei dire che non poteva essere a tenuta stagna.» Godric cercò di sollevare i fianchi ma Emily scivolò un centimetro fuori dalla sua portata.

«Dovevi proprio usare il laudano? L'ho odiato.» Emily mostrò un cipiglio che assomigliava a un ringhio di cucciolo.

«L'abbiamo usato su raccomandazione di Ashton. Eravamo preoccupati che tu potessi gridare aiuto.»

«Perché non mi avete semplicemente imbavagliata?»

«E farti contorcere sulle mie ginocchia per tutto il tragitto? Saresti potuta cadere e farti male.»

«Sulle tue ginocchia?» Lo sguardo di Emily era caldo ma il suo naso si stropicciava per la costernazione. «Mi hai portata tu?»

Godric le tirò una ciocca di capelli, avvolgendola intorno al dito. «Assolutamente sì. Una volta che ti ho messo gli occhi addosso, ho rifiutato che un altro uomo avesse la responsabilità di te. Ti volevo tutta per me e ti assicuro che è stata una bella battaglia. Ho dovuto sopportare quasi un'ora di lamentele di Charles. È un perdente terribilmente arrabbiato.» Godric ridacchiò.

Emily rifletté su tutto questo in silenzio.

«Avevi intenzione di sedurmi prima di vedermi?»

Era una domanda volubile e Godric decise che la verità era la cosa migliore.

«Volevo solo rovinarti portandoti qui, non avevo intenzione di rovinarti...fisicamente. Non ho avuto nessun pensiero di seduzione fino a quando non ti ho messo su questo letto. Eri così sporca e impolverata per i tuoi tentativi di fuga, ma quando ti ho messa giù... sono rimasto incantato... dovevo toccarti... e l'ho fatto.»

«L'hai fatto?»

«Solo un tocco, ho tenuto il tuo viso tra le mani. Le tue guance erano coperte di terra e l'ho tolta. C'è voluto tutto il mio autocontrollo per non baciarti. In quel momento ho capito che mi avevi stregato.»

EMILY ERA SORPRESA, PIACEVOLMENTE. RICORDAVA POCO di quella prima notte, ma aveva un vago ricordo che un bel principe le aveva accarezzato il viso e l'aveva quasi baciata, un sogno fantasioso e fiabesco, aveva pensato.

Emily scivolò via da Godric e si rannicchiò nel calore dell'abbraccio di lui. Condividere il letto con lui ora le fece capire quanto si sarebbe sentita sola il giorno dopo. Non ci sarebbero stati i baci del buongiorno, né altri pomeriggi tranquilli nello studio. Non ci sarebbe stato nessun corpo maschile caldo cui accoccolarsi durante la notte, quando le ombre si allungavano sul letto.

Il suo amore per lui bruciava più caldo e più luminoso ogni ora che trascorrevano insieme, ma quell'amore lo avrebbe ucciso se non se ne fosse andata. Gli uomini di Blankenship sarebbero arrivati e ci sarebbe stato uno spargimento di sangue da entrambe le parti.

Emily pensò di dirgli la verità, riferendogli ciò che le aveva raccontato Evangeline, ma non poteva. Lui e gli altri lord erano orgogliosi e testardi. Avrebbero giurato di difenderla e qualcuno sarebbe rimasto ferito o ucciso. Il loro sangue non poteva macchiarle le mani, erano diventati come una famiglia. Doveva andarsene. Forse avrebbe potuto inviare una lettera a Blankenship, dopo aver raggiunto Blackbriar, dicendogli che era fuggita e che non avrebbe avuto fortuna alla tenuta degli Essex. Poteva solo sperare che funzionasse e che li tenesse tutti al sicuro.

La mano di Godric le accarezzò dolcemente i capelli, una sensazione così rilassante e calmante che Emily a stento riuscì a rimanere sveglia. Aveva bisogno di un momento in più.

«Godric...»

«Hmm?» La risposta di lui le fece vibrare il corpo.

«Grazie.»

«Che cosa ho fatto adesso?»

«Mi hai mostrato una parte della vita che altrimenti avrei potuto perdere.»

Il dorso delle nocche di lui le sfiorò la guancia. «Se sei stata un'occasione, mia cara, allora è stata mia la fortuna di prenderti.»

Le bruciavano gli occhi. Non poteva piangere, non in quel momento.

«So che non dovrei dirlo, visto che rovinerebbe i nostri momenti... ma ti amo.» Emily avrebbe potuto non rivederlo mai più e voleva essere sicura di essere abbastanza coraggiosa da dirglielo, un'ultima volta.

«Non potresti mai rovinare nulla, tesoro.»

Godric le sollevò la testa e inclinò la bocca per baciarla. Non importava come la baciasse, castamente o lussuriosamente, prendeva vita al tocco di quell'uomo. Le loro lingue danzarono. Godric gemette dolcemente e le infilò una mano tra i capelli. Le massaggiò il cuoio capelluto con i polpastrelli e le mani di Emily scivolarono lungo il petto di lui, godendo della pelle calda.

«Fai l'amore con me,» lo supplicò Emily, tra baci profondi e languidi.

«Come comandi.»

CAPITOLO 15

La casa si era liberata di Evangeline Mirabeau molto prima che la colazione fosse pronta. Qualcuno aveva provveduto alla sua partenza anticipata e il resto della casa non sapeva chi fosse. Sembrava che, dopo aver svolto il suo ruolo, avesse saggiamente scelto di andarsene per evitare di essere ancora in giro all'arrivo degli uomini di Blankenship. Il sollievo tra i lord era tangibile. La colazione trascorse allegramente e, nonostante Emily avesse intenzione di andarsene, approfittò di quelle ultime ore con i suoi amici. Perché erano proprio quelli. Le sarebbe mancato Ashton che faceva da balia agli altri. Le sarebbero mancati i tentativi di Lucien di nascondersi dietro il giornale mentre prendeva in giro gli altri. Non avrebbe potuto pescare o cacciare con Cedric, né ascoltare i racconti stravaganti di Charles.

E Godric... Le sarebbe mancata la *vita* con lui, ma non aveva scelta.

«Pane tostato, Emily?» Charles le porse un piatto, riportandola alla realtà.

«Grazie, Charles,» rispose lei.

«Non c'è di che.» Il conte le fece l'occhiolino e quando lei prese una fetta di pane tostato, passò il piatto ad Ashton.

«Che cosa avete programmato per oggi?» chiese Ashton a tutti i commensali.

Charles era in equilibrio precario sulle due gambe posteriori della sedia. «Ho della corrispondenza da sbrigare.»

«Oh? Rispondi davvero alle lettere?» commentò Lucien da dietro il giornale.

«Certo. Solo perché non rispondo mai alle lettere di tua madre, non significa che non risponda a nessuna di esse.»

Lucien ripiegò il giornale e lanciò a Charles uno sguardo severo. «Mia madre ti scrive delle lettere e tu non rispondi?»

«Aspetta...» intervenne Cedric. «Lucien, tua madre scrive a Charles?»

Il cipiglio sempre più scuro di Lucien fece ridere Cedric.

«Continua, Charles. Cosa ti scrive?» Godric lo incalzò.

«È di natura privata.»

«Niente rimane mai privato con te, Charles, quindi tanto vale che tu lo dica.» Le labbra di Ashton si attorcigliarono nella più debole parvenza di un sorriso.

Charles si accigliò. «Volete saperlo? E va bene. La madre di Lucien si è convinta che io sia il marito perfetto per Lysandra.»

«Mia sorella!» Lucien si strozzò. «Dio del cielo, amico, è meglio che tu non risponda mai a quelle lettere o che Dio mi aiuti...»

«Calma! Lysandra non è il mio tipo, come ben sai.» Charles lanciò un'occhiata intorno al tavolo. «Inoltre, abbiamo le nostre regole, no?»

«Regole?» Emily scosse la testa, confusa.

Ashton la guardò. «Anche il cosiddetto Circolo delle Canaglie ha delle regole, mia cara.»

Avevano delle regole? Il pensiero la fece ridere.

«Anche le canaglie devono tracciare un limite da qualche parte,» aggiunse.

«E in questo caso nessun membro del Circolo potrà sedurre la sorella di un altro membro,» disse Lucien.

Charles annuì. «La regola otto per essere esatti.»

«Mi sto ancora chiedendo perché vi chiamate il Circolo,» Emily ridacchiò. Aveva già sentito quel nome, naturalmente, sussurrato tra le matrone dell'alta società, spesso seguito da sussulti di orrore.

Godric sogghignò. «Questo curioso soprannome ci è stato affibbiato da *The Quizzing Glass Gazette* nella rubrica Lady Society. Regala al *ton* storie sulle nostre imprese, o su quello che credono che abbiamo fatto. Spesso esagerano, ma abbiamo trovato il loro nome accurato. Lo abbiamo accettato saggiamente e ora lo usiamo, con molto piacere, potrei aggiungere.»

«Ha un suono piuttosto affascinante,» disse Emily.

Ashton riportò la conversazione agli eventi del giorno. «Così Charles scriverà delle lettere. E tu, Cedric?»

«Ho pensato di fare un giro.»

Emily si raddrizzò sulla sedia. Forse poteva fare un giro prima di dover mettere in atto il suo ultimo piano di fuga. Un ultimo bel ricordo...

«E tu, Lucien?»

«Ho una piccola questione da sbrigare a Londra. Dovrei tornare prima di sera.»

A Emily non sfuggì lo sguardo rivolto a Godric. Dubitava che lui ne fosse consapevole.

«Forse dovrei accompagnarti?» suggerì Ashton.

«Non mi dispiacerà un po' di compagnia.»

Era come se stessero parlando in codice. Emily si chiese cosa avessero in mente i due uomini.

Finita la colazione, Emily seguì Cedric fuori dalla stanza, ansiosa di vederlo cavalcare. Ma Godric le afferrò la parte posteriore del vestito e la fermò bruscamente.

Le accarezzò il collo in modo giocoso e le disse: «E ora dove vai?»

Emily sospirò, guardando la schiena di Cedric che si ritirava. «Ho pensato di guardare Cedric cavalcare.» Godric le cinse la vita da dietro, sfiorandole con le labbra l'orecchio destro e mordendole il lobo. Emily soffocò un piccolo gemito.

«Potremmo stare qui...» Ogni parola pesava come una promessa di passione.

Era così difficile resistere, ma il secondo sospiro che le sfuggì fu di sconfitta e Godric lo notò.

«Tutto bene, mia cara?» Le accarezzò il mento con la punta del pollice. La verità delle sue paure le stava sulla punta della lingua ma Emily se la morse.

Godric la studiò in silenzio. «Ti manca davvero cavalcare?»

Emily s'illuminò un po'. «Oh, sì, lo voglio.»

«Ti lascerei cavalcare...» Il giovane fece una pausa mentre gli occhi di lei si illuminarono di speranza. «Se cavalchi con me.»

«Oh, Godric, grazie!» Gli gettò le braccia al collo e lo coprì di baci.

Cedric stava uscendo dalle stalle al trotto quando lo raggiunsero. La cavalla grigia pezzata che cavalcava sembrava impaziente di galoppare, così come il cavaliere.

Cedric li chiamò. «Devo aspettarvi?»

«Potresti?» gli chiese Emily.

Godric entrò a prendere il suo destriero mentre Emily aspettava.

Cedric la fissò. «Emily, quando tornerai a Londra, posso presentarti le mie sorelle? Horatia e Audrey ti adorerebbero.»

«Mi farebbe molto piacere. Conosco così poche persone nel *ton*. Abbiamo soprattutto conoscenze in campagna.»

«Non preoccuparti. Le mie sorelle sono creature equilibrate. Penso che ti piacerebbe soprattutto Horatia. È molto simile a te.» Cedric sorrise come se stesse ricordando qualcosa di privato. «Audrey... è un po' birichina. Sempre nei guai per una cosa o per l'altra.»

«Amano la vita all'aria aperta come te?»

Cedric annuì. «Horatia ama cavalcare quasi quanto me. Audrey ama l'aria aperta, anche se non ama i cavalli. È stata morsa da un pony dal temperamento piuttosto cattivo quando aveva otto anni. Da allora non ha più perdonato il genere equino, povera cara.»

Emily accarezzò la criniera color carbone della cavalla. «Mio padre diceva sempre che tendono a mordere, quindi sono stata fortunata a non subire il temperamento di un pony. I cavalli, però, sono un'altra cosa. Aveva la miglior coppia di purosangue che mi ha insegnato a cavalcare.»

«Tuo padre era un uomo intelligente.» Cedric si abbassò per dare un colpetto affettuoso al collo della cavalla.

Godric uscì in quel momento, con il suo magnifico castrone nero al seguito, una mano appoggiata sul collo del cavallo, l'altra che infilava le dita nelle redini penzolanti.

«Me lo tieni, Cedric?» Godric gli porse le redini. Godric afferrò Emily alla vita e la issò sulla sella, poi montò dietro di lei. Le passò un braccio intorno alla vita, tirandola indietro nella culla dei suoi fianchi.

Trotterellarono via dalle stalle, con Cedric a qualche passo di distanza. I cavalli iniziarono a seguire un ritmo naturale.

Cavalcarono per un'ora prima che Godric decidesse che le possibilità di essere sorpresi dal temporale erano troppo alte. Emily rivolse la sua attenzione al cielo, da cui pendevano ancora le nuvole della tempesta. La notte precedente non era caduta nemmeno una goccia, ma poteva sentire la densità dell'aria e il profumo delizioso di pulito di un temporale stuzzicava l'aria con un accenno di pericolo. Emily non protestò per la fine della loro passeggiata. Doveva tornare presto al castello per occuparsi dei suoi preparativi.

Charles si unì a Godric, Cedric ed Emily per un pranzo

leggero un'ora dopo, ma Emily riuscì a malapena a mangiare. Il suo stomaco si agitava in modo irregolare e parlava poco.

«Ti senti bene?» Godric le appoggiò il dorso della mano sulla fronte.

Emily chiuse gli occhi, godendosi il calore della mano. Quella sarebbe stata l'ultima volta che lui l'avrebbe toccata. Il dolore le lacerò il cuore, spezzandolo in due. Lo avrebbe ricordato così, gentile e preoccupato. Una tenera canaglia che le nascondeva il suo cuore per paura di essere ferita. Ma era lei che avrebbe sofferto di più. Almeno lui non la amava, sarebbe stato più facile per lui accettare la sua partenza.

«Sei un po' fredda.» La preoccupazione oscurò il tono di voce di lui.

«Temo di essere un po' indisposta.» Era l'occasione per scusarsi.

Godric cominciò ad alzarsi dalla sedia. «Devo mandare a chiamare un dottore?»

«No! No, non disturbarti, ti prego. Penso che dormirò un po'. Forse mi rimetterà in sesto.» Emily si alzò dalla sedia, appoggiò la mano sulla spalla di Godric e lo costrinse delicatamente a sedersi di nuovo.

«Allora verrò a controllarti tra qualche ora, tesoro.» Godric le baciò la mano appoggiata sulla spalla. Il cuore di Emily sanguinava sapendo che quello era l'ultimo bacio di Godric. Non poteva essere l'ultimo... Non qualcosa di così insignificante e casto come un bacio sulla mano...

Emily si piegò e gli catturò la bocca. Non riusciva a respirare... non riusciva a pensare. C'era solo quell'ultimo, eterno eppure effimero bacio. Era l'ultimo ricordo di lui, quello che le sarebbe dovuto durare per il resto di una vita solitaria.

Ti lascio andare perché ti amo ed è l'unico modo per salvarti. La giovane implorò silenziosamente con tutto il cuore che lui capisse. Il cuore le si spezzò quasi a metà quando lui le sorrise sulla bocca e le passò una mano sulla guancia mentre si allontanava.

Che cosa avrebbe pensato Godric, dopo essere entrato nella stanza, accorgendosi che lei non c'era più? Si sarebbe chiesto perché lo aveva abbandonato? La sua partenza sarebbe stata peggiore degli abusi subiti da Godric per mano del padre?

Un giorno lui avrebbe capito. Emily avrebbe trovato il modo di dirgli la verità quando sarebbe stato sicuro farlo. Ma anche allora, dubitava che lui potesse perdonarla. Fino a quel giorno, lei sarebbe morta lentamente dentro, a causa del suo cuore sanguinante.

Con una forza che non sapeva di possedere, la giovane sollevò il mento e uscì dalla sala da pranzo con grazia.

Una volta nella sua stanza, Emily si appoggiò alla porta. Il suo petto si gonfiò mentre ingoiava singhiozzi silenziosi. Tutto il suo mondo si ridusse in quel singolo momento di perdita. Le si chiuse la gola e cercò di deglutire.

Scivolando a terra lungo il pannello di legno della porta, raggomitolò le gambe sotto il mento mentre le lacrime rigavano il viso. Era stata una sciocca a innamorarsi, ma non avrebbe mai più commesso un simile errore. Il suo cuore si sarebbe indurito e avrebbe continuato a vivere da sola senza Godric e senza amore. Doveva farlo.

Da lì a qualche anno sarebbe stata da qualche parte nel mondo, ricordando quell'ultimo giorno, quell'ultima ora di perdita del suo primo e unico amore. Il ricordo le sarebbe piombato addosso come un ladro nella notte e le avrebbe lasciato un dolore crudo e doloroso nel petto, fresco come quel giorno. Le lacrime le formavano tracce salate lungo le guance e scolpivano scie come dei fiumi possenti sulla pietra.

Era la cosa giusta da fare. Se fosse andata via, Blankenship non avrebbe avuto un motivo per fare del male agli altri. Quello era più importante delle sue lacrime. Quella determinazione la rafforzò. Si ricordò di qualcosa che suo padre era solito dire. «La paura è forte solo quanto la debolezza che hai dentro.»

La sua scelta era chiara, lo era sempre stata. Nel profondo delle sue ossa, aveva sempre saputo che prima o poi sarebbe dovuta andare via. Prima lo accettava, prima poteva andare avanti.

Quando i suoi occhi non ebbero più lacrime da versare, dominò il suo dolore e convocò Libba nelle sue stanze.

Aspettando la cameriera, scrisse un biglietto a Godric. Non poteva permettersi di raccontargli la verità, ma doveva dire qualcosa.

Quando Libba arrivò, rimase scioccata dal volto di Emily, macchiato di lacrime. Prima che la cameriera potesse dire una parola, Emily si confidò con lei: «Quell'uomo che hai visto con il magistrato, sta per tornare, con uomini armati. Sono troppi. Faranno del male a chiunque si metta sulla loro strada. Devo andarmene. La vita di Sua Grazia dipende da questo. Devi fidarti di me. Ho bisogno di prendere in prestito la tua uniforme da cameriera. Vado con Jonathan a Blackbriar.»

Con sorpresa di Emily non ci fu alcuna protesta da parte della cameriera, solo un cenno di comprensione. «Quando quell'uomo mi ha visto nella vostra stanza, per un attimo ha pensato che fossi voi. So come vi guarda, signorina.» Libba attorcigliò le mani nelle gonne. «Troverò il mio abito.»

«Dopo che me ne sarò andata, metti dei cuscini nel mio letto. Fai in modo che sembri che io stia dormendo. Quando scopriranno che non ci sono, dì loro che mi hai visto attraversare i prati, potrebbe farmi guadagnare un po' di tempo. Qualsiasi cosa tu faccia, non dire che sono partita con Jonathan. Promettimelo, Libba. La vita di Godric dipende dal tuo silenzio.»

«Lo prometto. Ma... signorina... lei vorrebbe restare qui, vero?»

Anche se Emily pensava di aver esaurito le lacrime, le sfuggì un singhiozzo. «Alcune persone non sono destinate a ottenere ciò che vogliono, Libba.»

Lucien e Ashton si accovacciarono sotto una finestra aperta di una casa a schiera in Bloomsbury Street, appena fuori Mayfair. I due uomini si scambiarono uno sguardo preoccupato mentre origliavano una conversazione, nel salotto appena oltre la finestra.

Erano arrivati a Londra un'ora prima e avevano cavalcato fino a casa di Evangeline, intenzionati a parlarle. La donna era uscita ma la sguattera della porta accanto aveva detto a Lucien in quale direzione era andata dopo che lui le aveva sciolto le labbra con un bacio non troppo innocente e qualche carezza ben piazzata. La povera ragazza avrebbe voluto raccontargli tutto, se solo lui avesse promesso di restare a intrattenerla. Solo la tosse educata di Ashton gli aveva ricordato la loro missione.

Il biglietto contraffatto presentato da Evangeline aveva suggerito ad Ashton che lei non fosse una pedina indifesa ma una giocatrice attiva in quel gioco d'inganni ed era imperativo determinare il burattinaio per proteggere Emily.

Lucien sosteneva che Emily fosse la causa dell'apparizione di Evangeline, ma come sempre, solo Ashton vedeva il gioco più grande che c'era dietro. Non credeva alle coincidenze e l'apparizione di Evangeline aveva poco a che fare con il caso.

Dopo aver rintracciato la carrozza di Evangeline fino a un particolare indirizzo, Ashton aveva trovato la conferma dei suoi sospetti. Nel momento in cui avevano svoltato in una strada, Lucien era impallidito e poi era diventato scarlatto dalla rabbia. «So dov'è andata.» Aveva ringhiato. «Blankenship vive non lontano da qui.»

Si erano infilati lungo la strada laterale e si erano accovacciati sotto la finestra del salotto di Blankenship.

«Signorina Mirabeau, è tornata a Londra così presto?» La voce di Blankenship si diffuse nel vicolo.

Ashton sollevò la testa di qualche centimetro oltre il davanzale, scorgendo Evangeline e Blankenship. Erano uno di fronte all'altra e la donna spalancò gli occhi quando lo vide. Il respiro di Ashton si bloccò nel timore che lei potesse rivelare la loro presenza.

Non lo fece. Lo sguardo della donna tornò su Blankenship come se non fosse successo nulla.

«Sono stata congedata in meno di un giorno, *Monsieur*! Ma visto che mi avete pagato, vi ho portato le informazioni che cercate.»

«E?»

Ci fu un breve istante di silenzio.

«La vostra pecorella smarrita è lì, come sospettavate. L'ho incontrata. *Elle est très jolie*! Non me l'avevate detto, *Monsieur*.»

«Ha importanza?» Blankenship sbuffò sgarbatamente.

«*Pour moi,* naturalmente. Essex è troppo attaccato a lei. Osserva ogni sua mossa.»

La voce di Blankenship si abbassò. «È ancora pura?»

Evangeline ridacchiò. «No, *signore*. Credo che Sua Grazia abbia da tempo colto il frutto di quella vite. È impotentemente innamorata di lui.»

«Il suo amore non ha importanza per me. Non è necessario in un'amante.»

La bocca di Lucien si contorse in un ringhio e i pugni di Ashton si strinsero, ma entrambi dominarono la loro rabbia.

«Molto bene. Ecco il pagamento, come concordato, signorina Mirabeau. Da adesso in poi mi occuperò io della questione.» Blankenship si allontanò.

Evangeline incontrò lo sguardo di Ashton e gli rivolse il minimo cenno di riconoscimento prima di parlare di nuovo.

«Dovete sapere, *Monsieur* Blankenship, che ho convinto la pecorella a fuggire. Le ho detto che se non fosse tornata a Londra, avreste ucciso Godric e i suoi amici.»

«Perché diavolo l'avete fatto? L'ultima cosa di cui ho bisogno è che siano avvertiti.»

«Volevo solo risparmiarvi la fatica di recuperarla con la forza come avevate previsto.» La voce della donna era sincera ma Ashton sapeva bene che non doveva prendere per buono quel tono. Stava parlando troppo forte perché le parole fossero destinate solo a Blankenship.

«Lei non sa nulla dei miei piani. Tuttavia, se obbedisce, potreste avermi risparmiato un po' di fatica.» Blankenship canticchiò, come se fosse contento, con una nota crudele lungo la gola.

«Non ho dubbi che lo farà, *Monsieur*. Niente affatto.»

Quando il volume della conversazione diminuì, i due attraversarono la strada e chiamarono una carrozza per tornare a casa di Lucien.

«Dobbiamo tornare immediatamente da Godric,» suggerì Lucien.

«Sono d'accordo. Emily cercherà di nuovo di fuggire e sospetto che questa volta potrebbe riuscirci. Godric non sopporterà un altro tentativo. Sarà furioso.»

«Lo so, e preferirei tornare prima che lui la punisca.»

Ashton lo guardò, poi si allontanò. «Pensi che le farebbe del male?»

«Colpirla? No, ma il suo temperamento... Sappiamo tutti quanto duramente lo combatte. Mi preoccupo di quello che le dirà. Emily non lo conosce come noi. Le parole possono fare molto male e le dirà cose che non pensa per proteggere il suo cuore.»

«Non lo facciamo tutti?»

Lucien tirò fuori una pistola dall'interno della giacca.

«Il solito vecchio Lucien,» disse Ashton sottovoce.

Lucien sorrise. «Le vecchie abitudini sono dure a morire.»

Ashton rise. Vecchie abitudini davvero...

«Pensi che torneremo in tempo per fermare Emily?»

Ashton chinò la testa. «Per ora sono più preoccupato degli uomini di Blankenship, chiunque essi siano, e per quello che intende fare con loro.» Guardò Lucien controllare la pistola. «Tra non molto potremmo avere tutti bisogno di portarne una, vecchio amico. Non sono mai stato un uomo religioso, ma credo che questo sia il momento di pregare.»

Emily trascorse le ultime ore a raccogliere i suoi pochi averi nella piccola borsa di tela che Libba le aveva lasciato sotto il letto. Il pettine e la spazzola a farfalla, e un paio di vestiti di ricambio con cui cambiarsi una volta tolta l'uniforme di Libba. La parte più difficile sarebbe stata Penelope. Non poteva abbandonare la cucciola. Libba l'avrebbe presa e l'avrebbe portata sul carro. Presto sarebbe stata l'unica compagnia di Emily.

Libba tornò e aiutò Emily a indossare l'uniforme da cameriera. Emily teneva in mano la borsetta mentre Libba le sistemava la cuffia bianca sui capelli. Se avesse tenuto la testa bassa, poteva ancora scappare.

La giovane cameriera sbirciò fuori dalla porta, poi fece cenno a Emily indicandole che i corridoi erano liberi. Non c'era traccia di nessuno; la sala superiore del castello era silenziosa. Emily s'incamminò alacremente, tenendo la testa china sul pavimento e le orecchie tese al minimo rumore.

In salotto, Cedric e Godric ridevano di qualcosa. La giovane indugiò per un breve e doloroso secondo.

Addio, mio Circolo delle Canaglie.

Scese per le scale della servitù e uscì da una porta che conduceva alle stalle. L'impulso di guardare indietro solo una volta era forte, ma resistette. Avrebbe portato con sé solo i ricordi. Nelle notti fredde sarebbe sprofondata in quei momenti beati e si sarebbe ritrovata lì, anche se solo nei suoi sogni.

Jonathan sedeva impaziente sul sedile del carro, con il volto scuro. Si accigliò quando la vide, come se avesse sperato che non andasse. Alzò la mano, facendole cenno di sbrigarsi. Accanto a lui c'era una cesta in cui dormiva Penelope.

«Cos'ha che non va?» mormorò Emily, sedendo sul sedile accanto al giovane.

«Niente. Quando Libba l'ha portata giù le ho dato del latte caldo. La terrà tranquilla finché non raggiungeremo il villaggio.»

Emily si rilassò, ma il cucciolo era più che assopita. «Solo latte caldo?»

«Beh, forse ho aggiunto un pizzico di qualcosa di più

forte per assicurarci che non scappi. Bisogna fare di necessità virtù.»

Emily lo sapeva fin troppo bene.

Jonathan sbatté le lunghe redini contro la schiena del baio e il carro si mise in movimento. Quando raggiunsero la strada, Emily tirò un sospiro di sollievo, ombreggiato dalla tristezza.

Verso Blackbriar...

La pioggia colpì il viso di Emily, inzuppandole i vestiti. Si maledisse per non aver indossato un mantello di lana con il cappuccio.

«Quanto manca ancora?» Il profumo inebriante di erba bagnata e lana la circondò. Rabbrividì e le si ghiacciò la pelle per la pioggia.

«Non è lontano,» disse Jonathan. «Dovremo prendere una stanza alla locanda. Non si può viaggiare con questo tempo ed io stasera non posso tornare. Il cibo potrebbe rovinarsi.» La bella bocca del giovane si contorse in un cipiglio sgradevole.

Emily tremò di nuovo. «Suppongo che voi abbiate ragione.»

Jonathan le passò un braccio sulle spalle per tirarla più vicino. Era altrettanto bagnato, ma molto più caldo.

«Gr-grazie.» I denti di Emily schioccarono mentre un brivido profondo affondava in lei.

«Non dovete dirlo, signorina Parr.» rispose il giovane, tenendo lo sguardo sulla strada, non su di lei.

Emily si rilassò un po' e Penelope si agitò sotto le gonne nere di Emily che abbassò una mano vicino alla cucciola che le leccò le dita.

«Ecco, ecco, tesoro,» mormorò.

Il resto del tragitto rimasero in silenzio. Il viaggio verso il villaggio richiese molto tempo, poiché la strada costeggiava le terre di Godric e il lago.

Il villaggio stesso sembrava quasi deserto. Il carro scricchiolava e gemeva mentre cavalcava sulle pietre sconnesse della strada principale, echeggiando in mezzo al fragore della tempesta. Jonathan guidò il cavallo verso il fienile accanto a una locanda chiamata *The Pickerel*.

«Entrate con Penelope. Aspettatemi vicino al bar.» Jonathan non aspettò la risposta.

Emily prese il cane e la borsa di tela, e schivò la pioggia per entrare nella locanda. Le lampade a olio erano accese sui tavoli e diversi abitanti del villaggio si accalcavano intorno al camino principale per scaldarsi le mani. Tutti si voltarono quando Emily entrò. Una donna grassottella che puliva il bancone con un panno le sorrise, poi vedendola, inzuppata e tremante, si mostrò subito preoccupata.

«Povero agnellino!» Si affrettò a girare intorno al bancone per vedere meglio.

«Posso aspettare qui?» I denti di Emily battevano così forte che le faceva male la mascella.

«Certo, cara!» La donna prese un asciugamano pulito e asciugò Penelope. «Sei stata colta dal temporale senza un cappotto adeguato? Ecco, lascia che ti aiuti.»

«Grazie.»

Jonathan entrò, scuotendo i capelli.

«Jonny, amore!» lo salutò la donna.

Jonathan alzò le braccia. «Lucy, sei sempre più bella ogni volta che ti vedo.»

La donna di mezza età arrossì: «Oh, zitto, mascalzone,» Gli diede una pacca sulla spalla.

«Potremmo avere una stanza, Lucy?» Jonathan fece un cenno con la testa verso Emily.

«Ahh, quindi sta con te, vero?»

«Non è come pensi, Lucy.»

«Non lo è mai, amore. Ma lo è sempre.» Lucy gli fece l'occhiolino, ma non disse altro. Prese un mazzo di chiavi appeso a un chiodo sulla parete, poi li condusse su per una serie di scale strette e lungo un corridoio di quattro stanze. Scelse l'ultima a destra e la aprì per loro. All'interno della camera c'era un piccolo letto, un tavolino e una bacinella d'acqua accanto ad alcuni asciugamani.

Emily posò Penelope e la borsa, mentre Jonathan si tolse il mantello e il cappotto gocciolanti.

«Manderò su della zuppa per entrambi.» Lucy li lasciò soli.

Emily rimase ferma per un istante, fredda e bagnata, e guardò Jonathan con diffidenza. «Dovremmo condividere una stanza?»

Il bel diavolo si mise a ridere. «Fa parte del mio prezzo... e una stanza è più economica che due.»

«Ma non mi avete mai detto il vostro prezzo.»

Jonathan, senza guardarla, si tolse la camicia bianca e la appese sull'unica sedia vicino al tavolo per farla asciugare. I muscoli gli scolpivano l'ampio torace. Mentre Godric era un centimetro più alto, i muscoli di Jonathan sembravano più grandi, presumibilmente a causa degli anni di lavoro nella tenuta. La somiglianza fra i due uomini la colpì ugualmente.

Jonathan attraversò la distanza che li separava e, senza dire una parola, le strappò dalla testa la ridicola cuffietta bianca. I capelli di Emily scesero come una cascata

«Meglio.» Jonathan allungò la mano per toccarla.

Emily indietreggiò di un altro passo.

«Che cosa state facendo?»

«Il mio prezzo, signorina Parr. Lo sto riscuotendo ora.» Gli occhi verdi di Jonathan ardevano.

Emily fu quasi presa dal panico, ma qualcuno che bussava li interruppe. Jonathan aprì la porta e prese le due ciotole di zuppa da Lucy prima di chiuderle la porta in faccia.

«Sedetevi e mangiate, poi discuteremo del pagamento.»

Sembrava che i timori di Emily sul metodo di pagamento non fossero infondati. La zuppa la riscaldò ma gli abiti bagnati non le impedirono di sentire freddo. *Dovrei cambiarmi*, pensò Emily, ma non voleva spogliarsi con Jonathan nella stessa stanza. Lasciò che Penelope leccasse la sua ciotola e mangiasse la crosta del pane. Jonathan la osservò per tutto il tempo.

«Signor Helprin, posso farvi una domanda piuttosto strana?»

Jonathan agitò una mano in aria, esortandola a continuare.

«Siete parente di Godric?»

La zuppa si rovesciò sul tavolo. Jonathan si bloccò, poi si pulì accuratamente la bocca con un tovagliolo. «Cosa vi porta a chiedermelo?»

«Lo siete?» Emily insistette.

«Certo che no.»

Emily posò il cucchiaio. «Mi dispiace di avervi offeso. È solo che... beh, gli assomigliate così tanto. Vi comportate anche come lui.»

Quando la giovane sollevò il viso, incontrò lo sguardo di lui.

Jonathan appoggiò i gomiti sul tavolo, mettendo il mento tra le mani. «Non mi offendo, mi avete solo spaventato. Nessuno l'aveva mai detto prima.» Fece una pausa, gli occhi si posarono sul viso di lei, guardandola con un'espressione illeggibile. Dopo un momento spinse indietro la sedia, facendola raschiare contro il pavimento di legno. Invece di avvicinarsi a Emily, si allontanò, con una grazia identica a quella del suo padrone.

Quando Jonathan si voltò, Emily fu colpita dal suo profilo, il corpo muscoloso e longilineo di un uomo che aveva lavorato a servizio, ma c'era ancora una qualità raffinata in lui. Alla metà del *ton* mancavano i tratti e le maniere innate e ben educate che venivano così naturali a Jonathan. Qualcosa lo distingueva dai suoi colleghi servitori.

«Siete così simile a lui,» sussurrò Emily. «Il modo in cui vi muovete, in cui parlate.»

«Suppongo che sia perché sono cresciuto volendo essere come lui. Sono nato e cresciuto in quella casa. Mia madre era la cameriera di sua madre. Ero solito seguirlo quando ero un ragazzo. Ha otto anni più di me.»

Poteva essere così semplice? Emily supponeva di sì e si sentiva una stupida per aver pensato il contrario. Non erano parenti. Jonathan rispecchiava semplicemente il suo padrone come qualsiasi uomo rispecchierebbe qualcuno che ammira. Ma comunque, il suo istinto le diceva il contrario. Doveva solo essere sicura...

«Vostra madre aveva gli occhi verdi?»

«No.»

«E vostro padre?»

«Non l'ho mai conosciuto.» Una risposta che non era una vera risposta, proprio come Godric. Era il momento di cambiare argomento.

«Che cosa farete dopo la mia partenza? Tornerete al castello?»

Le labbra di Jonathan si serrarono per un momento. «Supponendo che Sua Grazia non abbia scoperto che sono stato io ad aiutarvi, allora sì, tornerò.»

«Libba ha promesso che non dirà a nessuno come sono scappata. Sono sicura che sarete al sicuro.»

Jonathan rise, un suono ricco, scuro, pericoloso. «Siete preoccupata per me?»

«Sono preoccupata per tutti noi. Blankenship non è un uomo da prendere alla leggera.» Si alzò e guardò la piccola stanza. «Posso avere un po' di privacy per cambiarmi?» Probabilmente era più sicuro non spogliarsi vicino al giovane, ma i suoi vestiti bagnati erano pesanti e soffocanti sulla pelle.

«Non sarà necessario, signorina Parr. Sarò felice di aiutarvi.» Jonathan le si avvicinò.

Emily indietreggiò, la parete di legno la colpì alle spalle. «Signor Helprin, vi prego, non vi avvicinate.»

«So che questo è un gioco, signorina Parr. Non è la prima volta che interpreto ruoli drammatici per una donna. Proprio come l'ultima amante di Sua Grazia, ogni tanto cercate di saziarvi con un uomo più giovane. A Evangeline piaceva fingere che i rivoluzionari l'avessero catturata. Ma non avete bisogno di un elaborato stratagemma per avermi. So che Godric non è veramente in pericolo.» Jonathan afferrò i bottoni dell'abito di Emily che, improvvisamente, fu consapevole delle grandi dimensioni delle mani del giovane, così come dell'ampiezza delle sue spalle e della potenza dei suoi muscoli.

Emily gli mostrò i denti come un animale messo alle strette. Se avesse dovuto combattere, lo avrebbe fatto. «Lasciatemi andare.»

«Shh... Calmatevi, signorina Parr. Sarà piacevole, ve lo assicuro. So che è per questo che mi avete chiesto di aiutarvi. È ovvio che siete qui per stare con me. Non ho mai avuto lamentele... e dopo saremo molto, molto caldi.» La voce di lui era smielata.

Emily, esausta e angosciata, scalpitava, cercando di respingerlo.

«Vi dico che il vostro padrone è in pericolo e che sto fuggendo per salvargli la vita e voi pensate che sia parte di qualche elaborato stratagemma per portarvi a letto? Avete una testa così dura che la logica non può penetrare?» Quella che Emily sperava fosse un'aspra filippica si concluse con uno starnuto poco femminile e un improvviso mal di testa.

Si sentì il rumore dei cavalli fuori sotto la pioggia.

«Udite!» ansimò lui. «Sono gli uomini di Blankenship. Siamo circondati! È solo una questione di tempo prima che ci prendano. Dovremmo approfittare di questo breve istante finché possiamo.»

«Questo non è un gioco, signor Helprin!»

Emily perse l'equilibrio, colpita da un'ondata di vertigini, e fece cadere le mani sulle spalle di lui, lottando per rimanere in piedi.

Jonathan la sollevò da terra e la portò sul letto. «Chiudete gli occhi. Sono sicuro che mi sentirò come il mio padrone.»

Emily si dimenava, i muscoli si tendevano mentre lottava per tenere Jonathan a una distanza rispettabile.

«Lasciatemi, stupido idiota! Non posso credere che siate un tale idiota! Non vi voglio!» La protesta di Emily non fu ascoltata e la giovane starnutì di nuovo.

Jonathan la bloccò sul letto, incastrando i fianchi tra le gambe di lei.

«Questo è quello che ha detto Evangeline, ma poi mi ha baciato e mi ha quasi trascinato nel suo letto. Ha detto che le piaceva giocare, che la maggior parte delle donne lo faceva. Voi non potete essere tanto diversa, signorina Parr.»

Jonathan inclinò la bocca su quella di lei.

Giuro che quando ne avrò la possibilità, lo prenderò a calci nella sua virilità, giurò. Emily gli graffiò il petto, ma era così stanca e la sua testa era densa di una nebbia che la spaventava. Le lacrime le pungevano gli angoli degli occhi.

La bocca di Jonathan si spostò sul collo nel momento in cui le labbra di lei furono libere, un piccolo pietoso singhiozzo le sfuggì.

Jonathan si bloccò quando lei singhiozzò di nuovo. Si tirò indietro, spaventato.

«Mio Dio. Davvero non mi volete.» Lo sguardo scioccato sul volto del giovane la sollevò. Sembrava completamente inorridito dalle sue azioni.

Emily si afflosciò tra le braccia di lui, ma riuscì a fare un debole cenno e poi starnutì di nuovo.

«Mi dispiace tanto, signorina Parr, pensavo... non importa. Vi ho fatto... male?» Si allontanò da lei e si sedette di nuovo. Emily rotolò su un fianco e scoppiò a piangere. Jonathan le diede una pacca sulla schiena. Non riusciva a capire lo strappo del cuore di lei dalla sua anima, la frantumazione della sua essenza in mille pezzi. Piangeva per la vita che si era lasciata alle spalle, per l'amore che non avrebbe mai più conosciuto.

«Ecco, ecco.» Cercò di confortarla.

Emily smise di piangere e singhiozzò solo una o due volte, tremando. «Io... non credo di stare bene...» cominciò a dire. Qualcuno che bussava bruscamente alla porta, le tolse le parole dalla bocca.

«Abbiamo da fare!»

Il bussare si trasformò in un battere furioso. Jonathan si alzò a torso nudo, brontolando.

Quando aprì la porta, ci fu un silenzio assoluto per due secondi prima che qualcuno ruggisse e Jonathan implorasse frettolosamente di poter spiegare. Un pugno attraversò l'apertura della porta e colpì Jonathan in pieno alla mascella.

CAPITOLO 16

Godric lasciò Cedric da solo in salotto per andare a controllare Emily. Lei era decisamente pallida e lui era preoccupato.

Leggerò per lei! Le piacerà.

La sua impazienza lo sorprese, la tentazione di abbandonare i suoi amici e cercarla era grande. Ma probabilmente lei aveva bisogno di stare un po' da sola, le donne lo facevano spesso, erano creature piuttosto misteriose. Sapere questo non gli faceva sentire meno la sua mancanza. Prese un libro nello studio e si affrettò a salire le scale.

Dirigendosi verso la stanza di Emily, passò davanti a una camera in cui non entrava da anni. Stranamente tentato, aprì la porta. La cameretta era una stanza deliziosa, anche quando era offuscata dalle ombre pomeridiane, e calda con le sue pareti giallo burro decorate da varie scene dipinte dal padre di Godric un mese prima della sua nascita.

Ricordò suo padre che indicava una possente fregata, i cannoni che facevano fuoco contro un vascello pirata, la voce profonda che rimbombava, raccontandogli storie secolari.

Lo sguardo di Godric si fissò su un'altra scena, quella di un neonato in una cesta appoggiata a un muro di canne mentre una donna egiziana s'inginocchiava. La storia di Mosè, la storia preferita di sua madre. Un bambino smarrito amato da due madri.

Gli si strinse la gola, avvicinandosi alla culla vuota. Le coperte sbiadite erano perfettamente piegate, la polvere si raccoglieva sui bordi lisci della culla. Fece scorrere la punta delle dita sul legno bianco, ammirando la lavorazione artigianale. I fantasmi dei suoi genitori erano così vivi in quella stanza, come non lo erano più da molto tempo. Anche se suo padre era vissuto più a lungo di sua madre, Godric aveva sempre avuto la sensazione che suo padre fosse morto con lei, almeno nell'anima.

I ricordi erano agrodolci. Com'era cambiato suo padre dopo averla persa. L'uomo, le cui mani talentuose avevano creato sogni così vividi, aveva trasformato quelle mani in pugni con cui colpire il suo unico figlio.

Nessun bambino dovrebbe mai scegliere tra il desiderare che suo padre se ne vada e il temere un vero e proprio abbandono. Per metà della sua vita, un incubo lo aveva tenuto intrappolato in un rapporto fatiscente con il suo unico genitore superstite.

Godric si chiedeva se avrebbe potuto riconquistare la magia di quei primi giorni, con sua madre ancora viva e gli occhi gioiosi di suo padre. Potevano tornare quelle sacre ore di amore e sicurezza? Sembrava impossibile.

Non riusciva a cancellare il vuoto assoluto dei giorni seguenti la morte di sua madre. Fissava fuori dalla finestra della cameretta, aspettando che suo padre lasciasse la tomba lontana. Con la pazienza di un bambino spaventato, si soffermava ogni sera davanti alla porta del padre, sperando di essere rassicurato. Un abbraccio, un sorriso, un qualsiasi segno di affetto, un segno che non era stato dimenticato. Qualche mese dopo, l'indifferenza del padre si trasformò in violenza.

A quel punto Godric avvertì la disperata necessità di nascondersi, di fingere di non essere mai esistito. Era stato abbastanza facile, vivere come un fantasma nel castello solitario.

Una visione irruppe davanti a lui, squarciando i ricordi oscuri con il suo raggio di luce, la stanza illuminata da lampade a olio. Una signora dai capelli ramati sbirciò oltre il bordo della culla e tubò dolcemente. Si voltò verso di lui, con gli occhi viola spalancati dalla meraviglia per il miracolo del bambino che aveva davanti. Un miracolo cui insieme avevano dato la vita.

La visione svanì. Emily e un bambino. Un sogno che avrebbe potuto ancora realizzare. Sfiorò il cotone morbido della coperta, affamato della realtà del bambino che aveva sognato. L'avrebbe amato, che fosse maschio o femmina, l'avrebbe accudito e cresciuto in modo che fosse perfetto, proprio come sua madre. La donna che amava. Amava.

Era innamorato di Emily.

Quella realizzazione non lo sconvolse come si aspettava. Piuttosto, il suo amore era cresciuto come fanno i semi, lentamente, piantati per la prima volta la notte in cui l'aveva tenuta tra le braccia. La risata di Emily, i suoi sorrisi, i suoi sogni e le sue carezze li avevano nutriti, finché l'amore non gli aveva ricoperto il cuore come una folta edera. Per tutti quegli anni era stato convinto che amare qualcuno lo avrebbe reso vulnerabile. Che sciocco era stato.

L'amore rafforza una persona, fortificandole il cuore, fino a renderla capace di sconfiggere qualsiasi nemico, di sopravvivere a qualsiasi difficoltà, di realizzare qualsiasi sogno.

Godric rimise la copertina a posto e uscì dalla stanza, con un'espressione di gioia sul volto. Lo avrebbe detto subito a Emily. Le avrebbe confessato il suo amore e le avrebbe chiesto di restare e di sposarlo, a prescindere dallo scandalo. Doveva averla, doveva passare il resto della sua vita sull'altare dell'amore, adorando la donna che gli aveva insegnato a fidarsi di se stesso e del suo cuore.

Batté leggermente le nocche sulla porta. Erano le tre e mezzo del pomeriggio. Sicuramente Emily aveva dormito, o almeno riposato, dal pranzo. Bussò più forte ma nessuno rispose. Godric si acciglò, mise la mano sulla maniglia e la girò. La porta si aprì, rivelando una stanza buia, con le tende chiuse. Sembrava essere sepolta sotto le coperte. «Emily? Stai bene?» Ancora nessuna risposta. «Pensavo di poter leggere per te...» Si precipitò verso il letto e tirò indietro le coperte, muovendo le labbra: «Emily?» chiese, alzando il tono di voce.

Ciò che vide gli gelò il sangue.

Qualcuno, Emily, aveva sistemato dei cuscini sotto le coperte, simulando la presenza di un corpo. Aveva appuntato un pezzo di carta bianca al cuscino. Lo raccolse con le dita intorpidite, senza sentire nemmeno la puntura dello spillo che gli pungeva il pollice. Sbatté le palpebre, aprì il foglio e lesse la lettera.

GODRIC, MI DISPIACE ESSERMENE ANDATA COSÌ, MA NON c'era altro modo. Devi credermi. Siamo due persone diverse, le nostre vite sono mondi separati. Ti amo, ma non posso restare con te. Mi dispiace tanto.

EMILY SE N'ERA ANDATA.

Invece di accartocciare il biglietto nel pugno, lo posò sul cuscino. Era l'ultima cosa che aveva di lei, l'ultima cosa che lei aveva toccato nel suo mondo. Non poteva sopportare di distruggerlo ed era troppo debole per rimuovere il doloroso ricordo.

Inciampò, vacillando, mentre la realtà si faceva strada.

«Oh Dio... Emily!» Non poteva essersene andata... non poteva averlo lasciato...

Una rabbia fredda lo inghiottì tra fiamme gelide, restituendogli la forza dove l'amore lo aveva reso debole.

Mai più.

«Cedric, Charles!» gridò, mentre la rabbia cresceva in lui. Schiacciò la disperazione che gli anneriva il cuore e gli diede uno scopo.

Godric corse fuori dalla stanza e trovò i suoi amici che salivano le scale.

«Cosa? Cos'è successo?» gli chiese Cedric.

«Qualcuno ha visto Emily?» Fremeva per la rabbia e, stranamente, di paura.

Charles scosse la testa. «No...»

«Non ho visto neanche Penelope...» aggiunse Cedric. «Non penserai che...»

Godric ringhiò. «Trovate Simkins e la signora Downing! Dite loro di far perlustrare alla servitù il maniero da cima a fondo. Charles, cerca nelle stalle e nei giardini. Cedric, tu perlustrerai il prato con me. Prenderemo dei cavalli e faremo anche il giro del lago.»

Charles alzò un sopracciglio. «E se la troviamo?»

«Sottomettetela con qualsiasi mezzo necessario. Cedric, porta il laudano.»

Charles esitò. «Ma lei odia...»

«Lo so. È stato un errore concederle anche solo un minimo di libertà.»

Godric si acciglò e nessuno dei suoi due amici osò discutere con lui, non mentre la furia avvampava i suoi occhi come le fiamme dell'inferno.

Dieci minuti dopo Godric e Cedric galoppavano attraverso il prato sotto un cielo minaccioso. Cedric si fermò ben prima del muro ma Godric piantò i talloni nel fianco del cavallo, scavalcandolo. Girò bruscamente il cavallo a sinistra, come aveva visto fare a Emily, risparmiandosi un'altra spiacevole inzuppata.

Non aspettò Cedric.

I suoi occhi scrutarono il terreno alla ricerca di qualsiasi segno del passaggio di Emily.

Niente... Era come se fosse svanita nel nulla.

Cedric studiò il prato. «Pensi che lo abbia pianificato da molto tempo?»

«Credo di sì. Penso che stesse aspettando questo momento, cullandomi in un falso senso di sicurezza.»

«Allora ci ha ingannati tutti.» La voce di Cedric s'incupì per la delusione.

«E adesso?»

Godric si passò una mano tra i capelli. «Dove può essere andata?»

Cedric scrollò le spalle. «Potrebbe essere ovunque. Deve avere un bel vantaggio.»

«No, non andrà lontano con il temporale in arrivo. La troveremo, non importa quanto tempo ci vorrà. La rintraccerò.»

La voce di Cedric era tranquilla. «Forse dovresti lasciarla andare.»

«Lasciarla andare?»

Cedric contrasse la mascella ma continuò a parlare: «Entrambi sappiamo che aggrapparsi a cose che non si meritano non è salutare. Forse è meglio così.»

«Non m'interessa cosa sia meglio!» Godric ruggì. «Lei è mia». Non poteva fare a meno di lei. Era impressa nel suo cuore, nella sua anima. Aveva confessato di amarlo. Non l'avrebbe lasciata andare via.

Quando tornarono al castello, Charles si affacciò al portone e un guizzo di apprensione gli attraversò i lineamenti.

«Nessuna traccia di lei?»

Cedric si accigliò. «No. Non era nei giardini, immagino.»

Charles scosse la testa. «No. Nemmeno nelle stalle e tutti i cavalli sono presenti.»

Tornarono in casa, aiutando i servitori a cercare stanza per stanza. La pioggia sferzava le finestre e i fulmini ricoprivano il cielo di strisce di fuoco bianco. L'orologio segnava le quattro e mezzo. Un'altra ora preziosa se n'era andata.

Godric era in piedi, accigliato, guardando fuori dall'alta finestra attraverso il prato, verso il lago.

«Perché mi hai lasciato?» La sua voce vacillò. Se non avesse sofferto così tanto, avrebbe riso. Il duca di Essex aveva scoperto di avere un cuore, solo per averlo spezzato.

L'abbandono di Emily fu infinitamente più doloroso di qualsiasi colpo inferto da suo padre.

La sua cara, dolce, innocente Emily lo aveva tradito. Non era diversa da Evangeline. Eppure l'avrebbe riportata al castello e imprigionata per tutto il tempo che voleva. Al diavolo la società e la legge. Lei aveva ferito il suo orgoglio, il suo cuore. L'avrebbe pagata cara.

«Vostra Grazia?» La signora Downing interruppe i pensieri oscuri di Godric che si girò per affrontare la governante ai piedi delle scale. Una delle cameriere si rannicchiò dietro la donna, evitando lo sguardo del duca. «Cosa?»

«Questa signorina ha delle informazioni riguardanti la signorina Parr.» La signora Downing si scansò ed espose la ragazza all'ira di Godric, che scese i gradini e la afferrò per le spalle. «Parla, ragazza!»

La cameriera lanciò uno sguardo furtivo verso la governante, cercando aiuto.

Godric la scosse. «Parla ora, o troverai lavoro altrove.»

«È andata con Jonathan Helprin a Blackbriar. Indossava la mia uniforme da cameriera. Ha detto che la vostra vita era in pericolo.»

Godric la liberò. «Silenzio!» Si girò cercando il suo maggiordomo. «Simkins! Fai preparare tre cavalli ai palafrenieri. «Charles! Cedric!»

I due uscirono dalle stanze che stavano perlustrando.

Godric si avvicinò alla porta. «È andata a Blackbriar. Partiamo subito. Se cavalchiamo veloci possiamo essere lì in un'ora.» Godric si fiondò sulla sella. «Sono di nuovo sulle tue tracce, piccola volpe.» Stava per catturare Emily Parr un'ultima volta e non gli sarebbe più sfuggita.

JONATHAN INCIAMPÒ ALL'INDIETRO, PORTANDO UNA mano alla mascella quando Godric irruppe nella stanza.

Emily scese dal letto, rendendosi conto di come dovesse apparire la situazione a Godric, lei in biancheria che piangeva e Jonathan mezzo nudo.

«Cosa le hai fatto? Bastardo!» Godric si scagliò contro Jonathan che alzò le mani. «Niente! Non ho fatto niente, lo giuro!»

Godric tirò un altro pugno feroce e questo fu tutto.

Jonathan si accasciò a terra, privo di sensi.

Penelope ringhiò contro Godric che si rivolgeva a

Emily. La piccola segugia era determinata a proteggere la sua padrona.

Cedric e Charles si precipitarono nella stanza. Il sollievo illuminò i loro volti. «Emily, grazie a Dio ti abbiamo trovata!» esclamò Cedric

«Aspettate fuori, portate con voi anche quel lurido bastardo e Penelope.» Cedric prese in braccio la cucciola mentre Charles trascinava fuori il valletto.

Godric sbatté la porta, girò la chiave e affrontò Emily. L'acqua scorreva sui suoi vestiti e i suoi capelli scuri si arricciavano contro il colletto.

Il mondo cessò di muoversi. Le stelle ammiccavano nel cosmo lontano, il vento e la pioggia fuori impallidivano nella nebbia. Emergendo dall'oscurità, Godric era il faro di luce di lei, il rifugio dalle sue tempeste.

Emily si rese conto che non avrebbe mai potuto fare a meno di lui, né lasciarlo mai più. Senza di lui sarebbe diventata l'ombra del suo vero io. Era già iniziato tutto prima che lui la trovasse.

Emily soffocò un singhiozzo.

Ma lei lo aveva abbandonato. Nonostante le sue ragioni, l'amore che la spingeva, la speranza che la portava, lui non l'avrebbe perdonata ora, forse mai. Il dolore negli occhi di Godric le diceva quanto gli fosse costata la sua partenza.

Tutto quello che doveva fare, era spiegare. Lui l'avrebbe ascoltata e forse, se fosse stata fortunata, l'avrebbe perdonata. Avrebbe dovuto farlo, una volta saputo ciò che le aveva detto Evangeline.

Godric si tolse il mantello, il soprabito e la camicia, poi fece dei respiri lenti e profondi, camminando verso di lei. Il cuore di Emily accelerò. Vide la lussuria animale negli occhi di Godric e sapeva che il suo sguardo corrispondeva a quello di lui.

Senza pensarci due volte Emily si gettò su di lui, cingendogli il collo con le braccia. Ma lui non ricambiò l'abbraccio e tenne le braccia lungo i fianchi. Era rigido e così freddo.

«Godric, sono così felice che tu sia qui, ma...» Godric le strappò le braccia dal collo e la allontanò, la distanza tra loro era un vasto oceano, buio e senza fondo. Emily aveva bisogno di spiegare. Non aveva altra scelta. «Non saresti dovuto venire. Non posso proteggerti in questo modo.»

«Non. Parlare.»

Come un coniglio intrappolato nello sguardo di un serpente, Emily rimase ipnotizzata e incapace di muoversi. Godric la spinse contro il muro, bloccandole le spalle con i palmi delle mani.

«Mi hai lasciato. Mi hai mentito.»

«Ascoltami! Ho dovuto farlo.»

«Mi hai *abbandonato*. Alla faccia del tuo amore.» La voce dura, i denti digrignati.

«Non capisci, Blankenship stava per...»

Le afferrò il mento con una mano e le prese la bocca con la sua. Prese tutto quello che lei offriva. Non le lasciò tempo per respirare o pensare. Emily si arrese. Il bacio divenne morbido e profondo. Il tocco di lui era colmo di tenerezza mentre le accarezzava il corpo. L'aveva perdonata, doveva farlo, altrimenti non sarebbe stato così gentile in quel momento.

I seni di Emily si fecero pesanti, desiderosi delle

carezze di lui e del calore setoso della sua bocca. Tutto ciò di cui aveva giurato di poter fare a meno le tornò in mente. Non appena la luna avesse abbandonato la terra, lei avrebbe potuto lasciarlo. Lui l'avrebbe ripresa, l'avrebbe perdonata per avergli spezzato il cuore. Era lì nel suo bacio, quella dolce emozione che lei desiderava.

«Godric, ti prego... ho bisogno di te.» La sua supplica era un sussurro doloroso contro il collo di lui.

Il respiro del duca diventò affannoso mentre scavava nelle mutande, liberando il suo membro. Infilò una mano tra le gambe di Emily, trovando l'umidità che vi si raccoglieva per lui e affondò due dita in profondità. Emily gemette. La accarezzò e ogni volta che lei cercava di chiudere gli occhi, lui esigeva che lo guardasse, e lei lo faceva. Il viso di Godric era scuro di ombre.

«Mi hai lasciato. La tua stanza era vuota. Hai idea di cosa mi ha fatto?» I ringhi vibrarono contro la gola della giovane mentre lui la sforava. «Tu sei mia. Hai capito? Non ti lascerò mai andare. Mai.»

Infine, quando Emily era ormai debole per il desiderio, lui le afferrò la coscia sinistra e la avvolse intorno al suo fianco. Era in bilico al suo ingresso, con la punta appena dentro. Per un secondo, i loro respiri si mescolarono, i loro occhi si bloccarono, e poi lui si tuffò dentro. Emily gridò e fece ricadere la testa contro il muro mentre Godric le mise la mano libera tra i capelli sulla nuca, tenendola ferma. Le dita dell'altra mano affondarono nella pelle della coscia di lei mentre la impalava contro il muro. La baciò di nuovo, prendendole le labbra, come un guerriero conquistatore.

Emily accettò tutto, muovendo i fianchi contro quelli

di lui, desiderando questa nuova selvatichezza. Le sue mani gli raschiarono la schiena, segnandolo. Ondate di piacere rotolarono attraverso il suo corpo mentre la giovane si avvicinava all'orgasmo.

Emily gli passò una mano tra i capelli. Godric allontanò le labbra da quelle di lei per poterle seppellire il viso nel collo. Si fece strada dentro di lei con più forza e le spinte la fecero precipitare sull'orlo della beatitudine. Spirali cremisi di estasi oscura le balenarono negli occhi. Emily sussurrò il nome di Godric come una preghiera di mezzanotte, indebolendosi tra le braccia di lui. Con un ruggito di soddisfazione primordiale, il duca venne, riversando profondamente il suo seme dentro di lei.

Ansimando, Godric si afflosciò contro Emily, restando entrambi in piedi contro il muro. La giovane chiuse finalmente gli occhi, accarezzandogli i capelli, lisciando le ciocche di seta scura dalle tempie al collo, calmandolo.

«Dio, sono proprio una stupida.» Godric si allontanò. Emily avvertì le ginocchia cedere e si appoggiò al muro per sostenersi.

«Che cosa vuoi dire?» Il tono di Godric la preoccupava e la paura le rodeva le viscere. Non la stava abbracciando, non la stava baciando. Quella non era la riunione che aveva immaginato. Il panico cominciò ad attraversarla e le lacrime le offuscarono la vista.

Godric stava ancora borbottando, senza guardarla, mentre si sistemava i vestiti. «Tu non mi ami. Non mi hai mai amato.» La risata ironica che seguì le fece venire i brividi. «Se ami qualcuno, non lo abbandoni. Non gli fai del male.»

«Non ti ho abbandonato, Godric, ma sono dovuta andare via. Mi dispiace tanto per il biglietto che...» Lui la fece tacere con un gesto della mano prima di gettarle i vestiti ai piedi.

«Ma sei in pericolo!»

Godric la ignorò. «Vestiti. Dobbiamo tornare subito a casa.»

«Ma perché?» Emily si bloccò, con l'abito a metà dei polpacci tremanti. Provava una sensazione inquietante di terrore, come se stesse salendo le scale nel buio e pensando che ci fosse un ultimo gradino, il suo piede fosse caduto nel vuoto, trascinando con sé il suo corpo.

«Penso che forse tuo zio ed io siamo finalmente d'accordo su qualcosa. Non sei più utile ed è ora che ti restituisca a lui.»

Uno schiaffo sulla guancia le avrebbe fatto meno male.

Non sono più utile?

L'affetto di Godric era stato solo un'attrazione momentanea costruita solo sulla lussuria, proprio come lei aveva temuto. Ora lui l'avrebbe distrutta, riconsegnandola a suo zio e al matrimonio che avrebbe segnato il suo destino.

Emily sbatté le palpebre, accorgendosi che Godric aveva in mano una fiaschetta d'argento, senza dubbio piena di acqua e laudano che lei odiava tanto. La giornata non poteva peggiorare, di questo era sicura.

«Non sarà necessario, prometto di venire tranquillamente.» Emily inciampò. I tuoni scuotevano la locanda e i lampi scintillavano fuori dalle finestre, un riflesso del tumulto nel suo cuore.

Godric la studiò prima di mettere in tasca la fiaschetta.

«Molto bene, anche se le tue promesse significano poco per me.»

La giovane finì di vestirsi, infilando frettolosamente i bottoni nelle asole sbagliate, ma non aveva importanza. Niente aveva più importanza. Lo aveva perso. Quello che aveva creduto fosse il perdono, era stato semplicemente un ultimo addio.

Una disperazione sconosciuta s'impadronì di lei. I suoi polmoni rallentarono, il respiro divenne sempre più corto. Puntini neri le macchiarono la vista. Fece un passo tremante verso Godric, ma il movimento le mandò la vista fuori controllo. Cadde in avanti mentre l'oscurità scendeva e il pavimento le andava incontro.

GODRIC AFFERRÒ EMILY UN SECONDO PRIMA CHE cadesse a terra. La cullò al petto, assaporando la sensazione di lei tra le sue braccia, poi si rimproverò per averlo fatto.

Quella fuga gli aveva dimostrato abbastanza bene le intenzioni della giovane. Le parole d'amore da lei sussurrate erano solo bugie, un abile stratagemma per fargli abbassare la guardia.

Recuperò la piccola borsa di tela di Emily vicino alla porta. La testa della giovane si piegò di lato, urtandogli il petto. Dio, era un pazzo.

Era stato ancora più sciocco per aver minacciato di restituirla. Sapeva quale vita la attendeva: il matrimonio con Blankenship, una vita d'infelicità. Voleva che lei se lo meritasse dopo quello che gli aveva fatto, ma la vendetta sembrava la cosa più lontana dal suo cuore.

Emily doveva andarsene. Se fosse rimasta, lui avrebbe fatto qualcosa di cui si sarebbe pentito, come pregarla di amarlo. Avrebbe rivissuto la sua adolescenza, cercando l'amore, sapendo che non sarebbe mai arrivato. Il disgusto per se stesso aumentava ad ogni passo quando finalmente aprì la porta e uscì nel corridoio.

Cedric e Charles erano lì, Cedric teneva in braccio la cucciola che si dibatteva e Charles sorreggeva un Jonathan Helprin intontito ma cosciente. Tutti e tre gli uomini guardarono Emily, profondamente preoccupati.

«Lei è...» cominciò Charles.

«Sta bene. È svenuta.» Un brutto livido si era già formato sulla mascella di Jonathan.

«Vostra Grazia, giuro che non le è successo niente.»

«Mi occuperò di te quando torneremo al castello.» Se avesse provato a parlare con quell'uomo, Godric lo avrebbe strangolato.

I suoi amici lo seguirono mentre portava Emily giù per le scale della locanda, passando davanti agli ospiti scioccati, e tuffandosi di nuovo sotto la pioggia, dove Cedric la tenne in braccio finché non montò a cavallo. Dopo aver preso Emily tra le braccia, Godric si rilassò, ma solo per poco.

Al calar della notte, cavalcarono di nuovo verso il castello, mentre il cielo tonante annunciava il loro ritorno.

Quando arrivarono, Simkins portò via Jonathan e Penelope per prendersi cura di loro. Charles e Cedric seguirono Godric fino alla camera da letto, dove distese Emily. Le tolse il vestito e gli indumenti intimi bagnati dopo che gli altri due uomini uscirono nel corridoio. Tirò indietro le coperte e la distese sul letto, poi richiamò i suoi amici nella stanza.

«Controlla le finestre, Cedric. Charles, tu chiudi la porta adiacente.» Entrambi si affrettarono a farlo, temendo senza dubbio l'umore nero del loro amico. Godric si chinò su Emily e le rimboccò le coperte fino al mento. Le scostò delicatamente le morbide ciocche umide dei capelli, poi fece cenno ai suoi amici di seguirlo. Era ora di occuparsi di un altro traditore.

Tornarono in salotto, dove Simkins e Jonathan li stavano aspettando.

Godric si rivolse al maggiordomo. «Simkins, manda qualcuno ad accendere il fuoco nella mia stanza. *Non Libba.*» Simkins fece un inchino e scomparve.

Charles cominciò ad avvicinarsi alla porta. «Dobbiamo... ehm... andare anche noi?»

«Restate. Potreste dovermi impedire di uccidere questo bastardo,» disse Godric, tenendo lo sguardo fisso su Jonathan. «Ma non sforzatevi troppo.»

Jonathan si alzò in piedi, sfiduciato. «Non è successo niente, Vostra Grazia. Ha chiesto il mio aiuto. Gliel'ho dato. Abbiamo preso la stanza alla locanda solo per evitare la pioggia.»

«Tu menti!» Le dita di Godric scavarono nei suoi palmi mentre stringeva i pugni. «Era mezza nuda, come te!»

Jonathan allontanò con un calcio la sedia che li separava. «Volete uccidermi? Allora uccidetemi! Se credete di poterlo fare.»

Cedric e Charles fecero ciascuno un passo avanti,

pronti a intervenire.

«E così sia!» Godric si precipitò sul giovane e lo afferrò per il colletto della camicia, scuotendolo.

«Toglietegli subito le mani di dosso!»

Godric e Jonathan si fermarono e si voltarono, scioccati nel vedere chi avesse osato rivolgersi a Godric in quel modo. Simkins stava in piedi sulla porta aperta, come se fosse il padrone di casa Essex. Quando ebbe la loro attenzione, tornò al suo solito atteggiamento e aggiunse: «Vostra Grazia.»

Godric si riprese. «Non interferire. È una questione d'onore.»

Simkins sollevò una pistola da sotto la giacca e puntò la canna al petto di Godric.

«Allontanatevi dal vostro fratellastro, Vostra Grazia,» disse Simkins, con voce sorprendentemente calma.

«Fratellastro?» chiese Godric, lasciando andare la camicia di Jonathan.

Simkins abbassò la pistola. «Ho giurato a vostro padre che non gli sarebbe stato fatto del male. Questo mi mette in una posizione difficile. Naturalmente presenterò le mie dimissioni dopo questa vicenda, ma sono fermo nella mia decisione di proteggere Jonathan.»

Jonathan lanciò un'occhiata a Godric. «Sono il vostro cosa?»

Godric non era altrettanto sorpreso. Da quando Emily glielo aveva accennato, aveva sospettato che nel passato del suo valletto ci fosse più di quanto sapesse. Si era anche avvicinato all'idea, ma quello prima di quella sera. Era un pessimo momento. Voleva Jonathan morto.

«Non m'importa se è il re d'Inghilterra! Se ha fatto del male alla mia Emily... »

«Allora ci occuperemo di questo problema, ma solo se la signorina Parr confermerà la vostra convinzione che lui le ha effettivamente fatto del male.»

Godric gemette, le spalle s'incurvarono in avanti e si premette i palmi delle mani sugli occhi così forte da vedere le stelle. In quel momento non si sentiva nemmeno il padrone di casa sua. Non con il suo maggiordomo che gli puntava contro una pistola.

«Come... come siamo fratelli?» chiese Jonathan.

Simkins abbassò la pistola ma non la mise via. «Il defunto duca cercava conforto tra le braccia di tua madre. Si preoccupava per lei, come per te. Quando si è ammalato, ho giurato di prendermi cura di te come ho fatto con Vostra Grazia.»

«Quindi sono davvero...»

«Un bastardo,» aggiunse Godric.

«No. Jonathan è un figlio legittimo dell'ex duca di Essex. L'ha sposata in segreto dieci mesi prima della nascita di Jonathan. La sua nascita è stata registrata nel registro parrocchiale con il nome di vostro padre, Vostra Grazia.»

«Se non sono un bastardo, perché non sono stato cresciuto al suo fianco?» Jonathan puntò un dito verso Godric.

Rughe profonde incresparono gli occhi di Simkins. «Il duca mi chiese, sul letto di morte, di tenere Godric come figlio unico. Non ha mai voluto che la verità sulla vostra eredità fosse conosciuta, a meno che Godric fosse morto senza un erede.»

«Perché l'avrebbe fatto?» La rabbia di Jonathan cominciò a far passare in secondo piano quella di Godric. «Perché mi avrebbe tolto il diritto di essere il figlio di un duca?»

«Tuo padre si rese conto di essere stato terribilmente crudele con Godric e che, ammettere di aver trovato l'amore con un'altra donna, avrebbe solo peggiorato le cose e temeva che Godric sarebbe stato geloso di te.»

Godric non poteva crederci. Che uomo stupido! Avrebbe preferito un fratello alla solitudine. Che suo padre avesse scelto di amare una cameriera non faceva alcuna differenza, ma che gli fosse stato negato un fratello per tutti quegli anni sì.

Jonathan guardò suo fratello, incerto su cosa dire. «Bene, allora... cosa ci rimane?»

Godric si accigliò. «Sei ancora un bastardo.»

«Se pensate che io possa lucidare un altro dei vostri stivali, vi sbagliate. Non sono un bastardo e non potete trattarmi come tale.»

«Non intendevo quel tipo di bastardo, imbecille. Sei un bastardo per aver toccato la mia Emily!».

«La vostra Emily? Che devozione dovete averle inculcato se la poverina piangeva a dirotto.»

Charles sospirò: «Ah, l'amore fraterno. Mi ricorda casa mia.»

Cedric soffocò una risatina. «A te, forse. Non hai sfidato tuo fratello a duello per una donna?»

«Sì, è stata una fortuna sfacciata. La mamma ci ha trovato a contare i passi in giardino. Quella donna sa ancora trovare il modo per far piangere un uomo adulto.»

«Beh, Jonathan ha certamente il carattere dei Saint Laurent, eh, Godric?»

Quante volte Godric aveva odiato essere figlio unico? Ora era benedetto, o piuttosto maledetto, con un fratello, proprio come il resto del Circolo.

Godric e Jonathan si scambiarono sguardi assassini, ma un'improvvisa agitazione all'esterno distolse la loro attenzione.

«Godric!» urlò qualcuno.

Lucien e Ashton irruppero nel salotto, facendo cadere Simkins. La pistola gli cadde di mano e colpì il pavimento, facendola esplodere e mandando in frantumi un vaso a meno di un metro da Godric.

Ci volle un attimo perché il panico provato da tutti si placasse e tutto tornasse alla normalità. Se qualcosa di quella giornata poteva essere definito normale.

«Godric!» Lucien notò il maggiordomo e l'arma sul pavimento. «Perché Simkins aveva in mano una pistola?»

Charles agitò una mano affinché i nuovi arrivati si mettessero comodi. «Mio caro Lucien, è proprio da te iniziare una conversazione dalla parte più noiosa.»

Ashton guardò Godric e Jonathan. «Cosa? Noiosa?»

Godric lanciò un'occhiata a Jonathan. «Ashton, Lucien... vi presento il mio fratellastro, Jonathan.»

Lucien sembrò più che confuso. «Fratellastro?»

Ashton controllò il suo orologio da tasca. «Ma siamo stati via solo un giorno...»

Cedric incrociò le braccia. «Le lezioni sulla recente ascendenza possono aspettare. Ora cosa è successo a voi due?»

Ashton rispose: «Siamo riusciti a seguire Evangeline a Londra. È stata assunta da Blankenship, Godric. È venuta qua per spiarti, per assicurarsi che tu avessi davvero Emily.»

Sentire il nome della giovane distolse lo sguardo di Godric da suo fratello rivolgendolo su Ashton.

«Cosa? Era la marionetta di Blankenship?» Godric sbatté le palpebre per lo shock. Ciò spiegava tutto. La strana storia di Evangeline, presentarsi a casa sua con un biglietto falso. Che bastardo!

Ashton annuì. «Non proprio. Puoi dire di lei quello che vuoi, ma credo che tutti sappiamo che quella donna non è il burattino di nessuno. Evangeline ha detto a Blankenship di aver convinto Emily a scappare, altrimenti gli uomini di Blankenship si sarebbero presentati qui e ci avrebbero uccisi tutti per arrivare a lei. Emily deve essere fermata prima che faccia qualcosa di stupido.»

Godric soffocò. «Troppo tardi...»

Dannazione, aveva fatto la cosa peggiore possibile. L'aveva ferita per il crimine di aver cercato di salvarlo. Aveva ripagato la sua devozione chiudendola ancora una volta nella sua camera. Se fino a quel momento non c'era stato un cerchio dell'inferno riservato a lui, si era appena qualificato per un intero regno.

Il sangue defluì dal volto di Lucien. «Che cosa vuoi dire?»

«È arrivata a Blackbriar con l'aiuto di mio fratello. Siamo appena tornati.»

Ashton si accigliò. «Ed Emily?»

«È di sopra.»

«Bene, falla scendere. Dobbiamo discutere di cosa fare

con Blankenship.»

«Non è proprio possibile,» disse Cedric. «L'ha lasciata un po'... indisposta.»

«Oh, Signore.» disse Lucien.

Ashton si pizzicò il dorso del naso. «Godric, ascoltami. Se n'è andata solo per proteggerti. Non sa quanto tu sia capace di difenderti. L'ha fatto perché ti ama e non poteva sopportare di vederti ferito per il suo bene.»

Charles e Cedric si scambiarono sguardi torvi. Il volto di Jonathan impallidì e non riuscì a incontrare gli occhi di Godric.

«È troppo tardi, vero?» chiese Ashton.

Godric annuì e voltò loro le spalle. «L'ho ferita in un modo che non potrà mai perdonare.» Lui non poteva perdonare il tradimento, come avrebbe potuto lei? Sapere che l'aveva persa per sempre, perché aveva agito in modo avventato, lasciando che il suo carattere dirigesse le sue azioni, rendeva peggiore l'agonia della sua perdita.

«Scusatemi.» Godric lasciò la stanza e nessuno osò fermarlo.

GODRIC SI BARRICÒ NEL SUO STUDIO E TOCCÒ AGLI ALTRI prendersi cura di Emily e proteggerla.

La trovarono nel letto di Godric.

Emily si mosse leggermente, ancora addormentata. Tutti loro erano colpevoli di aver rovinato e ferito Emily tanto quanto Godric. La situazione sarebbe cambiata.

Ashton si rivolse a Lucien. «Prepara un paio d'indumenti intimi puliti per lei quando si sveglia.»

Lucien annuì e andò a cercare i vestiti.

Ashton si mise sul bordo del letto e si chinò per premerle le labbra sulla fronte. Emily si sentì febbricitante sotto il bacio. Se si fosse ammalata... No, non doveva pensare a quelle cose.

Le scostò i capelli dalla fronte. «Dormi, cara Emily.»

Lucien tornò e si posizionò su una sedia ai piedi del letto. Il fuoco vicino crepitava e scintillava nell'oscurità.

Il Circolo si era spinto troppo oltre per soddisfare il proprio orgoglio e la propria lussuria.

EMILY SI AGITÒ, CON UN RESPIRO CORTO.

Avvertiva dei macigni sul petto. Aveva difficoltà a riempire i polmoni.

Il panico la attraversò, facendole tremare il corpo. Schegge di vetro sembravano conficcarsi nella gola quando cercava di deglutire. Aveva bisogno di tossire, ma non aveva più forza. Il raspare del suo respiro affannoso sembrava un inquietante rantolo di morte.

«Emily!» La voce di un uomo. Bassa, roca e graffiante per le sue orecchie. La giovane si lamentò, cercando di deglutire di nuovo e alla fine riuscì a tossire debolmente.

«Emily?» La voce era familiare, una mano calda sulla sua fronte.

Dove sono?

Le sensazioni tornarono a farsi sentire, il morbido scivolare delle lenzuola sotto la sua pelle nuda, l'aroma del legno di sandalo. C'erano degli uomini nelle vicinanze. Chi? Anche se non poteva vederla, poteva avvertire il ritmo pulsante di una candela nelle vicinanze.

«Presto, Charles, l'acqua.» Cedric, ricordò infine la mente di Emily. Era nella tenuta di Godric, nel suo letto. Ancora una volta prigioniera del Circolo delle canaglie.

«Go... dric...»

Cedric la zittì, poi le portò un bicchiere d'acqua alle labbra screpolate. Emily bevve, l'acqua fresca fu un balsamo per la sua gola secca. Finalmente le sue palpebre si aprirono. Era nella camera di Godric; Cedric e Charles le erano accanto. Rabbrividì e si strofinò le braccia nude.

Era nuda.

Emily ansimò, un suono terribilmente malato.

«Ecco, ecco, tesoro, sei al sicuro,» la rassicurò Charles. Né lui né Cedric sembravano interessati al fatto che fosse nuda. Emily deglutì, ancora dolorante.

«Come?»

«Come?» Gli uomini si scambiarono uno sguardo confuso.

«Come...» ma non riuscì a finire.

Cedric prese il bicchiere da Charles e lo riempì da una brocca. «Ti abbiamo riportato dalla locanda di Blackbriar due giorni fa. Sei stata molto male.»

Le porse il bicchiere. Lei lo prese, ma le sue braccia tremavano. Charles si sedette e la aiutò a bere.

«Due... giorni?»

Charles annuì e le sistemò teneramente una ciocca di capelli dietro l'orecchio. «Dovrei farti il solletico a morte per tutte le tue sciocchezze.»

Le macchie scure sotto gli occhi grigi dell'uomo rivelavano che non aveva dormito. Charles era sempre apparso come il più immaturo, anche se solo un anno lo separava da Godric e da Cedric. Ma un'espressione tirata e stanca era fissata sul volto del giovane conte. Emily gli si avvicinò e gli sfiorò la guancia. Charles chiuse gli occhi, le prese la mano, la baciò e la rimise al caldo sotto le coperte.

Emily guardò Cedric. Anche lui sembrava preoccupato, con le occhiaie mentre si aggirava nelle vicinanze.

«Gli altri?»

«Ashton e Lucien stanno riposando. Abbiamo fatto dei turni per vegliarti.»

«E... Godric?» Era quello che desiderava veramente sapere. Dov'era lui? Aveva bisogno di lui.

«Lui...» Cedric fece una pausa, come se stesse scegliendo con cura le parole «in questo momento è fuori di sé.»

«Non sta bene?»

Gli altri sapevano cosa era successo alla locanda? Sapevano come lei lo aveva tradito? Ricordò il suono strozzato che lui aveva emesso quando lei aveva cercato di calmarlo. Un suono orribile. Non desiderava altro che assicurargli che lo amava, che lo aveva lasciato solo per proteggerlo. Ma lui non gliene aveva dato la possibilità.

L'idiota. Non era triste, era furiosa con lui. Tutto quello che doveva fare, era spiegarsi e Godric non gliene aveva dato la possibilità. Voleva schiaffeggiarlo, poi baciarlo, e poi schiaffeggiarlo di nuovo. Quel maledetto idiota.

«Portatemi da lui adesso.»

Cedric le posò una mano sulla spalla. «Non è al meglio. Lui è...»

«Non m'interessa! Portatemi da lui.» Emily riuscì solo a emettere un sussurro che seguì uno sguardo energico.

Cedric si alzò di scatto. «Vado io.»

Charles annuì, estrasse una pistola dalla cintura e si sedette di nuovo sul letto.

«Una pistola? Non è... non è impazzito, vero?» Emily si avvicinò alla pistola ma Charles la allontanò, rivolgendole un sorriso. «Non è per Godric, Emily. Lucien e Ashton hanno seguito Evangeline Mirabeau a Londra. Hanno saputo che Blankenship l'ha assunta per trovarti e che cosa ha in mente per noi. Da qui le armi.»

«Godric sa perché me ne sono andata?»

Charles annuì. «L'ha saputo solo dopo il nostro ritorno al castello. Lucien e Ashton sono arrivati un po' tardi alla festa, per così dire. Godric ha vissuto un paio di giorni difficili. Ti ha perso, ha cercato di uccidere suo fratello e ora non fa altro che bere nel suo studio. Solo Simkins è riuscito a vederlo senza farsi tirare qualcosa in testa. Sono quasi stato colpito dalla Bibbia che mi ha tirato.» Charles ridacchiò. «Non fraintendermi, Emily, mi è piaciuta molto l'ironia. Mi ha ricordato una signora che mi ha tirato una fiala di acqua santa, credendo che bruciassi.»

«In tutta onestà, hai fumato un po',» disse Cedric.

Charles si schernì. «Era inverno e l'acqua era calda.»

Emily cercò di sorridere, ma fu colpita dal punto più saliente.

«Fratello?»

«Oh, certo. Suppongo che tu ti sia persa molti dei fuochi d'artificio. Godric ha cercato di strozzare Jonathan. Simkins gli ha puntato contro una pistola e gli ha detto che non poteva uccidere il fratellastro. Si è scoperto che Jonathan è il figlio del defunto duca e della cameriera della madre di Godric.»

Emily sorrise. Non si era sbagliata su Jonathan, dopo tutto. «Lo sapevo.»

Charles le diede un buffetto affettuoso sotto il mento. «Nessuno di noi se ne era accorto.»

«Lo conoscete da troppo tempo e vi siete semplicemente abituati a lui, suppongo.»

Cedric tornò, con lo sguardo basso. «È come temevo. È completamente fuori di sé. Fidati, gattina, non vorresti vederlo così.»

«Lo voglio e lo faro.» Emily si alzò a fatica ma si ricordò di essere nuda e strinse il lenzuolo intorno ai seni. «La vestaglia, per favore.» Cedric esitò, ma lo sguardo di Emily gli fece recuperare subito la veste di velluto rosso di Godric. Emily studiò Cedric e Charles, valutando chi dei due potesse tenere le mani a posto. Nessuno dei due era una buona scelta, ma una era sicuramente peggiore. Scelse Cedric.

«Aiutami tu.»

«Ehm,» disse Cedric a Charles, che aspettò fuori, sbuffando.

Cedric distolse lo sguardo mentre tirava indietro le coperte e poi infilò le braccia di Emily nelle maniche della vestaglia. Gliela avvolse intorno e legò bene il cordone in vita prima di uscire dal letto. Per quanto si sentisse sporca, la cosa più importante era vedere Godric. Avrebbe potuto fare il bagno più tardi. Fece un respiro profondo e cercò di alzarsi ma vacillò e Cedric la prese in braccio. «Ti aiuto io, gattina.»

Dovevano essere uno spettacolo strano, Emily nell'enorme vestaglia, a piedi nudi, appoggiata a Cedric come sostegno. Per fortuna, nessuno li vide tranne Simkins, appostato fuori dalla porta dello studio di Godric.

Gli occhi del maggiordomo si allargarono. «Lord Sheridan, non dovrebbe essere fuori dal letto!»

Emily alzò una mano e indicò la porta dello studio.

«Aprila.»

Simkins scosse la testa. «Temo che non sia in grado di vedere nessuno.»

«Non m'interessa.» Emily ringhiò.

«Molto bene, signorina Parr, ma interverrò se diventa violento.» Simkins armeggiò con il mazzo di chiavi.

«Sì, potrestri sparare a un altro vaso,» disse Charles.

«Cosa?» Emily sussultò.

«Era un vaso brutto, uno di quelli che sua madre ha sempre odiato. Non ne sentirà la mancanza,» le spiegò Simkins.

Godric gridò dall'altro lato della porta. «Simkins, ti ho detto di lasciarmi in pace!»

«Silenzio, Saint Laurent.» La voce di Cedric risuonò, un boato che portò il silenzio dallo studio. «Emily è qui. Comportati bene, mi hai sentito?».

Simkins aprì la porta e Cedric entrò, Emily si appoggiò a lui. Godric era in fondo allo studio e guardava fuori dalla finestra, la notte fuori era nera come l'inchiostro. Una candela illuminava la stanza.

«Aiutami a raggiungere il divano,» disse Emily. «Poi lasciaci.»

«Io resto, Emily.»

Gli accarezzò il viso come aveva fatto con quello di Charles. «Grazie, Cedric, ma starò bene.»

L'uomo si chinò a baciarle la sommità della testa prima di ritirarsi. Simkins chiuse la porta dall'esterno.

Seguì un momento di silenzio straziante: Godric alla finestra, lei sul divano, entrambi immobili come statue. Poteva fargli capire che non lo aveva tradito?

«Godric,» sussurrò Emily.

Il giovane si voltò lentamente verso di lei. Il suo principe oscuro con le ombre sotto gli occhi torturati color smeraldo, con i capelli spettinati come se ci avesse scavato le dita più e più volte. Come erano arrivati a tutto ciò?

Emily conosceva la calma mortale prima della tempesta, ma credeva che fosse la calma successiva a rivelarsi spesso peggiore, con alberi secolari strappati dal suolo e uccelli che giacevano morti a terra dopo essere stati scagliati da venti possenti. Ovunque c'era distruzione. Guardando gli occhi tormentati di Godric, vide lo stesso percorso di devastazione.

La giovane trovò una nuova forza nella sua voce. «Vieni da me.»

Godric obbedì, trascinando i piedi fino a fermarsi davanti a lei, guardandola dall'alto, con quelle lunghe ciglia scure che gli sbattevano contro le guance. La mano destra era la cosa più vicina che lei potesse raggiungere. Gli afferrò il polso, sollevandolo fino a catturare il palmo e portarlo alle labbra. Gli baciò l'interno della mano, facendogli sentire la sua tenerezza.

Ti amo.

Le gambe di Godric cedettero. Improvvisamente si trovò in ginocchio, nascondendo la testa nel grembo di lei, avvolgendola con le braccia. Emily si chinò su di lui, baciandogli i capelli, accarezzandogli le spalle mentre lui tremava con violenti singhiozzi silenziosi. Godric la strinse forte, come se temesse che lei svanisse tra le sue braccia. La giovane sentì i fremiti del suo dolore che si ritirava quando lui finalmente alzò la testa.

«Emily...»

Gli mise un dito sulle labbra e scosse la testa.

«Ti perdono.» La giovane trovò un sorriso, ma questo lo fece solo rabbrividire, il suo viso quello di un angelo caduto. Ma il *suo* angelo.

«Non posso perdonarmi...» Si allontanò da lei.

Emily gli afferrò il mento, costringendolo a guardarla e baciandolo appassionatamente.

«Siete uno sciocco, Vostra Grazia,» disse lei, poi gli devastò di nuovo la bocca, facendogli dei lividi. Lui ebbe appena il tempo di ricambiare il bacio prima che lei lo rilasciasse. Godric si portò una mano tremante alla bocca, trasalendo quando sentì le sue labbra gonfie.

«Sto imparando il tuo modo di baciare.» Emily gli sorrise, un sorriso malizioso. Il bacio le aveva in qualche modo dato vita.

Godric si alzò lentamente e la raggiunse sul divano. Si sporse in avanti per baciarla. Emily si preparò a un ritorno dell'accesa fusione di bocche che gli aveva dato, rispondendo al fuoco con altro fuoco.

Ma lei non lo aveva capito.

GODRIC ALL'INIZIO LA BACIÒ APPENA, TANTO ERA DEBOLE la pressione delle sue labbra su quelle di lei. Era un bacio da sogno. Ma poi il bacio diventò più profondo. Fece scivolare la lingua tra le labbra di lei, con infinita tenerezza, mentre le loro labbra iniziavano quella lenta danza antica. L'emozione invase quel bacio. Godric doveva dirle tutto quello che provava: il sollievo, la gioia, il senso di colpa, la passione, la preoccupazione.

Emily Parr doveva essere una specie di angelo. Nessuna donna mortale poteva perdonare un uomo per tali peccati. Aveva abusato della sua fiducia e l'aveva messa al muro come un barbaro. Aveva minacciato di restituirla a suo zio e di consegnarla a un matrimonio infelice con un uomo che lei disprezzava. L'aveva terrorizzata al punto che era svenuta ed era rimasta senza sensi per due giorni.

Sentimi, tesoro! Sentimi. Sappi che ti amo. Questa volta, quando le parole si precipitarono nella sua mente, le accolse. Doveva essere amore. Niente può ferire un'anima come ferire chi si ama. Quanto avrebbe voluto dire quelle parole, ma gli sembrava sbagliato quando non aveva fatto nulla per provarlo. No. Non le avrebbe detto che la amava finché non avesse potuto provarlo. Era troppo fuori di sé e non sarebbe stato in grado di tirar fuori le parole che lei meritava. *Sono un maledetto sciocco.*

Quando le loro labbra si staccarono, gli occhi di Emily erano ancora chiusi. Godric le accarezzò il naso con un dito.

«Lascia che ti riporti di sopra a riposare.» Godric si

alzò, la prese tra le braccia e, quando si accorse che era nuda sotto la vestaglia, si mise quasi a ridere.

«Non indossi nient'altro?» Emily arrossì e la vista lo sollevò. Il viso di lei era stato troppo pallido. «Dopo tutto quello che ti ho fatto, tu continui a ricompensarmi,» la prese in giro, ammirando il modo in cui il velluto le modellava le curve. Emily gli rivolse un finto cipiglio e lui sorrise, premendo la fronte contro quella di lei e fissandola profondamente negli occhi viola.

«Prometti di non scappare più?»

«Non stavo scappando. Ti stavo salvando la vita. E non sei ancora al sicuro. Dobbiamo parlare...»

«Va bene, mia cara. Quando ti sentirai meglio, parleremo.» Le baciò la guancia e poi aprì la porta dello studio.

Charles, Cedric e Simkins erano tutti accalcati intorno alla porta, i volti premuti vicino al telaio, colti nell'atto di origliare.

Dei tre, solo Simkins riuscì a mantenere un contegno dignitoso.

«Stavamo controllando il corridoio per la sicurezza, Vostra Grazia,» disse il maggiordomo.

«Sicurezza? Suppongo che quei tappeti siano molto sospetti, Simkins. Buona idea, meglio sorvegliare i dipinti e le statue. Potrebbero collaborare con i nostri nemici.» Godric nascose un sorriso. «Ora, se volete scusarci. Sto riportando Emily a letto per riposare.» I tre uomini lo guardarono, chiedendosi senza dubbio cosa mai fosse successo per calmare la tempesta del famoso temperamento del duca.

· · ·

R AGGIUNTO IL PIANO DI SOPRA, G ODRIC ADAGIÒ E MILY sul letto e iniziò a spostarsi verso la sedia vuota lì vicino. Emily gli afferrò il braccio, tenendolo vicino e, accarezzando il letto con la mano libera, sussurrò: «Resta.» Godric si sedette sul bordo del letto, si chinò, si tolse gli stivali e si voltò per raggiungerla. Emily si accoccolò profondamente tra le coperte.

Godric le girò il viso. «Emily, riguardo a quello che è successo nella locanda...»

«Sì?»

«Non sarebbe mai dovuto accadere. Non succederà mai più.» Le sfiorò le labbra con un bacio.

«Non prometterlo. È stato al di là di qualsiasi cosa io abbia mai provato. Certo, in quel momento pensavo che mi avessi perdonato e che ti fossi mancata terribilmente.»

«Perdonarti? Emily, non sono stato gentile con te. Perché non *mi* odi?» Una confusione spaventosa gli offuscò gli occhi spalancati.

«Non potrei mai odiarti. Godric, io ti amo. Non te l'ho detto abbastanza perché tu mi creda? Quanto al fatto di non essere stato gentile... mi è piaciuto. Ora resta qua. Dormi con me.» La voce di lei era un comando. «Da quello che ha detto Cedric, non hai riposato affatto.»

Godric avrebbe voluto gridare, ridere. Se quello era il limite del carattere di Emily, era davvero un angelo. La tirò tra le braccia, seppellendo il viso nel suo collo, baciandole il punto sensibile, proprio dietro l'orecchio, finché il suo respiro non accelerò.

«Non ti merito, mia cara.»

«Tu no di certo. Per tua fortuna, sembra che io abbia

sviluppato un gusto per le canaglie.» Gli passò le dita tra i capelli, stuzzicandogli la nuca.

«Canaglie?» Le sfiorò il collo con la lingua, suscitando un piccolo gemito. «Come più di una?»

«Ho vissuto con voi cinque sotto lo stesso tetto. Basta dire che ho trovato il vostro piccolo Circolo abbastanza...» Emily fece una pausa mentre lui le succhiava la pelle e lei arrossì.

«Sì?» la incalzò.

«Di cosa stavamo parlando?» Godric fece scivolare una mano sotto la vestaglia e le palpò il seno, accarezzandole il bocciolo rosa che s'indurì sotto i suoi polpastrelli.

«Credo che stessimo parlando di dormire,» mormorò lui prima di far scivolare la lingua nella bocca di lei.

«Dormire?»

«Dormire... sì...» Negli ultimi due giorni aveva a malapena riposato, figuriamoci dormire. Ora la sonnolenza cominciava a farsi sentire. Godric inspirò lentamente e profondamente, il suo corpo si rilassò, ma il suo cuore e la sua anima respirarono, danzarono e gioirono. Emily era tornata al suo posto, con lui. Poteva riposare. Lei era al sicuro.

«Emily,» le sussurrò contro il collo.

«Sì?»

«Non sono come mio padre. Ho il suo carattere, ma non sono come lui.»

«Godric. Quando eri arrabbiato, hai fatto l'amore con me. Questo non ti rende come tuo padre.» Gli occhi di Emily scintillarono, facendo scorrere un dito sulla camicia aperta di lui e sfiorandogli il petto nudo. Godric gemette, desiderando che quel dito continuasse a scendere.

«Possiamo parlare di Jonathan?»

«Mio fratello? Vorrei poterlo uccidere. Non posso.» Gemette. «È un Saint Laurent.» Le parole di Godric si dispersero mentre lottava per combattere il suo bisogno di Emily. Aveva bisogno di riposare, non di fare l'amore.

«Ti assomiglia molto.»

«Oh! In che modo?» La mano di Godric si spostò sulla schiena di lei, accarezzandola sotto la vestaglia di velluto.

«È un testardo mascalzone dagli occhi verdi che presume che ogni donna lo desideri segretamente e che abbia solo bisogno di essere convinta di questo.» La giovane ridacchiò e girò il corpo per potersi sdraiare sulla schiena.

Un sorriso sfuggì dalle labbra di Godric che si chinò per baciarla di nuovo. «Hai ragione, quel demonio mi assomiglia.»

«Hai bisogno di riposare.»

«Anche tu, tesoro.» La fece accomodare tra le sue braccia.

Rimasero entrambi in silenzio per un lungo istante. Godric inspirò profondamente. «Promettimi che sarai qui quando mi sveglierò.» Le scostò un capello dal viso. «So che lo farai, ma ho bisogno di sentirtelo dire.» Emily lo guardò, con la fronte aggrottata in modo adorabile.

«Prometto che sarò qui. Godric, mi dispiace tanto di essere scappata. Non riesco a immaginare quanto debba averti fatto male.» Gli tracciò il viso, facendo scorrere un polpastrello lungo la mascella.

Godric si appoggiò all'indietro e si passò una mano

sugli occhi nel tentativo di cancellare i ricordi. «Non riuscivo a pensare, non riuscivo a respirare. Pensavo di morire, Emily. Dannazione, non hai idea di cosa abbia provato.» I suoi occhi erano quelli di un ragazzo, che aveva vissuto anni di abusi. «Ho giurato a me stesso che, dopo mio padre, nessuno avrebbe mai avuto il potere di farmi del male.»

«Quando ho capito che dovevo andarmene... sono tornata nella mia stanza e sono crollata.» Emily lottò per controllare la voce. «Avrei voluto correre giù in sala da pranzo e buttarmi tra le tue braccia. Ma dovevo proteggerti. Avrei fatto qualsiasi cosa per proteggerti.» Si chinò per sfiorargli la fronte con un bacio, prima di risistemarsi, appoggiando la testa sul suo petto. «Sarò qui domani mattina. Te lo prometto.»

Il sollievo gli riempì i polmoni. Lei era il suo mondo, il suo tutto.

«Buonanotte, Godric.» La voce di Emily era assonnata e morbida. L'intimità di quel momento era perfetta. La vita avrebbe potuto togliergli tutto il resto, ma finché aveva Emily, poteva sopravvivere.

«Buonanotte, tesoro.» Godric si addormentò con le labbra premute sui capelli di lei. Il senso di colpa era ancora presente ma Emily - l'angelica, amorevole Emily - aveva cancellato tanto disgusto per se stesso.

Come aveva fatto a vivere senza di lei per tutti quegli anni?

CAPITOLO 17

Ashton si svegliò la mattina dopo con un terribile torcicollo. Si era addormentato su una sedia davanti alla porta di Godric. Sbadigliò e si strofinò i muscoli tesi della nuca. Che nottata!

Osò sbirciare nella stanza di Godric e trovò il suo amico rannicchiato contro Emily come se i due non si potessero più separare.

Chiuse la porta e tornò alla sedia. *Godric, la sposerai. Non c'è altro modo per tenere lei al sicuro e per mantenere te stesso sano di mente.*

Nessuno lo aveva svegliato per il cambio della guardia come previsto. Piuttosto che lasciare che la rabbia salisse in lui, si limitò a sorridere.

Com'era strano che un rapimento nato dall'orgoglio ferito di Godric finisse così? Con Godric irrimediabilmente innamorato di una giovane donna unica nel suo genere e alla sua altezza.

Simkins salì le scale portando un vassoio di tè, il che significava che voleva parlare in privato con Ashton senza essere sentito dagli altri domestici.

«Volete una tazza di tè, Lord Lennox?» gli chiese Simkins.

«Sì, grazie.» Prese la tazza di tè fumante. «Che ore sono, Simkins?»

«Sono da poco passate le nove del mattino.»

Ashton si passò una mano sul mento, dove una barba accennata di due giorni gli colorava la mascella. «Le nove, hai detto? Signore... Abbiamo dormito troppo.» Bevve un sorso di tè. «C'è qualcun altro sveglio?»

Simkins sorrise. «No, mio signore, siete il primo. Tutti erano piuttosto esausti per gli eventi di ieri. Ho lasciato che il personale dormisse fino alle otto e mezzo di questa mattina. Spero che a Sua Grazia non dispiaccia.»

Ashton fece un cenno con la testa verso la porta chiusa della camera. «Sono sicuro che non gli dispiacerà. Ha altre cose di cui preoccuparsi al momento.»

Il maggiordomo si fece serio. «Posso parlare con voi, mio signore? Ho un favore da chiedere.»

«Dimmi,» rispose Ashton, senza esitare.

«Sono accaduti molti eventi in questi ultimi giorni. Sua Grazia ha sopportato molte cose.» Simkins tenne la voce bassa. «C'è bisogno di stabilità nella sua vita.»

«Stabilità?» Ashton bevve un altro sorso. Il liquido caldo gli faceva bene alla gola. «Suppongo che tu abbia un suggerimento?»

«Spero - cioè, desidero - che voi suggeriate a Sua Grazia di fare la cosa giusta con Miss Parr e di sposarla. Non sarebbe opportuno che fossi io a dare un tale suggerimento.»

«Perché devi dare il preavviso per la questione della pistola.»

«Oh no, mio signore. Sua Grazia mi ha proibito di lasciare l'impiego finché non pagò l'orribile vaso che ho rotto. Poi ha continuato a bere così tanto che si è dimenticato che avevo presentato le mie dimissioni. No, anche se ho fatto quello che potevo per occuparmi dei bisogni di Sua Grazia crescendo, temo che quando si tratti di questioni di cuore la mia istruzione sia piuttosto carente. Voi siete la scelta migliore.»

Ashton posò la tazza. «Lascia che ti chieda una cosa, Simkins. Perché pensi che dovrebbe sposarla?»

Simkins mantenne una posizione eretta e regale, tenendo ancora in mano il vassoio. «Non ho mai visto Sua Grazia così preoccupato per un'altra anima in tutta la sua vita, tranne forse per voi e per i vostri amici. Ma quello è un amore che lui conosce e capisce. Il cameratismo, se volete. Con la signorina Parr, potrebbe non riconoscere che le sue passioni sono alimentate da un desiderio più profondo. Forse voi potete aiutarlo.»

Le parole del maggiordomo, il peso dell'importanza che aveva dato ai suoi doveri verso Godric e la famiglia St. Laurent, commossero profondamente Ashton.

«Riposa tranquillo, Simkins. Sono d'accordo con te. Parlerò con gli altri e solleveremo la questione con lui.»

«Grazie, mio signore. Mi conforta sapere che ha scelto bene i suoi amici.» Simkins chinò il capo e si ritirò per le scale con il vassoio del tè.

Ashton finì di bere nel tranquillo silenzio del corridoio vuoto, riflettendo sull'altro loro problema. La minaccia di Blankenship non aveva mai lasciato la sua mente. Non era saggio rimanere alla tenuta di Godric mentre tramava di catturare Emily.

Quell'uomo era più avventato di quanto Ashton potesse credere. Aveva davvero assoldato dei malviventi per attaccare la tenuta? Doveva essere un bluff ma Blankenship era capace di tutto. Aveva distrutto più di un rivale in modo del tutto legale con disastri finanziari. Eppure si era trattato di questioni di denaro. Con una donna di mezzo, Ashton non poteva fare a meno di temere che Blankenship potesse ricorrere a misure più violente. Bene, in tal caso, Ashton non lo avrebbe sottovalutato.

Forse la soluzione migliore era giocare al gioco delle tre carte con Emily a Londra. Potevano spostarla di residenza in residenza, dato che i membri del Circolo ne possedevano diverse. Sarebbe stato impossibile per Blankenship trovarla.

Nel frattempo dovevano convincere Godric a sposare Emily. In quel caso, Blankenship non avrebbe alcun diritto su di lei. Emily sarebbe stata al sicuro e un rapimento scandaloso sarebbe diventato una fuga romantica agli occhi della società. Una porta si aprì in fondo al corridoio e ne uscì Cedric con gli occhi assonnati, la camicia e i calzoni stropicciati come se avesse dormito vestito. Sbadigliò e poi vide Ashton.

«Come vanno i compiti di sentinella?»

Ashton ridacchiò. «Intollerabilmente noiosi. Mi aspettavo molto più divertimento, ma i piccioncini non si sono mossi di un millimetro. Godric sta finalmente riposando.»

Cedric tirò un sospiro. «Grazie a Dio.»

«Cedric, le tue sorelle sono a casa a Londra?»

«Sì, sono lì da due settimane.» Cedric guardò Ashton. «Perché?»

«Ti dispiacerebbe se portassimo Emily a Londra e la nascondessimo in casa tua? Se le tue sorelle sono presenti, potrebbero creare un po' di confusione agli uomini di Blankenship se la cercassero lì.»

Gli occhi di Cedric si restrinsero. «Mi stai chiedendo di usare le mie sorelle come esca?»

Ashton sollevò le mani. «No! Ma credo che Blankenship non si aspetti che portiamo Emily a Londra. Lì potrebbe sfuggire all'attenzione. Nel frattempo, noi ci sparpaglieremo nelle altre residenze di Londra e disperderemo gli uomini di Blankenship finché...» Ashton fece una pausa, esitando a rivelare completamente i suoi piani.

«Fino a quando?»

«Finché non riusciremo a convincere Godric a sposare Emily.»

Cedric rimase in silenzio per un lungo istante. «Pensi che lo farà?»

«Credo che debba farlo. Si preoccupa di lei fino all'autodistruzione. Lei lo ama. Non ci può essere altra risposta.»

Cedric si accigliò. «È lui che ha sempre insistito che il matrimonio è una follia. E se non fosse d'accordo?»

Ashton sollevò il mento. «Allora è un pazzo. Ma Emily deve essere protetta. Se Godric non la sposerà, allora lo farò io. Lei sarà libera di vivere e amare come vuole, così come lo sarò io. Non è un accordo insolito, a patto che entrambe le parti usino discrezione. Ma lei ha bisogno della protezione del matrimonio.» Ashton non poteva dimenticare l'avidità negli occhi di Blankenship, la mostruosa freddezza che aveva superato la sua natura quando aveva cercato la ragazza stanza per stanza. «Altrimenti, Blankenship la seguirà fino al giorno della sua morte.»

«Puoi inserire il mio nome nella lista delle opzioni per il matrimonio. Possiamo farle scegliere tra noi due, se Godric dovesse rifiutare.»

Questo sorprese Ashton. Pensava di essere l'unico disposto a sopportare il matrimonio per Emily, ma sembrava essersi sbagliato. «E che dire di Anne Chessley? Se Emily ti scegliesse, non potresti mai fare di Anne un'amante, non quando hai sposato la sua amica.»

Sul volto di Cedric comparve un'espressione di disperazione e Ashton mise da parte la tazza e si alzò dalla sedia, preoccupato.

«Forse no, ma rinuncerei ad Anne, se Emily scegliesse me. Per i miei peccati in questa vicenda, sono in debito con lei. Farei tutto ciò che è in mio potere per proteggerla.»

«Speriamo che Emily non debba scegliere nessuno oltre a Godric.»

GODRIC SENTÌ OGNI PAROLA DA DIETRO LA PORTA. AVEVA lasciato Emily rannicchiata contro di lui, ma al suono della voce di Simkins si era alzato a forza. Si fermò sulla porta e ascoltò la conversazione del maggiordomo e poi dei suoi amici, commosso dalle loro opinioni e toccato dalla sincerità dei loro desideri.

Tuttavia le loro offerte non sarebbero state necessarie. La sera precedente aveva deciso che avrebbe sposato Emily. Non appena giunti a Londra, avrebbe iniziato immediatamente i preparativi per il matrimonio. Ma, per salvaguardare la sicurezza di Emily, la cerimonia doveva svolgersi il prima possibile.

Con un sorriso eccitato, si lavò il viso al catino prima di cambiarsi per la colazione.

Si aggiustò il cravattino allo specchio quando Emily si agitò. Si avvicinò al letto, si chinò e le baciò la fronte. «Resta un po' a letto, tesoro. Sto scendendo a fare colazione.»

La giovane sospirò, si spostò sotto le coperte e si riaddormentò.

Per un lungo istante, Godric si godette semplicemente la vista di lei. Presto avrebbero avuto una vita intera da condividere e per la prima volta nella sua vita, non vedeva l'ora di avere una sola donna finché la morte non li avesse divisi.

E pensare che se Albert Parr non fosse stato di così bassa fibra morale, Godric non avrebbe mai incontrato Emily, non l'avrebbe mai conosciuta.

Per un impulso irresistibile si chinò a baciarle le labbra. La bocca di lei si aprì sonnolenta sotto la sua e lui ne assaporò la dolcezza. Un'eternità non sarebbe stata sufficiente. L'avrebbe sempre desiderata, tutta, corpo e anima.

Quella mattina il Circolo delle canaglie si riunì nella sala da pranzo per discutere dell'imminente viaggio a Londra mentre Emily dormiva.

Godric sorseggiò il caffè. «Una volta arrivati a Londra...» fece una pausa, godendosi gli sguardi tesi dei suoi compagni. «Ho deciso che io ed Emily ci sposeremo.»

La sala da pranzo rimase in silenzio per alcuni lunghi secondi prima che Ashton e Cedric espirassero con evidente sollievo.

«Temevo di doverti torcere il braccio per convincerti a sposarla. Sarò felice di procurarvi una licenza di matrimonio.»

Godric annuì. «Sì. Fai in modo di avere tutto il necessario per organizzare una cerimonia rapida.» Si rivolse al marchese. «Lucien, sta a te condurre Blankenship su una falsa pista, per evitare che cerchi di interferire.»

Lucien sorrise.

Charles si spostò in avanti sulla sedia. «Ed io?»

«Sarai con Cedric, come parte della protezione di Emily. Non perderla mai di vista, a meno che uno di noi sia con lei.»

Charles si era sempre visto come un cavaliere protettivo e ora avrebbe recitato la parte.

Cedric lanciò un pezzo di crosta a Penelope, che si sedette ai suoi piedi, con la coda che ondeggiava avanti e indietro. «Sai, Godric, potresti portare Emily a Gretna Green. Ti risparmieresti la fatica di dover affrontare Parr. Per quanto ne sappiamo, potrebbe avvertire Blankenship dei tuoi piani.»

Godric si acigliò. Non era il matrimonio che Emily

meritava. Non voleva che la sua futura duchessa fosse segnata da un altro scandalo. No. Avrebbe incontrato e parlato con Parr e si sarebbe fatto accompagnare da quel disgraziato in chiesa per il matrimonio. Legato e imbavagliato, se necessario.

«Sono il duca di Essex e non scapperò con la coda tra le gambe. Se possibile, eviteremo Blankenship, in caso contrario, ci occuperemo di lui.»

Tutti i presenti annuirono.

«Ashton, puoi organizzare la cerimonia a St. George a Hanover Square?» Era di gran moda a Londra. Era una bella chiesa, nota per l'imponente portico anteriore sostenuto da sei alte colonne corinzie e una torre proprio dietro il portico, abbastanza vicina alle varie residenze del Circolo da non rendere rischioso il viaggio.

Ashton sorrise. «Suppongo di sì. Ho una certa influenza sul vescovo. Mi deve un favore da quell'incidente dell'anno scorso, durante la festa di San Michele, sapete.» Gli altri uomini risero con lui, sapendo in quali guai si era cacciato il vescovo.

«Quando pensi di dirlo a Emily?» chiese Lucien.

«Non prima di aver sistemato tutti i nostri piani e di averla sistemata a casa di Cedric. Voglio che si senta a suo agio e al sicuro quando le chiederò di sposarmi. Ha sopportato troppo in questi ultimi giorni e una proposta affrettata non la renderà felice.»

Improvvisamente la porta della sala da pranzo si aprì ed entrò Jonathan. Un'esitazione imbarazzante ne segnò i passi. Non aveva mai osato intromettersi in Godric o negli altri prima di allora.

Godric lo guardò in silenzio, curioso di vedere cosa avrebbe fatto.

Jonathan si schiarì la gola: «So che io e voi non abbiamo parlato della nostra nuova situazione... come... fratelli, Vostra Grazia, ma...»

«Se sei mio fratello, allora puoi smettere di chiamarmi Vostra Grazia. Ora cosa vuoi?»

«Vorrei venire a Londra con voi e aiutarvi con Emily.»

I fratelli si fissarono per un momento prima che Godric dicesse: «Molto bene. Presto sarà tua cognata. Dovresti avere un po' di voce in capitolo in tutto questo. Accompagnerai Cedric e Charles. Tre persone sono meglio di due per la protezione di Emily.»

Godric non sorrise ma il suo tono era calmo e accondiscendente. Se Emily poteva perdonare lui, allora lui poteva certamente perdonare suo fratello.

Jonathan si rilassò visibilmente. Chiaramente si aspettava una discussione.

«Siediti e mangia.» Godric fece un gesto verso la bella colazione sulla credenza.

Jonathan arrossì ma, facendosi coraggio, riempì un piatto e scelse un posto accanto ad Ashton, che sorrise e gli rivolse un cenno di saluto.

«Sei bravo con la pistola, Jonathan?» gli chiese Charles.

«Più con un fucile a pietra focaia, ma sì.» Jonathan ingoiò un boccone di pane tostato ricoperto di marmellata.

«Eccellente. Saremo una bella squadra, noi tre,» disse Cedric.

«A che ora dobbiamo partire?» chiese Jonathan.

«Entro mezzogiorno, speriamo. Emily ha bisogno di

tutto il riposo che riusciamo a darle. Il viaggio in carrozza sarà abbastanza spiacevole, per quanto sia stata malata.»

«Beh, suppongo che il resto di noi dovrebbe fare i bagagli ed essere pronto.» Ashton si alzò dalla sedia, suggerendo con tono dolce ma deciso che gli altri seguissero il suo esempio, lasciando Godric e Jonathan da soli. Era per questo che il duca amava i suoi amici. Avevano seguito il suo giudizio e avevano accettato Jonathan. Lo avevano sempre trattato con gentilezza - il valletto di un uomo era sacro, dopo tutto - ma ora era uno di loro.

«Hai mangiato abbastanza?» chiese Godric dopo qualche minuto. Jonathan lanciò un'occhiata al suo piatto vuoto e annuì. «Bene. Ti unisci a me nel mio studio?»

Lo studio di Godric era ancora un po' in disordine dopo il suo esilio autoimposto. Ma Simkins aveva rimosso i vassoi di cibo intatto e i vetri rotti, e aveva rimesso a posto tutti i libri che Godric aveva scaraventato via dagli scaffali in preda alla rabbia. Godric si sedette e fece cenno a Jonathan di fare lo stesso. Il giovane si rilassò su una delle sedie davanti alla scrivania di Godric.

«Ci sono alcune questioni da risolvere tra di noi.» Godric si chinò in avanti di qualche centimetro. «Voglio che tu sposti le tue cose dal tuo attuale alloggio una volta risolta la questione con Emily.»

Gli occhi di Jonathan si abbassarono sul pavimento. «Capisco, maestà. Ho perso la calma con voi e ho messo in pericolo la signorina Parr. Tuttavia, prima di andarmene, vorrei porgere le mie scuse alla signorina.»

Godric fu colpito da quanto fosse stato accecato, non avendo mai sospettato per un momento che avessero un padre in comune. Lo portò a chiedersi cos'altro si fosse perso semplicemente non guardando.

«Jonathan, non ti sto obbligando a lasciare il castello. Intendevo solo farti scegliere una stanza al piano superiore, una stanza più adatta al tuo nuovo status in questa casa.»

«Il mio nuovo status?»

«Sì. Siamo fratelli, per sangue e per legge. Se pensi che ti stia cacciando, ti sbagli. A meno che, naturalmente, tu non voglia andartene. Non insisterei per farti restare. Ma mi piacerebbe se lo facessi.»

Il volto di Jonathan arrossì. «Davvero non vi dispiacerebbe se restassi qua, maestà?»

«Ho sempre disprezzato di essere figlio unico. Siamo fratelli e questo è tutto ciò che conta per me. Anche nella mia rabbia dubito che potessi ucciderti una volta che Simkins me lo avesse detto. Avrei potuto strozzarti un po'.»

«Vostra Grazia.» Jonathan abbassò di nuovo gli occhi. «Non intendo rendere le cose più scomode tra noi, Vostra... Godric. Ma come facciamo ad andare avanti? Sono stato il vostro valletto per quasi sei anni e un servitore da quando sono nato. Che cosa succede adesso?»

«Divertiti. Hai studiato quasi quanto me. Conosci le buone maniere, è solo il momento di usarle. Devi solo alzare la testa, non guardare il pavimento, indossare abiti diversi e imparare a ballare, naturalmente. Sto pensando di assegnarti una delle proprietà non vincolate di nostro padre. La assegnerò in amministrazione fiduciaria. Sarà una competenza facile. Quando sarai pronto a sistemarti e a sposarti, te la consegnerò.»

Jonathan sbatté le palpebre, gli occhi tondi come piattini. «La mia proprietà?»

«Come secondo figlio ti spetterebbe. Oserei dire che hai lavorato abbastanza duramente per ottenerla.»

Gli occhi di Jonathan cominciarono a brillare, il che mise Godric a disagio.

«Dannazione, Jon, sorridi per l'amor del cielo. Non devi trasformarti in un annaffiatoio,» disse, sperando di sollevare il morale del fratello.

Jonathan si passò il palmo della mano sugli occhi, sbatté rapidamente le palpebre e annuì.

«Quando ero bambino ti invidiavo, Godric. Ma Simkins mi ha raccontato com'è stata la tua vita. Sono stato tenuto al sicuro dalle cure di mia madre ma Simkins non mi ha mai permesso di dimenticare quello che hai sopportato. Pensavo lo facesse per evitare la gelosia.»

Lo sguardo di Godric s'incupì, fissando un punto sulla parete. Poteva ancora sentire suo padre dire: *«Ho bisogno di un motivo per picchiare un servo, ma non per picchiare mio figlio.»* C'era solo un bastardo nella loro famiglia e certamente non era Jonathan.

«Suppongo che quello che sto cercando di dire è che avrei voluto condividere il dolore. Odio sapere che hai sofferto da solo.»

Godric si appoggiò alla sedia e cominciò a sorridere, a sorridere davvero.

«Vorresti a unirti a me e agli altri lord una volta al mese al nostro club, il *Berkley*, a Londra?»

«Non dispiacerà loro l'intrusione?» Jonathan era stato lì molte volte come valletto, ma non come socio.

«Gli sei sempre piaciuto e il sangue è sangue. Voglio che tu ti unisca al nostro Circolo. Che ne dici?»

«Assolutamente sì.»

EMILY SI AGGRAPPÒ ALLA VITA DI GODRIC, NERVOSA mentre entravano a casa di Cedric. Le sue sorelle, Miss Horatia e Miss Audrey, erano dentro. Era strano, ma Emily voleva fare una buona impressione.

Cedric vide le sue sorelle. «Eccovi qui! Venite a conoscere Emily.»

La maggiore, Horatia, era più alta, con tratti più classici, un collo lungo e zigomi appuntiti che a Emily ricordavano un cigno. Anche se più bassa, Audrey era altrettanto bella, il suo viso più rotondo e più infantile, ma non nascondeva l'intelligenza nei suoi occhi.

«Emily, questa è mia sorella, Horatia. Horatia, questa è la signorina Emily Parr. E questa è Audrey.» Cedric diede un buffetto sotto il mento alla sorellina più piccola.

Horatia le rivolse un sorriso caloroso. «Piacere di conoscervi, signorina Parr.»

Emily lasciò la presa sul braccio di Godric e ricambiò il sorriso. «Ti prego, chiamami Emily.»

«Allora tu devi chiamarmi Horatia.»

«Hai una bella casa, Horatia.» Emily ammirò gli ampi pavimenti di marmo e gli arredi dorati della sala.

«Oh, Horatia, permettimi di presentarti il mio fratellastro, Jonathan St. Laurent» Godric spinse Jonathan a inchinarsi alla sua presentazione.

«Sicuramente voi scherzate, conosciamo entrambe il vostro valletto, il signor Helprin. Vergognatevi per un tentativo di scherzo così debole, maestà.» Horatia si spostò nervosamente.

«È una storia lunga e sordida, signorina Sheridan, ma vi assicuro che è vera. È mio fratello.»

«È un piacere, signorina Sheridan,» Jonathan s'inchinò sulla mano tesa di Horatia e le sfiorò le dita con le labbra. La giovane arrossì.

Accanto a Jonathan, Lucien serrò gli occhi. Emily guardò Lucien e Horatia. Era il luccichio della gelosia?

Cedric suggerì di andare in salotto ma Horatia fissò il fratello con uno sguardo torvo. «Cedric, tu e gli altri signori, prima vi rinfrescherete. La metà di voi puzza di cavallo.»

«Non hai mai fatto caso all'odore prima,» protestò Cedric.

Horatia sollevò un sopracciglio. «Non hai mai portato così tanti ospiti prima d'ora. Sembra una stalla qui dentro. Emily può restare, è chiaro che ha viaggiato in carrozza,»

Emily si divertì a guardare le scintille tra fratello e sorella ma alla fine Ashton intervenne. «Ha ragione, Cedric. Abbiamo cavalcato troppo a lungo oggi per sottoporre queste signore agli aromi della campagna.»

«Come se Londra avesse un odore migliore,» brontolò Cedric e condusse gli altri al piano di sopra. Le donne si diressero in salotto, libere per un po' dagli uomini.

Audrey e Horatia circondarono Emily sul divano e la assalirono di domande. Non ci volle molto per estorcere tutta la verità sul rapimento. Conoscevano persino i rapporti intimi tra lei e Godric.

Un lieve rossore sbocciò sulle guance di Audrey mentre chiedeva timidamente: «È vero che Godric... ti ha compromesso?» Sembrava che la portata dei loro pettegolezzi superasse quella della rubrica *Lady Society*, ma avevano giurato di tacere.

Audrey fece un respiro profondo. «Com'è stato?»

Horatia diede un pizzicotto al braccio della sorella. «Audrey!»

Audrey arricciò il naso. «È una domanda valida. Cedric non ci racconta mai nulla. Dobbiamo imparare da qualcuno.»

Emily arrossì ma decise di essere sincera con le due ragazze. «È difficile da descrivere. All'inizio è terrificante, come se si stesse per morire, ma non è così. Dubito che sarei potuta stare con un uomo diverso da Godric. Devi fidarti dell'uomo con cui stai. Altrimenti, non credo che tu possa sentirti abbastanza sicura per...» Emily s'interruppe.

«Morire?» Horatia chiese senza fiato.

«Sì. Beh, non dovrei proprio parlarne. Parlo come una donna dai facili costumi.»

Audrey diresse la conversazione verso un porto più sicuro. «Quindi resterai qui con noi?»

«Credo di sì. Quegli uomini maledetti hanno tutti mantenuto il riserbo sui loro piani, persino Jonathan. Hanno detto a malapena una parola durante il viaggio in carrozza e mi hanno fatto lasciare Penelope.»

«La foxhound che ti ha comprato Cedric?»

Il sorriso di Emily si affievolì. «Sì, poverina. Ha abbaiato e ha morso Jonathan quando l'hanno portata via. Spero di poter tornare presto da lei. Simkins si starà divertendo moltissimo a pulire i tappeti.»

Horatia si chinò in avanti e posò una mano sottile ed elegante su quella di Emily. «Beh, non preoccuparti. Ci sono molti animali che girano qui intorno. Abbiamo due vecchi gatti nascosti da qualche parte al piano di sopra.» Ridacchiò. «Mittens e Muff.»

«Mittens e Muff?»

Le labbra di Horatia si stropicciarono. «È così che li ha chiamati Audrey. Aveva solo dieci anni quando li ha ricevuti in coppia per Natale. Aveva ricevuto dei guanti e un mani-cotto da Cedric, quindi naturalmente ha dato ai gatti lo stesso nome.»

Audrey sollevò il mento. «Ero una bambina, Horatia! Mi fai sembrare così sciocca!»

Emily accarezzò la mano di Audrey. «Penso che siano nomi carini.»

Horatia sorrise. «Mentre sei qui, ti faremo divertire così tanto che non avrai il tempo di sentire la mancanza di Penelope.»

In qualche modo Emily non ne dubitava.

I SIGNORI, APPENA CAMBIATI E MOLTO PIÙ SOCIEVOLI, invasero il salone poco dopo che le donne ebbero finito di parlare. Persino Jonathan, sebbene fosse piuttosto intimi-dito da un incontro sociale di quel tipo, sembrava divertirsi mentre lui e Charles conversavano con Audrey.

Solo due persone sembravano fuori posto: Lucien e, stranamente, Horatia. Lucien stava in un angolo della stanza vicino a Cedric e Ashton, ma il suo sguardo continuava a scivolare verso Horatia, che faceva del suo meglio per ignorarlo.

All'inizio Emily pensò che Lucien avesse un interesse amoroso per Horatia, ma gli sguardi freddi e imperiosi di Lucien ricevevano arrossamenti di vergogna da Horatia. Era successo qualcosa tra di loro ed Emily non riusciva nemmeno a immaginare cosa. Prima di poter riflettere ulteriormente sulla questione, Godric la sorprese da dietro.

«Posso parlarti in privato?» le sussurrò all'orecchio, mettendole una mano sulla schiena, e i due uscirono dalla stanza senza essere notati. Godric la condusse nel salotto qualche porta più in là.

«Emily, domani ci sposeremo.» Godric lo annunciò senza neanche un preambolo romantico, come se fosse un contratto che a quel punto richiedeva solo una stretta di mano. Emily lo fissò. Si aspettava davvero che lei dicesse di sì? Lo amava, ma non avrebbe accettato solo perché lui lo aveva dichiarato. Era proprio quell'atteggiamento autoritario e dominante che odiava, che venisse da suo zio, da Blankenship o da Godric.

«No.»

«Merav... cosa!» Godric la prese per le spalle, incombendo su di lei, con la sua presenza più dominante che mai. «Come sarebbe a dire, no?»

«No. Non ti sposerò.» Aveva poco senso per il suo cuore ma la sua testa le ricordò che non poteva semplicemente accettare perché lui lo aveva dichiarato. Doveva avere la possibilità di scegliere di dire no.

«Ma tu mi ami, Emily. Che cosa vuoi di più?»

Emily respirò profondamente. «Godric, non hai imparato proprio nulla di me da quando ci siamo incontrati? Ho bisogno della mia libertà, della capacità di controllare la mia vita. Non posso accettare di sposarti solo perché lo decidi tu.»

«Non si tratta della tua libertà ma della tua sicurezza.»

Emily distolse lo sguardo. «Capisco che tu la pensi così ma sappi che non sono obbligata a sposarti. Potrei trovare uno sposo disponibile che ignori lo scandalo che hai creato e mi prenda in moglie. Preferirei sposare un cacciatore di dote disperato piuttosto che te, se fosse l'unico modo per avere il controllo sulla mia vita.» Le bruciava l'anima dirlo, ma lo pensava veramente. C'era qualcosa di terrificante nella prospettiva di sposare un uomo che amava, sapendo che lui non la ricambiava, semplicemente perché stava cercando di fare la cosa giusta. Avrebbe avuto come unico risultato l'infelicità per entrambi. Non poteva permetterlo.

«Davvero non vuoi sposarmi?» Godric sobbalzò come se le parole di Emily lo avessero colpito come una spada. Allentò la presa e lasciò cadere le mani, interrompendo la connessione tra loro. La perdita di quel tocco la raggelò.

«Non è una questione di desiderio. Voglio sposarti, davvero, ma non lo farò, non a costo della mia libertà.»

Godric si allontanò.

«E tu pensi che qualche cacciatore di dote ti concederà questa libertà?»

«Tu vorresti che io vivessi secondo le tue condizioni, a

tuo piacimento. Qualsiasi uomo io scelga dovrà accettare di lasciarmi essere e vivere la mia vita come scelgo io dopo che saremo sposati. Quale sceglieresti?»

Emily gli mise una mano sulla spalla da dietro. Lui trasalì e si scostò di scatto, girandosi di nuovo per affrontarla.

«Perché mi hai fatto così male? Perché?» chiese Godric, con voce carica di emozione e gli occhi ardenti.

«Perché...» A Emily si strinse la gola, bruciando per il dolore di quelle parole terribili ma erano vere. «Perché ti stancherai di me e non posso sopportare il pensiero di perderti. Se non ti sposo, non sarai mai mio da perdere.»

«Ma tu devi sposarmi! Non sei al sicuro se non sei legata a me dal matrimonio.» Pochi istanti lo portarono dalla rabbia alla contrattazione.

«Precisamente. Tu desideri sposarmi solo per garantire la mia sicurezza. Sei un vero gentiluomo, Godric, ma non posso permetterti di soffrire legandoti a me quando, in futuro, ci renderà entrambi infelici.»

«Potremmo essere felici...»

«Per un certo periodo. Ma non è abbastanza. Ho bisogno di essere amata. Potrei sopportare di essere sposata con un uomo che non mi ami, se io non amassi lui. Ma io ti amo e mi si spezzerebbe il cuore non essere ricambiata.» Emily non poteva credere che stesse resistendo così coraggiosamente. Che non fosse crollata nel dolore.

«Emily... ti amo.»

Emily chiuse gli occhi, desiderando che potessero vivere per sempre nel passato. Perderlo in quell'istante, anche se non era mai stato suo, avrebbe potuto strapparle la vita dal corpo.

«Pensi di amarmi, ma non è così. Non voglio vivere la mia vita con questa illusione.»

Le parole Emily fecero esplodere la rabbia di Godric. «Il mio amore per te non è un'illusione!» Gli occhi di giada di lui s'illuminarono e il suo lato più oscuro alzò la testa.

Emily indietreggiò e sentì il cuore battere all'impazzata. «Penso che dovremmo discuterne più tardi, quando non sarai così turbato.»

«Turbato? Che motivo potrei mai avere per essere turbato?» La voce di Godric si alzò bruscamente. «La donna che amo non mi crede e non vuole sposarmi!»

Emily trasalì, sperando che gli altri non lo sentissero gridare.

«Ascoltami, Emily. Sarai mia moglie, o sarai di qualcun altro, ma ti sposerai. Cedric e Ashton si sono offerti entrambi di sposarti. È questo che vuoi?» La afferrò per le spalle e la strattonò.

A Emily si bloccò il respiro in gola, il suo viso era a pochi centimetri da quello di Godric.

«Parli come se fossi una merce da scambiare. Non voglio sposare neanche loro. Hai capito?» La giovane cercò di allontanarsi. Per quanto lo amasse, per quanto desiderasse dirgli di sì, il suo cuore non glielo permetteva. Sarebbe potuta sopravvivere il resto della sua vita come sua amante, ma non come sua moglie. Ma non poteva metterlo in una posizione in cui un giorno lui avrebbe tradito i loro voti o peggio, avrebbe trovato un 'accordo' come facevano molti uomini del suo rango.

Godric le afferrò il mento, costringendola a guardarlo e ringhiò a bassa voce. «Emily, non ho pazienza per questo...»

Lei gli pestò il piede. «Io non ho pazienza per te!»

«Ho giurato che non ti avrei mai lasciato andare e non lo farò. Il tuo posto è accanto a me.» Godric le passò una mano tra i capelli e avvicinò la bocca a quella di lei che gli strinse il petto.

«E quando ti stancherai di me? Quando desidererai qualcun'altra? Sarò incatenata al nostro letto freddo e vuoto. Mi punirai allora? Mi strapperai l'eredità dalle mani e ne farai a meno?» Sapeva di essersi spinta oltre. Gli occhi di Godric brillavano di rabbia, di dolore e di una pericolosa lussuria che aveva visto solo una volta.

Godric sbatté le labbra contro quelle di lei. Il suo bacio era ardente, affamato e punitivo. La sua ferocia fece crollare Emily nel suo abbraccio. Le avvolse un braccio intorno alla vita mentre assaliva i suoi sensi; le sue labbra le rubarono il respiro e la derubarono della sua sanità mentale. Era proprio il modo in cui ogni bacio dovrebbe essere, pieno di fuoco e di luce, in grado di frantumare l'anima di una persona e di fondere i pezzi con quelli di un'altra fino a farli battere come un unico cuore.

Quando finalmente la lasciò, Emily barcollò indietreggiando e lui cercò di fermarla.

«No! Non toccarmi. Non riesco a pensare quando lo fai.» Emily si allontanò e corse verso la porta. Si scontrò con Charles, che si era attardato fuori con Jonathan e Cedric.

Charles le afferrò i polsi, tenendola ferma nonostante lottasse freneticamente. «Tutto bene?»

Godric apparve sulla porta. «No! Portala di sopra e chiudila in una stanza. Ha bisogno di tempo per calmarsi.»

«Io?» Emily urlò di nuovo. «Tu sei quello che...»

«Charles, portala subito di sopra!»

Una folla si era radunata mentre gli altri lasciavano il salone e uscivano nel corridoio.

Charles afferrò Emily che si difese, senza preoccuparsi di dare spettacolo. Charles sbuffò, irritato, poi si abbassò e la mise sulle spalle. «Questo mi sembra familiare,» disse.

Emily strinse le dita a pugno e lo colpì sulla schiena, ma la schiena muscolosa del giovane sembrava resistere ai colpi. «Mettimi subito giù. Ne ho abbastanza!»

Horatia fece un passo avanti. «Davvero, Charles! Mettila giù immediatamente! Non permetterò che i miei ospiti siano trattati in questo modo!»

«Mi dispiace, ho degli ordini,» esclamò Charles, brusco ma non scortese, e si diresse su per le scale seguito da Cedric e da Jonathan.

Horatia si acciglìò e cominciò a rincorrerli, ma una mano le afferrò il polso, trascinandola indietro dalle scale.

Era Lucien.

«Non interferire, Horatia. L'hai già fatto abbastanza.» Quell'avvertimento nascondeva un sottofondo del passato, un promemoria del fatto che lei avesse spesso interferito dove non avrebbe dovuto.

Godric ringhiò e si avviò lungo il corridoio fino a un'altra stanza, quindi sbatté la porta. Un attimo dopo, tornò fuori incespicando, facendo cadere a terra una scopa.

«Chi ha spostato l'armadio lì?» tuonò, poi entrò nella stanza successiva e sbatté ancora una volta la porta.

CAPITOLO 18

Jim Tanner si attardò nel vicolo appena fuori Curzon Street, in attesa del momento giusto. Teneva un coltello nel palmo della mano, nascosta nella tasca del cappotto nero, pronto ad affondarlo nella carne di quei pomposi signori dall'altra parte della strada se avessero interferito con la sua missione.

Presto, promise a se stesso.

Il suo datore di lavoro lo aveva esortato ad aspettare, a rapire la ragazza senza combattere. L'ordine era stato impartito non per evitare la violenza ma per dare a Tanner il tempo di fuggire prima che fosse dato l'allarme. Uno spargimento di sangue avrebbe accorciato la sua fuga.

Blankenship era uno sciocco volendo quella ragazzina. La casa che fissava probabilmente era piena di oggetti costosi per i quali avrebbe potuto spuntare un buon prezzo a Shoe Lane o a Saffron Hill. I *nouveau riche* erano fin troppo felici di comprare oggetti aristocratici che avrebbero ingannato il *ton* facendo credere di non essere i discendenti di uomini di classe inferiore o media.

Era stato fin troppo ansioso di sottrarre la giovane Parr a Essex quando Blankenship aveva accettato il suo prezzo elevato. Sapeva cosa c'era in serbo per la ragazza, ma non gli interessava. Era una commissione, niente di più.

Le tante conoscenze di Tanner arrivavano dalle fogne alle case del potere, dai valletti ai guardiani notturni e agli osti. La notizia era arrivata quasi subito quando Essex e i suoi amici erano giunti a Londra. La carrozza era andata direttamente a Curzon Street, dove viveva il visconte Sheridan e la signorina Parr non era uscita da casa da quando era arrivata.

Dal suo nascondiglio nel vicolo, era stato testimone del litigio della giovane con Essex. Non potendo sentire le parole, aveva letto il loro linguaggio del corpo ed era stato abbastanza chiaro che c'erano problemi tra i due amanti.

La sera diventava notte e le ombre si fondevano in pozze nere su Curzon Street. Tanner scrutò il cielo ma le nuvole avevano oscurato la luna.

L'uomo sputò nell'oscurità del vicolo. Quale donna potesse valere cinquecento sterline, Tanner non lo sapeva. Il vecchio avrebbe dovuto risparmiare i suoi soldi e comprare una puttana di classe. Ma no, voleva un agnellino innocente non istruito che avrebbe passato tutta la notte a urlare di dolore mentre la violava. Peccato. Ma ancora una volta, non lo riguardava.

Si passò una mano tra i capelli e si accigliò. Come avrebbe fatto a portare la ragazza fuori di casa con tutti quegli uomini che non la perdevano d'occhio? Gioielli, quadri, una volta aveva persino rubato un prezioso spaniel King Charles. Ma una donna? Con una mezza dozzina di guardie? Difficile, ma non impossibile.

Si rituffò nel vicolo quando vide un domestico uscire dalla porta laterale della villetta per svuotare un secchio d'acqua sporca vicino alla grondaia. Il valletto rientrò in casa.

Tanner uscì dall'ombra, girò l'impugnatura del coltello e colpì l'uomo che si accasciò, facendo cadere il secchio sul pavimento di marmo appena dentro la porta. Afferrò le braccia dell'uomo svenuto e lo trascinò dietro un bancone nel piccolo ingresso.

Con la casa al buio, la maggior parte degli altri servitori stava senza dubbio dormendo.

Prese il cappotto e i pantaloni dell'uomo - abbastanza per non destare sospetti all'interno se visto a distanza. Passò sopra il corpo del cameriere, lasciando l'uomo vivo. Non uccideva i servi. Anche loro soffrivano sotto l'oppressione dei ricchi.

Mentre si muoveva all'interno della casa decorata lussuosamente, il suo umore si fece ancora più nero. Una parte oscura di lui sarebbe stata felice di sgozzare tutti i nobili di quella casa, se fosse stato pagato per farlo.

Sentì delle voci sopra di lui e si nascose sotto la scala principale.

«Finalmente dorme, Cedric?» chiese un uomo.

«Si è addormentata, piangendo, poverina. Non sapevo che le donne avessero così tante lacrime. Pensavo che avrebbe allagato le stanze del piano di sopra.»

«Non vuole ancora accettare di sposare Godric?»

«No. Non vuole né lui, né nessun altro.»

«Maledizione. È una stupida»

«Non chiedermi di spiegare il funzionamento della mente femminile, Jonathan.»

Il primo uomo sospirò. «Dov'è Charles?»

«È andato a dormire qualche ora. Perché non ti riposi anche tu? È stata una lunga giornata per tutti noi.»

«Non ti dispiacerebbe? E Blankenship?»

«Domani condurremo i suoi lacchè per tutta Londra, mentre quei piccioncini ritroveranno un po' di buon senso.»

Tanner sorrise. *Buon piano. Peccato che sia troppo tardi.*

Sentì solo un paio di passi allontanarsi e una porta aprirsi e poi chiudersi. Aspettò qualche minuto aspettando il secondo paio. Alla fine cercò nella tasca del cappotto una moneta. Lanciò lo scellino che tintinnò rumorosamente sul marmo, rotolando via dalle scale. Il pavimento sopra di lui scricchiolò e sentì un grugnito quando la guardia rimasta riprese la sua posizione.

Tanner imprecò sottovoce, cercando un'altra moneta. La lanciò più lontano e il tintinnio risuonò più forte, quasi come un'eco.

Qualcuno si alzò e scese le scale, passo dopo passo.

Tanner aspettò nell'ombra. La guardia aveva appena raggiunto il fondo quando Tanner si lanciò contro l'uomo.

Ma il suo avversario aveva i riflessi pronti e si girò mentre Tanner lo attaccava.

Il sangue schizzò mentre il coltello scivolava sul braccio dell'uomo.

Prima che la guardia potesse gridare, Tanner gli diede

una gomitata in faccia. Il sangue gli colò sul viso mentre barcollava all'indietro, cadeva e smetteva di muoversi.

Tanner pensò di finirlo ma non poteva perdere tempo. Doveva prendere la ragazza.

Senza far rumore, si precipitò su per le scale e aprì la porta incustodita.

Una giovane donna giaceva rannicchiata sul letto, con le ginocchia nascoste sotto il mento. Le tende della finestra erano spalancate, permettendo a una pallida coltre di luce lunare di coprire il corpo addormentato. I capelli della giovane erano sciolti e sparsi sul cuscino. Tanner non era un uomo che pensava al paradiso o agli angeli, ma quella dolce creatura era bellissima. Non c'era da stupirsi che il vecchio pazzo la desiderasse così tanto.

Pensò alla sua Lacy, a com'era prima che fosse presa dal suo padrone. Per un istante eterno, Tanner fu tentato di prendere la ragazza e tenerla per sé. La immaginò grata, salvata da due orribili destini. Si sarebbe sentita come la sua Lacy? Ma no. Quella era semplicemente una fantasia. Aveva bisogno dei soldi che lei avrebbe portato, più di qualsiasi illusione d'amore.

Tanner si schiarì la mente, avvicinandosi alla ragazza addormentata. Mise in tasca il coltello insanguinato prima di chinarsi e prenderla tra le braccia.

La giovane si muoveva inquieta, mormorando tra sé e sé. «Basta... per favore... basta.»

Tanner tirò un sospiro di sollievo quando gli incubi non la svegliarono. Non voleva che la giovane urlasse o lottasse. Se avesse dormito fino alla carrozza, sarebbe stato il suo lavoro più facile. Molto più facile dello spaniel, i suoi stivali portavano ancora i segni dei denti.

Scese le scale, prese a calci il corpo dell'uomo che aveva aggredito e uscì dalla porta da cui era entrato. Una volta fuori, fece segno alla carrozza che aveva noleggiato. La ragazza cominciò a svegliarsi quando la carrozza si avvicinò a loro sferragliando rumorosamente. Tanner disse al cocchiere dove andare mentre saltava giù e apriva la porta della carrozza. La giovane finalmente si svegliò quando la lasciò cadere sul sedile di fronte a lui.

Emily sussultò e si rannicchiò in un angolo, mettendo più distanza possibile tra loro. «Chi siete?»

Tanner tirò fuori dalla tasca il coltello, si chinò in avanti e glielo puntò al petto. Gli occhi della ragazza si fissarono sulla punta della lama, ancora schizzata di cremisi. «Direi che sono il vostro incubo peggiore ma, considerando a chi vi sto portando, non sarebbe del tutto vero.»

Si aspettava che la ragazza piangesse, che implorasse di essere liberata, che contrattasse. Non lo fece. Lentamente, si pettinò i capelli con le dita, si sistemò il vestito e assunse un aspetto aggraziato e dignitoso.

«Allora dovete essere uno degli scagnozzi di Blankenship.»

«Scagnozzo, signora? Non sono un umile tagliaborse.»

La donna alzò le spalle. «Non siete diverso dagli altri che ho incontrato.»

Tanner fu scosso da quel tono di voce. Non sembrava preoccupata, come se il rapimento fosse una cosa normale. Che autocontrollo. Non sapeva se essere impressionato o preoccupato per la salute mentale della giovane, perché era chiaramente una pazza.

Emily si concentrò per fare respiri lenti e costanti. Non avrebbe urlato se avesse mantenuto la calma.

Si rifiutava di pensare a come quell'uomo l'avesse trovata, o a chi avesse ferito. Se lo avesse saputo si sarebbe persa nel suo terrore, e Blankenship avrebbe vinto. Si costrinse a studiare l'uomo, osservandone gli occhi scuri, i capelli castani arruffati, i vestiti da valletto e il ghigno inciso nei suoi lineamenti.

Sembrava avere una trentina d'anni e irradiava un'acutezza da sopravvissuto, un equilibrio di sanità mentale sul filo del rasoio. Quell'uomo era un professionista e anche pericoloso.

La paura minacciava di consumarla ma, a differenza del primo rapimento, aveva una migliore padronanza su come gestire la situazione. Dopo l'incontro con Evangeline credeva di poter emulare la sicurezza dell'altra donna e agire per uscire da quel pericolo. Era un'occasione, se non altro, che doveva cogliere.

«Vi paga bene?» gli chiese lei.

L'uomo annuì. «Cinquecento sterline per consegnarvi alla sua porta.»

Emily si finse sorpresa. «Solo cinquecento? All'ultimo uomo che ha assunto, ha offerto il doppio.» La bugia le venne facile, cercando di emulare il tono imperioso di Evangeline, anche senza avere l'accento francese.

«Quale ultimo uomo? Non ha mai menzionato nessun altro.»

«Certo che no. Lo ha ucciso per evitare di pagarlo.»

Emily si sistemò l'abito sulle ginocchia come se le sue parole non la riguardassero.

«State mentendo!»

«Mentire?» Emily incontrò lo sguardo dell'uomo. «Perché mai dovrei mentire? Mi consegnerete comunque. Ho solo pensato che avrei dovuto avvertirvi. Ha sparso sangue dappertutto, ha rovinato il mio migliore abito di mussola e ci sono voluti *secoli* perché l'uomo morisse. Semplicemente non voglio più assistere a una cosa del genere. È inquietante e mi rovina l'appetito.» La voce di Emily era quasi frivola, fingendo di aver assistito a omicidi raccapriccianti con una frequenza inquietante.

Era inutile aspettarsi che quell'uomo la lasciasse andare, ma se lui e Blankenship avessero litigato, allora lei avrebbe potuto avere una possibilità di fuga.

Il resto del viaggio in carrozza trascorse in silenzio. L'uomo studiava Emily e lei faceva altrettanto. La silenziosa battaglia di volontà terminò quando la carrozza raggiunse la casa di Blankenship. Tanner le afferrò il braccio con forza, trascinandola fuori dalla carrozza con una tale ferocia che lei inciampò e cadde contro di lui. Aveva chiaramente toccato un nervo scoperto.

Il vecchio maggiordomo di Blankenship aprì la porta dopo che il rapitore aveva bussato per quelli che sembravano diversi minuti. Trascinò Emily nel corridoio e gridò chiamando Blankenship.

Il maggiordomo sospirò e se ne andò.

Blankenship apparve in cima alle scale, vestito e sveglio nonostante l'ora tarda. I suoi occhi si posarono sul viso di Emily e poi le sfiorarono il corpo. Tutto l'atteggiamento dell'uomo, dagli occhi alla schiena, emanava una malevolenza che terrorizzò la giovane. Si sentiva come se un migliaio di scarafaggi le scorrazzassero sulla pelle.

«Ben fatto, signor Tanner, ben fatto. Avete dovuto uccidere qualcuno per arrivare a lei?» Blankenship non scese le scale. La aspettava in cima, come un sultano alto e potente la cui ragazza dell'harem gli s'inginocchiava davanti.

Le unghie di Emily le scavarono dolorosamente i palmi delle mani. Qualcosa dentro di lei cominciò a bruciare. Era stanca di essere alla mercé degli altri, specialmente di un uomo che voleva farle del male. Quella sera avrebbe combattuto. Blankenship si sarebbe pentito di averla guardata.

«Forse uno. Avevo fretta e l'omicidio non rientrava fra i miei compiti.»

Quell'affermazione le fece fermare il cuore. Forse uno? Quale? Buon Dio... le si annebbiò la vista e lottò per rimanere in piedi.

«Un peccato, ma è vero, l'omicidio comporta le sue complicazioni.» Blankenship le sorrise. «Portala su da me.» Il sorriso durò mentre il rapitore la trascinava su per le scale.

«In ginocchio, ragazza,» le ordinò Blankenship.

Emily gli lanciò un'occhiata e sollevò il mento.

Tanner le afferrò le spalle da dietro e la spinse verso il basso, facendola inginocchiare. Gli occhi di Blankenship si oscurarono.

«Caspita, miss Parr, mi piace molto vedervi in ginocchio.» Blankenship si abbassò per sfiorarle i capelli con la punta delle dita. «Forse è così che inizieremo questa notte?»

Emily voleva nascondere la sua rabbia, ma non ci riuscì.

Blankenship le sollevò il mento di scatto. «Così provocatoria. Vedo il fuoco dentro di voi. Mi divertirò a battere questa ribellione dal vostro corpo urlante. Non ho potuto avere vostra madre, ma avrò voi.»

«Mia madre?» esclamò lei, soffocata. Che cosa aveva a che fare sua madre con tutto ciò?

«Suppongo che voi non lo sappiate,» iniziò a spiegarle. «L'avevo quasi sposata, ma lei ha scelto quel pazzo che voi chiamavate padre. Mi ha spezzato il cuore e così ho sabotato la loro attività. Li ho feriti in mille piccoli modi, ma mai abbastanza.» Continuò a studiarla mentre parlava, come se si divertisse a svelarle finalmente i suoi piani.

«Avete rovinato i miei genitori?» Emily ricordava che erano sempre in ristrettezze economiche e le conversazioni sussurrate tra i suoi genitori. Blankenship ne era stata la causa.

«Non solo loro. Anche vostro zio, naturalmente. Era l'unico modo per arrivare a voi.»

Il fumo di sigaro stantio e il brandy si sprigionavano da lui, oltre ad altri odori sgradevoli. Le dita dell'uomo le scavavano il viso in profondità e le unghie lasciavano impronte curve. Tutto quel tempo, tutto il dolore che aveva sofferto... i suoi genitori erano saliti su quella nave per andare in America per risanare la loro azienda ed erano morti. Blankenship aveva ucciso i suoi genitori. Se avesse avuto una pistola in quel momento, avrebbe sparato a quell'uomo in mezzo agli occhi.

«Mio zio sa che mi avete preso?» chiese Emily a denti stretti.

«Lui non conta più. Voi siete mia, secondo il suo accordo, e per quanto mi riguarda i suoi debiti sono saldati.» Blankenship le girò il viso di lato, come per ammirare il profilo, rivolgendosi a Tanner. «Avete mai visto qualcosa di così deliziosamente innocente? Guardate queste labbra.»

«Sì, signore, è un bel bocconcino. Ma ora prendo i miei soldi, se per voi va bene e me ne vado.» Gli occhi di Tanner seguivano ogni mossa di Blankenship come se non si fidasse di lui. *Bene.*

Blankenship lasciò il viso di Emily e rivolse la sua furia su Tanner. «A tempo debito. Le banche non aprono fino a domattina.»

«Pagatemi o me la riprendo.» Tanner mise una mano intorno al polso destro di Emily, facendola alzare in piedi, proprio mentre Blankenship le avvolgeva una mano intorno alla gola. Entrambi gli uomini la strattonarono. Il dolore attraversò il corpo della giovane e le si offuscò la vista. Macchie nere le punteggiarono gli occhi.

«Osate minacciarmi?» Blankenship, con una forza sorprendente, scagliò via Emily che inciampò, rotolò e si schiantò contro il muro.

Le stelle le scoppiarono dietro le palpebre. La scena diventò confusa mentre cercava di riprendere fiato. I due uomini si affrontarono. Emily cercò di strisciare via, ma Tanner la afferrò per la nuca, usandola come scudo tra lui e Blankenship. Estrasse il coltello e le conficcò la punta nel collo. «Un altro passo e metto fine alla sua vita.»

Blankenship fece un altro passo. Emily trasalì, soffocando un grido quando la lama si conficcò più a fondo. «State ferma,» le sussurrò Tanner all'orecchio.

«Lei non è importante per me! La volete? Prendetela.»

«Cinquecento sterline per qualcosa che non ha importanza? Suppongo che potrebbe essere vero... se voi non aveste mai avuto intenzione di pagare.» Tanner si allontanò da Emily, poi la spinse in avanti verso Blankenship che le sferrò un manrovescio sulla guancia con una forza simile a una frusta e lei cadde a terra, scansandosi appena in tempo mentre i due uomini si tuffavano l'uno verso l'altro. La lama di Tanner cadde durante la colluttazione, mentre gli uomini passavano a prendersi a pugni. Emily raccolse le forze, trattenendo le lacrime mentre le sue dita si arricciavano intorno al manico di legno consumato del coltello e si rialzò frettolosamente in piedi.

«Dove credete di andare?» Blankenship le si avventò contro, schivando per un pelo un colpo di Tanner.

Emily agì senza pensare e sferrò a Blankenship un fendente che gli tagliò il petto. L'uomo muggì come un orso ferito e si fiondò su di lei, le strappò il coltello dalle mani e con il fuoco del diavolo negli occhi glielo piantò nel petto. Tanner gridò con rabbia e diede un calcio a Blankenship da dietro. «Non ve l'ho portata perché voi la faceste a pezzi! Il nostro accordo è finito!»

Emily barcollò, scioccata dal dolore, mentre il mondo girava e perdeva l'equilibrio. Gridò in preda al panico, inciampando all'indietro per le scale. Cadde, rotolando giù fino a raggiungere il marmo freddo in fondo.

GODRIC USCÌ DALLO STUDIO DI CEDRIC POCO DOPO LO scoccare della mezzanotte. Si era finalmente calmato e avrebbe parlato con Emily. Non si fidava che non la controllasse. La sicurezza di Emily gli aveva fatto prendere misure che non avrebbe mai adottato in circostanze normali. Ora che l'aveva capito, poteva spiegarlo in modo che lei potesse vederlo dal suo punto di vista. Emily era una piccola sciocca, la sua cara piccola sciocca, per aver pensato che lui non la amasse. Godric aveva intenzione di passare le prossime ore con lei a letto, dimostrandole quanto fossero sciocche le sue paure.

Nella luce fioca che entrava dalla strada, vide un corpo accartocciato ai piedi delle scale. Si bloccò. Qualcuno era caduto? *Cedric*. Il suo cuore ebbe un sussulto doloroso: il sangue ricopriva il corpo dell'amico. Cedric gemette, spostandosi di qualche centimetro. Godric accorse e aiutò l'amico ad alzarsi. Il naso dell'uomo sanguinava e lungo il braccio c'era un taglio profondo. «Cos'è successo?»

«Mi hanno assalito!» Cedric puntò una mano tremante verso la stanza di Emily la cui porta era spalancata.

«Aiuto! Qualcuno mi aiuti!» urlò Godric.

Ashton e Jonathan furono i primi ad arrivare, con le pistole in mano.

«Chiama un dottore, Ash. Emily è stata rapita.» Godric uscì dalla porta principale e si diresse in strada, seguito da Jonathan. Un lampionaio solitario stava andando a controllare il lampione più vicino a loro.

Godric gli corse incontro e gli afferrò la gamba, trascinandolo a terra. Afferrò la sella e salì sul cavallo dell'uomo.

«Assicurati che venga risarcito, Jonathan,» gridò Godric

a suo fratello mentre cavalcava nella notte, diretto a casa di Blankenship. Non era mai stato così grato di aver chiesto a Lucien e Ashton dove vivesse quel vile.

Battendo i talloni sui fianchi del cavallo, lo incitò ad andare il più veloce possibile. Non gli importava di ferire l'animale o di fargli perdere un ferro, contava solo Emily. Come aveva potuto lasciarla sola? Non poteva permettersi di pensare che le fosse stato fatto del male, o peggio.

Quando raggiunse la casa di Blankenship, Godric scese da cavallo e varcò la porta aperta, imbattendosi in uno spettacolo orribile.

Blankenship, in cima alle scale, che affondava un coltello nel petto di Emily.

Un uomo lottava con Blankenship ma Godric poté solo guardare Emily che perdeva l'equilibrio sulle scale e...

Godric non riusciva a respirare, a gridare. Il terrore lo immobilizzò mentre la sua Emily ruzzolava giù per le scale, sanguinante. La giovane non si mosse. Il sangue le colava dal corpo e si accumulava lentamente intorno a lei sul pavimento.

Il valletto aveva perso il controllo, distratto da Godric sulla porta aperta. Urlò qualcosa sul loro accordo e si avventò su Blankenship a mani nude ma Blankenship aveva ancora il coltello. Con un movimento rapido del polso tagliò la gola all'uomo che cadde in ginocchio, con il sangue che gli colava sul davanti della camicia e del cappotto.

Godric riuscì a muoversi e s'inginocchiò accanto a Emily, il cui corpo tremava così violentemente che il duca non riuscì più a stare in piedi. Le si accasciò accanto prima di raccogliere le forze per girarla sulla schiena.

Con le dita tremanti le sfiorò le guance. «Emily, tesoro, ti prego, apri gli occhi.» Godric si mise a piangere con lei come un moribondo. «Le mie ultime parole sono state crudeli e fredde. Vorrei tanto poterle rimangiare.» Godric doveva continuare a parlare o sarebbe impazzito dal dolore. «Perché non hai creduto che ti amassi? Tu mi hai cambiato, Emily. Quando stavo con te, non volevo solo essere un uomo migliore. *Ero* un uomo migliore perché tu eri nella mia vita. Come farò a resistere senza di te?»

Quando il suo amore perduto non rispose, seppellì il viso nell'incavo morbido del collo di lei, inalando il profumo fiorito dei suoi capelli lucenti e Godric, il duca di Essex, pianse. Pianse per Emily, per i figli che non avrebbero mai avuto, per i luoghi in cui non l'avrebbe mai portata e per il dolore del suo cuore che si spezzava.

«No! Dannazione, no!» Un grido disturbò il suo lutto, il suono era un terribile lamento che gli graffiava le orecchie. Si alzò, veloce e alto dalla sua gola, poi svanì, sostituito da respiri affannosi.

Le baciò le labbra, aspettandosi il sapore ramato del sangue, ma lei era insopportabilmente dolce, come se stesse solo dormendo.

«È morta?» La voce roca di Blankenship risuonò in modo inquietante giù per le scale.

Gli occhi di Godric s'infiammarono di lacrime; che gli scesero sul viso mentre con mani tremanti scostava i capelli di Emily dal viso.

Quando parlò, la sua voce era appena un sussurro. «Mi avete portato via l'unica cosa al mondo che amavo veramente.» Il vuoto in lui crebbe fino a diventare un ruggito sordo e nerastro. Lampi di ricordi, frammenti scintillanti di gioia momentanea, perforarono l'oscurità crescente. La risata di Emily, i suoi occhi splendenti, le mani che esploravano, i sussurri dei suoi sogni e le parole d'amore senza respiro.

Mai più.

Le fiamme lo consumarono, lo avvolsero.

Adagiò Emily a terra e si fermò in fondo alle scale per affrontare Blankenship, poi salì lentamente passo dopo passo.

«Tutto questo lavoro e non l'ho nemmeno portata a letto!» sibilò Blankenship, allontanandosi. «Siete stato un pazzo a prendere ciò che era mio. È morta perché voi l'avete rapita.» Blankenship si spostò di nuovo lungo il corridoio fino a un tavolino. Tirò freneticamente la maniglia del primo cassetto.

«Non è mai stata vostra.» Blankenship sarebbe morto. Era così semplice. Il dolore di Godric superava la ragione e lo rendeva insensibile a tutto tranne che alla vendetta.

Il luccichio dell'argento attirò l'attenzione del duca. Un coltello giaceva vicino al bordo dell'ultimo scalino, la lama brillava rossa di sangue. Godric lo afferrò, solo per sentire il suono di una pistola davanti a lui.

Godric si trovò a fissare la canna di una pistola carica e quegli occhi neri da scarabeo dietro di essa riflettevano una paura pesante.

Blankenship era riuscito a recuperare una pistola dal tavolino. «Non pensateci nemmeno.»

Godric ringhiò e caricò mentre la pistola sparava a vuoto. I loro corpi si scontrarono contro la ringhiera.

Blankenship si dimenò mentre la pistola cadeva sul tappeto tra di loro. Godric strinse un pugno intorno al collo dell'altro uomo, mentre Blankenship gli artigliava il petto.

Il peso dell'uomo sbilanciò i loro corpi aggrovigliati e Godric lottò per liberarsi mentre entrambi iniziavano a cadere, ma era troppo tardi.

Caddero giù per le scale, afferrandosi l'un l'altro finché Godric atterrò sopra Blankenship in fondo alle scale, conficcando il coltello nel petto del suo nemico.

Ansimando, entrambi gli uomini si fissarono, l'odio che incontrava l'odio per un breve istante prima che il luccichio negli occhi di Blankenship svanisse, lasciando il posto all'oscurità. Godric lasciò la presa sul coltello e rotolò via dal cadavere.

Lucien e Ashton erano sulla porta, con i volti cinerei.

«Mio Dio!» esclamò Lucien.

«È morta!» Il tono di Godric era vuoto.

Ashton poggiò la mano sul cuore di Emily. Lucien distolse lo sguardo.

La giovane giaceva distesa sul marmo, con le scarpette blu pallido striate di sangue e una mano floscia e aggraziata.

Ashton si chinò per toccare la spalla di Godric quando l'indice di Emily si contrasse contro il pavimento di marmo. Doveva essere uno spasmo di morte. Ma... le dita cominciarono ad arricciarsi ulteriormente, formando un pugno. «Godric, guarda!»

Godric, incapace di vedere oltre le lacrime che gli offuscavano la vista, cercò di alzare lo sguardo verso il suo amore. Le lunghe ciglia di Emily sbattevano contro le sue guance.

«È viva!» Godric sussultò in un misto di terrore e sollievo. Era ancora viva. «Presto, controllale la ferita.» Lucien s'inginocchiò vicino alla testa di Emily, esaminò attentamente la ferita e tirò un sospiro di sollievo.

«È stato ferito il muscolo, non sono stati toccati organi vitali.» Lucien si strappò una manica della camicia e, con l'aiuto di Godric, fasciò la ferita. «Se la portiamo da un medico, potrebbe ancora vivere.»

«È sicuro spostarla?» chiese Godric a Lucien.

«Credo di sì.»

Godric prese Emily in braccio prestando attenzione e i tre uomini uscirono in strada. Jonathan arrivò in quel momento, con l'agente e diversi Bow Street runner[1]. Ashton rimase indietro per dare spiegazioni, mentre Lucien e Godric riportarono Emily a casa di Cedric, per incontrare il dottore e pregare che sopravvivesse.

IL PARADISO. ERA CALDO E LEGGERO, IL MORMORIO sommesso di una voce maschile le parlava... No, le leggeva. L'*Iliade* in greco. Cercò di aprire la bocca ma non si mosse nulla.

Voglio vederti, chiunque tu sia.

Aveva un corpo?

Emily riuscì a emettere un piccolo gemito strozzato. La voce si fermò, poi parlò con più foga.

«Emily.» La voce sembrava quella di Godric, ma aveva

senso. Il paradiso era ovunque lui fosse. La giovane cercò di parlare di nuovo ma emise solo un altro lamento patetico.

«Shh. Riposa, tesoro mio. Ne hai passate tante.» Una mano grande strinse la sua, con una presa calda, forte e perfetta.

Le labbra le sfiorarono la fronte, lasciando una scia di fuoco. Emily aprì gli occhi a forza. Anche se il viso di Godric era pallido e i capelli gli pendevano flosci, era ancora tutto ciò che lei aveva desiderato, bramato. Amato. La sua vista. Era il Paradiso.

Le ciglia lunghe di Emily si mossero, stringendogli la mano. Fece un debole sorriso. Godric soffocò un singhiozzo.

«Che cosa è successo?» Emily lottò per sedersi. Il dolore le si irradiava in ogni punto del suo essere ma il dolore era la prova che era viva.

«Non ti ricordi?» Godric le strinse di nuovo la mano e si sedette sul bordo del letto.

«Scale. Ricordo le scale!»

Gli occhi di Godric si chiusero, sentendo ciò.

«Sei caduta.»

Emily gli strinse di nuovo la mano, incapace di fare di più per confortarlo. «E dopo?»

Godric la guardò e le sistemò una ciocca di capelli dietro l'orecchio.

«Blankenship ha ucciso l'altro uomo e poi io ho ucciso Blankenship.»

Emily tirò un sospiro di sollievo ma trasalì per il dolore. Era libera dallo spettro oscuro di Blankenship per sempre.

«Si è fatto male qualcun altro?»

«Cedric ha il naso rotto e una ferita al braccio, ma guarirà. È più arrabbiato perché non potrà cavalcare o cacciare per il prossimo mese.» Godric ridacchiò.

Le spalle di Emily si rilassarono. Non si era resa conto di essere stata così tesa.

«Emily, ho chiesto al mio avvocato di esaminare la questione della tua eredità. Sussiste la possibilità che, contattando l'amministratore, tu possa ottenere l'eredità di tuo padre senza sposarti.»

Emily si morse il labbro inferiore. Che cosa significava? Godric voleva liberarsi di lei o che lei fosse libera? Nell'oscurità del dolore dopo la caduta, pensò di averlo sentito parlare - dichiarare il suo amore. O era stato solo il sogno di una donna morente?

Godric ricominciò incerto. «Emily, so che non mi sposerai. Lo so. Ma non posso vivere un giorno di più senza di te. Tutto ciò che ti chiedo, è che ovunque tu vada, qualunque cosa tu faccia, lascia che io venga con te. Possiamo viaggiare per il mondo. Qualsiasi cosa tu voglia, sarà tua. Io desidero solo stare con te.» Le si avvicinò, stringendole le mani. «Non posso perderti. Non di nuovo.»

«Rinunceresti al tuo posto qui?» gli chiese lei.

«Emily, per te rinuncerei alla mia anima.»

«E se volessi il tuo cuore?»

«È già stato rubato. Tu, mia cara, sei la migliore rapitrice.»

GODRIC APRÌ LA PORTA DELLA CAMERA E TROVÒ CINQUE sedie disposte a semicerchio, occupate dai suoi amici e dal fratello che si alzarono quando lui uscì nel corridoio.

«Come sta?» chiese Charles.

Godric chiuse la porta dietro di sé. «Si è svegliata per qualche minuto, ma ora dorme di nuovo. Ash, puoi rintracciare il vescovo?» Le sue parole trasformarono l'umore degli uomini da sollevato ad ansioso prima di continuare. «E vedere se possiamo ancora organizzare una cerimonia a St. George? Ha accettato di sposarmi!»

I suoi amici e suo fratello saltarono tutti in piedi dalle loro sedie, gridando ed esultando, dandogli pacche sulle spalle. Un mese prima, un matrimonio di uno di loro sarebbe sembrato una condanna a morte, ma quella era la notizia più bella che avessero mai ricevuto. Emily Parr avrebbe fatto parte delle loro vite e nessun uomo avrebbe voluto che fosse altrimenti.

Horatia arrivò nel corridoio con un vassoio di cibo. Nessuno di loro aveva mangiato o dormito fino a quel momento. «Sveglierete i morti con il vostro baccano,» disse la giovane con uno sguardo di disapprovazione.

«Congratulazioni. Sapevo che saresti stato il primo a essere incatenato!». Scherzò Charles.

Che stupido era stato. L'amore lo aveva trovato, salvato e lui non l'avrebbe mai lasciata andare.

«Beh, non statevene lì impalati, signori!» Horatia si rivolse verso gli uomini che le si aggiravano intorno. «Abbiamo un matrimonio da organizzare! Ashton, tu ti occuperai della chiesa e del vescovo. Io mi occuperò dell'abito da sposa di Emily. Charles e Lucien, dovete entrambi far venire qua tutte le famiglie. Voglio che St. George sia piena dei nostri cari. Jonathan, dovresti andare a prendere Penelope, perché Emily sente terribilmente la sua mancanza.»

«Cedric, assicurati che lo zio di Emily dia il suo consenso all'unione. Se è molto gentile, puoi anche invitarlo.» Horatia allontanò gli uomini dalla porta per evitare che svegliassero Emily.

Cedric sembrava confuso mentre se ne andavano. «Quando è diventata responsabile?»

Una volta andati via, Godric tornò al capezzale di Emily e le prese la mano.

Si strofinò gli occhi e guardò la sua amata addormentata. Ricordò la giovane donna sul suo letto con una macchia di terra sul naso e sulle guance, l'amazzone bagnata sulla riva del lago che gli infondeva la vita, la donna che combatteva con le parole come uno spadaccino, ma che si scioglieva tra le sue braccia e l'angelo che lo perdonava, che prometteva che lo avrebbe amato sempre.

Quale scherzo del destino lo aveva portato a rapire Emily Parr quella notte?

Non avrebbe mai saputo quanto fosse stato fortunato a rapire quella donna che lo aveva rapito a sua volta. Sapeva solo che non l'avrebbe mai lasciata andare.

EPILOGO

Lucien sedeva al tavolo della sala da pranzo a casa di Cedric e stava leggendo il giornale del mattino. Cedric dava a Penelope degli avanzi dalla sedia accanto a lui. La sala da pranzo era grande per essere in una casa londinese, arredata con sedie di noce e un tavolo, tutte dorate con decorazioni a volute. Lucien guardò Ashton e Charles, che stavano parlando vicino alla grande finestra di legno e vetro che dava sui giardini.

Si stavano divertendo, dopo aver accompagnato Godric ed Emily per la luna di miele e si stavano riposando a casa di Cedric dopo le avventure delle ultime settimane.

«Allora, Lucien? Qualcosa d'interessante?» gli chiese Ashton, sedendosi e lasciando Charles da solo a guardare fuori dalla finestra, perso nei suoi pensieri.

«C'è una chicca interessante.»

«Ancora Lady Society?» ridacchiò Cedric. Penelope abbaiò bruscamente verso di lui che si abbassò e la prese in braccio, sistemandola sulle ginocchia. Non era più una cucciola.

Tutto cresce, prima o poi, pensò Lucien.

«Hai intenzione di leggere o no?» gli domandò Charles dalla finestra.

«Miss Emily Parr domenica ha sposato il duca di Essex a St. George. Gli sposi partiranno presto su una delle navi mercantili del barone Lennox per la loro luna di miele. Sembra che l'eterno scapolo abbia finalmente abbracciato le catene del matrimonio.»

«Tutto qui?» Ashton rifletté ad alta voce.

Lucien piegò il foglio e lo posò sul tavolo. «Beh, Lady Society ha passato metà della rubrica a discutere dell'abito da sposa di Emily e dei vari ospiti che siamo riusciti a racimolare all'ultimo minuto per riempire la chiesa. Non che sia stata una sfida.»

Guardò attraverso le grandi finestre che si affacciavano sui giardini dove le due sorelle di Cedric erano sedute su una panchina e stavano parlando con la testa china. Essendo una donna sposata, Emily avrebbe avuto diritto a un'accompagnatrice, il che significava solo più problemi per Cedric. Avrebbe dovuto sorvegliare Horatia e Audrey, soprattutto quest'ultima che era spesso nei guai, anche quando non li cercava. Horatia no, si comportava sempre perfettamente e la cosa lo irritava a morte.

Charles sorrise a Lucien. «Credo che questo sia il primo articolo positivo su di noi della rubrica Lady Society. Aspetta che lo legga mia madre. Guarderà fuori dalla finestra più vicina in cerca di segni dei quattro cavalieri.»

«A proposito di apocalisse,» esordì Ashton. Lucien capì

dal tono che i guai erano all'orizzonte. «Ho saputo da una delle mie fonti che Hugo Waverly è tornato dalla Francia.»

Il sorriso di Charles vacillò.

Lucien si tirò su a sedere. «Che diavolo ci fa di nuovo qui? Pensavo che l'avessimo cacciato per sempre.»

Ashton si accigliò. «È qui da qualche settimana, dicono. Sembra che non abbia preso sul serio le nostre minacce, o che non gli interessino. Consiglio a tutti noi di stare in guardia fino a quando non riusciremo a scoprire la verità sulla questione. Dubito che le sue motivazioni siano cambiate. Ha giurato di ucciderci tutti. È una piccola speranza pensare che abbia cambiato idea.»

«Ma cosa vuol fare? Affrontare noi da giovani, quando non conoscevamo la nostra forza, era una cosa. Ma ora?» Cedric accarezzò Penelope ma questa ringhiò come se percepisse la tensione dell'uomo.

Lucien pensò a tutto quello che avrebbe potuto perdere se Hugo Waverly avesse colpito. Gli venne in mente una persona in particolare. Se l'avesse persa, avrebbe perso se stesso. No, il tempo dell'attesa era finito. Era il momento di prepararsi alla guerra.

Il Circolo delle canaglie avrebbe dovuto proteggere se stesso e le persone che amava dai piani fatali di Waverly.

Emily aveva sempre preferito le albe ai tramonti. Le ispiravano un senso di rinascita. Ma, mentre ammirava il bagliore color mandarino del sole al tramonto, notò le sfumature violacee che si perdevano lungo i bordi. Si appoggiò alla ringhiera del ponte, il legno liscio e lucido sotto le sue mani, sentendosi un po' nervosa per la loro prima notte di luna di miele. Naturalmente non aveva senso, lei e Godric avevano già fatto tutto e non doveva essere nervosa.

Un paio di braccia forti le cinse la vita e un corpo possente le premette contro la schiena.

Godric le baciò la tempia e poi la guancia. «Eccoti qui, amore.»

«Godric?» sussurrò lei, mentre le labbra le danzavano lungo la linea del collo.

«Sì, tesoro?»

«Sei contento di avermi sposato?» Si appoggiò a lui, assaporando la sua forza. Dopo essere stata forte e coraggiosa per tanto tempo, era grata che lui le desse la forza quando ne aveva bisogno. Si sarebbero sostenuti a vicenda, come dovrebbero fare le persone che si amano.

«Felice? Non potrei mai essere più felice del giorno in cui sei stata con me in chiesa. È stato l'inizio di un'avventura.» Godric strinse l'abbraccio, tenendola al sicuro tra le sue braccia.

«Sposarmi è stata un'avventura?»

Godric girò Emily. Le coprì le guance con i palmi delle mani e si chinò, appoggiando la fronte contro la sua nella luce dorata del sole al tramonto. Ogni tocco, ogni sguardo condiviso tra loro, era come un ritorno a casa. In lui Emily aveva trovato la sua vita, il suo respiro, la sua anima, gli apparteneva come non aveva mai pensato possibile. Emily gli strinse i polsi, perdendosi nei suoi occhi.

Con infinita tenerezza le labbra di Godric incontrarono

quelle di lei. Il loro bacio raccolse la vita dal profondo delle loro anime. La scintilla di passione che aveva bruciato così spesso tra loro non c'era più, era stata sostituita dalla luce accecante dell'amore. Le loro labbra si fusero in un'unica bocca infuocata e le loro pulsazioni si fusero in un unico cuore che batteva costante. Quando finalmente si separarono, Godric sorrise.

«Amarti è stata l'avventura di una vita,» disse, «e abbiamo appena iniziato.»

GRAZIE MILLE PER AVER LETTO PROGETTI peccaminosi! Girate pagina per leggere il primo capitolo di Seduzione peccaminosa, il secondo libro della serie, su Lucien e Horatia.

SEDUZIONE PECCAMINOSA

Regola 2 del Circolo:

Non si deve mai sedurre la sorella di un altro membro. Se questa regola viene infranta, il membro, la cui sorella è stata sedotta, ha il diritto di chiedere soddisfazione.

Estratto da *The Quizzing Glass Gazette*, 30 settembre 1820, rubrica Lady Society:

Questa settimana Lady Society ha puntato gli occhi su uno degli amanti più famosi di Londra, il marchese di Rochester. Membro del famigerato Circolo delle canaglie, il marchese è considerato dalle signore del ton un demone dai capelli di fuoco capace di piaceri sconvolgenti a porte chiuse.

Lady Society è venuta a conoscenza del fatto che nessuna donna ha mantenuto a lungo l'interesse di Rochester. Forse si strugge in segreto per una donna ben educata e di buon senso?

Lady Society vorrebbe conoscere la risposta a questa affascinante domanda. Forse Rochester si concede per alleviare le pene di un amore non corrisposto per qualche donna misteriosa. Si dovrebbe azzardare un'ipotesi sulla sfortunata - o forse fortunata - fanciulla che ha rubato il cuore del nostro oscuro marchese?

LONDRA, DICEMBRE 1820

Sarà la mia morte.

«Lucien! Non mi stai nemmeno ascoltando, vero? Ho un disperato bisogno di un nuovo valletto e tu hai la testa fra le nuvole piuttosto che offrire suggerimenti.»

Lucien Russell, marchese di Rochester, guardò il suo amico Charles. Stavano camminando per Bond Street, Lucien sorvegliava attentamente una signora in particolare senza farsi notare e Charles si stava godendo semplicemente l'occasione di un'uscita. La strada era sorprendentemente affollata per essere così presto e con un tempo invernale così brutto.

«Ammettilo,» lo incalzò Charles.

Lucien lottò per concentrarsi sull'amico. «Scusa?»

Il conte di Lonsdale lo fissò con uno sguardo severo che era un po' allarmante visto che i suoi modi abituali tendevano alla giovialità.

«Dove hai la testa? È tutta la mattina che hai la testa fra le nuvole!»

Lucien grugnì. Non aveva alcuna intenzione di dare spiegazioni. I suoi pensieri erano peccaminosi e lo avrebbero portato dritto all'inferno, ammesso che non gli fosse stato già riservato un posto. Tutto a causa di una donna: Horatia Sheridan.

La giovane era a metà di Bond Street, sul lato opposto della strada, un faro di bellezza che si distingueva dalle altre donne. Un valletto con la livrea degli Sheridan la seguiva diligentemente tenendo una grande scatola tra le braccia. Un vestito nuovo, se Lucien avesse dovuto azzardare un'ipotesi. Non sarebbe dovuta andare in giro per i marciapiedi coperti di neve, non con quelle carrozze che passavano rumorosamente, gettando fanghiglia ovunque. Lo frustrava pensare che Horatia rischiasse di raffreddarsi per il gusto di fare acquisti. Lo frustrava ancora di più il fatto che fosse così preoccupato.

«So che pensi che io sia uno stupido, la maggior parte dei giorni, ma...»

«Solo la maggior parte?» Lucien non riuscì a resistere alla battuta.

Charles sorrise. «Come stavo dicendo, è ovvio che la nostra piacevole passeggiata sia solo uno stratagemma. Ho notato che ci siamo fermati diverse volte, come una certa signorina di nostra conoscenza dall'altra parte della strada.»

Quindi Charles era stato attento, dopo tutto. Lucien non avrebbe dovuto sorprendersi. Non aveva fatto del suo meglio per nascondere il suo interesse per Horatia Sheridan. Era troppo difficile combattere l'attrazione naturale del suo sguardo ogni volta che lei era nelle vicinanze. Aveva vent'anni, eppure aveva la grazia naturale di una regina matura e educata. Non molte donne potevano raggiungere una tale impresa. Da quando la conosceva, era sempre stata così.

Lui aveva vent'anni quando l'aveva incontrata e lei ne aveva quattordici. Era stata come una sorella minore per lui. Anche allora, gli era sembrata più matura mentalmente ed emotivamente della maggior parte delle donne in là con gli anni. C'era qualcosa negli occhi di Horatia, il modo in cui le sue pozze marroni tenevano un uomo incollato con intelligenza e, in quegli ultimi mesi, l'attrazione...

«Faresti meglio a smettere di fissarla,» disse Charles a bassa voce. «La gente comincia a notarlo.»

«Non dovrebbe uscire con questo tempo. Suo fratello si arrabbierebbe.» Lucien strinse i guanti di pelle, sperando di cancellare gli effetti persistenti del vento gelido che si infilava tra le maniche del cappotto.

Charles scoppiò a ridere così forte da attirare l'attenzione dei vicini. «Cedric ama lei e la piccola Audrey, ma sappiamo entrambi che questo non impedisce a nessuna delle due di fare quello che vuole.»

C'era troppa verità in questo. Lucien e Charles conoscevano Cedric, il visconte Sheridan, da molti anni, legati da una notte buia all'università. Il ricordo di quando lui, Charles, Cedric e altri due, Godric e Ashton, si erano incontrati per la prima volta lo aveva sempre turbato. Eppure, quello che era successo aveva forgiato un legame indissolubile tra loro cinque. In seguito, Londra, o almeno le pagine mondane, li avevano soprannominati il Circolo delle Canaglie.

Il Circolo. Era tutto molto divertente... tranne che per una cosa. La notte in cui avevano formato la loro alleanza, ognuno dei cinque uomini era stato marchiato dal Diavolo in persona. Un uomo di nome Hugo Waverly, un compagno di studi a Cambridge, aveva giurato vendetta su di loro.

E a volte Lucien si chiedeva se non lo meritassero.

Lucien si scrollò di dosso i pensieri. Fu attratto dalla visione di Horatia che si soffermava ad ammirare una vetrina che esponeva una serie di cappellini adagiati su degli stand. Il valletto era in piedi, destreggiandosi con la scatola tra le braccia, e annuì elegantemente quando Horatia indicò un cappellino in particolare. Lucien era tentato di avventurarsi a parlare con lei, magari attirandola in un vicolo per stare un attimo da soli. Anche se avessero solo parlato, temeva che l'intimità di quella conversazione gli avrebbe procurato una pallottola nel cuore se il fratello della giovane lo avesse scoperto.

Charles andò avanti di qualche metro, poi si fermò e si voltò per calciare un mucchio di neve sulla strada. «Se è così che intendi passare la giornata, allora considerami sparito. Potrei essere al salone di Jackson in questo momento, o meglio ancora, ad assaporare i favori delle belle signore al Midnight Garden.»

Lucien sapeva di aver messo Charles a disagio chiedendogli di accompagnarlo, ma da quando si era alzato quella mattina aveva avuto una strana sensazione, come se qualcuno stesse camminando sulla sua tomba. Da quando Hugo Waverly era tornato a Londra, aveva tenuto d'occhio le sorelle di Cedric, in particolare Horatia. Waverly era solito creare danni collaterali e Lucien avrebbe fatto di tutto per tenere al sicuro quelle giovani innocenti. Ma Horatia non doveva sapere che lui la stava sorvegliando. Aveva passato gli ultimi sei anni a essere freddo con lei, pregando che smettesse di guardarlo con quel suo modo dolce e amorevole.

Era stato crudele da parte dell'uomo, sì, ma se non avesse creato una certa distanza, l'avrebbe fatta cadere di schiena sotto di sé. Era una donna troppo buona per questo e lui era troppo malvagio per essere degno di lei. Un po' come un demone che s'innamora di un angelo. La desiderava come non aveva mai desiderato altre donne ma non avrebbe mai potuto averla.

Il motivo era semplice. La sua reputazione pubblica non rendeva giustizia alla vera profondità della sua dissolutezza. Un uomo come lui non avrebbe mai potuto e dovuto stare con una donna come Horatia. Lei era bella, intelligente e forte, e lui l'avrebbe corrotta passando una sola notte tra le sue braccia.

All'interno del *ton*, c'era scandalo e *scandalo*. Per certe donne, essere viste con l'uomo sbagliato nel posto sbagliato poteva essere sufficiente a rovinare la loro reputazione e il loro futuro. Quelle creature gentili meritavano solo il massimo della cortesia e della correttezza.

Per le altre, le vedove che desideravano ancora l'amore, quelle che non avevano alcun interesse per i mariti ma che di tanto in tanto cercavano compagnia, e quella rara e bella razza di donna che aveva sia la ricchezza sia la posizione per permettersi di non dare importanza a ciò che pensava la società, c'era Lucien. Le seduceva tutte, insegnava loro ad aprirsi ai loro desideri e bisogni più profondi e a cercare soddisfazione. Nemmeno una volta una donna si era lamentata o era rimasta insoddisfatta dopo che lui era uscito dal letto. Ma in quel momento cercava solo un letto ed era uno di quelli in cui non sarebbe mai dovuto essere invitato.

Lucien rivolse un'occhiata in giro e notò una carrozza familiare. Gran parte del traffico della strada si muoveva costantemente e più velocemente delle persone a piedi, ma non quella carrozza. Non c'era nulla d'insolito; il conducente era avvolto da una sciarpa come tutti gli altri, per tenere lontano il freddo, eppure ogni volta che lui e Charles avevano attraversato una strada, la carrozza li aveva seguiti.

«Charles, pensi che ci stiano seguendo?»

Charles si tolse un po' di neve dalle mani guantate quando gli cadde addosso dalla grondaia di un negozio vicino. «Cosa? Per quale motivo?»

«Non lo so. Quella carrozza. Ci sta seguendo da un bel po'.»

«Lucien, siamo in una zona popolare di Londra. Senza dubbio qualcuno sta facendo acquisti e ordina alla sua carrozza di restare vicina.»

«Hmm,» fu tutto quello che Lucien disse prima di rivolgere la sua attenzione a Horatia e al suo valletto. Uno dei guanti della giovane le scivolò dal mantello e cadde a terra, passando inosservato sia a lei sia al valletto. Lucien rifletté per un istante se fosse il caso di intervenire e avvertirla del fatto che lui e Charles la stessero seguendo. Quando lei continuò a camminare, lasciandosi il guanto alle spalle, prese la sua decisione.

Lucien raggiunse il suo amico che lo precedeva. «Non ti trattengo. A Horatia è caduto un guanto e desidero restituirglielo.»

«Afflitto da un po' di cavalleria, eh? Vai pure, voglio fermarmi qui un momento.» Indicò una libreria.

«Molto bene. Raggiungimi quando hai finito.»

Lucien schivò il traffico ma a metà strada scoppiò il pandemonio.

Bond Street fu messa a soqquadro mentre le urla si diffondevano nell'aria. La carrozza che li aveva seguiti, si precipitò lungo la strada in direzione di Lucien. Tuttavia, invece di cercare di fermarsi, il conducente frustò i cavalli, spingendoli direttamente verso l'uomo.

Era troppo lontano dall'altra parte della strada per tornare indietro; doveva mettersi in salvo e togliere di mezzo gli altri. Horatia! Poteva essere calpestata quando le passava davanti. Il cuore di Lucien gli salì in gola mentre correva. Il conducente frustò di nuovo i cavalli, come se avesse percepito la determinazione di Lucien a fuggire.

«Horatia!» Lucien urlò a squarciagola. «Togliti di mezzo!»

Non avrebbe mai dimenticato lo sguardo della giovane. Il modo in cui la sua espressione confusa si trasformò in gioia pura nel vederlo, poi in terrore quando si rese conto che la carrozza stava andando dritta verso di loro.

Lucien attraversò la strada poco prima che i cavalli lo raggiungessero. Affrontò Horatia, facendola cadere a terra in un vicolo tra i negozi. Le ruote della carrozza tagliarono la neve e la fanghiglia a pochi centimetri dai suoi stivali, inzuppandoli di acqua gelida.

Per un lungo istante, Lucien non riuscì a muoversi. Era viva. Ce l'aveva fatta. La carrozza non aveva investito nessuno...

Poi il suo corpo sembrò rendersi conto di avere una donna sotto di sé. Una donna con le curve più belle che Dio avesse mai creato per tentare un uomo. La cuffietta della giovane era storta, rivelando lunghi e lucenti riccioli di capelli castani. I suoi occhi scuri, così innocenti, si fissarono sul volto di lui con espressione stupita.

«Mio signore...» mormorò, stordita. Le sue mani guantate si posarono sul petto di lui, tenendolo a bada. Lucien sentì il tremito delle mani di lei fino alle ossa e il suo corpo rispose con interesse.

«Che diavolo succede?» Charles si precipitò nel vicolo, con gli occhi grigi accesi dalla furia. «Hai visto chi stava guidando quella carrozza?» Charles fece una pausa e osservò la scena davanti a sé con un sorriso. «Horatia, amore, come stai? Non troppo ammaccata, spero!» Charles non si era mai preoccupato in vita sua dei titoli. E nemmeno Lucien che non rimase sorpreso che il suo amico trattasse Horatia come faceva lui.

«Oh Charles!» esclamò la giovane. Sembrava rendersi conto solo in quel momento di essere supina in un vicolo appena fuori Bond Street, con una strada piena di curiosi che la scrutavano e Lucien sopra di lei.

Lucien strinse i denti. «Oh Charles!» aveva detto lei, ma Lucien era sempre «Mio signore.» Gli dava sui nervi il fatto che lei non gli offrisse una tale intimità. Era colpa sua. La respingeva a ogni occasione, solo per evitare di trascinarla nella nicchia più vicina e baciarla. Qualcosa in lei sembrava renderlo nello stato più barbaro possibile. Non aveva altro in mente se non il sapore di lei, i suoi gemiti e i suoi sospiri se solo fosse riuscito a metterle le mani addosso.

«Lucien...» balbettò Horatia. Il suo nome su quelle labbra era più eccitante del sospiro sazio di un amante. «Che diavolo è successo?»

«Temo che qualcuno abbia appena tentato di investirmi, e tu, sfortunatamente, eri in mezzo,» spiegò, preoccupato dall'espressione stordita che inghiottiva gli occhi scuri della giovane.

«Dico, Lucien, che forse è meglio che tu scenda dalla ragazza, sta diventando blu,» disse Charles, scherzando. «Inoltre, se le stai addosso ancora un po', la gente parlerà. Non vorrai mica finire sposato solo per averle salvato la vita, vero?»

Horatia era rossa in viso e Lucien non era sicuro se fosse per la mancanza d'aria o perché giaceva sotto di lui vicino a una strada pubblica in una posizione così compromettente. Rotolò via da lei e si alzò in piedi. Charles passò a Lucien il cappello e lui lo rimise a posto. Spazzolò via la neve dai suoi vestiti con una mano mentre offriva l'altra a Horatia.

L'esitazione di lei lo colpì. Alla fine la mano guantata della giovane si posò sulla sua e lui la aiutò ad alzarsi, tirando quanto bastava perché lei inciampasse tra le sue braccia. Non poté fare a meno di sorriderle.

Se si fosse chinato solo di qualche centimetro, avrebbe potuto baciarla, aprirle le labbra... Per un momento, si perse nel sogno di come sarebbe stato. Lei lo fissava, senza battere ciglio, con quegli occhi dannatamente belli che si scaldavano fino a diventare incandescenti per l'eco del desiderio. Sarebbe stato così facile...

«Ehm.» Il valletto le porse la scatola con un'espressione

pietosa sul volto. «Mia signora...» gracchiò, mostrandole il pacco completamente fradicio, proprio come Horatia e Lucien.

Horatia si liberò dalle braccia di Lucien. «Oh caro!»

L'incantesimo si spezzò quando la giovane si precipitò, prendendo la scatola dal valletto. «Oh caro, oh caro.» Il luccichio delle lacrime era nitido nei suoi occhi quando si girò.

«Il mio vestito. È rovinato.»

Lacrime per un abito? Quel comportamento era più adatto a sua sorella minore, Audrey. La piccola e adorabile ragazza era ossessionata dalla moda. Horatia, invece, era sempre stata più tranquilla e di natura più accademica.

«Non puoi comprarne un altro?» le chiese Charles.

«No... non posso chiedere a Cedric di spendere più di quanto abbia già speso.»

Ahh, eccola lì. L'Horatia che conosceva era frugale fino all'eccesso. Cedric era ricco come Creso ma Horatia non gli avrebbe mai permesso di viziarla.

«Oh...» rispose Charles, un po' confuso. Era uno spendaccione, non era un segreto.

Lucien prese la scatola dal valletto e la osservò.

«Potrebbe essere recuperabile. Ti accompagneremo a casa e potrai chiedere alla cameriera della tua signora di occuparsene.»

Horatia rivolse uno sguardo incerto a Charles e Lucien. «Non vi sto mettendo in difficoltà? Peter ed io possiamo tornare a casa da soli, vero, Peter?». Lanciò uno sguardo deciso al valletto, che annuì frettolosamente.

«Ce la caveremo, signori miei.»

«Sciocchezze,» disse Lucien. «Hai avuto uno shock e sei bagnata fradicia. Ti accompagniamo a casa. Fine della discussione.» Le afferrò il gomito con una mano e consegnò il pacchetto a Peter.

Dovevano dare uno strano spettacolo. Lucien e Charles fiancheggiavano Horatia come guardie, con il valletto che li seguiva da vicino portando una scatola fradicia tra le mani.

Lucien ignorò gli sguardi curiosi e si godette semplicemente il sollievo di poter accompagnare Horatia a casa senza un altro incidente mortale.

Quando raggiunsero la residenza degli Sheridan, Horatia si sfilò il mantello inzuppato dalle spalle e si scusò per salire al piano di sopra con il pacco. Lucien indugiò nel corridoio, osservando lo svolazzare delle gonne bagnate, desiderando di poterla seguire nelle sue stanze e scivolare nell'acqua calda del bagno che senza dubbio avrebbe fatto. Il pensiero di Horatia, nuda in una vasca era solo leggermente meno allettante del sogno che aveva fatto su di lei la notte precedente. Negli ultimi tempi la giovane aveva popolato i suoi pensieri fin troppo spesso.

«Aspettiamo Cedric?» gli chiese Charles, raggiungendolo ai piedi delle scale.

«Non c'è?»

Charles scosse la testa. «Il maggiordomo ha detto che sta cercando, per così dire, Horatia.»

Cerca sua sorella? Per quale motivo?

«Dovremmo aspettare,» suggerì Lucien. «Vieni, prendiamo del brandy.»

Il suo amico sorrise. «Questa è l'attività che avevo in mente quando siamo usciti stamattina.»

Seguirono un cameriere nella sala per attendere il ritorno di Cedric.

Charles si sistemò in una grande poltrona di broccato, incrociando una caviglia sul ginocchio. «Lucien, pensi che Horatia si riprenderà?»

«Suppongo...»

«Visto il suo passato, voglio dire,» spiegò Charles. «Con i suoi genitori e l'incidente della carrozza. Tu eri lì. Pensi che questo riporterà a galla dei ricordi?»

Lucien rabbrividì. Era il giorno in cui Cedric aveva perso entrambi i suoi genitori. Stavano attraversando la città quando due uomini avevano deciso di far correre le loro carrozze per le strade. Horatia, appena quattordicenne, era nella carrozza con i genitori. L'incidente era stato terribile. Cavalli urlanti con le gambe rotte, diverse persone ferite. Un giovane morto, un altro terribilmente ferito. I genitori di Cedric e Horatia non erano sopravvissuti all'impatto con la carrozza quando si era ribaltata.

Horatia era rimasta bloccata nella carrozza con i corpi dei suoi genitori, incapace di uscire, stordita dallo shock. Non aveva nemmeno gridato aiuto. Quando Lucien era arrivato, si era arrampicato sul fianco della carrozza e aveva aperto lo sportello. L'aveva chiamata per nome e lei lo aveva guardato con gli occhi pieni di terrore. Lui l'aveva tirata fuori dalla carrozza e l'aveva stretta tra le braccia. Lo stomaco di Lucien si agitò al ricordo del corpo di lei che tremava violentemente contro il suo.

«È forte. Starà bene.» Le parole di Lucien erano più una rassicurazione per se stesso che per Charles. Doveva credere che non sarebbe stata troppo sconvolta dopo quella mattina.

Pensare a lei sconvolta gli lasciava una sensazione di vuoto nel petto. Nonostante la sua intenzione di ignorarla il più possibile e fingere che non esistesse, lei aveva posseduto ogni suo pensiero negli ultimi mesi. Sapeva esattamente a chi dare la colpa di questo. Alla duchessa di Essex, precedentemente Miss Emily Parr.

Il suo amico Godric, il duca di Essex, aveva rapito Miss Parr all'inizio dell'autunno. Il piano non era andato come previsto e Godric si era ritrovato con le gambe incatenate al matrimonio qualche mese prima.

Lucien si ritrovò a sorridere, cosa che avrebbe dovuto innervosirlo, dato che il sacro vincolo del matrimonio era quello che temeva più della morte. Ma che fosse dannato se non era un po' geloso della felicità di Godric con Emily. I due avevano caratteri opposti, eppure erano una coppia innamorata.

Gli eventi successivi al rapimento avevano gettato Lucien di nuovo nel mondo di Horatia. Tutti gli sforzi che aveva fatto per schivare con tatto le cene e i balli erano stati inutili. Il Circolo era così affezionato a Emily che nessuno di loro poteva esimersi dall'andare quando lei chiamava. Cedric lo chiamava l'effetto 'cagnolino': erano stati trasformati da pericolosi libertini della peggior specie a gentiluomini perfettamente educati in presenza della duchessa di Essex. Se solo Emily e Horatia non fossero diventate così amiche, Lucien avrebbe potuto evitarla con più facilità.

Il fatto che Horatia fosse ancora nubile all'età di

vent'anni lo sorprendeva. Com'era possibile che nessun altro uomo avesse voluto portarsi a letto una creatura con gli occhi castani da cerbiatto e quelle curve fatte per essere prese tra le mani? O passare un'intera giornata a progettare scherzi solo per strapparle una ricca risata dalle labbra morbide? Conoscendo Cedric, comunque, probabilmente c'erano parecchi giovanotti nel *ton* che avevano paura di avvicinarlo per chiedergli il permesso di corteggiare sua sorella.

Lucien aveva cercato di placare la sua sete di Horatia tra le cosce di altre donne, ma era stato inutile. Solo la notte precedente aveva tentato di portarsi a letto una donna e aveva scoperto di non essere abbastanza eccitato da poterlo fare. Se si fosse sparsa la voce, sarebbe diventato lo zimbello di tutti. L'ironia della sua reputazione di libertino danneggiata da una donna innocente non gli sfuggiva. In quel momento temeva l'arrivo del suo amico, considerando il sogno che aveva fatto la notte precedente.

Horatia era nuda, distesa davanti a lui, con le caviglie e i polsi legati alla spalliera del letto da seta rossa. Il sudore le lambiva la pelle mentre lui risaliva il suo corpo per accarezzarle i capezzoli perfetti. Lei si era inarcata contro di lui, strofinando il suo sesso contro di lui, bruciandolo con il calore malvagio della sua eccitazione. Lui le aveva infilato la lingua in bocca, assaggiandola e le aveva palpato il sedere lussurioso, sollevandolo per ottenere l'angolazione migliore per una spinta potente. Il sogno si era dissipato nella nebbia, lasciandolo con un'erezione abbastanza dura da fare un buco nel muro.

Sarebbe stato un miracolo se fosse riuscito a controllare

le sue espressioni e a nascondere il suo senso di colpa a Cedric dopo aver sognato di fare certe cose con la sorella.

Lucien guardò l'orologio sulla mensola del camino. Ormai era quasi mezzogiorno. Cedric avrebbe già dovuto essere a casa.

Una sensazione strisciante sotto la pelle lo inquietava. Aveva già provato quella sensazione, poco prima che scoppiasse una tempesta. La preoccupazione si annodò dentro di lui, torcendogli lo stomaco fino a fargli mancare il respiro. Delle nuvole scure s'iniziavano a intravedere all'orizzonte.

Charles aggrottò la fronte e si chinò in avanti sulla sedia, con la preoccupazione che gli appesantiva gli angoli della bocca. «Ti senti bene?»

Un respiro profondo. Due. Il terrore di ferro nel petto si attenuò. «Sono stato meglio, suppongo. È solo che...» Lucien esitò.

Charles prese il decanter del brandy e versò a Lucien un altro bicchiere. «Cosa c'è?»

Lucien aprì la bocca, ma la porta della stanza si spalancò, Cedric comparve come un angelo vendicatore, o un demone. Entrò a grandi passi tenendo un biglietto in una mano, le nocche bianche mentre stringeva il bastone d'argento con la testa di leone nell'altra.

«Che cosa c'è, Cedric?»

La rabbia di Cedric era fin troppo evidente. «Quel bastardo!»

Ci fu un momento di silenzio mentre Lucien scambiò uno sguardo preoccupato con Charles che si alzò e andò verso la scatola di sigari sul tavolino contro la parete più lontana. «Dovrai essere un po' più preciso; ci sono molti bastardi in giro.» Si passò il sigaro sotto il naso. «Alcuni sono anche in questa stanza.»

Lucien si alzò e si diresse verso la finestra che dava sulla strada. Vide una scena comica di un dandy troppo vestito che saltellava con un monocolo, esaminando i vestiti di varie signore che gli passavano accanto. L'uomo sembrò percepire lo sguardo di Lucien e sollevò la testa. Un brivido freddo attraversò Lucien. Qualcosa nell'uomo e nei suoi occhi inespressivi e freddi accese i suoi nervi, lasciandolo inquieto. Aveva già visto quell'uomo? Un senso di timore gli percorse la schiena. L'uomo si voltò e scomparve attraverso una porta qualche casa più in là, di fronte a quella di Cedric.

Lucien riportò la sua attenzione sui suoi amici. «Allora, chi è questo bastardo?»

Cedric si gettò su una sedia di broccato rosso e oro e batté la punta del bastone sullo stivale destro. «Chi pensi che sia?»

Il cuore di Lucien si bloccò. «Waverly.»

Cedric annuì.

«Non è una novità per noi. Qualcuno ha cercato di investire Lucien in Bond Street. Horatia si trovava nelle vicinanze. Per fortuna Lucien l'ha messa in salvo.» Charles spiegò l'incidente della mattina a Cedric, che non disse una parola mentre ascoltava. Sapevano tutti di cosa fossa capace Waverly. Ciò che forse era più preoccupante era la mancanza totale di onore di quell'uomo. Non si faceva scrupoli ad attaccare alle spalle i suoi nemici o i loro cari.

Lucien incrociò le braccia sul petto e si appoggiò alla

parete di fronte a Cedric. Sotto la furia dell'uomo, rughe di preoccupazione si allungavano vicino ai suoi occhi.

«Mia sorella sta bene?» chiese.

Lucien annuì. «Sta bene come ci si potrebbe aspettare. Sono riuscito a metterla al riparo ma è terribilmente turbata.» Per fortuna, solo l'abito era morto per la malvagità di Waverly. Si trattenne dall'impulso di trovare il demonio e di strozzarlo a mani nude. Lucien sapeva che Horatia non avrebbe apprezzato che lui uccidesse un uomo per conto suo. Le sue passioni tendevano a dominarlo più del dovuto.

Indipendentemente dal fatto che non fosse sua, poteva almeno tenerla al sicuro. Horatia doveva essere protetta a tutti i costi.

«Cedric,» Charles interruppe i pensieri di Lucien. «Perché sei uscito a cercare Horatia?»

Il volto di Cedric si oscurò di nuovo. «Stavo andando da Ashton e Godric a Tattersalls quando uno dei miei camerieri ha trovato questa lettera infilata sotto il battente della porta.»

Tese il pezzo di pergamena che aveva in mano.

Con trepidazione, Lucien prese il biglietto e lo lesse. Charles gli si mise dietro, piegandosi per leggere. Il biglietto era di carta spessa e costosa. Una grafia nera scarabocchiata, a lui sconosciuta, chiaramente non di Waverly, ricopriva la superficie del biglietto con sinistra sicurezza.

Lucien lesse le parole ad alta voce affinché Charles le sentisse. «Gli incidenti in carrozza sono una cosa terribile, vero?» Poi passò il biglietto a Cedric che lo mise in tasca. «Non sembra la scrittura di Waverly. Siamo sicuri che sia lui?»

Cedric alzò le spalle. «Chi altro oserebbe ricordarmi un evento così orribile?»

«Se è il passato cui si riferisce,» disse Lucien, «forse il tempismo è stato intenzionale.»

Charles tornò indietro e si sedette su una poltrona, accigliandosi. «Ci ha già minacciato in passato, ma non ne è venuto fuori nulla. Cos'è cambiato?» Gli occhi del conte brillavano come il mercurio, luminosi e mutevoli.

«Dannazione, se lo sapessi!» Cedric accarezzò la testa di leone argentata del suo bastone. «Ha trascorso gli ultimi anni all'estero. Ora è tornato e sta rinnovando le sue minacce.»

Lucien si chiese se il suo corpo avesse in qualche modo saputo che qualcosa era stato messo in moto. Poteva quasi sentire il ticchettio dell'orologio, ma era dannatamente difficile sapere come proteggere coloro che amava se non riusciva a capire da quale direzione sarebbe arrivata la minaccia.

Cedric si alzò, strofinandosi il viso con una mano. «Cattive notizie a parte, vorrei estendere un invito a cena a entrambi stasera - e mi rendo conto che è all'ultimo minuto ma Audrey è determinata a vedere tutto il Circolo.» Rivolse uno sguardo speranzoso ai suoi amici.

Charles sorrise. «Sai che sono sempre ansioso di vedere le tue sorelle!»

Cedric inarcò un sopracciglio. «Non troppo impaziente, spero.»

Era una dannata seccatura. Ogni fibra del suo corpo, chiedeva a Lucien di infrangere la seconda regola del Circolo. Non voleva che la sua lussuria lo portasse a sfidare

Cedric su un campo all'alba o a qualcosa di altrettanto ridicolo. Con qualsiasi altra donna se la sarebbe portata a letto e sarebbe andato avanti. Ciò era impossibile con Horatia. Il solo pensiero di lei gli riscaldava il sangue e gli procurava un dolore lancinante direttamente ai lombi. Si spostò e si aggiustò i pantaloni.

«E tu, Lucien?» Cedric lo fissò. «Non osare darmi delle scuse.»

Lucien aveva detto a Cedric anni prima che non si sentiva a suo agio con Horatia. Aveva detto che era perché lei aveva rovinato una proposta di fidanzamento che aveva fatto a un'ereditiera anni prima. Ma era una mezza verità, semmai. Horatia era stata presente, e la proposta era andata a monte quando Horatia aveva rovesciato un secchio d'acqua sulla testa del promesso. Ma il suo bisogno di evitare Horatia in quel momento aveva a che fare con la voglia di portarla nel letto più vicino e... Scosse la testa, liberandola da quei pensieri.

Cominciò a protestare. «Cedric, sai che io...»

«Suvvia. Non avrai paura delle mie sorelle, vero?»

Dannazione. Non c'era modo di evitarlo. «Verrò.»

«Meraviglioso! Vi aspetto alle sette!» dichiarò Cedric, soddisfatto.

«Meraviglioso,» fece eco Lucien con tono cupo. Come avrebbe fatto a sopravvivere a tutto ciò?

NOTE

CAPITOLO 1

1. Era il tradizionale periodo dell'anno, in primavera e in estate, in cui i membri dell'alta società inglese organizzavano balli, cene, eventi di beneficenza, ecc.

CAPITOLO 2

1. Conducente delle carrozze pubbliche

CAPITOLO 9

1. Gioco di carte in voga nel XVIII e XIX secolo

CAPITOLO 18

1. Primo corpo di polizia della città di Londra.